沸点科幻丛书
FEI DIAN KE HUAN CONG SHU
主编：赵国珍

科幻三杰 中国科幻领军人物

宇宙观察者

刘慈欣［精选集］珍藏版

希望出版社

思想的沸点 | 代序

吴岩

北京师范大学教授，世界华人科幻协会会长

沸点是物质的相变点，意味着物质性质将发生彻底改变。

中国的科幻文学在新世纪已经到达了相变点，这样，希望出版社的“沸点”丛书应运而生。

有关新世纪科幻文学的特点，我觉得大抵不会离开后现代、全球化、市场经济、消费主义等一些对当前社会进行描述的现象的影响，但这其中，科学技术改变了未来跟现实的力量对比，把原本漂浮在时间前方的一种可能与渴望，变成了此时此地的冲撞性遭遇。2001年的“9·11事件”，让整个世界反思，当人们信誓旦旦地谈论科学战胜宗教带来有希望未来的同时，人类的思想现状和社会现状并未发生根本性的改变，世界范围内的发展不均衡和对帝国主义的反抗，能达到使人惊悚的真实效果。而2011年日本“3·11地震”，把大自然的诡异灵动跟人类开发原子能的努力相互联系，再度给人们敲响了警钟。近年来，大家所关注的转基因作物、干细胞研究、3D打印技术、甚至谷歌眼镜，也都各尽所能且前所未有地让种种不清晰的未来凶猛地嵌入我们的生活。今天，任何人走进医院，都会发现成百上千种前所未见的药物正在伺机投向我们的机体，而媒体技术的创新与改进，早已让信息超载的当代人类的心灵更加失调……我们正在跟未来冲撞，但未来的冲量和更多动力学特征，都还没有被彻底研究和解释。

即便是科幻文学这种文类，也正在面临诸多的考验。早在2007年我就在《文艺报》跟韩松和刘秀娟的一次对话中谈到，作为一种能够良好处理20世纪上中叶人与科技关系的理想的文学类型，科幻小说在21世纪正面临着全面的危机。摆在作家面前的是彻底改变了位置的未来，它像猛兽一样正一爪一爪地近距离刨向我们。当未来学家面对未来束手无策，当未来的冲撞重创我们每个人的时候，科幻文学只能寻找一种革新自己、以便继续生存的方法。这种革新，一方面要协助人类度过未来的冲击；另一方面，则要彻底拯救文类自身的存在。

不单单是中国作家看到了科幻的危机和未来的危机，在美国、日本和更多国家，现实和文学的双重危机也激发着所有深陷其中的从业者和爱好者思考与拼搏。最近几年，我到东西方参加科幻会议的时候，都会发现一个有趣的论题，就是如何利用科幻作品进行学校教育。参加这种讨论的人包括作家、教师、图书管理员和出版人，他们的目标只有一个，要在一个高速变化的时代给青年人以新的未来承受力。而这其中，我觉得最重要的努力，会来自作家。毕竟，教师、出版人、图书管理员在没有合适作品的状态下，无法作出有价值的工作。

令人兴奋的是，跟我一样对当前的世界变革与科幻变革具有敏感性的中国作家还有很多。大家熟知的刘慈欣和韩松，都通过邮件或面对面谈话，跟我讨论过相关的话题。而更多作家则用他们自己的作品来展示他们的思考。“沸点”丛书可以说是这种思考的结晶。

与“奇点”丛书不同，“沸点”丛书的作者都已经是中国科幻领域中具有深度影响力的作家，他们通过自己的思考和创作实践，敏锐地抓住现实与未来的关键特征，通过神秘而吸引人的故事，期待把这些有关未来的思考传递出来，给更多读者疗伤或免疫。

我觉得这套丛书有以下三个特点。

首先，它们来源很广。北方与南方、海峡的两岸……从不同方位不同角度不同社会状态下去观察未来，会提供多种可能的差异性解决方案。中国太过幅员辽阔，任何一个地区性的问题，在另一个地区都会改变模样，而生活在不同区域的作者所提供的差异巨大的解决方案，将丰富整个人类文化的视野，丰富人类选择的方式。

其次，它们积淀深厚。由于“沸点”丛书选择的都是已经在科幻行业中具有影响力的作者，从他们的多年思考中，能看到他们对许多问题的超前意识与深度反应。而这才是面对未来冲击的宝贵财富。阅读他们的作品，你能跟随他们一起让思想沸腾。

第三，它们关注全球化问题。如果说科幻作家在一百年前还可以偏居于狭小的世界，仅仅谈论资本主义或共产主义的各自未来，那么在今天，他必须对互联网、高速交通工具、全球股市、海洋污染、大气变化等建立起足够的框架，才能让读者从中领略真实。科幻作家是真实的创立者，更是真实的建构者和毁灭者。

恰恰是在上述三个特点的吸引下我阅读了“沸点”丛书的大部分作品。我向读者推荐这些作品，更期待读者就此跟作者进行讨论，对话，反馈，如果说未来正在伤害我们，且这种伤害是大范围的，那我们就必须通过集体治疗去消除伤害。

在微生物的存在未被发现之前，人类不懂得如何面对传染病的威胁。而微生物的发现和一系列连带的科研成果，使人认识到沸腾的重要作用。我觉得“沸点”丛书的最重要的价值是搭建了一个有价值的平台，在这个平台上，期待更多已经在文坛展露头脚的作家烘焙自己，让自己的创作走向沸点。

是为序。

于北京师范大学教育学部

科幻与创意教育研究中心

2013年8月27日

目录

三体外传

调查所得到的确切证据证明，太阳系将遭到外星力量的大规模入侵。入侵力量来自距太阳系五点五光年的贝塔星系，该星系由三颗恒星构成，在之前的天文观测中曾显示该星系有行星存在。入侵力量由一千艘左右的武装宇宙飞船构成。

人物：

刘总（央企领导， 五十岁左右）

小张（年轻工程师，二十八岁左右）

央视新闻播音员（可以用现成影像，配音即可）

舞台：

办公室，有窗户；有一台能够放映的电视机，屏幕尽可能大些，观众能基本看清；简单的办公用品，桌椅等；一个垃圾桶。办公室的后面最好以led显示屏为背景，屏幕上可显示天空。

【刘总坐在办公室里，用遥控器打开电视机，电视上开始放映中央电视台一套的节目（电视剧或综艺之类的，但不能是新闻，没有声音）。有人敲门，刘总应答后小张走进来，他背着一个不大的背包。】

小张：刘总，您今天还不回家呀？明天就是项目启动仪式了。

刘总：哦，小张。是，总算忙过这阵子了。我在这儿住了有一个月了吧，住惯了，今天是最后一天，一个人清静一会儿。（指指电视机，叹息）真的好累。

小张：明天的启动仪式场面很宏大啊，听说中央领导还要来？

刘总：是啊，这样大的工程。

小张：那……我想，那场合，像我这样的人去不去也无所谓吧。

刘总：你是来请假的吧？

小张：是，刘总，我想请一天假。

刘总：什么事啊？

小张：去参加一个会，华人科幻协会的星云奖大会。

刘总：记得去年你也去了，还跑到太原？

小张：是的，每年一次，以前我还去过成都。

刘总：（看着小张沉思片刻，指着椅子）来，坐，难得有空，咱们聊一聊。

【小张坐下。】

刘总：小张啊，你参加工作也有，大概……

小张：七年了。

刘总：可不是吗，时间过得真快。那时还是我招聘的你。记得面试时我问你，对于这个岗位，你认为自己有什么独特的优势，你还记得自己是怎么回答的吗？

小张：当然记得，我说我是一个科幻迷，我们这个群体是这个社会中思想最活跃的一群人，科幻对于我们而言不仅仅是一种文学形式，更是一个完整的精神世界，一种生活方式。我们是一群精神上的先遣队和探险者，先于其他人游历了各种各样的世界；我们从现实出发，放射状地体验各种可能。那些在别人眼中惊世骇俗的新思想，对我们来说不过是平淡无奇的老生常谈。对于接受未来观念的冲击，没有谁比我们准备得更好。我们现在正远远地站在前面，不耐烦地等着世界跟上来。我们将创造出更加震撼的东西来冲击世界。

刘总：呵呵，对，就是这些话。你显然是早有准备，像背文章似的。

小张：那就是一篇文章啊，一个科幻作者写的。

刘总：（看了一眼小张，转移话题）小张啊，最近遇到些挫折吧。

小张：（黯然伤神）

刘总：首先，工程要启动了，集中提拔了一批中层干部，但没有你，本来你自己对这件事是抱有很大期望的。

小张：（继续黯然伤神）

刘总：还有，你和程雯分手了。

小张：（更加黯然伤神）

刘总：年轻人嘛，有点儿挫折不是什么坏事，关键要搞清楚原因。你搞清楚这两件事的原因了吗？深层的原因。

小张：（摇头）

刘总：好了，不谈这些不愉快的事了，咱们谈些别的，谈些……出乎你预料的事，我们谈谈科幻。

小张：（意外地抬头看刘总）

刘总：再说七年前的招聘，当时好像有好几个应聘的吧？

小张：九个，其中还有两个“海龟”。

刘总：那你知道我为什么选择你吗？

小张：（摇头）

刘总：当然，有正常的原因，像我们这样的能源企业，注重安全和稳定运行，这就使得基层技术部门容易循规蹈矩，缺少创新，所以需要一些思想活跃的人。但还有一个特殊的原因：我也是一个科幻迷。

小张：（再次抬头看刘总，目光有些吃惊）

刘总：曾经是。

小张：您那时应该是……

刘总：20世纪80年代初吧。那时你刚出生，哦，好像还没有出生。

小张：那时国内的科幻很繁荣。

刘总：是啊，最早看到的是凡尔纳的东西，居然是繁体字的，那是20世纪50年代制的版，“文革”后又找出来重印。那书古色古香的，别有韵味，里面的铜版画插图真是精致漂亮。后来又出了威尔斯的东西，再后来，就有国内的科幻小说了。最先出现的是《珊瑚岛上的死光》，刊登在《人民文学》上。要说那时的作家真是幸运，凭着一篇短篇小说就能轰动全国，比如刘心武。而《珊瑚岛上的死光》也是轰动全国的，影响力不比《伤痕》小。记得杂志出来后的第二天，我们全班同学都在谈它，谈激光，谈潜艇……后来又出了《飞向人马座》，那是第一本把我带到太空中的书，很神奇的。我在课堂上看，让老师没收了。还有《小灵通漫游未来》……后来出版了比较现代的外国科幻，像《2001》《与拉玛相会》什么的，我看得如痴如醉——对从“文革”过来的人来说，那是一个新世界呀！

小张：（激动中连连点头）对，对……

刘总：那些书都是在同学们之间传着看，但我自己还买过一本，用卖废品的钱买的，《魔鬼三角与UFO》。

小张：（激动得站起来）那是国内出版的第一部西方科幻选集！

刘总：是啊……哦，不说这些大路货了，你显然都熟悉，说些稀罕的吧。《遥远的迭达罗斯》，当时国内唯一的一部科幻话剧剧本，写人类因地球污染而移居太空城，记得最后一幕很有诗意：在生态正在恢复的地球上，唯一的居民，一个老者，在河边钓鱼。

小张：这个……我没看过。

刘总：你没看过的多了。《最后一名癌症死者》也是科幻剧本，写的是从鲨鱼身上提取治癌的药物，被拍成了中国第一部科幻电视剧；《青春》系列是长篇，描写的是苏联在太空中建立庞大的军事基地，企图从太空攻击地球，中国宇航员发现了该基地，最后将其摧毁，这本书当时在班里也引起了轰动，大家都抢着看；还有令我印象很深的一篇《驯火者之死》，描写一个发明家发明了一种超级冷却衣，能使人进入火海，当宇宙飞船失火后，这人穿着那身衣服去救火却身亡，他不是被烧死的，而是被那衣服冻死的。

小张：这些我确实都没看过。

刘总：除了外星人、机器人这类常见的题材，我还记得当时的科幻小说中的一些很新奇的创意，比如把南极的冰山拖运过来，用其制冷以消灭台风；用转基因的玉米从土壤中提取黄金；利用麻风病细胞的侵蚀性和癌细胞的速生性进行整容手术；用电子网在海中放牧鱼群……有好多，我印象最深的一个创意是一种用吐烟圈方式排烟的大型烟筒，那些烟圈可以升到万米高空，避免了烟尘在地面造成的污染。前两天北京雾霾，我还想到了这个点子。

小张：（激动得想和刘总握手）刘总，您真是太了不起了！可这么多年……

刘总：是啊，这么多年我从来没提过这些。

小张：记得您当总工时，有一段时间我们常和您一起值夜班，大家聊到无话可说，您也从来没提过科幻。

刘总：（唤起青春回忆，感慨状）过去了，早就过去了。

小张：您从什么时候开始不再看科幻了？

刘总：就你这年纪。

小张：哦。

刘总：所以嘛，小张，你现在醒悟还不晚。

小张：醒悟？您是说……

刘总：我没说科幻不好，对当年成为科幻迷的那些时光也不后悔。年轻嘛，很正常，况且科幻真的能够拓宽思路，启发创造力。这方面你也没有让我失望，在工作中你确实比别人更有想法，更有创新精神。但是，小张啊，妈妈的乳汁再好，你也不能吃一辈子吧？

小张：……

刘总：人在每个年龄段，都要担当起与这个年纪相应的社会角色，有相应的思维方式和行为方式，有相应的处世原则。到了你这个年龄段，最需要的是什么？成熟，你到了该成熟的年龄了。

小张：我……

刘总：好了，我们回到开始时的话题，你最近遇到的挫折。先说工作上的，你工作能力并不差，在技术上肯钻研，以前的几个项目任务完成得都很好；群众关系嘛，也过得去。那这次没有被提拔的原因是什么？我现在违反一次组织纪律，把这次组织部的干部任用会议上的信息透露给你一点儿。关于你，大家的一致意见是——我用原话说啊——你看问题和处理问题的方式不稳重，太飘。换句话说，不成熟。（走近小张，语重心长地说）在我们央企环境里，可以容忍平庸，可以容忍出错，但不能容忍不成熟。

小张：（悲哀地点点头）好吧。可是刘总，这与科幻有什么关系？是科幻让我不成熟吗？

刘总：你觉得呢？

小张：我知道，你们都把科幻看成哄小孩的东西，其实不是的，在美国，科幻迷都是四五十岁的人。

刘总：那是美国，中国有中国的现实，你要适应这个现实。

小张：有评论家说过，科幻是唯一现实的文学。

刘总：这话很奇怪，科幻是现实的文学？时间旅行现实吗？外星人现实吗？

小张：外星人是现实的，可能再过一百个世纪我们都遇不到它们，也可能一夜之间它们就会出现在我们面前。

刘总：那外星人对明天要开工的工程有什么影响？外星人能帮你把跑了的女朋友找回来吗？现实，就是现在正在发生的实实在在的事，科幻不是现实，它让人脱离现实，而脱离现实，正是不成熟的表现。想想平时，大家都在谈些什么？现实。而你都在谈些什么？外星人、机器人、宇宙大爆炸、宇宙末日、弦论……

小张：作为科幻迷，我们总是在努力宣传科幻，让别人也知道和接受它，这您是知道的。

刘总：但你考虑过由此带给别人的印象吗？社会，就是一个趋同的网络，大家都是趋同的，关心同样的问题，用同样的方式思考。如果你显得另类，就不会被社会接纳，这对你的事业前途是致命的。就是这样，你与别人的思维方式不同，别人是现实思维，你是科幻思维，这就是你在现实中遇到挫折的根本原因所在。

小张：我……还是不太懂您说的。

刘总：那我举个例子。你是搞通讯的，我就举一个技术工作中的例子。那是三四年前了，项目的初可研阶段（注：全称是“初步可行性研究阶段”，但就得这么说，否则显得外行），你的专业需要规划一条专用的微波信息通道，要穿过上千公里的复杂地形，建立大量基站，工期长，投资大。你当时提出了一个方案：用系留气球把包括天线在内的基站吊在几千米的空中，这样避免了地形的阻拦，只要用数量很少的基站就能构成通讯链路。说实话，这想法当时把大家都镇住了。

小张：我觉得在理论和技术上都是可行的。

刘总：理论和技术上可行不等于现实中就可行，你这个方案在创新上可以打一百分，在现实性上只能打零分。首先，这没有现成的技术，从基站到气球，整个系统都要重新开发研制，这得花多少钱？需要多少时间？从现实看——我又谈现实了，从现实的技术上说，问题多了。气温的变化和气流的扰动会造成气球的高度上下波动，微波天线如何对准？当然你提过用一个带螺旋桨的稳定系统来保持气球的位置，那这系统的动力从哪儿来？用太阳能？你可以大概算算，就算是用比较贵的百分之三十转化率的光伏电池也远远不够，外挂电池板的话怎么解决抗风问题？那就干脆用风力发电？要吊起死沉的叶片和发电机，气球得多大？还有老化问题。气球用什么材料做我不知道，但在可接受的价格内肯定不耐久，时间稍长就会老化、漏气，那无论是打补丁还是更换，成本又是多少？

小张：（钦佩状）刘总，您不愧是专业出身，一下子就能想到这么多。

刘总：你接下来没说的是——否则我也坐不到这个位子上来。事实也是如此，这就是一个人的成熟和现实。其实你说这想法时，最多说到一半，我说的这些与会的专家们就已经想到了，但人家没点破你，都在仔细听，还夸你有想法。记得那会议已经开到半夜，大家昏昏欲睡，人家是拿你开心呢。现在你想想，你来这么一下子，是很科幻，但给别人一个什么样的印象？说你不成熟，冤枉你了吗？

小张：（心悦诚服地点头）刘总，听您一席话，胜读十年书啊！

刘总：那你就再读十年书吧，这次是程雯教你。我曾经旁敲侧击地问她为什么与你分手，她就说了一句，我一字不差地转述啊，她说："他……总是在想其他事。"这话意味深长啊，"其他事"。雯雯在总经理办公室工作时间不短了，我了解她，她不是那种追逐财富和地位的人，那些追她的人都是什么条件你也知道，人家偏偏看上了你。你可是……嗯，你们现在说的屌丝，没房没车，但你必须走在向着有房有车的路上。你现在这状态，至少在思想上没有走在这条路上，成天沉浸在远离现实的"其他事"上，哪个女孩子敢把自己托付给这样的男人？

【长时间沉默，小张坐在那里抱着头，刘总端起杯子喝水，无言地看着他。】

小张：其实这些年来，我也能感觉到这些。我何尝不知道自己在人们眼中是什么样子，只是装着不知道而已，现在您把这些都说开了。（决然地站起，从背包里拿出三本书）这是我正在看的科幻小说，刘总，我把书搁在这儿，把话也搁在这儿，从此，我与科幻一刀两断！

刘总：（把书递还）没必要这么极端嘛。科幻小说可以看，作为业余爱好不是不行，只不过你要明白，那都是些虚无缥缈的东西，不要让那些东西妨碍你面对现实，妨碍你成熟。

小张：（接过书扔到垃圾桶里）不看了，也不写了，一刀两断。谢谢您刘总，我真的该成熟起来了。

刘总：这就对了，你还年轻，做什么都不晚，关键是要找到你这个年纪正确的思维方式。

小张：好的，我明白了。那刘总我不打扰了，真的谢谢您。

刘总：接送车已经走了，一会儿我捎你回去吧。我的车去机场接人了，再坐一小会儿吧。我们就不看科幻片了，看看新闻，关注现实。

【刘总拿起遥控器放大电视机的声音，这时电视屏幕上出现了《新闻联播》的画面，播音员正神情严峻地说着什么，刘总对小张笑笑。】

小张：（看看表，又盯着电视）现在不是播新闻的时间啊。

新闻播音员：……中断正常节目播出，播送重要新闻，之后，相关新闻将连续滚动播出。

联合国安理会刚刚通过第2594号决议，联合国所有常任理事国和会员国一致同意，发布联合国安全理事会特别公告第一号，公告全文如下：

【电视上同时出现公告的字幕。】

到目前为止，联合国安全理事会各常任理事国，已经对地球范围、太阳系空间范围和太阳系外贝塔恒星系范围出现的异常现象进行了长时间的调查，之前各国的调查均处于秘密状态。在联合国安全理事会第7419次会议上，各调查国通报了调查的初步结果。在该次会议上，还通过了未公开的2310号决议，呼吁各调查国进行信息沟通，并在安全理事会的协调下开始联合调查。在本次安理会会议上，所有常任理事国均提交了联合调查的第一批报告。

调查所得到的确切证据证明，太阳系将遭到外星力量的大规模入侵。入侵力量来自距太阳系五点五光年的贝塔星系，该星系由三颗恒星构成，在之前的天文观测中曾显示该星系有行星存在。入侵力量由一千艘左右的武装宇宙飞船构成。目前天文观测已经发现外星舰队穿过星际尘埃云时留下的尾迹。

安全理事会建议立即召开联合国紧急特别大会，同时扩大安全理事会的规模和权限，成立行星防御委员会，以协调国际社会的防御行动。

安全理事会将尽快发布后续相关信息，同时发布常任理事国联合调查报告的摘要和全文。

【刘总和小张茫然地盯着电视，这则令人震惊的消息让他们都无语了。】

新闻播音员：据最新消息，紧急特别联大将在明天召开，同时，联合国安全理事会发布第二号特别公告。全文如下：

【电视上同时出现公告的字幕。】

联合调查得到的确切证据表明，外星入侵的微观武器已经到达太阳系并进入地球范围，外星微观武器处于基本粒子的微观尺度，但具有智能，可能产生巨大的破坏作用，对此现象的进一步……

【电视信号中断，屏幕一片空白。】

小张：微观武器？

刘总：（呆若木鸡）

【窗外，天色迅速变黑。】

小张：（冲到窗边向外看）天怎么黑得这么快？

【电视上重新出现图像，但有些不稳定。】

新闻播音员：……世界各地均观测到类似现象，地球正在被一张巨大的薄膜状物体所包围。据各方面的最新消息，薄膜是由外星微观武器产生的，拥有巨大尺度，并在十个小时前开始包围地球。现在，薄膜已经完成对地球的包裹，并在迅速失去透明度。薄膜产生的机制尚不清楚，据有关方面推测，这可能是微观武器从高维度向低维度的一种转变和展开……

【信号再次中断，窗外已经一片漆黑。】

小张：（虽然仍处于惊慌中，但已经从极度的震撼中逐步恢复）气温要骤降……

刘总：（呆若木鸡）

小张：一切都会封冻，恐龙就是这么灭绝的。

刘总：（呆若木鸡）

小张：（初步镇静下来）刘总，我们得去找取暖的东西，汽油、木材什么的，还有食品和水，得赶快！外面很快会混乱起来，很快会停电的！

刘总：（呆若木鸡）外……外……星？

小张：我先去了，您也赶快，大混乱之前我们得多存些东西。

刘总：（猛地抓住小张）你不能走！不能把我丢下！！

小张：刘总，是去找东西，我们一起去。

刘总：我不去！陈秘书，陈秘书。

小张：楼里没人了！

刘总：保安！司机！车怎么还没回来？（完全失控，歇斯底里）司机！保安！司机！

小张：刘总，您镇静，镇静！

刘总：（像孩子似的抓着小张乞求）我要回家，你送我……

小张：路可能已经堵了，给家里打个电话吧，告诉他们不要惊慌，赶快收集取暖物和食品、水。我也要打电话。

刘总：陈秘书！保安！司机！

小张：刘总镇静！我跟您说，如果那东西只是粒子低维展开，它就很薄，薄得不能再薄，地球有对付它的办法！相信我吧，肯定有办法！

【电视信号恢复。】

新闻播音员：……联合国国防部发言人称，第二炮兵某部已经向近地轨道连续发射四枚东风四十一型洲际导弹。同时，据最新消息，美国和俄罗斯也在更早的时候采取类似行动，向近地轨道连续发射多枚洲际弹道导弹，首批导弹已经接近目标。

小张：看到没有？刘总，地球在反击！

刘总：（喘息着继续呆若木鸡）

【窗外天空中突然出现了一束阳光，射向黑暗的大地。】

小张：打中了，炸开一个口子！

【第二束、第三束光在天空中相继出现。】

刘总：还……还是黑……

小张：不怕的，那个大薄膜破了口，上面的应力就不均匀了，地球引力和太阳风会把它撕碎的。

【天空中的光束扩大，渐渐复明，很快白昼重新出现。】

小张：首战告捷！刘总，没事了。

刘总：（初步恢复）哦，哦。

小张：来，喝点水吧。

【刘总手发抖着端起杯子喝水，然后颤抖着摸出打火机，打着火后才发现手里还没拿烟。】

小张：（递过烟关心地问）您好些了吗？

刘总：（长吐一口烟，擦擦冷汗，浑身瘫软在椅子上）这……（抬头看小张）还不到一夜之间呢。

小张：是啊，真的发生了。

【电话响起，刘总接起。】

刘总：啊，高部长，嗯……嗯……知道了，好的，明白。（放下电话面对小张）上级通知，中央的紧急会议正在进行中，很快会有确切的精神和指示，现在让各级部门坚守岗位，首先要全力避免恐慌情绪的蔓延。

【电话又响起，刘总接起。】

刘总：啊，好的，知道了，理解理解。（放下电话面对小张）明天的项目启动仪式取消，工程无限期推迟，因为以后的政治和经济形势都未知啊！（摇头苦笑）我刚才说错了，外星人对项目还真是有影响。

【电话第三次响起，刘总接起。】

刘总：高部长，啊，啊，您是说4号输电线，昆陵线吧？哦，（较长时间倾听）什么？！您说多长时间？啊啊，我知道我没听错，可……情况您是了解的，我……好，好，我立刻去安排，但这真的……好，好，明白！（放下电话面对小张）上级又通知，这个项目并没有被完全取消，输电部分的一个工程还要建设，4号输电线。

小张：就是那条七百五十千伏的超高压？

刘总：是的，工期不得超过十五天，还要尽量提前。

小张：啊？十五天！这……不是在开玩笑吗？

刘总：以前是，以后没有玩笑可开了。上级说，敌人的微观武器可能再次低维展开，这一次不会再包裹地球，会换一种未知的打击方式，比如可能展开成一面巨大的反射镜，把阳光聚焦到地球上的某点，一次就能烧毁一座城市。

小张：这太可怕了！要是那样，反射镜可能处于更高的轨道，目标也更小，用洲际导弹防御就难了。

刘总：（点头）你现在脑子真清楚，上级也是这么说的。有一种正在试验的新式装备可能更有效，大概是高能伽马射线激光阵列。但如果投入实战，功率达百万千瓦，4号输电线就是向这种装备的基地供电的。

小张：这条线路穿过崇山峻岭，地形复杂，计划工期可是一年半啊！十五天怎么可能完成？

刘总：没办法，现在已是生死存亡之际。上级指示可以使用任何非常规方法，调动任何可以调动的资源，但工期就是十五天。（仰天自语）我架设高压输电线一辈子了，有什么非常规方法呢？

小张：气球，刘总，气球！

刘总：（猛地转头盯着小张）

小张：用大型气球先吊起高压输电电缆的一头，用直升机拖曳前进，然后每隔一段把电缆挂到新的气球上。这些气球抬着电缆向目的地前进，根本不用接触地面，到位后把所有气球在地面系留，最后就架成了一条挂在气球上的空中高压输电线！

刘总：（连连点头）好主意！在这种情况下，气球的高度波动并不是问题，一时间也不存在老化问题。

小张：可去哪里找这么多的气球呢？应该是氦气球吧？

刘总：这应该能办到。我们先把数量估计一下，那种薄膜软式探空气球造起来很快，时间有些紧，但来得及，以后有时间再替换成更耐久的型号。小张，这个想法是你的，我会向各方面说明这一点的，这绝对有利于你以后的事业发展。

小张：刘总，这些，还重要吗？

刘总：（蓦然回到现实）是啊，不再重要了，生活大变了。

小张：（接手机）啊，是雯雯？你在哪儿？你还好吗？啊……好，好！

刘总：程雯给你打电话了？

小张：是的，她想见我，说眼前发生的这些事她觉得有些熟悉，想起来是我以前给她讲过。她说现在想起我，有种可依靠感。

刘总：哦，好……明天那个星云奖大会也开不成了吧？

小张：我想还会开，没有比现在有更充分的理由开这个会了。

刘总：是啊，你们不会像我们这样恐慌，你们从威尔斯的时代就对这一天做好了准备。

小张：是从玛丽·雪莱的时代。

刘总：那你去吧。

小张：刘总，这个非常时期，我……

刘总：去吧，从此，宇宙和星星已经是现实的一部分了。哦，这次获奖的小说里有写外星人的吗？

小张：我还不知道哪篇获奖。

刘总：那好，明后天把获奖作品都带给我看看，不管是不是写外星人的。以后，得换一种思维方式了，得成熟起来，我是说我自己。

小张：那，刘总，我先走了。

刘总：好的，记着先给家里打电话。

小张：（走到门前转身）刘总，您多保重，外面已经是一个新时代了。(转身出门)

刘总：(缓缓起身望向窗外)是啊，科幻的时代。

全剧终

2018年4月1日

窗外的夜空中，黎明前的星星发出了它们最后的寒光，与城市辉煌的灯海相比，星星如此暗淡，刚能被辨认出来，但它们是永恒的象征。就在这一夜，不知有多少与我一样的新新人类上路了，不管好坏，我们将是第一批真正触摸永恒的人。

2018 年 4 月 1 日　晴

又是犹豫的一天，这之前我已经犹豫了两三个月，犹豫像一潭死滞的淤泥。我感觉自己的生命在其中正以几十倍于从前的速度消耗着，这里说的“从前”是我没产生那个想法的时候，是基延还没有商业化的时候。

从写字楼顶层的窗子望出去，城市在下面扩展开来，像一片被剖开的集成电路，我不过是那密密麻麻的纳米线路中奔跑的一个电子，真的算不了什么，我做出的决定也算不了什么，所以决定就可以做出了……可是像以前多少次一样，决定还是做不出，犹豫还在继续。

强子又迟到了，带着一股风闯进办公室，他脸上有瘀青，脑门上还贴着一块创可贴，但他显得很自豪，扬着头，像贴着一枚勋章。他的办公桌就在我的对面。他坐下后没开电脑，眼睛直勾勾地看着我，显然等我发问，但我没那个兴趣。

“昨晚在电视里看到了吧？”强子兴奋地说。

他显然是指“生命水面”袭击市中心医院的事，那也是国内最大的基延中心。医院雪白的楼面上出现了两道长长的火烧的黑色痕迹，像如玉的美人脸被脏手摸了一下，很惊心。“生命水面”是众多反基延组织中规模最大的一个，也是最极端的一个，强子就是其中的一员，但我没在电视中看到他。当时，医院外面的人群像愤怒的潮水。

“刚开过会，你知道公司的警告，再这样你的饭碗就没了。”我说。

基延是基因改造延长生命技术的简称，通过去除人类基因中产生衰老时钟的片断，可将人类的正常寿命延长至三百岁。这项技术在五年前开始被商业化应用，现在却演化为一场波及全世界的社会和政治灾难，原因是它太贵了。在这里，一个人的基延价格相当于一座豪华别墅的价格，只有少数人能消费得起。

“我不在乎，”强子说，“对于一个连一百岁都活不到的人来说，我在乎什么？”他说着点上一支烟。办公室里严禁吸烟，看来他是想表示自己真的不在乎。

“嫉妒，嫉妒是一种有害健康的情绪。”我挥手驱散着眼前的烟雾，“以前也有很多人因为交不起医疗费而减少寿命的。”

“那不一样，看不起病的人是少数，而现在，百分之九十九的人眼巴巴地看着那百分之一的有钱人活三百岁！我不怕承认嫉妒，是嫉妒在维护着社会公平。”他从办公桌上探身凑近我，“你敢拍胸脯说自己不嫉妒？加入我们吧。”

强子的目光让我打了个寒战，一时间真怀疑他看透了我。是的，我就要成为一个他嫉妒的对象了，我就要成为一个基延人了。

其实我没有多少钱，三十多岁一事无成，还处于职场的最底层。但我是财务人员，有机会挪用资金。经过长期的策划，一切都已完成，现在我只要点一下鼠标，基延所需的五百万新人民币就能进入我的秘密账户，然后再转到基延中心的账户上。在这方面我是个很专业的人，在迷宫般的财务系统中我设置了层层掩护，至少要半年时间，这笔资金的缺口才有可能被发现。那时，我将丢掉工作，将被判刑，将被没收全部财产，将承受无数鄙夷的目光……

但那时的我已经是一个能活三百岁的人了。

可我还在犹豫。

我仔细研究过法律，按贪污罪量刑，五百万元最多判二十年。二十年后，我前面还有二百多年的诱人岁月。现在的问题是，这么简单的算术题，难道只有我会做吗？事实上只要能进入基延一族，现有法律中除死刑之外的所有罪行都值得一犯。那么，有多少人和我一样处于策划和犹豫中？这想法催使我尽快行动，同时也使我畏缩。

但最让我犹豫的还是简简，这已经属于理性之外了。在遇到简简之前，我不相信世界上有爱情这回事；在遇到她之后，我不相信世界上除了爱情还有什么。离开她，我活两千年又有什么意思？现在，在人生的天平上，一边是两个半世纪的寿命，另一边是离开简简的痛苦，天平几乎是平的。

部门主管召集开会。从他的表情我就能猜出来，这个会不是安排工作，而是针对个人。果然，主管说他今天想谈谈某些员工“不能被容忍的”社会行为。我没有转头看强子，但知道他要倒霉了，可主管说出的却是另一个人的名字。

“刘伟，据可靠消息，你加入了 IT 共和国？”

刘伟点点头，像走上断头台的路易十六般高傲：“这与工作无关，我不希望公司干涉个人自由。”

主管严肃地摇摇头，冲他竖起一根手指：“很少有事情是与工作无关的，不要把你们在大学中热衷的那一套带到职场上来。如果一个国家可以在大街上骂总统那叫民主，但要是每个人都不服从老板，这个公司肯定会崩溃的。”

“虚拟国家就要被承认了。”

“被谁承认？联合国，还是某个大国？别做梦了。”

其实主管最后这句话中并没有多少自信。现在，人类社会拥有的领土分为两部分，一部分是地球各大陆和岛屿，另一部分则是互联网广阔的电子空间。后者以快百倍的速度重复着文明史。在那里，经历了几十年无序的石器时代之后，国家顺理成章地出现了。虚拟国家主要有两个起源，一是各种聚集了大量ID的BBS，二是那些玩家已经上亿的大型游戏。虚拟国家有着与实体国家相似的元首和议会，甚至拥有只在网上出现的军队。实体国家以地域和民族划分，而虚拟国家主要以信仰、爱好和职业为基础组建。每个虚拟国家的成员都遍布全世界，多个虚拟国家构成了虚拟国际，现已拥有二十亿人口，并建立了与实体国际对等的虚拟联合国，成为叠加在传统国家之上的巨大的政治实体。

IT共和国就是虚拟国际中的一个超级大国，人口已达八千万，且还在迅速增长中。这是一个主要由IT工程师组成的国家，有着咄咄逼人的政治诉求，也有着对实体国际产生作用的强大力量。我不知道刘伟在其中的公民身份是什么。据说IT共和国的元首是某个IT公司的普通小职员，相反，也有不止一个实体国家的元首被曝是某个虚拟国家的普通公民。

主管对大家进行严重警告，不得拥有第二国籍，并阴沉地让刘伟到总经理办公室去一趟，然后宣布散会。我们还没有从座位上起身，一直待在电脑屏幕前的郑丽丽让人头皮发炸地大叫起来，说出大事儿了，让大家看新闻。

我回到办公桌前，把电脑切换到新闻频道，看到紧急插播的重要新闻。播音员一脸阴霾地播报，在联合国否决IT共和国要求获得承认的3617号决议被安理会通过后，IT共和国向实体国际宣战，半个小时前已经开始了对全世界金融系统的攻击。

我看看刘伟，他对这事好像也很意外。

画面切换到某个大都市，鸟瞰着高楼间的街道，长长的车流拥堵着，人们从车中和道路两旁的建筑物中纷纷拥出，像是发生了大地震一般。镜头又切换到一家大型超市，人群像黑色的潮水般涌入，疯狂地争抢货物，一排排货架摇摇摆摆，像被潮水冲散的沙堤……

“这是干什么？”我惊恐地问。

“还不明白吗？！”郑丽丽继续尖叫道，“要均贫富了！所有的人都要一文不名了！快抢吃的呀！”

我当然明白，但不敢相信噩梦已成现实。传统的纸币和硬币已在三年前停止流通，现在即使在街边小货亭买盒烟也要刷卡。在这个全信息化时代，财富是什么？说到底不过是计算机存储器中的一串串脉冲和磁印。以这座华丽宏伟的写字楼来说，如果相关部门中所有的电子记录都被删除，公司的总裁即使拿着房产证，也没有人承认他的所有权。钱是什么？钱只是一串比细菌还小的电磁印记和转瞬即逝的脉冲。对于 IT 共和国来说，实体世界上近一半的 IT 从业者都是其公民，抹掉这些印记是很容易的。

程序员、网络工程师、数据库管理员这类人构成了 IT 共和国的主体，这个阶层是 19 世纪的产业大军在 21 世纪的再现，只不过劳作的部分由肢体变成大脑，繁重程度却有增无减。在浩如烟海的程序代码和迷宫般的网络软硬件中，他们如二百多年前的码头搬运工般背起重负。信息技术的发展一日千里，除了部分爬到管理层的幸运儿，其他人的知识和技能很快过时，新的 IT 专业毕业生如饥饿的白蚁般成群涌来，老的人（其实不老，大多三十出头）被挤到一边，被代替和抛弃，但新来者没有丝毫得意——这也是他们中大多数人不算遥远的前景……这个阶层被称作技术无产阶级。

“不要说我们一无所有，我们要把世界格式化！”这是一句被篡改的国际歌歌词。

我突然像遭雷劈一样：天啊，我的钱！那些现在还不属于我，但即将为我买来两个多世纪生命和生活的钱，要被删除了吗？但如果一切都格式化了，结果不是都一样吗？我的钱、我的基延、我的梦想……我眼前发黑，像只无头苍蝇般在办公室中来回走着。

一阵狂笑使我停下脚步，笑声是郑丽丽发出的，她笑得弯下了腰。

“愚人节快乐。”冷静的刘伟扫了一眼办公室一角的网络交换机说。我顺着他的目光看去，发现交换机与公司网络断开了，郑丽丽的笔记本电脑接在上面，充当了服务器。为了这个愚人节笑话，她肯定费了不少劲，主要是做那些新闻画面，但在这个一个人猫在屋里就能用 3D 软件做出一部大片的时代，这也算不了什么。

别人显然并不觉得郑丽丽的玩笑过分了。强子又用那种眼光看着我说：“怎么了？应该是他们发毛才对啊，你怕什么？”他指指高管们所在的上层。

我又出了一身冷汗，怀疑他是不是真看透我了，但我最大的恐惧不在于此。

世界格式化，真的只是 IT 共和国中极端分子的疯话？真的只是一个愚人节玩笑？吊着这把悬剑的那根头发还能支撑多久？

一瞬间，我的犹豫像突然打开的强光灯下的黑暗那样消失了，我决定了。

晚上我约了简简，当我从城市灯海的背景上辨认出她的身影时，坚硬的心又软了下来。她那小小的剪影看上去那么娇弱，像随时都会被一阵微风吹灭的烛苗，我怎么能伤害她？当她走近，我看到她的眼睛时，心中的天平已经完全倾向另一个方向——没有她，我要那两百多年有什么用？时间真会抚平创伤吗？那可能不过是两个多世纪漫长的刑罚而已。爱情使我这个极端自私的人又崇高起来。

但简简先说话了，说出的居然是我原来准备向她说的话，一字不差：“我犹豫了好长时间，我们还是分手吧。”

我茫然地问她为什么。

“很长时间后，当我还年轻时，你已经老了。”

我花了好半天才理解了她的意思，随即也读懂了她那刚才还令我心碎的哀怨目光——我本以为她已经看透了我或猜到了些什么。我轻轻笑了起来，很快变成仰天大笑。我真是傻，傻得不透气，也不看看这是什么时代，也不看看我们前面浮现出怎样的诱惑。笑过之后，我如释重负，浑身轻松得像要飘起来了，不过与此同时，我还是真诚地为简简高兴。

“你哪来那么多钱？”我问她。

“只够我一个人的。”她低声说，眼睛不敢看我。

“我知道，没关系，我是说你一个人也需要不少钱的。”

“父亲给了我一些，一百年时间是够的。我还存了一些钱，到那时利息应该不少了。”

我知道自己又猜错了，她不是要做基延，而是要冬眠。这是另一项已经商业化的生命科学成果，在零下五十摄氏度左右的低温状态，通过药物和体外循环系统使人体的新陈代谢速度降至正常状态的百分之一。人在冬眠中度过一百年时间，生理年龄仅长了一岁。

“生活太累了，也无趣，我只是想逃避。”简简说。

“到一个世纪后就能逃避吗？那时你的学历已经不被承认，也不适应当时的社会了，能过得好吗？”

“时代总是越来越好的，实在不行我到时候再接着冬眠，还可以做基延，到那时一定很便宜了。”

我和简简默默地分别了。也许，一个世纪后我们还能再相会，但我没向她承诺什么，那时的她还是她，而我已经是一个经历了一百三十多年沧桑的人了。

简简的背影消失后，我没再犹豫，拿出手机登录到网银系统，立刻把那五百万元新人民币转到基延中心的账户上。虽然已近午夜，我还是很快收到了中心主任的电话。他说明天就可以开始我的基因改良操作，顺利的话一周就能完成。他还郑重地重复了中心的保密承诺。（身份暴露的基延族中，已经有三人被杀）

“你会为自己的决定庆幸的，”主任说，“因为你将得到的不只是两个多世纪的寿命，还可能是永生。”

我明白这点，谁也不知道两个世纪后会出现什么样的技术，也许到时可以把人的意识和记忆拷贝出来，做成永远不丢失的备份，随时可以灌注到一个新的身体中；也许根本不需要身体，我们的意识在网络中像神一般游荡，通过数量无限的传感器感受着世界和宇宙，这真的是永生了。

主任接着说：“其实，有了时间就有了一切，只要时间足够，一只乱敲打字机的猴子都能打出《莎士比亚全集》，而你有的是时间。”

“我？不是我们吗？”

“我没有做基延。”

“为什么？”

对方沉默良久后说：“这世界变化太快了，太多的机会、太多的诱惑、太多的欲望、太多的危险，让我觉得头晕目眩，毕竟岁数大了。不过你放心，”他接着说出了简简那句话，“时代总是越来越好的。”

现在，我坐在自己狭小的单身公寓中写着这篇日记，这是我有生以来记的第一篇日记，以后要坚持记下去，因为我总要留下些东西。时间也会让人失去一切，我知道，长寿的并不是我，两个世纪后的我肯定是另一个陌生人了。其实仔细想想，自我的概念本来就很可疑，构成自我的身体、记忆和意识都在不断的变化中：与简简分别之前的我，以犯罪的方式付款之前的我，与主任交谈之前的我，甚至在打出这个“甚至”之前的我，都已经不是同一个人了，想到这里我很释然。

但我总是要留下些东西的。

窗外的夜空中，黎明前的星星发出了它们最后的寒光，与城市辉煌的灯海相比，星星如此暗淡，刚能被辨认出来，但它们是永恒的象征。就在这一夜，不知有多少与我一样的新新人类上路了，不管好坏，我们将是第一批真正触摸永恒的人。

白垩纪往事

在被高温汽化之前，两只蚂蚁看到有一轮雪亮的太阳从西方的地平线上迅速升起，那太阳的体积急剧膨胀，最后占据了半个天空，大地上的一切在瞬间燃烧起来。反物质湮灭的海岸距这里有上千公里，冲击波要几十分钟后才能到达，但在这之前，一切都早已在烈火中结束了。

这是六千五百万年前白垩纪晚期的普通的一天，真的不可能搞清是哪一天了，但确实是普通的一天。这一天的地球，是在平静中度过的。

那时各大陆的形状和位置与现在大不相同，恐龙主要分布在两块大陆上，其一是冈瓦纳古陆，它在几亿年前是地球上唯一的完整大陆，现在经过分裂，面积已大为减小，但仍有现在的非洲和南美洲合起来那么大；其二是罗拉西亚大陆，是从冈瓦纳古陆分裂出去的一块大陆，后来形成了现在的北美洲。

在这一天，在所有的大陆上，所有的生命都在为生存而奔波。在这蒙昧的世界上，它们不知道自己从哪里来，也不关心自己到哪里去。当白垩纪的太阳升到正空时，当苏铁植物的大叶子在地上投下的影子缩到最小时，它们只关心从哪里能找到自己今天的午餐。

一头霸王龙找到了自己的午餐。它此时正处于冈瓦纳古陆的中部地区，在一片高大的苏铁林中的一块阳光明媚的空地上。它的午餐是一条刚刚抓到的肥硕的大蜥蜴。它用两只大爪把那只拼命扭动的蜥蜴一下撕成两半，把尾巴那一半扔进大嘴里，津津有味地大嚼起来，这时它对这个世界和自己的生活很满意。

就在距霸王龙左脚一米左右的地方，有一个蚂蚁聚集的小镇，镇子大部分处于地下，里面生活着一千多只蚂蚁。今年的旱季很长，日子越过越难了，它们已经连着两天挨饿了。

霸王龙吃完后，后退两步，满意地躺在树阴里睡午觉了。它的倒卧使蚂蚁小镇产生了一场强烈的地震，拥到地面的蚂蚁们看到霸王龙的身躯像远方一道高大的山脉。不一会儿地震又发生了，只见那道“山脉”在大地上来回滚动着：霸王龙把一只巨爪伸进嘴里，在巨牙间使劲抠着。蚂蚁们很快明白了恐龙睡不着的原因：牙缝里塞了肉，它很难受。

蚂蚁小镇的镇长突然间有了一个主意，它攀上一株小草，向下面的蚁群发出一股气味语言。气味所到之处的蚂蚁们很快理解了镇长的意思，也发出气味把这信息传播开来。蚁群中触角挥动，出现了一阵兴奋的浪潮。随后，在镇长的率领下，蚁群向霸王龙行进，在地面形成了几道黑色的“小溪”。

十分钟后，蚂蚁们便跟着镇长开始登上霸王龙的巨爪。霸王龙看到了前臂上的蚁群，挥起另一只手臂要把它们扫下去。它挥起的巨掌如一片乌云，瞬间遮住了正午的太阳，蚁群所在的前臂“平原”立刻暗了下来。蚂蚁们惊恐地仰望着空中的巨掌，急剧挥动着它们的触须，镇长则抬起触角指着霸王龙的大嘴，其他蚂蚁也学着镇长的样子，一起指着霸工龙的嘴。霸王龙愣了几秒钟，似乎明白了蚂蚁的意思。它想了想，把举着的那只爪子放了下来，前臂“平原”上立刻云开日出。霸王龙张开大嘴，将爪子的一根指头搭到它的巨牙上，形成了一座沟通前臂平原与巨牙的桥梁。蚂蚁犹豫着，镇长首先向指头走去，蚁群随后跟上。

一群蚂蚁很快走到了手指的尽头，它们站在那光滑的圆锥形指尖上，充满敬畏地向霸王龙的嘴里看了一眼。它们仿佛面对着一个处于雷雨前的暗夜中的世界，一阵充满血腥味的、潮湿的大风迎面刮来，那无尽的黑暗深处有“隆隆”的雷声传来。当蚂蚁们的眼睛适应了黑暗，模糊地看到黑暗中的远方有一大片更黑的区域，那片区域的边界还在不断地变幻着形状。好半天蚂蚁们才明白那是霸王龙的嗓子眼儿，“隆隆”的雷声就是从那里传出的，这声音是从那大黑洞深处的胃里发出的。蚂蚁们惊恐地收回目光，纷纷从指尖爬上了霸王龙的巨牙，然后沿着牙面那白色的光滑峭壁爬下去。在宽大的牙缝中，蚂蚁们开始用它们有力的双颚撕咬卡在那里的、粉红色的蜥蜴肉。这时霸王龙已经把指头搭到了上排牙上，后来的蚂蚁持续不断地爬上去，然后进入牙缝中吃肉，这使得上牙的情景仿佛是下牙的镜像。在恐龙的十几道牙缝中，有上千只蚂蚁在忙碌着。很快，牙缝中的残肉被剔得干干净净。

霸王龙牙齿间的不适感消失了，它还没有进化到能说声谢谢的地步，只是快意地长出一口气，一时间突然出现的飓风掠过两排巨牙，把所有的蚂蚁都吹了出去。蚁群像一片黑色的灰尘纷纷从空中飘落。由于它们的身体极轻，所以都安然无恙地降落在距霸王龙头部一米多远的地方。饱餐一顿的蚂蚁们心满意足地向小镇的入口走去，而消除了齿间不适的霸王龙，又打了一个滚回到凉爽的树阴里，舒适地睡去。

地球在静静地转动着，太阳无声地滑向西方，苏铁植物的影子在悄悄拉长，林间有蝴蝶和小飞虫在静静地飞着。在远方，远古大洋上的浪花拍打着冈瓦纳古陆的海岸。

没有人知道，在这宁静的一刻，地球的历史已被扭向另一个方向。

/ 一 /

时光飞逝，五万年过去了。

恐龙和蚂蚁相互依存的关系一直延续下来，两个物种一同创造了白垩纪文明，跨越了石器时代、青铜时代、铁器时代、蒸汽机时代、电气时代、原子时代，现在进入了信息时代。

恐龙在各大陆上建起了巨大的城市，这些城市中有上万米高的大楼，站在它们的楼顶向下看，就像坐在我们的飞机上鸟瞰一样，可以看到云层几乎贴着大地。这些巨楼站立在云海之上，当下面的云很密时，处于万里晴空之中的顶层的恐龙就会打电话问底层的门卫，下面是不是在下雨，以决定它们下班回家时要不要带伞。它们的伞也很大，像我们马戏团的顶棚。它们的汽车每一辆都有我们的一幢楼房那么大，行驶时地面都会颤动。恐龙的飞机像我们的巨轮那么大，飞行时如惊雷滚过长空，并在地面上投下大大的影子。恐龙还进入了太空进行探险，在地球同步轨道上运行着它们大量的卫星和飞船，这些航天器同样是庞然大物，在地面上就能看出其形状。恐龙的世界是由庞大而复杂的计算机网络连在一起的，它们的计算机键盘上的每一个键都有我们的电脑屏幕那么大，而它们的电脑屏幕像我们的一面墙那么宽。

与此同时，蚂蚁世界也进入了先进的信息时代。蚂蚁世界的能源动力与恐龙世界完全不同。它们不使用石油和煤炭，而是采集风力和太阳能。在蚂蚁城市中能看到大量的风力发电机，外形和大小与我们的孩子玩的纸风车相仿，城市的建筑表面都是一种光亮的黑色材料，那是太阳能电池。蚂蚁世界的另一个重要技术是用生物工程制造的动力肌肉，这种动力肌肉的外形像一根根粗电缆，注入营养液后就能够进行各种频率的伸缩以产生动力。蚂蚁的汽车和飞机都是由这种动力肌肉作为发动机的。蚂蚁也有计算机，它们都是米粒大小的圆粒。与恐龙的计算机不同，没有任何集成电路，所有的计算都是由复杂的有机化学反应完成。蚂蚁的计算机没有显示屏，它用化学气味输出信息。这些极其复杂精细的气味只有蚂蚁能够分辨，蚂蚁用感觉可以把这些气味翻译成数据、语言和图像。这些粒状化学计算机同样联成了庞大的网络，只是它们之间的联网不是通过光纤和电波，而是通过化学气味，计算机之间用气味语言来交换信息。蚂蚁社会的结构与我们今天见到的蚁群大不相同，反倒更像我们人类。由于采用生物工程生产胚胎，蚁后在生殖繁衍后代中的作用已微不足道，所以它们在蚂蚁社会中没有今天这样的地位和重要性。

蚂蚁和恐龙两个世界间形成了一种相互依存的关系，四肢笨拙的恐龙依赖蚂蚁的精细操作技能。在恐龙世界的所有工厂中，都有大量的蚂蚁在工作，它们主要从事恐龙工人无法胜任的微小零件的制造、精密设备和仪器的操作、维护和维修等。蚂蚁在恐龙社会发挥重要作用的另一个重要领域是医学，恐龙的所有手术仍然由蚂蚁医师们进入它们那巨大的内脏来实施。蚂蚁拥有了许多精密的医疗设备，包括微小的激光手术刀、能够在恐龙血管中行驶并清淤的微型潜艇等。

冈瓦纳古陆上的蚂蚁帝国最后统一了各个大陆上的未开化的蚂蚁部落，建立了名叫蚂蚁联邦的、覆盖整个地球的蚂蚁世界。

与蚂蚁世界相反，原本统一的恐龙帝国却发生了分裂——罗拉西亚大陆独立，建立了另一个庞大的恐龙国家——罗拉西亚共和国。后来经过上千年的扩张，冈瓦纳帝国占据了原生印度、原生南极和原生澳大利亚，而罗拉西亚共和国则把自己的版图扩张至原生亚洲和原生欧洲两个大陆。冈瓦纳帝国主要由霸王龙组成，而罗拉西亚共和国主要由暴龙组成。双方在领土扩张的漫长历史中不断爆发战争。但在最近的两百年，随着核时代的到来，战争却停止了。这完全是核威慑的结果，两个大国都贮存了大量的热核武器，战争一旦爆发，这些核弹会使地球变成一个没有生命的放射性熔炉。正是对共同毁灭的恐惧，使白垩纪地球维持了这针尖上的可怕和平。

随着时间的流逝，恐龙社会在地球上急剧膨胀，它们的人口迅速增加，各个大陆变得拥挤起来，环境污染和核战争两大威胁变得日益严重。蚂蚁和恐龙两个世界间的裂痕再次出现，白垩纪文明笼罩在一层不祥的阴云之中。

在刚刚闭幕的本年度龙蚁峰会上，蚂蚁世界要求恐龙世界采取断然措施，销毁所有核武器，保护环境和限制人口增长。在要求被拒绝后，白垩纪世界中的所有蚂蚁全体罢工。

/ 二 /

冈瓦纳帝国首都，在高耸入云的皇宫中一间宽阔的蓝色大厅，达达斯皇帝躺在一张大沙发上，用大爪捂着左眼，不时痛苦地呻吟一声。围着它站着几头恐龙，它们是：国务大臣巴巴特、国防大臣洛洛加元帅、科学大臣尼尼坎博士、医疗大臣维维克医生。

维维克医生欠身看着皇帝说："殿下，您的左眼已经发炎了，急需手术，但现在找不到动眼科手术的蚂蚁医生，只能用抗生素等药物维持。这样下去，您的这只眼睛有失明的危险。"

"见鬼！"皇帝咬牙切齿地说，接着问维维克医生，"全国的医院都没有蚂蚁医生了吗？"

维维克点点头："是的殿下，大量需要手术的病人得不到治疗，已经引起了一定的社会恐慌。"

"大概更大的恐慌不是来自于此吧？"皇帝说着，转向国务大臣。

巴巴特欠一下身说："当然，殿下。现在，全国有三分之二的工厂已经停工，有几个城市还停电，罗拉西亚共和国的情况比我们也好不到哪里去。"

"那些恐龙能够操纵的机器和生产线也停下来了吗？"

"是的殿下，在制造业，比如汽车制造之类，如果精细的小部件造不出来，那些恐龙能够生产的大部件也无法装配成能够使用的成品，所以也都停止生产了。在另外一些工业部门，如化工和发电，蚂蚁罢工刚开始还影响不大，但后来随着设备故障的增加，维修又跟不上，瘫痪的工厂就越来越多了。”

皇帝暴跳如雷：“龙蚁峰会刚结束，我就命令你们在全国范围内对恐龙产业工人进行紧急培训，以使它们能够逐步胜任原来由蚂蚁从事的精细操作。”

“殿下，这几乎是一件不可能的事。”

“对于伟大的冈瓦纳帝国来说，没有什么是不可能的！在帝国漫长的历史中，冈瓦纳恐龙经历过比这严重得多的危机——我们赢得过多少次敌众我寡的血战，多少次扑灭了覆盖整个大陆的森林大火，多少次在大陆板块运动后岩浆横流的大地上生存下来……”

“但是殿下，这次不同……”

“有什么不同的？只要勤学苦练，恐龙也能拥有一双灵巧的手。我们的世界不会因此而屈服于那些小虫子的要挟！”

“我将让您看到，这是一件多么困难的事……”国务大臣说着，张开它的大爪，把两根红色的电线放到沙发上，“殿下，您能试着做一个维修机器设备最基本的操作——把这两根导线连接起来吗？”

达达斯皇帝大爪的每根指头都有半米长，比茶杯还粗，那两根直径三毫米的电线，在它看来比我们眼中的头发丝还细。它费了很大劲，蹲在那里把两眼紧凑在沙发上，试图把那两根电线捏起来，爪子粗大的锥形指甲像几颗小炮弹般光滑，夹起的电线最终都滑落下去，更谈不上剥开电线的胶皮进行连接了。皇帝叹了口气，不耐烦地一挥爪子把电线扫到地上。

“就算您最终练就了这接线的细功夫，还是无法进行维修工作，我们这粗大的手指不可能伸进那些只有蚂蚁才能钻进去的精密机器中。”

“唉——”科学大臣尼尼坎长叹一声，感慨道，“早在八百年前，先皇就看到了恐龙世界对蚂蚁细微操作技能的依赖所产生的危险，并做出了巨大的努力，研究新的技术和设备以摆脱这种依赖。但恕我冒昧，在包括殿下在位的这两个世纪，这种努力几乎停止了，我们舒适地躺在蚂蚁服务的温床上，忘记了居安思危。”

“我没有躺在谁的温床上！”皇帝举起两只大爪愤怒地说，“事实上，先皇看到的那种危险也无数次在我的噩梦中出现，”它用一根粗指头抵着尼尼坎的前胸，“但你要知道，先皇摆脱对蚂蚁技能依赖的努力是因为失败而停止的，在罗拉西亚共和国也一样！”

“是这样的，殿下。”国务大臣点点头，指指地上的电线对尼尼坎说，“博士，您不可能不知道，要想让恐龙顺利地完成接线操作，这两根电线必须有十至十五厘米粗。即使具有这样大的形体，我们也不可能想象一部内部盘着像小树那么粗的电线的移动电话，或者同样的一台电脑。与此类似，要想由恐龙操作和维护，有一半的机器设备必须造得比现在大百倍甚至几百倍，这样一来，资源和能源的消耗也相应地是现在的几百倍，这是恐龙世界的经济根本无法承受的！”

科学大臣点点头承认了上面的说法：“是的，更要命的是，有些设备的部件是不可能大型化的，比如光学和电磁波通讯设备，包括光波在内的电磁波的波长，决定了调制和处理它们的部件一定是微小的。没有微小部件，怎么可能会有计算机和网络？在分子生物学和基因工程的研究和生产方面也是类似的。”

医疗大臣说：“我们的医疗也离不开蚂蚁，没有它们，恐龙的外科手术无法想象。”

科学大臣总结道：“龙蚁联盟是大自然在进化中的一项选择，它的意义是十分深远的。没有这种联盟，地球上的文明根本不可能出现，我们绝不能容忍蚂蚁破坏这个联盟。”

“可现在我们该怎么办呢？”皇帝摊开双爪看着大家问。

一直沉默的国防大臣洛洛加元帅说话了：“殿下，蚂蚁联邦固然有它们的优势，但我们也有自己的力量。蚂蚁世界的城市比我们娃娃的积木玩具还小，我们撒泡尿就能把它冲垮。帝国应该使用这种力量。”

皇帝点点头，对元帅说：“好吧，你命令总参谋部制定一个行动方案，毁灭几座蚂蚁城市，给它们一个警告！”

“元帅，”国务大臣拉住正要离去的洛洛加说，“关键是要与罗拉西亚协调好。”

“对！”皇帝点点头，“要与它们同时行动，以防让多多米做好人，把蚂蚁联邦拉到罗拉西亚那边去。”

/ 三 /

“在我们的那三座城市被摧毁后，为避免更大的损失，蚂蚁联邦已经暂时结束罢工，恢复在恐龙世界的工作。现在的事实已经很清楚：要么蚂蚁消灭恐龙，要么整个地球文明一起毁灭！”蚂蚁联邦最高执政官卡奇卡在议会讲坛上对议员们说。

“我同意最高执政官的看法。”蚂蚁参议员比卢比在自己的座位上挥动着触角说，“照现在的趋势发展下去，地球生物圈只有两个命运：或者被恐龙大工业产生的污染完全毒化，或者在冈瓦纳和罗拉西亚两个恐龙大国间的核战争中被完全毁灭！”

它们的话在蚂蚁议员们中引起了强烈反响：“对，是做最后抉择的时候了！”“消灭恐龙，拯救文明！”“行动吧！行动吧！”

“请大家冷静一下！”蚂蚁联邦的首席科学家乔耶博士挥动触角平息了喧哗，“要知道，蚂蚁和恐龙的共生关系已经延续了两千多年，龙蚁联盟是地球文明的基础，当然也是蚂蚁文明的基础，如果这个联盟突然消失，并且其中的一方恐龙文明被消灭，蚂蚁文明真的能够独自存在下去吗？大家都知道，在龙蚁联盟中，恐龙从蚂蚁这里得到的东西一直是很明确、很具体的，而蚂蚁从恐龙那里得到的，除了基本的生活物资外，还有一些无形的东西，这就是它们的思想和科技知识。对于蚂蚁文明来说，后者显然是更重要的，蚂蚁也许能够成为出色的工程师，但永远也成不了科学家。因为蚂蚁大脑的生理结构决定了我们永远不可能拥有恐龙身上的两样东西——好奇心和想象力。”

比卢比参议员不以为然地摇摇头：“好奇心和想象力？博士，您以为这是两样好东西吗？正是这两样东西，使恐龙成为一种神经兮兮的动物，使它们的情绪变幻不定、喜怒无常，整天在胡思乱想的白日梦中浪费时光。”

“但是，参议员，正是这种变幻不定和胡思乱想，才使灵感和创造成为可能，才使以探索宇宙最深层规律的理论研究成为可能，而后者是技术进步的基础……”

“好了好了——”卡奇卡不耐烦地打断乔耶博士的话，“现在不是进行这种无聊的学术讨论的时候。博士，蚂蚁世界现在面临的问题只有一个——消灭恐龙，还是与它们一起毁灭？”

乔耶无言以对。

卡奇卡转向若列，点头示意。

若列元帅走上讲坛：“我想让大家看一样小东西，这也是我们不依赖恐龙老师而进行的技术发明中微不足道的一项。”

在元帅的示意下，有两只蚂蚁拿上来两小条薄薄的白色片状物，像两片小纸屑。若列介绍说：“这是蚂蚁最传统的武器——雷粒的一种最新型号。这种片状的雷粒，是联邦的军事工程师们专为这场终极战争研制的。”它挥了一下触须，又有四只蚂蚁抬上来两小段导线，就是在恐龙的机器中最常见的那种，一段为红色，另一段为绿色。它们把这两段导线放到一个支架上，然后把那两片白色的小条分别缠到两段导线的中部，小条紧紧地贴在导线上，像在上面缠了两圈白胶布。但接下来神奇的事情发生了：那两圈小白条突然开始变色，分别变成与它们所缠的导线一样的颜色，一条变红一条变绿，很快，它们就与所缠的导线融为一体，根本无法分辨出来。卡奇卡说：“这就是联邦的最新武器——变色雷粒。它们一旦安装到位，恐龙是绝对无法发现的！”约两分钟后雷粒爆炸，“啪啪”两声脆响后，两段导线都被齐齐切断。

“届时，联邦将出动由一亿只蚂蚁组成的大军，它们中的一部分是目前正在恐龙世界工作的蚂蚁，另一部分则正在潜入恐龙世界。这支大军将在恐龙的机器内部的导线上，安装两亿片变色雷粒。我们把这个行动称为‘断线行动’。”

“哇，真是一个宏伟的计划！”比卢比参议员赞叹道，引发了议员们一阵由衷的附和声。

“同时进行的另一个行动也同样宏伟！联邦将出动另一支由两千万蚂蚁组成的大军，潜入五百万恐龙的头颅，在它们的大脑主血管上安装雷粒。这五百万头恐龙是地球上几十亿恐龙中的精英，它们包括国家领导人、科学家、关键岗位上的技术人员和操作人员等。这些恐龙一旦被消灭，整个恐龙世界就像失去了大脑，所以我们把这个行动称为‘断脑行动’。”

“计划的最精彩之处是对恐龙世界打击的同时性！”卡奇卡接着说，“安放在恐龙世界机器中的那两亿颗雷粒，和布设在恐龙大脑中的五百万颗雷粒，将在同一时刻爆炸！这一时刻的误差不会超过一秒钟，这使得恐龙世界的任何一部分都不可能得到其他部分的救援和替代，整个恐龙社会将像大洋中部一艘被抽掉了船底的大船，飞快地沉下去！那时，我们就是真正的地球统治者了。”

“尊敬的卡奇卡执政官，能否告诉我们这一伟大时刻的具体时间？”比卢比问，拼命抑制着自己的兴奋。

“所有雷粒的引爆时间，将设定在一个月后的午夜。”

蚂蚁们发出了一阵欢呼。

乔耶博士拼命地挥动触须，想让众蚂蚁安静下来，但欢呼声经久不息，他大喝了一声，才使大家安静下来把目光转向它。

“够了！你们都疯了？！”乔耶大喊道，“恐龙世界是一个极其复杂的超巨型系统，这个系统如果在一瞬间全面崩溃，会产生我们难以预测的后果。”

“博士，除了恐龙世界的毁灭和蚂蚁联邦在地球上的最后胜利，您能告诉大家还会有什么别的后果吗？”卡奇卡问。

“我说过，难以预测！”

“又来了，乔耶书呆子，您那一套我们都厌烦了。”比卢比说，其他的议员对首席科学家扫了大家的兴也纷纷表示不满。

若列走过来用触角拍拍乔耶。若列元帅是一只冷静的蚂蚁，也是刚才少数没有同大家一起欢呼的蚂蚁之一。“博士，我理解您的忧虑，其实这种担心我们也有过，我想恐龙的核武器失控算是最可能的一个吧。但不用担心，虽然两个恐龙大国的核武器系统都全部由恐龙控制，日常少量由蚂蚁进行的维护工作也在恐龙的严密监视之下，但对于蚂蚁特种部队来说，进入其内部也不是一件难事。我们在核武器系统中安放的雷粒数量将比别的系统多一倍，当那一刻过后，核武器系统会同其他系统一样全面瘫痪，不会造成很大的灾难。”

乔耶叹了口气：“元帅，事情要复杂得多。问题的关键在于，我们真的了解恐龙世界吗？”

这个问题让所有的蚂蚁都愣了一下。卡奇卡看着乔耶说：“博士，蚂蚁遍及恐龙世界的每一个角落，而且上万年来一直如此，您怎么能提出一个如此愚蠢的问题？”

乔耶缓缓地摇摇触须：“蚂蚁和恐龙毕竟是两个差异巨大的物种，生活在两个完全不同的世界里。直觉告诉我，恐龙世界肯定存在着某些我们完全不知晓的巨大秘密。”

“如果您提不出什么具体的建议，那就等于没说。”比卢比不以为然地说。

乔耶说：“为此，我请求建立一个信息收集系统，具体的计划是：当你们在恐龙的大脑中每布设一颗雷粒，同时也在它的耳蜗中安装一个窃听器。我将领导一个部门监听和分析这些窃听器发回的信息，以期能尽快发现一些我们以前不知道的东西。”

/ 四 /

通讯大厦是巨石城信息网络的中心，担负着首都同全国的信息处理和交换任务。在冈瓦纳帝国共有上百个这样的网络中心，构成了帝国庞大信息网络的主干。

一支蚂蚁小分队已经进入了信息网络中心的一台服务器内部。小分队由上百只蚂蚁组成，在五个小时前沿着一根供水管潜入通讯大厦，然后又从地板上一道极小的缝隙进入了服务器机房，最后由通风孔进入这台服务器内部。在恐龙巨大的建筑和机器中，蚂蚁是通行无阻的。听到有恐龙走来，蚂蚁们赶紧躲到比它们的城市中的足球场还大的主板下面。它们听到机柜的门打开来，透过主板上的小孔，看到一面放大镜遮住了整个天空，放大镜中扭曲地映出了恐龙工程师的一只巨大的眼睛。这时蚂蚁们胆战心惊，但最后恐龙并没有发现它们。恐龙工程师也没有发现蚂蚁刚刚布设的几十颗雷粒，那些小小的薄片已与贴在其上的导线颜色浑然一体，根本不可能分辨出来。小分队在十几根不同颜色和粗细的导线上都贴上了薄片雷粒，还把几张薄片雷粒贴在电路板上——这些雷粒具有更高级的变色功能，它们可能在不同的位置变出不同的颜色，与下面的电路板精确对应，天衣无缝，比贴在导线上的雷粒更难发现。这种雷粒并不会爆炸，当到达设定的时间后，它们会流出几滴强酸，将电路板上的蚀刻电路溶断。

机柜的门关上后，服务器中的世界立刻进入夜晚，只有一个电源指示灯像一颗绿色的月亮挂在空中。冷却扇的“嗡嗡”声和硬盘“哒哒”的轻响反而加剧了这个世界的宁静。

不久，在信息网络中心的每台服务器中，都有一支蚂蚁小部队完成了雷粒的布设。

在广阔的外部世界，在各个大陆上，有上亿只蚂蚁正在恐龙世界的无数大机器中干着同样的事。

这天夜里，冈瓦纳恐龙帝国皇帝达达斯做了一个噩梦，它梦见黑压压的一大片蚂蚁从鼻孔爬进了自己的身体，然后又从嘴里呈长长的一列爬出来，出来的每只蚂蚁嘴里都衔着一块东西，那是自己被咬碎的内脏。蚂蚁们扔下碎块后又从鼻孔钻进去，形成了一个不停循环的大圈……

达达斯皇帝的梦并非完全没有根据，此时，真的有两只蚂蚁正钻进它的鼻孔。这两只兵蚁在白天就潜入了它的卧室，藏在枕头下等待机会。在鼻孔呼吸大风的呼啸声中，它们很有经验地在纵横交错的鼻毛丛林间悬浮着行走。它们很快通过了鼻腔，沿着以前在无数次手术中早已熟悉的道路来到了眼球后面。蚂蚁们顺着半透明的视觉神经前行，向着大脑进发。有时，薄薄的隔膜挡住了通路，它们就在上面咬出洞穿过它，那洞极小，恐龙感觉不到。两只蚂蚁终于到达了大脑，大脑静静地悬浮于脑液中，像一个神秘的独立生命体。蚂蚁们仔细寻找着，很快找到了那根粗大的脑血管，它是供应大脑血液的主要通道。一只蚂蚁打开了微小的头灯，很快找到了大脑的主血管，另一只蚂蚁把一颗黄色的雷粒贴在血管透明的外壁上。然后它们从大脑部分撤出，在潮湿黑暗的头颅中沿着另一条曲折的道路向斜下方爬行，很快到达耳部。来到耳膜前，有一丝亮光从半透明的耳膜透进来，经过耳蜗放大的外界微小的声音在耳膜上轰轰作响。两只蚂蚁开始在耳膜下安装窃听器。

达达斯皇帝的噩梦还在继续，梦中自己的内脏已被完全掏空，有更多的蚂蚁钻了进去，要用自己的身体当蚁穴……当它一身冷汗地醒过来时，那两只蚂蚁已经完成了自己的任务，无声地从鼻孔中爬出来，爬下床，撤出了卧室。

达达斯皇帝沉重地翻了个身，再次进入了仍然被噩梦困扰的睡眠中。

/ 五 /

在蚂蚁联邦统帅部，执政官卡奇卡和联邦军队总司令若列元帅正在指挥着毁灭恐龙世界的巨大行动。有两个大屏幕分别显示着“断线行动”和“断脑行动”的进展情况。

“看起来一切顺利。”若列对卡奇卡说。

这时，联邦首席科学家乔耶走了进来。卡奇卡对它打招呼说：“啊，乔耶博士，有一个星期没看见您了，一直在忙着分析窃听到的信息吗？看您那严肃的样子，好像真有什么惊人的秘密要告诉我们了？”

乔耶点点触须：“是的，我必须立刻和二位谈谈。”

“我们很忙，请您简短一些。”

“我想让二位听一段录音，是在昨天召开的冈瓦纳帝国和罗拉西亚共和国首脑会议上，我们窃听到的达达斯和多多米的对话。”

卡奇卡不耐烦地说：“这次会议有什么秘密可言？我们都知道两国在裁减核武器问题上又谈崩了，冈瓦纳和罗拉西亚之间的战争一触即发，这更证明了我们行动的正确，必须在恐龙世界的核大战爆发之前消灭它们。”

乔耶说：“您说的是新闻公告，而我要你们听的是它们秘密进行会谈的细节，这中间，透露出一件我们以前不知道的事。”

录音开始播放。

多多米：“达达斯殿下，您真的认为蚂蚁会那么容易屈服吗？几乎可以肯定，它们回到恐龙世界复工只是缓兵之计，蚂蚁联邦一定在策划着针对恐龙世界的重大阴谋。”

达达斯：“多多米总统，您以为我愚蠢到连这么明显的事实都看不出来吗？但与罗拉西亚的‘明月’进入负计时的事相比，蚂蚁的威胁，甚至你们的核威胁，都变得微不足道了。”

多多米：“是的是的，比起蚂蚁威胁和核战争的危险，‘明月’和‘海神’当然是地球文明更大的危险，那我们就先谈这个问题吧。在‘明月’的事情上指责我们是不恰当的，是‘海神’首先进入了负计时！”

“停停停，”卡奇卡挥挥触角说，“博士，我听不明白它们在说什么。”

乔耶按下了“暂停”键后说：“这段对话中有两个重要信息：它们提到的‘明月’和‘海神’是什么？负计时又是什么？”

“博士，恐龙高层领导者的谈话中常常出现各种古怪的代号，您干吗要在这上面疑神疑鬼？”

“从它们的谈话中可以听出，这是很危险的两样东西，能够对整个地球世界构成威胁。”

“从逻辑上说这是不可能的。博士，能够对整个地球构成威胁的东西一定是一个很大的设施，这样的设施如果存在，蚂蚁联邦不可能不知道。”

“执政官，我同意您的看法。地球上不可能有大的设施能瞒过蚂蚁而存在，但简单的规模较小的设施却有可能，它不需要蚂蚁的维护就能正常运行，比如一颗单独的洲际导弹，就可以在没有蚂蚁参与的情况下长期待命并随时可以发射。也许，‘明月’和‘海神’就是类似这样的东西。”

“要是这样就不必担心了，这种小设施是不可能对整个地球构成威胁的。我刚说过，即使能量最高的热核炸弹，要想毁灭地球也需要上万枚。”

乔耶有几秒钟没有说话，然后它把头凑近卡奇卡，它们触须交错，眼睛几乎撞在一起："这就是问题的关键了，执政官，核弹真的是目前地球上能量最高的武器吗？"

"博士，这是常识啊！"

乔耶缩回头来，点点触须："不错，是常识，这就是蚂蚁思维致命的缺陷。我们的思想只局限于常识，而恐龙则在时时盯着未知的新领域。"

"那都是些与现实无关的纯科学领域。"

"那我就提醒你们一件与现实有关的事：还记得三年前夜空中突然出现的那个新太阳吗？"

卡奇卡和若列当然记得，那件亘古未有的事，给它们留下的印象太深了。那是一个寒冷的冬夜，南半球的正空中突然出现了一个新太阳，世界在瞬间变成白昼。那太阳的光芒十分强烈，直视它会导致暂时的失明。那个太阳大约亮了二十秒钟就熄灭了，它辐射的热量使得那个严冬之夜变得像夏天般闷热，突然融化的积雪产生的洪水淹没了好几座城市。这件事当时令蚂蚁们很震惊，它们去问恐龙是怎么回事，但恐龙科学家们也没有给出任何解释，缺乏好奇心的蚂蚁很快就把这件事忘了。

"当时，蚂蚁进行的观测所得到的唯一能确定的结果是：那个新太阳出现在太阳系内，距地球约一个天文单位。"

卡奇卡仍不以为然："博士，您所提到的事情仍然与现实无关，就算那种能量真的存在，您也无法证明恐龙已经把它弄到地球上来了，事实上这种可能性几乎不存在。"

"我以前也是这么想的，但……请你们接着听下面的录音吧。"乔耶说着，又启动了录音机。

达达斯："我们这场游戏太危险了，危险得超出了可以忍受的上限，罗拉西亚应该立刻停止'明月'的负计时，或至少将其改为正计时，如果这样，冈瓦纳也会跟着做的。"

多多米："应该是冈瓦纳首先停止'海神'的负计时，如果这样，罗拉西亚也会跟着做的。"

达达斯："是罗拉西亚首先启动'明月'的负计时的！"

多多米："可是，殿下，在更早一些的时候，也就是三年前的十二月四日，如果冈瓦纳的飞船没有在太空中做那件事，'明月'和'海神'根本就不会存在！那个魔鬼早已沿着彗星轨道飞出太阳系，与地球无关了！"

达达斯："那是为了科学研究的需要。"

多多米："够了！到现在您还在重复这种无耻的谎言！是冈瓦纳帝国把地球文明推到了悬崖边缘，你们这些罪犯没有资格对罗拉西亚提出任何要求！"

达达斯："看来罗拉西亚共和国是不打算首先做出让步了？"

多多米："冈瓦纳帝国打算吗？"

达达斯："那好吧，看来我们都不在乎地球的毁灭。"

多多米："如果你们不在乎，我们也不在乎。"

达达斯："呵呵，好吧，恐龙本来就是对什么都不在乎的种族。"

乔耶停止了播放，问卡奇卡和若列："我想，二位已经注意到了对话中提到的那个日期。"

"三年前的十二月四日？"若列回忆着，"就是那个新太阳出现的日子。"

"是的，把所有这一切联系起来，不知你们有什么感觉，但我感到毛骨悚然。"

卡奇卡说："我们不反对您尽力搞清这件事。"

乔耶叹了口气："谈何容易！搞清这个秘密的最好办法，是到恐龙的军事网络中查询，但蚂蚁的计算机与恐龙的在结构上完全不同，所以我们虽然能够随意进入恐龙计算机的硬件部分，却至今不能从软件上入侵，否则，怎么会用窃听这样的笨办法来搜集情报呢？而用这种方式，在短时间内揭开这个秘密是不可能的。"

"好吧，博士，我会提供您从事这个调查所需要的力量，但这件事不能影响我们正在进行的对恐龙的全面战争，现在唯一令我毛骨悚然的事就是让恐龙帝国继续存在下去。我觉得您一直生活在幻觉中，这对联邦正在从事的伟大事业是不利的。"

乔耶再没说什么，转身走了，第二天他就失踪了。

/ 六 /

两只兵蚁悄悄地从冈瓦纳帝国皇宫大门的地缝中爬出，它们是负责在皇宫的计算机系统和恐龙的头颅中布设雷粒的三千只蚂蚁中最后撤出的两只。爬出门缝后，它们开始爬下那高大的台阶，就在第一级台阶笔直的悬崖上，它们看到了一个向上爬的蚂蚁的身影。

“咦，那不是乔耶博士吗？”一只兵蚁吃惊地对另一只说。

“联邦首席科学家？不错，是他！”

“他怎么会到这里来？我怎么看他怪怪的？”一只兵蚁看着乔耶爬进门缝后说。

“事情有些不对，你的对讲机呢？快向长官报告！”

达达斯皇帝正在主持一个由帝国主要大臣参加的会议，一个秘书走进来通报：蚂蚁联邦首席科学家乔耶博士紧急求见皇帝。

“让它等一等，开完会再说。”达达斯一挥爪说。

秘书出去不长时间又回来了：“它说有极其重要的事情，坚持要立即见您，并且要求国务大臣、科学大臣和帝国军队总司令也在场。”

“这只小虫怎么这么没礼貌！让它等着，要不就滚！”

“可它……”秘书看了看在座的大臣们，伏到皇帝耳边低声说，“它说自己已从蚂蚁联邦叛逃。”

国务大臣插话说：“乔耶是蚂蚁联邦领导层的重要成员，它的思维方式似乎与其他蚂蚁不太一样，它这样来，可能真有什么紧急的事。”

“那好，就让它到这里来吧。”达达斯指指会议桌宽大的桌面说。

“我为拯救地球而来。”乔耶站在会议桌光滑的平原上，对周围高山似的恐龙说。翻译器把它的气味语言译成恐龙语，由一个看不见的扩音器播放出来。

“哼，好大的口气，地球现在很好嘛。”达达斯冷笑了一声说。

“您很快就不这么认为了。我首先要各位回答一个问题：‘明月’和‘海神’是什么？”

恐龙们顿时警觉起来，互相交换着目光，乔耶周围的“高山”一时陷入沉默中，过了好一会儿，达达斯才反问：“我们凭什么要告诉你？”

“殿下，如果它们真是我预料的那种东西，我也会向你们透露一个关系到恐龙世界生死存亡的超级秘密，你们会认为这种交换是值得的。”

“如果它们不是你预料的那种东西呢？”达达斯阴沉地问。

“那我就不会告诉你们那个超级秘密，你们也可以杀死我或者永远不让我离开这里，以保住你们的秘密。不管怎样，大家都没有什么损失。”

达达斯沉默了几秒钟，对坐在会议桌左边的帝国科学大臣点点头：“告诉它。”

在蚂蚁联邦统帅部，若列元帅放下电话，神色严峻地对卡奇卡执政官说：“已经发现了乔耶的行踪，看来我们的预测是对的，这家伙叛逃了。”

“雷粒的布设行动进行得怎么样了？”

“断线行动已完成了百分之九十二，断脑行动也完成了百分之九十。”

卡奇卡转向显示着世界地图的大屏幕，看着闪烁着五光十色的各个大陆，沉默了几秒钟后说：“让地球的历史翻开新的一页吧，十分钟后引爆！”

听完了几位恐龙大臣的叙述，震惊使乔耶头晕目眩，一时站立不稳，更说不出话来。

“怎么样，博士？您是否可以遵守刚才的承诺，告诉我们您的那个秘密？”达达斯问。

乔耶如梦初醒："这太……太可怕了！你们简直是魔鬼！不过，蚂蚁也是魔鬼，快，立刻给蚂蚁联邦最高执政官去电话！"

"您还没有回答……"

"殿下，没有时间公布什么秘密了！它们已经知道我到这里来，随时都会提前行动，恐龙世界的毁灭已在旦夕之间，整个地球的毁灭将紧跟其后！相信我吧，快打电话！快！"

"好吧。"恐龙皇帝拿起会议桌上的电话，乔耶心急如焚地看着它的粗指头一个一个地按动着电话机上硕大的按键，随后从达达斯爪中的话筒中隐约听到了接通的信号声，几秒钟后信号声停止。它知道卡奇卡已在另一端拿起了那小如米粒的电话，话筒中很快传来了它的声音：

"喂，哪位？"

达达斯对着话筒说："是卡奇卡执政官吗？我是达达斯，现在……"

正在这时，乔耶听到周围响起了一阵细微的声音，像是许多钟表的秒针同时走动了一下。它知道，这是从恐龙们的头颅中传出的雷粒的爆炸声，所有的恐龙同时僵住了，这一刻像被定格了，达达斯爪中的话筒重重地摔在距乔耶不远处的桌面上，发出一声惊天动地的巨响，然后，所有的恐龙都轰然倒下，桌面平原晃动了几下。那些恐龙高山消失后，地平线处显得空旷了。乔耶爬上电话的耳机，里面仍传出卡奇卡的声音：

"喂，我是卡奇卡，您有什么事吗？喂……"

耳机的音膜在这声音中振动着，使站在上面的乔耶浑身发麻，它大喊："执政官！我是乔耶！"与刚才不同，它发出的气味语言没有被转化成声音，因而也无法被线路另一端的卡奇卡听到，皇宫的翻译系统已经被雷粒破坏了。乔耶没有再说话，它知道说什么都晚了。

接着，大厅内所有的灯都灭了，这时已是傍晚，这里的一切陷入昏暗之中。乔耶向着最近的一个窗子爬去，远处城市交通的喧哗声消失了，一切都陷入一片死寂之中，很像刚才恐龙倒下前的僵滞状态。当乔耶越过会议桌的边缘向下爬时，外面开始有种种不和谐的声音传进来，先是远远的恐龙的跑动声和惊叫声，乔耶知道这声音来自皇宫外面，因为皇宫内肯定已经没有活着的恐龙了，它们都死于自己头颅中的雷粒。

然后，远处的城市有警报声，断断续续地持续了不长时间就消失了。当乔耶在地板上向着窗子爬过一半路程时，远处开始传来隐约的爆炸声。它终于爬上了窗子，向外看去，巨石城尽收眼底，傍晚的城市笼罩在一片黑暗中，可以看到几根细长的烟柱升上还没完全黑下来的天空，后来更多的烟柱出现了，在某些烟柱的根部出现了火光，城市的轮廓在火光中时隐时现。起火点越来越多，火光透过窗子，在乔耶身后高高的天花板上映出跳动的暗红色光影。

/ 七 /

“我们成功了！”若列元帅看着大屏幕上红光闪烁的世界地图兴奋地喊道，“恐龙世界已彻底瘫痪，它们的信息系统已经完全中断，所有的城市都已断电，被雷粒所破坏的车辆已堵死了所有的道路，火灾正在到处出现和蔓延。‘断脑行动’已经消灭了四百多万名恐龙世界的重要领导成员，冈瓦纳帝国和罗拉西亚共和国的首脑机构已不存在，这两个恐龙大国已陷入没有大脑的休克状态，整个社会一片混乱。”

“这还只是开始，”卡奇卡说，“所有的恐龙城市已经断水，存粮也将很快被这些食量很大的居民吃光，那时候真正致命的时刻才到来，大批恐龙将弃城而出。在没有交通工具和道路堵塞的情况下，它们不可能在短时间内真正疏散开来，它们的食量太大了，至少有一半的恐龙将在找到足够的食物之前饿死。其实，在恐龙弃城之际，它们的技术社会就已经彻底崩溃，恐龙世界已退回到低技术的农业时代了。”

“两个大国的核武器系统怎么样了？”有蚂蚁问。

若列回答：“正如我们预料的那样，恐龙的所有核武器，包括洲际导弹和战略轰炸机，都在我们大量雷粒的破坏下成了一堆废铁，没有发生任何意外的核事故或核污染。”

“好极了，这真是一个伟大的时刻，我们只需等待恐龙世界自行灭亡了！”卡奇卡兴高采烈地说。

正在这时，有蚂蚁报告，说乔耶博士回来了，急着要见卡奇卡和若列。当疲惫不堪的首席科学家走进指挥中心时，卡奇卡愤怒地斥责道：

“博士，你在最关键的时刻背叛了蚂蚁联邦的伟大事业，你将受到严厉的审判！”

“当你们听完我已得知的一切时，就明白到底谁该受到审判了。”乔耶冷冷地说。

“你到冈瓦纳皇帝那里干什么去了？”若列问。

“我从它那里知道了‘明月’和‘海神’到底是什么。”

博士的这句话使蚂蚁们亢奋的情绪顿时冷了下来，它们专注地把目光集中在乔耶身上。

乔耶看看四周问：“首先，这里有没有谁知道反物质是什么？”

蚂蚁们沉默了一会儿，卡奇卡说：“我知道一些，反物质是恐龙物理学家们猜想中的一种物质，它的原子中的粒子电荷与我们世界中的物质相反。反物质一旦与我们世界的正物质相接触，双方的质量就全部转化为能量。”

乔耶点点触须说：“现在大家知道有比核武器更厉害的东西了，在同样的质量下，正反物质湮灭产生的能量要比核弹大几千倍！”

“但这和那神秘的‘明月’‘海神’有什么关系？”

“请听我接着说，还记得三年前那个南半球的夜间突然出现的新太阳吗？这次闪光是从一个沿彗星轨道进入太阳系的小天体上发出的，那个天体直径还不到三十公里，只是飘浮在太空中的一个小石块。但它是由反物质构成的！它在经过小行星带时，与一块陨石相撞，陨石与反物质发生湮灭，爆发出巨大的能量，产生了那次闪光。当时，罗拉西亚和冈瓦纳都发射了探测器，也都得到了同样的结果。这次湮灭产生了许多大大小小的反物质碎片，这些碎片都飞散到太空之中。恐龙天文学家很快定位了几块碎片，这并不是很困难，因为在小行星带以内，太阳风中的正粒子会与反物质产生湮灭，使那些碎片表面发出一种特殊的光。那时正值罗拉西亚和冈瓦纳军备竞赛的高峰期，于是，两个恐龙大国同时产生了一个极其疯狂的想法：采集一些反物质碎片带回地球，作为一种威力远在核弹之上的超级武器威慑对方……”

“等等等等，”卡奇卡打断了乔耶的话，“这里有一个明显的逻辑错误，既然反物质与正物质接触后会发生湮灭，那它们用什么容器来存贮它并把它带回地球呢？”

乔耶接着说：“恐龙天文学家发现，那个反物质天体的相当大一部分是反物质铁，它们在太空中定位的碎片也都是反物质铁。反物质铁与我们世界的铁一样，能受到磁场的作用，这就为解决贮存问题提供了可能。这使得恐龙有可能制造一种容器，容器的内部为真空，并产生一个强大的约束磁场，把要贮存的反物质牢牢约束在容器的正中，避免它与容器的内壁相接触，这样就可以贮存反物质，并能够将它运送或投放到任何地方。当然，这种想法最初只是一种理论上的可能，要想用这种容器将反物质带回地球，则是一个极其疯狂和危险的举动。但疯狂是恐龙的本性，称霸世界的欲望战胜了一切，它们真的那么做了！

“是冈瓦纳帝国首先走出了这通向地狱的第一步。它们设计并制造了磁约束容器，它是一个空心球，在采集反物质碎片时，这个空心球分成两个半球，分别固定在飞船的两只机械臂上。飞船缓慢地接近反物质碎片，机械臂举着两个半球极其小心地向碎片合拢，最后将碎片扣在空心球中。在两个半球合拢的同时，球内由超导体产生的约束磁场开始工作，将碎片约束在球体正中，然后，飞船就将这个球体带回了地球。

“冈瓦纳飞船载着球体容器进入地球大气层，那块碎片重达四十五吨，如果在大气层内湮灭，将使九十吨的正反物质在大气层内转化为纯能，这巨大的能量将毁灭地球上的一切生命。罗拉西亚恐龙当然不想与冈瓦纳帝国玉石俱焚、同归于尽，所以它们眼睁睁地看着那艘飞船降落在海面上。

“接下来发生的事情使疯狂达到了顶峰，冈瓦纳飞船降落后，在海上将那个球体容器转载到一艘大货轮上，这艘船叫海神号，以后恐龙也就将它所运载的反物质碎片称为‘海神’了。这艘大船不是驶回冈瓦纳，而是驶向罗拉西亚大陆，最后停泊在罗拉西亚最大的港口上！在整个航程中，罗拉西亚不敢对这艘毁灭之船进行任何拦截，只能听之任之，那艘船进入港口如入无人之境。海神号停泊后，船上的恐龙乘直升机返回冈瓦纳，把船遗弃在港口。罗拉西亚恐龙对海神号敬若神明，不敢对它有任何轻举妄动，因为它们知道，冈瓦纳帝国可以遥控球体容器，随时关闭容器内的约束磁场，使那块反物质与容器接触而发生湮灭。如果这件事发生，整个世界的毁灭在所难免，但最先毁灭的是罗拉西亚大陆，大陆上的一切将在海岸出现的一轮死亡太阳的烈焰中瞬间化为灰烬。那真是罗拉西亚共和国最黑暗的日子，而冈瓦纳帝国手握地球的生命之弦，变得无比猖狂，不断地向罗拉西亚提出领土要求，并命令其解除核武装。

“但这种一边倒的局面并没有持续多久，冈瓦纳的海神行动仅一个月后，罗拉西亚采取了同样的行动，用同样的技术从太空中将第二块反物质碎片带回地球，并做了与冈瓦纳帝国同样的事——将其装载到一艘叫明月号的货轮上，运到了冈瓦纳大陆最大的港口。

“于是，恐龙世界再次形成了平衡，这是终极威慑下的平衡，地球已被推到了毁灭的边缘。

“为了避免世界性的恐慌，‘海神行动’和‘明月行动’都是在绝密状态下进行的，即使在恐龙世界，也只有极少数的人知道它们的底细。这两个行动都使用了不惜成本的高可靠性设备，同时使用可替换的模块结构，而且系统的规模不大，所以完全不需要蚂蚁的维护，蚂蚁联邦也就至今对此一无所知。”

乔耶的叙述使统帅部所有的蚂蚁都极为震惊，它们从胜利的巅峰一下子跌入了恐惧的深渊，卡奇卡说：“这不只是疯狂，是变态！这样以整个世界共同毁灭为基础的终极威慑，已完全失去了任何政治意义和军事意义，只是彻底的变态！”

“博士，这就是您所推崇的恐龙的好奇心、想象力和创造力产生的结果。”若列元帅讥讽地说。

“别扯远了，还是回到世界面临的极度危险中来吧。”乔耶说，“我要谈到两个恐龙大国元首曾提到的‘负计时’了。为了避免在对方这种先发制人的打击下无还手之力，两个恐龙大国几乎同时对‘海神’和‘明月’采取了一种新的待命方式，这就是所谓‘负计时’。这以后，本土遥控站不再用于对反物质容器发出引爆信号，相反，它发出的是解除引爆的信号。而球形容器则每时每刻都处于引爆倒计时状态，只有在收到本土遥控站的解除信号后，它才中断本次倒计时，重新复位，从零开始新的一轮倒计时，并等待着下一次的解除信号。每次的解除信号由冈瓦纳皇帝和罗拉西亚总统亲自发出。这样，当某一方遭受对方先发制人的打击而陷入瘫痪后，解除信号就无法发出，球形容器就会完成倒计时引爆反物质。这种待命方式使先发制人的打击等于自杀，使得敌人的存在成为自己存在的必要条件，同时，也使地球面临的危险上升了一个等级。‘负计时’是这场终极威慑中最为疯狂，或用执政官的话说，最为变态的部分。”

统帅部再次陷入死寂之中。卡奇卡首先打破沉寂，它的气味语声有些颤抖：“这就是说，‘海神’和‘明月’现在都在等待着下一个解除信号？”

乔耶点点触须：“也许是两个永远不会发出的信号。”

“您是说，冈瓦纳和罗拉西亚的遥控站已经被我们的雷粒破坏了？”若列问。

“是的。达达斯告诉了冈瓦纳遥控站的位置，也告知我他们侦察到的罗拉西亚遥控站的位置，我回来后在‘断线行动’的数据库中查询，发现这是两个很小的信号发射站。由于其用途不明，我们只在其中的通讯设备里布设了很少的雷粒，冈瓦纳遥控站中布设了三十五颗，罗拉西亚遥控站中布设了二十六颗，总共切断六十一根导线。虽数量不多，但足以使这两个遥控站的信号发射设备完全失效。”

“每次倒计时有多长时间？”

“三天时间，六十六个小时。罗拉西亚和冈瓦纳的倒计时几乎是同时开始的，一般解除信号是在倒计时开始后的二十二小时发出的，这次倒计时已过去二十小时，我们还有两天的时间。”

若列说：“如果我们知道解除信号的具体内容，就能够自己建立一个发射台，不停地中断‘海神’和‘明月’的倒计时了。”

“问题是我们不知道，也不可能知道！恐龙没有告诉我信号的内容，只是说那个信号是一个十分复杂的长密码，每次都在变化，其算法只贮存在遥控站的计算机中，我想现在已经没有恐龙知道了。”

“这就是说，只有这两个遥控站能够发出解除信号了？”

“我想是这样。”

卡奇卡迅速思考了一下说：“我们能够做的，就是尽快修复它们了。”

/ 八 /

冈瓦纳帝国发射解除信号的遥控站位于巨石城远郊的一片荒漠之中。这是一幢顶端有复杂天线的不大的建筑，看上去像个气象站，毫不起眼。遥控站的守卫很松懈，只有一个排的恐龙在把守，而这些守卫者主要是为了防止偶尔路过的本国恐龙无意闯入，并不担心敌国的间谍和破坏分子。因为，比起冈瓦纳来，罗拉西亚更愿意保证这个地方的安全。

除去守卫者外，负责遥控站日常工作的只有五只恐龙，包括一名工程师、三名操作员和一名维修技师。它们同守卫者一样，对这个站的用途全然不知。

遥控站的控制室里有一个大屏幕，上面显示着一个倒计时，从六十六小时开始递减，但这个倒计时从未减到四十四小时以下。每到这个时间（通常是早晨），另一个空着的屏幕上就出现了帝国皇帝达达斯的影像，皇帝每次只说一句简短的话：“我命令，发信号。”

这时，值班操作员就会立正回答：“是！殿下！”然后移动操作台上的鼠标，点击一下电脑屏幕上的“发射”图标，大屏幕上就会显示出如下信息：

解除信号已发出——收到本次解除成功的回复信号——倒计时重置。

然后，屏幕上重新显示出“66：00”的数字，并开始递减。

在另一个屏幕上，皇帝很专注地看着这一切的进行，直到重置的倒计时开始，它才像松了一口气似的离开了。从皇帝关注信号的眼神可以看出，这个信号极其重要，但这些普通恐龙操作员无论如何也不可能想到，这个信号每天都推迟了一次地球的死期。

这一天，两年如一日的平静生活中断了，信号发射机出了故障。遥控站配备的是高可靠性设备，且有冗余备份，像这样包括备份系统在内的整个设备都因故障停机，肯定不是自然或偶然因素所致。工程师和技师立刻查找故障，很快发现有几根导线断了，而那些导线只有蚂蚁才能接上。于是它们立刻向上级打电话，请求派蚂蚁维修工来，这才发现电话已不通了。它们继续查找故障，发现了更多的断线，而这时，距皇帝命令发信号的时间已经很近了，恐龙们只好自己动手接线，但它们的粗爪很难接上那些细线，五只恐龙心急如焚。虽然电话不通，但它们相信通讯很快就会恢复，在倒计时减到四十四小时时，皇帝一定会出现在那个屏幕上。两年来，在恐龙们的意识中，皇帝的出现如同太阳升起一般成了雷打不动的规律。但今天，太阳虽升起了，皇帝却没有出现，倒计时的时钟数码第一次减到了四十四以下，还在以恒定的速度继续减少着。

后来恐龙们知道，不可能再指望蚂蚁了，因为发射机就是它们破坏的。从巨石城逃出来的恐龙开始经过这里，从那些惊魂未定的恐龙那里，遥控站的恐龙们知道了首都的情况，知道了蚂蚁已经用雷粒破坏了恐龙帝国所有的机器，恐龙世界已经陷入瘫痪。

但在遥控站工作的都是尽心尽责的恐龙，它们继续试图接上已断的导线。但这是一项不可能完成的任务，机器中大部分断线所在的地方，恐龙粗大的爪子根本伸不进去，那几根露在外面的断线的线头在它们那粗笨的手指间跳来跳去，就是凑不到一起。

“唉，这些该死的蚂蚁！”恐龙技师揉揉发酸的双眼，骂了一声。

这时，工程师瞪大了双眼，它真的看到了蚂蚁！那是由几百只左右的蚂蚁组成的小队伍，正在操作台白色的台面上急速行进，领队的蚂蚁对着恐龙高喊：

“喂，我们是来帮你们修机器的，我们是来帮你们接线的，我们是来……”

恐龙这时没有打开气味语言翻译器，因而也听不到蚂蚁的话，其实就是听到了它们也不会相信，对蚂蚁的仇恨此时占据了它们的整个心灵。恐龙们用它们的爪子在控制台上蚂蚁所在的位置拍着，嘴里咬牙切齿地嘟囔着："让你们放雷粒！让你们破坏机器……"白色的台面上很快出现了一片小小的污迹，这些蚂蚁都被碾碎了。

"报告执政官，遥控站内的恐龙攻击蚂蚁维修队，把它们消灭在控制台上了！"在距遥控站五十米远的一棵小草下，从遥控站中侥幸逃回来的一只蚂蚁对卡奇卡说。蚂蚁联邦统帅部的大部分成员都在这里。

"执政官，我们必须设法与遥控站的恐龙交流，说明我们的来意。"乔耶说。

"怎么交流？它们不听我们说话，根本就不打开翻译器！"

"能不能打电话试试？"有蚂蚁建议。

"早试过了，恐龙的整个通讯系统已被破坏，与蚂蚁联邦的电话网完全断开了，电话根本打不通！"

若列说："大家应该知道蚂蚁的一项古老的技艺，在蒸汽机时代之前的漫长岁月，先祖用队列排出字来与恐龙交流。"

"目前在这里已集结了多少部队？"

"十个陆军师，大约十五万只蚂蚁。"

"这能排出多少个字来呢？"

"这要看字的大小了，为了让恐龙在一定的距离也能看清，最多也就是十几个字吧。"

"好吧，"卡奇卡想了一下，"就排出以下的字句：我们来帮你们修机器，这台机器能拯救世界。"

"蚂蚁又来了！这次好多耶！"

在遥控站的门前，恐龙士兵们看到有一个蚂蚁方阵正在向这里逼近。方阵约有三四米见方，随着地面的凸凹起伏，像一面在地上飘动的黑色旗帜。

"它们要进攻我们吗？"

"不像，这队形好奇怪。"

蚂蚁方阵渐渐近了，一头眼尖的恐龙惊叫起来："哇，那里面有字！"

另一只恐龙一字一顿地念着："我、们、来、帮、你、们、修、机、器，这、台、机、器、能、拯、救、世、界。"

"听说在古代，蚂蚁就是这样与我们的先祖交谈的，现在亲眼看见了！"有只恐龙赞叹道。

"胡扯！"少尉一摆头说，"不要中了它们的诡计。去，把热水器中所有的热水都倒到盆里端来。"

恐龙士兵七嘴八舌地议论起来："它们的话太奇怪了，这台机器怎么能拯救世界？""谁的世界？我们的还是它们的？""这台机器发出的信号想必是很重要的。""是啊，要不为什么每天都由皇帝亲自下命令发出呢？"

"蠢货！"少尉训斥道，"到现在你们还相信蚂蚁？就因为我们对它们的轻信，它们已经摧毁了帝国！这是地球上最卑鄙最阴险的虫子，我们绝不再上它们的当了！快，去倒热水！"

很快，恐龙士兵们搬出了五大盆热水，五个士兵每人端一盆，一字排开向蚂蚁方阵走去，同时把热水泼向方阵。滚烫的水花在弥漫的蒸汽中飞溅，地上的那行黑色字迹被冲散了，字阵中的蚂蚁被烫死大半。

"与恐龙交流已不可能，现在唯一的选择，就是强攻遥控站，将其占领后修好机器，我们自己发出解除信号。"卡奇卡看着远处腾起的蒸汽说。

"蚂蚁强攻恐龙的建筑？"若列像不认识似的看着卡奇卡，"这在军事上简直是发疯！"

"没办法，这本来就是一个疯狂的世界。这个建筑规模不大，且处于孤立状态，短时间内得不到增援，我们集结可能集结的最大力量，是有可能攻下它的！"

"看远处那是些什么？好像是蚂蚁的超级行走车！"

听到哨兵的喊声，少尉举起望远镜，看到远方的荒原上果然有一长排黑色的东西在移动，再细看，那确实是哨兵所说的东西。蚂蚁的交通工具一般都很小，但出于军事方面的特殊需要，它们也造出了一些与它们的身体相比极其巨大的车辆，这就是超级行走车。每辆这样的车约有我们的三轮车大小，这在蚂蚁的眼中无疑是庞然大物，与我们眼中的万吨巨轮一样。超级行走车没有轮子，而是仿照蚂蚁用六条机械腿行走，所以能够快速穿越复杂的地形。每辆超级行走车可以搭载几十万只蚂蚁。

“开枪，打那些车！”少尉命令。恐龙士兵用它们仅有的一挺轻机枪向远处的行走车射击，一排子弹在沙地上激起道道尘柱。走在最前面的那辆车的一条前腿被打断了，一下子翻倒在地，剩下的五条机械腿仍在不停地挥动着。从打开侧盖的车厢里滚出许多黑色的圆球，每一个有我们的足球那么大，那是一团团的蚂蚁。这些黑球滚到地面后很快散开来，就像在水中溶化的咖啡块一样。又有两辆行走车被击中停了下来，穿透车箱的子弹并不能杀死多少蚂蚁，黑色的蚁团纷纷从车厢中滚落到地面。

“唉，要是有门炮就好了！”一名恐龙士兵说。

“是啊，有手榴弹也行啊。”

“火焰喷射器最管用！”

“好了，不要废话了，你们数数有多少辆行走车！”少尉放下望远镜，指着前方说。

“天啊，足有二三百辆啊！”

“我看蚂蚁联邦在冈瓦纳大陆的超级行走车都开到这里了。”

“这就是说，这里集结了上亿只蚂蚁！”少尉说，“可以肯定，蚂蚁要强攻遥控站了！”

“少尉，我们冲过去，捣毁那些行走车！”

“不行，我们的机枪和步枪对它们没有多少杀伤力。”

“我们还有发电用的汽油，冲过去烧它们！”

少尉冷静地摇摇头：“那也只能烧掉一部分。我们的首要任务是保卫遥控站，下面，听我的安排……”

“执政官、元帅，前方空军观察机报告，恐龙们正在挖壕沟，以遥控站为圆心挖了两圈壕沟。它们正在引来附近一条小河的水灌满外圈壕沟，还搬出了几个大油桶，向内圈的壕沟中倒汽油！”

“立刻发起进攻！”

蚁群开始向遥控站移动，黑压压一片，仿佛是空中的云层在大地上投下的阴影。这景象让遥控站中的恐龙们胆战心惊。

蚁群的前锋到达已经注满水的第一道壕沟边，最前边的蚂蚁没有停留，直接爬进了水中，后面的蚂蚁踏着它们的身体爬进稍靠前些的水中，很快，水面上形成了一层厚厚的黑色浮膜，这浮膜迅速向水壕的内侧扩展。恐龙士兵们都戴上了密封头盔以防蚂蚁钻进体内，它们在水壕的内侧用铁锹向蚁群撒土，还大盆大盆地泼热水，但这些作用都不大，那层黑色浮膜很快覆盖了整个水面，蚁群踏着浮膜如黑色的洪水般涌了过来，恐龙们只得撤到第二道壕沟之内，并点燃了壕沟中的汽油。一圈熊熊烈火将遥控站围了起来。

蚁群到达火沟后，在沟边堆叠起来，形成了一道蚁坝。蚁坝不断增高，最后高达两米多，在火沟外面形成一堵黑色的墙。接着，蚁坝整体开始向火沟移动，它的表面在火光中蠕动着，仿佛是一条黑色的巨蟒。在烈火的烘烤中，蚁坝的表面冒出了青烟，空气中充满了刺鼻的焦味，蚁坝表面被烤焦的蚂蚁不停地滚落下去，掉进火沟烧着了，在火沟的外缘形成了一圈奇异的绿火，蚁坝的表面则不断地被一层新蚂蚁代替，整个蚁坝仍坚定地站立在火沟边上。这时，大批蚂蚁从蚁坝的另一侧登上顶端，聚成了一个个黑色的大蚁球，其大小与一小时前从超级行走车上滚下的那些相当，每个蚁球包含了一个师的蚂蚁兵力。这些黑色的球体从蚁坝的顶端滚下去，有一些被大火吞没了，但大部分借着冲力滚过了火沟，到达沟的另一侧。在穿越烈火的过程中，这些蚁球的外层都被烧焦了，但那无数只蚂蚁仍互相紧抓着不放，在蚁球外面形成了一层焦壳，保护了内层的蚂蚁。滚上火沟对岸的蚁球很快达到了上千个，它们外部的焦壳很快裂开，球体散成蚁群，黑压压地拥上遥控站的台阶。

守卫遥控站的恐龙士兵们的精神完全崩溃了，它们不顾少尉的阻拦，夺门而出，绕到建筑物后面，沿着正在包围遥控站的蚁群尚未填充的一条通道狂奔而去。

蚁群拥入了遥控站的底层，然后拥上楼梯，进入控制室。同时，蚁群也爬上了建筑的外墙，由窗户进入，一时间这幢建筑的下半截变成了黑色的。

控制室中还有六头恐龙，它们是少尉、工程师、维修技师和三名操作员。它们惊恐地看着蚂蚁从门、窗和所有的缝隙进入这个房间，仿佛整幢建筑被浸在蚂蚁之海中，黑色的“海水”正在从各处渗进来。它们看看窗外，发现这蚂蚁之海真的存在，目力所及之处，大地都被黑色的蚁群所覆盖，遥控站只是这蚂蚁海洋中的一个孤岛。

蚁群很快淹没了控制室的大部分地板，在控制台前留下了一个空圈，六头恐龙就站在空圈中。工程师赶紧取出翻译器，打开开关时立刻听到了一个声音。

“我是蚂蚁联邦的最高执政官，已没有时间向您详细说明一切，您只需要知道，如果遥控站不能在十分钟之内发出信号，地球将被毁灭。”

工程师向四周看看，黑压压的全是蚂蚁。按照翻译器上的方向指示，它看到控制台上有三只蚂蚁，刚才的话就是其中的一只说出的。它对那三只蚂蚁摇摇头：“发射机坏了。”

“我们的技工已经接好了所有的断线，修好了机器，请立即启动机器发信号！”

工程师再次摇头：“没电了。”

“你们不是有备用发电机吗？”

“是的，自从外部电力中断后，我们一直用汽油发电机供电，但现在没有油了，汽油都倒进外面的壕沟中了。世界真的会在十分钟后毁灭吗？”

翻译器中传出了卡奇卡的回答：“如果发不出信号，是的！”

卡奇卡看看窗外，发现外面的火已经灭了，这证实了少尉的话，壕沟中也没有剩油了。他转身问若列：“倒计时还剩多长时间？”

若列一直在看着表，他回答说：“还剩五分三十秒，执政官。”

乔耶说：“刚刚接到电话，罗拉西亚那边已经失败了，守卫遥控站的恐龙在蚂蚁军队的进攻中炸毁了遥控站，对‘明月’的解除信号已不可能发出，五分钟后它将被引爆。”

若列平静地说：“‘海神’也一样，执政官，一切都完了。”

恐龙们并没有听明白这三位蚂蚁联邦的最高领导者在说什么，工程师说：“我们可以到附近去找汽油，距这里五公里有一个村庄，快的话，二十分钟就能回来。”

卡奇卡无力地挥了挥触须：“去吧，你们都去吧，想去哪儿就去哪儿。”

六头恐龙鱼贯而出，工程师在门口停下脚步，问了个和刚才少尉问的同样的问题：“几分钟后地球真的会毁灭吗？”

蚂蚁联邦的最高执政官对它做出了一个类似微笑的表情：“工程师，什么东西都有毁灭的一天。”

“我第一次听蚂蚁说出这么有哲学意味的话。”工程师说完，转身走出去。

卡奇卡再次走到控制台的边缘，对地板上黑压压一片的蚂蚁军队说：“迅速向全军将士传我的话，遥控站附近的部队立刻到这幢建筑的地下室隐蔽，远处的部队就地寻找缝隙和孔洞藏身。蚂蚁联邦政府最后告诉全体公民的话是：世界末日到了，大家各自保重吧。”

“执政官，元帅，我们一起去地下室吧！”乔耶说。

“不，您快去吧，博士。我们已犯了文明史上最大的错误，没有资格再活下去了。”

“是的，博士，”若列说，“虽然不太可能，还是希望您能把文明的火种保存下去。”

乔耶同卡奇卡和若列分别碰了碰触须，这是蚂蚁世界的最高礼仪，然后它转身混入了控制室中正在快速离去的蚁群。

蚂蚁军队离开后，控制室内一片宁静，卡奇卡向窗子爬去，若列跟着它。两只蚂蚁爬到窗前时，正好看到了一幅奇景：此时是夜色将尽的凌晨，天空中有一轮残月。突然，月牙的方向在瞬间转动了一个角度，同时亮度急剧增强，直到那银光变得如电弧般刺目，把大地上的一切，包括正在疏散的蚁群，都照得毫发毕现。

“怎么回事？太阳的亮度增强了吗？”若列好奇地问。

“不，元帅，是又出现了一个新太阳，月球在反射着它的光芒。那个太阳在罗拉西亚出现，正在把那个大陆烧焦。”

“冈瓦纳的太阳也该出现了。”

“这不是吗？来了。”

更强的光芒从西方射来，很快淹没了一切。在被高温汽化之前，两只蚂蚁看到有一轮雪亮的太阳从西方的地平线上迅速升起，那太阳的体积急剧膨胀，最后占据了半个天空，大地上的一切在瞬间燃烧起来。反物质湮灭的海岸距这里有上千公里，冲击波要几十分钟后才能到达，但在这之前，一切都早已在烈火中结束了。

这是白垩纪的最后一天。

/ 九 /

寒冬已持续了三千年。

在一个稍微暖和一些的正午，冈瓦纳大陆中部，两只蚂蚁从深深的蚁穴中爬到地面。在没有生气的灰蒙蒙的天空中，太阳只是一团模糊的光晕。大地覆盖在厚厚的冰雪下，偶尔有一块岩石从雪中露出，黑乎乎的，格外醒目。极目望去，远方的山脉也是白色的。

蚂蚁A转过身来，打量着一个巨大的骨架，这种大骨架在大地上到处都有。由于也是白色的，同雪混在一起，从远处不易看到。但从这个角度看，在天空的背景上显得格外醒目。

“听说这种动物叫恐龙。”蚂蚁A说。

蚂蚁B转过身来，也凝视着天空中的骨架：“昨天夜里你听它们讲那个关于神奇时代的传说了吗？”

“听了，它们说在几千年前，蚂蚁有过辉煌的时代。”

“是啊，它们说，那时的蚂蚁不住在地下的洞穴中，而是生活在地面的大城市里，它们也不是由蚁后来生育，那真是一个神奇的时代。”

“传说里面说，那个神奇时代是蚂蚁和恐龙一起创造的，恐龙没有灵巧的手，蚂蚁就为它们干细活儿；蚂蚁没有灵活的思想，恐龙就想出了神奇的技术。”

“那个神奇的时代啊，蚂蚁和恐龙造出了许多大机器，建造了许多大城市，拥有神一般的力量！”

“你听懂了传说中关于世界毁灭的部分了吗？”

“听不太懂，好像很复杂的。恐龙世界里爆发了战争，蚂蚁和恐龙之间也爆发了战争……再到后来，地球上出现了两个太阳。”

蚂蚁A在寒风中发着抖：“唉，现在要是有个新太阳该多好啊！”

“你不懂的！那两个太阳很可怕，把陆地上的一切都烧毁了！”

“那现在为什么这么冷呢？”

“这很复杂，好像是这么回事：那两个新太阳出现以后的一段时间内，世界上确实很热，据说太阳附近的大地都熔成岩浆了！但后来，新太阳爆炸时激起的尘埃在空中遮住了旧太阳的阳光，世界就变冷了，变得比那两个太阳出现前还冷得多，就是现在这个样子。恐龙那么大个儿，在那可怕的时代自然都死光了，但有一部分蚂蚁钻到地下，活了下来。”

“听说就在不久前蚂蚁还识字的，现在我们都不认识字了，那些古代留下来的书谁也读不了了。”

“我们在退化，照这样下去，蚂蚁很快就会退化成什么都不知道，只会筑穴觅食的小虫子。”

“那有什么不好？在这艰难的时代，懂得少些就舒服些。”

“那倒也是。”

……

“会不会有那么一天，世界又温暖起来，别的什么动物又建立起一个神奇时代？”

“有可能，我觉得那种动物应该既有足够强的大脑，又有灵巧的双手。”

“是的，但不能像恐龙那么大，它们吃得太多，生活会更难。”

“也不能像我们这么小，脑子不够大。”

“唉，这种神奇的动物真的会出现吗？”

“我想会的，时间是无穷无尽的，什么都会出现。我告诉你吧，什么都会出现的。”

光荣与梦想

十万人同时站了起来，同全世界一起注视着静卧在体育场中的那个小小的身影。一片死寂中，只有奥运圣火在暴雨前的疾风中轰轰作响。当人们把一面五环旗和一面西亚共和国的国旗盖在辛妮已没有生命体征的身体上时，才吃惊地发现她竟面带微笑。

/ 一 /

晨光已照亮了半个天空，西亚共和国的大地仍然笼罩在黑暗中，仿佛刚刚逝去的夜凝成了一层黑色的沉积物覆盖其上。

格兰特先生开着一辆装满垃圾的小卡车，驶出了联合国人道主义救援基地的大门。基地雇用的西亚工人都走光了，这几天他们只好自己倒垃圾，不过这也是最后一次了。明天，他们这些留在西亚的最后一批人员将撤离，后天或更晚一些时候，战争将再次降临这个国家。

格兰特把车停到不远处的垃圾场旁边，下车后从车上抓起一个垃圾袋扔了出去。当他抓起第二个时，手举在空中停了几秒钟，在这一片死寂的世界中，他看到了唯一活动的东西，那是地平线上的一个小黑点儿，它微微跃动着，仿佛时时在否认自己是这黑色大地的一部分，在晨光白亮的背景上像一个太阳黑子。

一阵声响把格兰特的注意力拉回近处，他看到几个黑乎乎的影子移向他刚扔下的垃圾袋，像是地上的几块石头在移动。那是几名每天必来的拾荒者，男女老少都有。这个被封锁了十七年的国家已在饥饿中奄奄一息。

格兰特抬起头，已能够分辨出那个远方的黑点是一个跑动的人体，在又亮了一些的晨光背景上，他觉得那个黑点像一只在火焰前舞动的小虫。

这时拾荒者中出现了一阵骚动，有人拾到了半截香肠，飞快地把香肠塞进嘴里，忘情地大嚼着，其他人呆呆地看着他，这让他们静止了几秒钟，但也只有几秒钟，他们紧接着又在撕开的垃圾袋中仔细翻找起来。在他们因饥饿而麻木的意识中，垃圾中的食物比即将升起的太阳更加光明。

格兰特再次抬起头，那个奔跑者更近了，从身材上可以看出是名女性。她体形瘦削，在格兰特的第三个印象中，她像一株在晨光中摇曳的小树苗。当她近到喘息声都能被格兰特听到时，却仍听不到她的脚步声。她跑到垃圾堆旁，腿一软跌坐在地。这是一个十几岁的女孩子，皮肤黝黑，穿着破旧的运动背心和短裤。她的眼睛吸引了格兰特，那双眼睛在她那瘦小的脸上大得出奇，使她看上去像某种夜行的动物。与其他拾荒者麻木的眼神不同，这双眼睛中有某种东西在晨光中燃烧，那是渴望、痛苦和恐惧的混合。她的存在都集中在这双眼睛上，与之相比那小小的脸盘和瘦弱的身躯仿佛只是附属在果实上的枯萎枝叶。她脸色苍白地喘息着，听起来像远方的风声，她的嘴上泛起一层白色的干皮。一名拾荒者冲她嘀咕了句什么，格兰特努力抓住这句西亚语的发音，大概听懂了：

“辛妮，你又来晚了，别再指望别人给你留吃的！”

叫辛妮的女孩子把平视的目光下移到撕开的垃圾袋上，很吃力，仿佛那无限远方有什么东西强烈地吸引着她。但饥饿感很快显现出来，她开始与其他人一样从垃圾里找吃的。现在，剩余的食物几乎已被拾完了，她只找到一个开了口的鱼罐头盒，抓出里面的几根鱼骨头嚼了起来，然后吃力地吞下去，她想再次起身去寻找，却昏倒在垃圾堆旁。格兰特走过去把她抱起来，她那浸满汗水的身体轻软得令人难以置信，仿佛是一条放在他手臂和膝盖上的布袋。

“是饿的，她这样很多次了。”有人用很地道的英语对格兰特说。格兰特把辛妮轻轻地放在地上，站起身从驾驶室中拿出一瓶牛奶，蹲下来喂她。辛妮在昏迷中很快感知到了食物，本能地大口喝了起来。

“你家在哪里？”看到辛妮稍微清醒了些，格兰特用生硬的西亚语大声问。

“她是个哑巴。”

“她住得离这儿很远吗？”格兰特抬头问那个说英语的拾荒者，他戴着眼镜，留着杂乱的大胡子。

“不，就住在附近的难民营，但她每天早晨都要从这里跑到河边，再跑回来。”

“河边？！那来回……有十多公里呢！她神志不正常？”

“不，她在训练。”看到格兰特更加迷惑，拾荒者接着说，“她是西亚共和国的马拉松冠军。”

“哦，可这个国家，好像有很多年没有举行全国体育比赛了吧？”

“反正人们都是这么说的。”

辛妮已经缓了过来，自己拿着奶瓶在喝剩下的奶。蹲在她旁边的格兰特叹息着摇摇头说：“是啊，哪里都有生活在梦想中的人。”

“我就曾是一个。”拾荒者说。

“你的英语讲得很好。”

“我曾是西亚大学的英美文学教授，是十七年的制裁和封锁让我们丢失了所有的梦想，最后变成了这个样子。”他指指那些仍在垃圾中翻找的拾荒者说，辛妮的昏倒似乎没有引起他们的注意，“我现在唯一的梦想，就是你们把喝剩的酒也扔出来一些。”

格兰特悲伤地看着辛妮说：“她这样会要了自己的命的。”

“有什么区别？”英美文学教授耸耸肩，不以为然地说，“两三天后战争再次爆发时，你们都走了，国际救援断了，所有的路也都不通了，我们要么被炸死，要么被饿死。”

“但愿战争快些结束吧，我想会的，西亚的人民已经厌战了，这个国家已经是一盘散沙。”

“那倒是，我们只想有饭吃，活下去，你看他，”教授指着一个在垃圾堆中专心翻找的、头发蓬乱的年轻人，“他就是个逃兵。”

这时，仍然靠在格兰特臂弯中的辛妮抬起一只枯瘦的手臂，指着不远处联合国救援基地的那几幢白色的临时建筑，用两手比画着。“她好像想进去。”教授说。

“她能听到吗？”格兰特问。看到教授点点头，他转向辛妮，一只手比画着，用生疏的西亚语对她说，“你不能，不能进去，我再给你一些吃的。明天，不要来了，明天我们走了。”

辛妮用手指在沙地上写了几个西亚文字，教授看了看说：“她想在你们的电视上看奥运会开幕式。”他悲哀地摇摇头，“这孩子，已不可救药了。”

“奥运会开幕推迟了一天。”格兰特说。

“因为战争？”

“怎么？你们什么都不知道？”格兰特吃惊地看看周围的人说。

“奥运会与我们有什么关系？”教授又耸耸肩。

这时，一阵嘶哑的引擎声打断了他们的对话，一辆只有在西亚才能看到的旧式大客车从公路上开了过来，停在垃圾场边上。车上跳下一个人，看上去五十多岁，头发花白，他冲这一群人大喊：“辛妮在这儿吗？威弟娅·辛妮！”

辛妮想站起来，但腿一软又跌坐在地。那人走过来看到了她：“孩子，你怎么成了这个样子？还认识我吗？”

辛妮点点头。

“你们是哪儿的？”教授看着那人问。

“我是克雷尔，国家体育运动局局长。”那人回答说，然后把辛妮从地上扶起来。

“这个国家还有体育运动局？”格兰特惊奇地问。

克雷尔扶着辛妮，看着初升的太阳一字一顿地说：“西亚共和国什么都有，先生，至少将会什么都有！”说完，他扶着辛妮向大客车走去。

上车后，看着软瘫在破旧座椅上的辛妮，克雷尔回忆起一年前他与这个女孩子相识的情景。

那个傍晚，克雷尔下班后走出体育运动局那幢陈旧的三层办公楼，疲惫地拉开他那辆老伏尔加的车门，有人从后面抓住了他的胳膊，一回头他看到了辛妮。她冲他比画着，要上他的车。他很惊奇，但她那诚挚的目光让人信任，于是就让她上了车，并按她指的方向开。

“你，你是西亚人吗？”克雷尔问。他的问题是有道理的，长期进行某些体育项目训练的人，会给自己留下明显的特征，这特征不仅仅体现在身材上，还体现在精神状态上。虽然辛妮穿着西亚女性常穿的宽大长衫，克雷尔专家的眼睛还是立刻看出了她身上的这种特征，但克雷尔不相信，在这个处于贫穷饥饿状态的国家里，还有人从事那种运动。

辛妮点点头。

车在辛妮的指引下开到了首都体育场，下车后，辛妮在地上写了一行字：“请您看我跑一次马拉松！”在体育场跑道的起点，辛妮脱下了长衫，露出她后来一直穿着的旧运动衫和短裤。当克雷尔示意计时开始后，她步伐轻盈地跑了起来。这时克雷尔已经确信，这孩子是一块难得的长跑好材料，这反而使他的心头涌上一阵悲哀。

这座能够容纳八万人的西亚共和国最大的体育场现在完全荒废了，杂草和尘土盖住了跑道，西边有一个大豁口，是在不知哪年的空袭中被重磅炸弹炸开的。残阳正从豁口中落下，给体育场巨大阴影上方的看台投下一道如血的余晖。

战前，西亚共和国的体育曾有过辉煌的时代，但十七年前的那场战争以及随后延续至今的封锁和制裁，使得体育在这个国家成了奢侈品。国家对体育的投入已压缩到最少，仅仅是零星派出几名运动员参加国际比赛，以满足对外宣传的需要。但近年来，随着这个国家生存环境的日益严酷，这一点投入也消失了，运动员们都不知流落何处，国家体育运动局仅剩四名工作人员，随时都可能被撤销。

夕阳在西方落下，一轮昏黄的满月又从东方升起。辛妮在一圈又一圈地奔跑着，时而没入阴影，时而跑进如水的月光中，在这如古罗马斗兽场遗址般荒凉的巨大废墟中，回荡着她那轻轻的脚步声。克雷尔觉得，她是来自过去美好时代的一个幻影，时光在这月光下的废墟中倒流，一丝早已消逝的感觉又回到克雷尔的心中，他不由得泪流满面。

当月光照亮了大半个体育场时，辛妮跑完了第一百〇五圈，到达了终点。她没有去做放松运动，只是远远地站在那里静静地看着克雷尔，月光下，她很像跑道上的一尊纤细的雕像。

“两小时十六分三十秒，考虑场内和场外道路的差别，再加三分钟，仍是迄今为止的全国最好成绩。”

辛妮笑了一下。马拉松运动员的特点之一就是表情呆滞，这是他们在训练和比赛中长时间忍受单调的体力消耗的缘故。然而克雷尔发现在月光中，辛妮的笑很动人，但这笑容却像一把刀子把他的心割出血来。他呆立着，使自己也变成了另一尊雕像，直到辛妮的喘息声像退潮的海水般平息后，他才回过神来，把手表戴回腕上，低声说：“孩子，你生错时候了。”

辛妮平静地点点头。

克雷尔弯腰拾起地上的长衫，走过去递给辛妮：“我送你回家吧，天黑了，你父母不放心的。”

辛妮比画着，克雷尔看懂了，她说自己没有父母，也没有家。她接过衣服，转身走去，很快消失在体育场巨大的阴影中。

大客车向市郊方向驶去，辛妮在座椅上绵软无力地随着颠簸摇晃，疲劳和虚弱令她昏昏欲睡，但后座上一个人的一句话使她惊醒过来。

“萨里，你是怎么把自己搞到监狱里去的？”

辛妮直起身向后看，看到了那个被叫作萨里的人。她立刻认出了他，但无论如何也不敢相信眼前这个可怜的家伙曾是西亚共和国最耀眼的体育明星。亚力克·萨里是西亚在封锁期间在国际大赛中获得奖牌的三个运动员之一。他曾在四年前的世界射击锦标赛上获得男子飞碟双多向射击的金牌，成为西亚的英雄。辛妮仍清楚地记得他乘敞篷汽车通过中心大街时那光辉的形象。而眼前的萨里骨瘦如柴，苍白的脸上有好几道伤疤，他裹着一件肮脏的囚服，在这并不寒冷的早晨瑟瑟发抖。

克雷尔说：“他去做一个走私集团头目的保镖，人家看上了他的枪法。”

“我不想饿死。”萨里说。

“可是你差点儿被饿死，在自由公民都吃不饱的今天，监狱里会是什么样子？那里每天都有人饿死或病死，我看你也差不多了。”

“局长先生，您把我保释出来确实救了我一命，可这是为什么？我们这是去哪儿？”

“去机场，至于去干什么我也不知道，我们只是奉命召集各个运动项目原国家队的队员。”

车停了，又上来好几个人，与大部分西亚人一样，他们都面黄肌瘦，衣服破旧，有人在不停地咳嗽，饥饿和贫穷醒目地写在他们的脸上。与一般人不同的是他们的个子都很高，这高大的身材更增加了他们的憔悴感。他们在车里弯着腰，像一排离水很久而枯萎的大虾。辛妮很快认出这都是原国家男子篮球队的队员。

“嗨，各位，这些年过得怎么样？”克雷尔向他们打招呼。

“在我们有力气给您讲述之前，局长先生，先让大家吃一顿早餐吧！”“是啊，作为高级官员您体会不到挨饿的滋味，到现在您还在吃体育，可我们吃什么呢？我们一天的配给，只够吃一顿的。”“就这一顿也快没有了，人道主义救援已经停止了！”“没关系，再等等吧，战争一爆发，黑市上就又有人肉卖了！”……

就在男篮队员们七嘴八舌诉苦的时候，辛妮挨个打量他们，发现她最想见的那个人没有来。克雷尔代她提出了这个问题：“穆拉德呢？”对，加里·穆拉德，西亚共和国的乔丹。

“他死了，死了有半年了。”

克雷尔好像并不感到意外：“哦，那伊西娅呢？”辛妮努力回忆这个名字，想起她是原国家女篮队员，穆拉德的妻子。

“他们死在一起了。”

“天啊，这是怎么了？”

“您应该问问这世道是怎么了。他们和我们一样，除了打球什么都不会，这些年只有挨饿。可他们不该要孩子，那孩子刚出生局势就恶化了，配给又减少了一半，孩子只活了三个月，死于营养不良，或者说是饿死的。孩子死的那天晚上，他们闹到半夜，吵一会儿哭一会儿，后来安静下来，竟做起饭来。然后两人就默默地吃饭，终于吃了这些年来的第一顿饱饭。您知道他们的饭量，把后半月的配给都吃光了。天亮后，邻居发现他们不知吃了什么毒药一起死在床上了。”

一车人陷入沉默，直到车再次停下，又上来一个人时，才有人说：“哇，终于见到一个不挨饿的了。”上来的是一位娇艳的女郎，染成红色的头发像一团火，描着很深的眼影和口红，衣着俗艳而暴露，同这一车的“贫困”形成鲜明对比。

“大概不止能吃饱吧，她过得好着呢！”又有人说。

“也不一定，现在首都已成了一座饥饿之城，红灯区的生意能好到哪里去？”

“噢，不，穷鬼，”女郎冲说话的人浪笑了一下说，“我主要为联合国维和部队服务。”

车里响起了几声笑声，但很快被一阵剧烈的咳嗽声淹没了。“莱丽，你应该多少知道些廉耻！”克雷尔厉声说。

“噢，克雷尔大叔，不管有没有廉耻，谁饿死后身上都会长出蛆来。”女郎不以为然地挥挥手，在辛妮身边坐了下来。

辛妮瞪圆双眼盯着她。天啊，这就是温德尔·莱丽？这就是那个曾获得世界体操锦标赛铜牌的纯美少女，那朵光彩照人的西亚体育之花？！

剩下的路程是在沉默中走完的。二十分钟后，汽车开进了首都机场的停机坪，已经有两辆大客车先到了，它们拉来的也都是前国家队的运动员，加上这辆车上的，共有七十多人。这其中包括一支男子篮球队、一支男子足球队和十一个其他竞赛项目的运动员。

跑道的起点停着一架巨大的波音客机，在西亚领空被划为禁飞区的十多年里，它显然是这个机场降落过的最大和最豪华的飞机。克雷尔领着西亚共和国的运动员们来到飞机面前，从舱门中走出几位西装革履的外国人。当他们走到舷梯中部时，其中一位挥手对下面的人群大声说了一句什么，运动员们吃惊地认出，这人是国际奥林匹克委员会主席，但最让他们震惊的还是克雷尔翻译过来的那句话：

“各位，我代表国际社会到西亚共和国来，来接你们参加第二十九届奥运会。”

/ 二 /

原来北京是这样的！

当车队进入市区后，辛妮感叹道。这个遥远的城市本来与她——一个身处西亚共和国的贫穷饥饿的女孩子没有任何关系，但奥运会在几年前就使北京成为她心中的圣地。辛妮对北京了解很少，仅限于小时候看过的一部色彩灰暗的武侠片。在她的想象中，北京是一座古老而宁静的城市，她无法把这座城市与宏大壮丽的奥运会联系起来。她无数次梦到过奥运会和北京，但两者从未在同一个梦中出现过。在一些梦里，她像飞鸟般掠过宏伟的奥运赛场上的人海；在另一些梦里，她则穿行于想象中的北京那些迷宫般的小胡同中和旧城墙下，寻找着奥运赛场，但从来没有找到过。

辛妮瞪大双眼看着车窗外，寻找她想象中的胡同和城墙，但映入她眼帘的是一片崭新的现代化高层建筑群。这林立的高楼在阳光下发出耀眼的白光，像刚开封的新玩具，像一夜之间冲天长出的、白嫩的巨大植物。这时，在辛妮的脑海中，奥运会和北京才完美地结合起来。

到达新世界的兴奋感像云缝中的太阳露了一下头，在辛妮的心中投下一线光亮，但阴郁的乌云很快又遮盖了一切。

与世界各大媒体想当然的报道不同，当西亚共和国的运动员们得知自己将参加奥运会时，并没有什么兴奋和喜悦。像其他西亚人一样，十多年的苦难使他们对命运不抱任何幻想，他们对一切意外都抱有一种麻木的冷静，不管这意外是好是坏。他们所做的第一件事就是收紧外壳保护自己。在得知这个消息后，甚至没有人提出问题，就连那些理所当然的问题，如没参加过任何预选赛如何进入奥运会，都没有人提出。他们只是默默地走上飞机，麻木而又敏感地静观着事情的发展。

辛妮走进空荡荡的宽敞机舱后，找了一个靠窗的座位坐下，并一直注意着这里发生的事。她看到国际奥委会主席把克雷尔和西亚代表团的几位官员召集到一等舱中去，一个多小时过去了，还没有任何动静。运动员们也在沉默中静静地等待，终于看到克雷尔走了出来。他没有说什么，只是拿着一张纸核对名单。几十双眼睛都盯着他的脸看，那是一张平静的脸。这平静是第一个征兆，它告诉辛妮：事情不对。很快她那敏感的眼睛又发现了第二个征兆：克雷尔拿着名单返回一等舱时，用空着的一只手去开紧闭着的舱门，尽管那只手摸索了半天也没找到把手，但他的双眼仍平视着前方而没有向下看，仿佛一时失明了似的。这时，辛妮证实了自己的预感。

事情不对。

在机舱里大家吃了一顿饱饭，每人都吃了两到三份航空餐。这些西亚人的饭量让那几名中国空姐很吃惊。然后飞机起飞了，辛妮透过舷窗，看着云海很快覆盖西亚的大地，这云海在整个航程中都很少散开，仿佛在下面隐藏着一个巨大的谜团。

飞机在北京机场降落后，等了足有两个小时，换上统一服装的西亚体育代表团才走出机舱。当他们进入大厅后，立刻被一阵闪光灯的风暴照得睁不开眼。大厅中黑压压挤满了记者，他们在代表团周围拼命拥挤着，像一群看到猎物的饿狼，但总是小心地与他们保持两米左右的距离，使代表团行走在一小圈移动的空地中央，仿佛他们周围有一种无形力场把记者们排斥开来。更让辛妮和其他西亚人心里发毛的是，没有人提问，大厅中只有闪光灯的“咔嚓”声和拥挤的人们鞋底摩擦地板的“沙沙”声。走出大厅时，辛妮听到空中的轰鸣，抬头看到三架小型直升机悬在半空，不知是在警戒还是在拍照。运送代表团的大客车只有两辆，但却有十几辆警车护送，还有一支武装警察的摩托车队。当车驶上机场到市区的公路时，辛妮和其他西亚运动员发现了一件更让他们震惊的事：马路被清空封闭了，看不到一辆车！

事情真的不对。

到达奥运村时天已经黑了下来，当西亚运动员们走下汽车时，他们心中的疑惑变成了恐惧：奥运村里一片死寂，几十幢整齐的运动员公寓楼大多黑着灯。当他们走向唯一一座亮灯的公寓楼时，辛妮注意到远处一个小广场中央的一排高高的旗杆，那些旗杆上没有国旗，像一长排冬日的枯树。在外面，城市的灯光映亮了半个夜空，喧嚣声隐隐传来，更加衬托了奥运村诡异的寂静。辛妮打了个寒战，这里让她想到了陵墓。

在运动员公寓的接待厅中，身为代表团团长的克雷尔对运动员们讲了一段简短的话：“请大家到各自的房间，晚饭在一小时后会送到房间里，今天晚上任何人不得外出，一定要好好休息。在明天上午九点钟，我们将代表西亚共和国参加第二十九届奥林匹克运动会的开幕式。”

辛妮和克雷尔、萨里同乘一个电梯，她听到萨里低声问团长：“您真的不打算告诉我们真相？难道……和平视窗设想真要实现了？”

“明天你就会明白一切，我们应该让大家至少有一个晚上能睡好。”

/ 三 /

辛妮仰望着雄伟的奥林匹克体育场，短暂的幸福和陶醉暂时掩盖了紧张和恐惧。不管未来几天会发生什么，她已来到了所有运动员梦中的圣地，此生足矣。

但对即将到来的事情的恐惧并没有因此而减少，这两天所经历的一切，越来越像是一个阴沉而怪异的梦。早晨，西亚共和国代表团的车队从奥运村出发前往奥林匹克体育场，连接两地的宽阔公路旁聚集着人山人海。但辛妮看到，人群中没有鲜花、彩旗和气球，也没有笑脸和欢呼，这成千上万人集体沉默着，用同一种严峻的表情目送着车队。昨天那种让辛妮寒战的感觉又出现了，她觉得这像葬礼。

奥林匹克体育场外面十分空旷，有两道森严的警戒线，当车队驶过时，组成警戒线的武警士兵们整齐地敬礼。车队在体育场的东大门停下，运动员们下车后，克雷尔团长召集他们站成了一个方阵。辛妮站在方阵的第一排，她的耳朵仔细地搜索着体育场内传出的声音，但什么也没有听到，这巨大的建筑内部一片寂静。克雷尔从车上拿出了一面宽大的西亚共和国国旗，先后招呼萨里和另外两名较有建树的运动员出列，递给他们每人国旗的一角。当他在队列中寻找第四个人时，站在前排的莱丽自己走出来，从克雷尔的手中拿过国旗的最后一角，但克雷尔摇摇头，把国旗从莱丽手中拉了出来，递给了他随便选中的一个女运动员。这巨大的羞辱使莱丽涨红了脸，她恼怒地盯了团长几秒钟，最后还是转身回到了队列中。四名运动员把国旗展开来，北京的微风在旗面上拂出道道波纹，国旗旁边的克雷尔对着运动员方阵庄严地说："西亚的孩子们，振作起来！现在，我们代表苦难的祖国，进入第二十九届奥林匹克运动会的主会场！"

在国旗的引导下，西亚共和国的运动员方阵开始行进，很快进入了体育场东大门高大的门廊中。门廊很长，像一条隧道，辛妮走在方阵的前排，与其他运动员一起盯着前方越来越近的入口。她的心在狂跳，在她的意识中，入口那边是另一个时空，另一个不可知的命运和人生在那边等着她。

尽管有了精神准备，当辛妮通过入口看到体育场的全景时，还是浑身僵住了，只是在后面方阵的推送下机械地迈步前行。这时避免精神崩溃的唯一办法就是保持这两天一直笼罩着她的感觉：这是一场噩梦。而她现在看到的已经很有力地证明了这一点。

他们面对着一个完全空旷的体育场。

九点钟的太阳照亮了这巨大体育场的一半，西亚人仿佛行进在一个与世隔绝的盆地中，这荒凉的世界里只有他们的脚步声在回荡。震惊的眩晕过去后，辛妮看到宽阔的运动场的另一面有东西在动，很快看出那是另一个运动员方阵，正与他们相向行进，那个方阵也由一面四个运动员抬着的大旗帜指引着。阳光下，辛妮辨认出那是一面星条旗。与以往进入奥运会场时乱哄哄的样子不同，美国运动员的方阵十分整齐，呈一个整体方块以一种威严的节奏起伏着，像进攻中的古罗马军团。

在运动场中央，两个方阵行进到相距几十米时开始转向，最后面向简单的主席台停了下来，一切陷入寂静，仿佛时间停止了流动。

有一个人从运动场的一侧向主席台走来，他那单调的脚步声在空旷的看台间回荡，像恐怖的读秒声。来人不是国际奥委会主席，而是联合国秘书长。那个瘦削的巴西老人缓缓地走上主席台，注视着远处的两国运动员方阵，沉默了半分钟之久才开始讲话。经过巨大的音响系统，他的声音仿佛来自整个苍穹。

“第二十九届奥林匹克运动会将只有美利坚合众国和西亚共和国两个国家参加，它将代替这两国间即将爆发的战争。

“如果美国获胜，西亚共和国必须履行最后通牒中的条款，这个国家将被彻底解除武装，并将被分解为三个独立的国家，原西亚政府中的战犯将受到国际法庭的审判。

“如果西亚共和国获胜，战争将中止，目前处于对西亚攻击状态的美国及其盟国军队将全部撤离，联合国将取消对西亚共和国的经济制裁，并欢迎其回到国际社会中来。”

秘书长把目光投向西亚运动员方阵：“你们能够预测，在这届奥运会中，西亚共和国必败，但也请你们注意另一个事实：如果战争爆发，西亚共和国同样注定要战败。而那时，交战双方，特别是你们的国家，将付出血的代价。

“也许你们会认为，这届奥运会只是为西亚共和国的投降寻找一个借口，不是这样的。举一个极端的例子：如果西亚体育代表团仅以一块金牌之差负于美国的话，虽然西亚仍被认为是战败，但结果已大不相同。这个国家不会被肢解，现政府也可以继续存在，同时保留常备军队。西亚所要做的，只是销毁自己的生化武器和支付仅为最后通牒中数量三分之一的战争赔款。当然，这种情况也不太可能出现，但西亚运动员在每个单项上获得的每一块金牌，都能为失败的西亚争得一定的权利。美西两国在联合国的框架下经过极其艰难的谈判所达成的协议中，对这一切制定了详细的条款。而对于西亚来说，获得金牌的希望也不是完全没有，比如亚力克·萨里和温德尔·莱丽，就分别在射击和体操上占有一定的优势。”

秘书长把目光从西亚运动员方阵上移开，仰望着北京夏日的晴空：“这就是联合国和平视窗计划的第一次实施，是人类在新千年中为消灭战争进行的伟大试验！

“和平视窗计划的名称来自于尊敬的比尔·盖茨先生，在新世纪到来之时，为了使微软的智慧和财富有一个更加伟大的用处，盖茨先生主持了一个宏大的软件项目，开发了一个巨型模拟软件，使其能够在巨型计算机上用数字方式真实地再现各种规模的战争，最后达到在国家间用数字战争代替真实战争的目的，这个软件被命名为和平视窗。众所周知，这个设想失败了。首先，目前的软件技术还远没有达到能够全面模拟极其复杂的现代战争的程度，但设想失败更重要的原因还在于，在目前的国际政治条件下，软件初始数据的输入，以及交战国对模拟结果的认可都是不可逾越的障碍。尽管计划在投入巨资后失败了，但盖茨先生所种下的思想种子却生根发芽，并迅速成长起来。他使我们对战争有了一个全新的思维方向，即如果人类不能在短时间内消灭战争，至少可以让它以另一种较为无害的、尊重生命的方式进行。于是，在国际社会的一致赞同下，联合国再次启动了和平视窗计划。这是人类社会在社会学和国际政治上的‘阿波罗登月’。五年来，各国有无数的政治家、社会学者、法律学者、伦理学者、自然科学家、军事家和其他各界人士为这个伟大的计划贡献了自己的智慧。

“和平视窗计划的关键是找出一个战争替代物，它必须满足两个条件：一、较为忠实地反映各交战国的综合国力；二、能够在一个被各交战国和国际社会认可的规则下进行战争模拟。计划的研究者们很快想到了奥林匹克运动会。单项体育，如足球，其水平与国家的政治、经济和军事实力关系不大。但奥运会的众多体育项目作为一个整体，其总的水平却能相当准确地反映一个国家的综合国力。同时，体育作为人类最古老的一项活动，已经建立了被全人类认可的完善的竞赛规则，而奥林匹克运动会到目前为止是世界上规模最大、影响最大的人类聚会。这就使得奥运会成为模拟战争最理想的工具。

“古希腊的奥运先哲们和上世纪的顾拜旦做梦都不会想到，他们所创立的奥林匹克运动有一天会对人类具有如此重大的意义。而你们，这些从事本来十分单纯的体育运动的人们，更不可能想到自己有一天突然肩负如此重大的使命。但历史已经把你们推到这里，请不要回避。千年之后再回首，现在将是人类历史上最伟大的时刻，而你们，和平视窗的先驱者，将被载入人类文明的史册。”

这时，又有两个人沿着跑道向主席台走来，其中一人是国际奥委会主席；另一人竟是身穿迷彩服、肩上有四颗将星的军人。他举着燃烧的火炬走上主席台后，用低沉的声音说：“我是乔治·韦斯特，美国陆军上将，美军西亚战场司令官。再过五分钟，最后通牒就将到期，如果没有和平视窗，我将下令开始对西亚共和国的第一波空中打击，但现在，我将点燃奥运圣火。”然后，他向刚刚升起的五环旗敬礼，转身走上了通向大火炬的长长的阶梯。他以军人的步伐稳健地攀登着，上身和手中的火炬一直保持着笔直。最后，他在运动员们的眼中变成了巨大的奥运火炬下的一个小黑点。韦斯特将军向全世界举起了手中的火炬，庄严地静止几秒钟后，点燃了奥运圣火。

运动员们听到“轰”的一声沉闷的巨响，奥林匹克的火焰在蓝天上燃烧起来，没有欢呼，没有鸽群，死一般的寂静中，只有那团古老的巨火在呼呼作响，仿佛是掠过苍穹的浩荡天风。

/ 四 /

开幕式后各项比赛全面展开，在首批赛事中，最引人注目的是男子篮球，由西亚共和国临时组建的国家队对美国梦之队。与开幕式不同，看台上挤满了观众，大部分是记者，其中体育记者只占很小的比例，主要是从西亚前线蜂拥而来的战地记者。与以往的任何球赛都不同，没有人喧哗，甚至很少有人说话，球赛在寂静中进行，只能听到篮球击地的“咚咚”声和球鞋底摩擦地板的“吱吱”声。当上半场快结束时，已经没有人再看比分显示板了。梦之队的那些篮球精灵们像几只黑色的大鸟在球场上轻盈地翱翔，仿佛是在一首听不见的轻扬乐曲中跳着梦之舞，而西亚队只是混进这场唯美舞蹈中的一些杂质，试图对舞蹈产生一些干扰，但梦之舞似乎没有感觉到杂质的存在，如水银之河一般顺畅地流下去。中场休息时，西亚队年迈的教练挥着瘦骨嶙峋的拳头，嘶哑地咳嗽着，对精神和体力都要耗尽的球员们说：“不要垮掉，孩子们，不要让他们可怜我们！”但他们还是被可怜了。下半场进行到一半时，有很多观众都不忍心再看下去，起身离开了。当终场的锣声响起后，梦之队黑色的篮球舞蹈家们离开球场，西亚队的球员们仍呆立在原地不动，像潮水退后沉淀下来的沙子。过了好长时间，中锋才清醒过来，蹲在地上痛哭起来，另一个球员则跑到篮球架下，虚弱地大口吐着酸水。

在以后的比赛中，西亚共和国在所有项目上全面败北，这本在预料之中，但败得那么惨不忍睹是谁都没有想到的。其实，即使在战后的被封锁阶段，西亚体育还是有一定实力的，近年来随着局势的恶化，政府无暇顾及体育，原来勉强维持的商业体育俱乐部也全部消失，这些参加奥运会的运动员们已有三四年时间没有进行任何训练。同时，他们除体育外没有其他一技之长，大多在西亚的苦难岁月中沦为最穷的人，几年的饥饿和疾病使这些人已不具备作为运动员的起码体格。

奥运会的赛程在沉闷中已走完大半，这时的民意调查表明，即使是美国观众，也希望看到西亚运动员出现奇迹，人们把创造奇迹的希望寄托在两个西亚人身上，他们是莱丽和萨里。全世界都在等待着他们的出场。

然而，在随后到来的体操比赛中，莱丽还是让全世界失望了。她的技巧还算娴熟，但体力和力量已经跟不上，多次失误，在她最具优势的平衡木上也掉下来两次，根本无法与美国队那些如彩色弹簧般敏捷的体操天使们相匹敌。体操的最后一场比赛开始之前，在进入赛场的路上，辛妮听到了莱丽和教练的对话。

“你真的打算做卡曼琳腾跃？”教练问，“以前你从来没有完全做成功过它，高低杠并不是你的强项。”

“这次会成功。”莱丽冷冷地说。

“别傻了！你就是高低杠自选动作拿满分又能怎样？”

“最后得分与美国女孩儿的差距会小些。”

“那又怎么样？听我的，做我规定的那套动作，稳当地做完就行了，现在玩命没有意义的。”

莱丽冷笑了一下：“您真的关心我这条命吗？说真的，我都不关心了。”

比赛开始，当莱丽跃上高低杠后，辛妮立刻看出她已变成另一个人了。她身上的某种无形的桎梏已经消失，比赛对于她已不是一种使命，而是一种宣泄痛苦的方式。她在高低杠间翻飞，动作渐渐疯狂起来。观众席上出现了少有的赞叹声，但场内的体操专家们都一脸惊恐地站了起来，美国队那几位美丽的体操天使大惊失色地拥在一起，他们都知道，这个西亚姑娘在玩命。当做到高难度的卡曼琳腾跃时，莱丽完全沉浸在她的疯狂中，她成功地完成了空中直体一千零八十度空翻，但在抓住低杠腾回高杠时失手了，头向下身体成四十五度角摔在低杠下的地板上，坐在看台头一排的辛妮听到了脊椎骨断裂的清脆声。

克雷尔抱着一面西亚国旗追上了担架，把旗的一角塞到莱丽的手中。这正是开幕式上引导西亚共和国运动员方阵的那面旗帜。莱丽死死地抓着那个旗角，她并不知道自己抓着什么，她的双眼失神地望着天空，苍白的脸庞因剧痛而不断抽搐，血从嘴角流出来，滴到地上，又沾到了拖地的国旗上。

“有一点我们可能没想到，”国际奥委会主席对记者们说，“当运动员成为战士后，体育也会流血。”

其实，人们对莱丽寄予如此大的希望，在很大程度上是媒体炒作的结果。莱丽的优秀只是相对的，即使她超常发挥，实力也与美国队相差很远。但萨里就不同了，他是真正的世界冠军，而与其他项目相比，停止几年训练对一个射击运动员的影响相对要小一些。虽然美国是世界射击运动强国，但萨里的男子飞碟射击项目也实力雄厚，曾在1996年亚特兰大奥运会上破飞碟双向射击世界纪录。这次参赛的选手詹姆斯·格拉夫就在四年前的世界射击锦标赛上负于萨里，只拿到铜牌。所以，西亚共和国有很大希望能拿到这一块金牌，这将给本届奥运会的最后一个下午带来一个高潮。

前往射击比赛场的最后一段路，萨里是被西亚人高抬着走过的，西亚代表团的运动员们在周围向他欢呼，这时他已经成了他们的神明，周围簇拥的摄影记者使全世界都看到了这情景。如果这时真有不知情的人，肯定会认为西亚已取得了整个奥运会的胜利。在亚洲大陆遥远的另一端，西亚共和国的三千万国民聚集在电视机和收音机前，等待着他们唯一的英雄带给他们最后的安慰。但萨里一直很平静，面无表情。

在射击比赛场的入口处，克雷尔郑重地对刚刚被放下来的萨里说：“你当然知道这场比赛的意义，如果我们至少拿到一块金牌，并由此为战后的国家争得一点权利，那么这场虚拟战争对西亚人就具有完全不同的含义。”

萨里点点头，冷冷地说：“所以，我向国家提出参赛的条件是理所当然的——我要五百万美元。”

萨里的话像一盆冰水，把围绕着他的热情之火一下子浇灭了，所有人都吃惊地看着他。

“萨里，你疯了吗？”克雷尔低声问。

“我很正常，与我给国家带来的利益相比，我要的并不多。这笔钱只是为了我今后能到一个喜欢的地方安静地度过后半生。”

“等你拿到金牌后，国家会考虑给予奖励的。”

“克雷尔先生，您真的认为这个即将消失的国家还有什么信誉可言吗？不，我现在就要，否则拒绝比赛。你要清楚，拿到金牌后我是世界明星，退出比赛则同样会成为拒绝为独裁政府效力的英雄，后者在西方更值钱。”

萨里与克雷尔长时间地对视着，克雷尔终于屈服地收回目光：“好吧，请等一下。”然后他挤出人群，远远地拿出手机打起电话来。

“萨里，你这是叛国！”西亚代表团中有人高喊。

“我的父亲是为国家而死的，他在十七年前的那场战争中阵亡，那时我才八岁。我和母亲只从政府那里拿到一千二百西亚元的抚恤金，之后物价飞涨，那点钱还不够我们吃两个星期的饱饭。”萨里从肩上取下其他西亚运动员为他披上的国旗，抓在手中大声质问，“国家？国家是什么？如果是一块面包它有多大？如果是一件衣服它有多暖和？如果是一间房子能为我们挡住风雨吗？西亚的有钱人早就跑到国外躲避战火了，只剩下我们这些穷鬼还在政府编织的爱国主义神话里等死！”

这时，克雷尔已经打完了电话，他挤进人群来到萨里面前：“我已经请示过了，萨里，你是在尽一个西亚公民应尽的义务，政府不能付你这笔钱。”

“很好。”萨里点点头，把国旗塞到克雷尔怀里。

“我把电话一直打到总统那里。他说，如果一个国家只有雇佣军才为它战斗，那它也没有继续存在的必要了。”

萨里没再说什么，转身就走，兴奋的记者们跟着他蜂拥而去。

以手捧国旗的克雷尔为中心，西亚代表团长时间默立着，仿佛在为什么默哀着。不知过了多长时间，射击场内响起了枪声，詹姆斯·格拉夫正在得到奥运历史上最容易得到的金牌。这枪声使西亚人渐渐回到现实，他们不约而同地把目光集中到一个人身上，刚才跟随萨里的大群记者也跑了回来，把几百个镜头一起对准了这个人。

威弟娅·辛妮，将参加一小时后开始的本届奥运会的最后一个项目：女子马拉松。

记者们知道辛妮是哑巴，谁都不提问，只是互相低声说着什么，像在观看一个没见过的小动物。在人群和镜头的包围中，这个黑瘦的西亚女孩儿恐惧地睁大双眼，瘦小的身体瑟瑟发抖，像一只被一群猎犬逼到墙角的小鹿。幸好克雷尔拉起她挤出重围，登上了开往主体育场的汽车。

他们很快到达了奥林匹克体育场，这里将在傍晚举行第二十九届奥运会的闭幕式，也是马拉松的起点和终点。下车后，他们立刻被更多的记者包围了，辛妮显得更加恐惧和不安，紧紧靠在克雷尔身上。克雷尔好不容易摆脱了纠缠，带着辛妮走进一间空着的运动员休息室，把几乎令她精神崩溃的喧闹关在外面。

克雷尔拿了一纸杯水走到惊魂未定的辛妮面前，在她眼前张开紧攥着的另一只手。辛妮看到他的掌心上放着一片白色的药片，她盯着药片看了几秒钟，又惊恐地看看克雷尔，摇摇头。

“吃了。”克雷尔以不可抗拒的口气说，又放缓声音，“相信我，没有关系的。”

辛妮犹豫地拿起药片放进嘴里，尝到了酸酸的味道，她接过克雷尔递过来的水，把药片送了下去。几秒钟后，休息室的门轻轻开了，克雷尔猛地回头，看到一个身材魁梧的身影，他盯着那人看了半天，才吃惊地认出了他。

来人是韦斯特将军，在开幕式上点燃圣火的人，已对西亚共和国做好攻击准备的五十万大军的统帅。这时他穿着一身黑色的西装，双手捧着一个纸盒子。

“请您出去。”克雷尔怒视着他说。

“我想同辛妮谈谈。”

“她不会说话，也听不懂英语。”

“您可以为我翻译，谢谢。”将军对克雷尔微微躬身，他那凝重的声音里有一种难以抗拒的力量。

“我说过请您出去！”克雷尔说着把辛妮挡在身后。

将军没有回答，用一支有力的手臂轻轻地把克雷尔拨开，蹲在辛妮面前脱下了她的一只运动鞋。

“您要干什么？！”克雷尔喊道。

将军站起身，把那只运动鞋举到克雷尔面前：“这是刚在北京的运动商店里买的吧？穿这样非定做的新鞋跑马拉松，不到二十公里脚就会打泡。”说完他又蹲下身，把辛妮的另一只鞋也脱下来，一挥手把两只鞋都扔出去。然后他拿起放在旁边的纸盒打开来，露出一双雪白的运动鞋。他把那双鞋捧到辛妮面前：“孩子，这是我个人送给你的礼物，是耐克公司的一个特别车间为你定做的，那个车间能做出世界上最好的马拉松鞋。”

克雷尔这时想起来了，三天前的晚上，有两个自称是耐克公司技师的人来到奥运村辛妮的房间，用三维扫描仪为她扫描脚模。他看得出这确实是一双顶级的马拉松鞋，定做这样一双鞋的价格至少要上万美元。

将军开始给辛妮穿鞋：“马拉松是一项很美的运动，我也很喜欢，还是中尉的时候我曾在陆军运动会上拿过冠军。噢，不是马拉松，是铁人三项。”鞋穿好后，他微笑着示意辛妮起来试试，辛妮站起来走了几步，那鞋轻软而富有弹性，与脚贴合得极好，仿佛是她双脚的一部分。

将军转身走去，克雷尔跟着他到了门口，说：“谢谢您。”

将军站住，但没有转过身来：“说实话，我更希望叛逃的不是萨里而是辛妮。”

“这就不可理解了，”克雷尔说，“辛妮的成绩在西亚是最好的，但在世界上排名连前二十都进不了，更别提和埃玛比了。”

将军继续走去，留下一句话：“我害怕她的眼睛。”

/ 五 /

新闻媒体早就把第二十九届奥运会称为寂静的奥运会，辛妮看到，开幕式时广阔而空旷的体育场现在已被由十万人组成的人海所覆盖，但寂静依旧。这人海中的寂静是最沉重的寂静，辛妮之所以没有在精神上被压垮，是因为埃玛的出现吸引了她的注意力。

西亚共和国在模拟战争中的彻底失败已成定局，萨里的离去使西亚人在精神上也彻底垮掉了，西亚体育代表团已先于他们的国家四分五裂了。

代表团中的一些有钱或有关系的官员已经不知去向，哪里也去不了的运动员们则把自己关在奥运村公寓的房间里，等待着命运的发落。没有人还有精神去观看最后一场比赛和参加闭幕式。当辛妮走向起跑点时，只有克雷尔陪着她。在十万人的注视下，她显得那么孤单、弱小，像飘落在广阔运动场中的一片小枯叶，随时都会被风吹走。

与那可怜的对手相反，弗朗西丝·埃玛是被前呼后拥着走向起跑点的，她的教练班子有五个人，有一位著名的运动生理学家，医疗保健组由六名医生和营养专家组成，仅负责她跑鞋和服装的就有三个人。埃玛现在确实已成为半人半神的明星。早在上世纪80年代初，就有人根据世界女子马拉松最好成绩的增长速度预言，除去射击和棋类等非体力竞赛，马拉松将是女子超过男子的第一个运动项目。这个预言在三年前的芝加哥国际马拉松大赛上变为现实：埃玛创造了超过男子的世界最好成绩。对此，一些男性体育评论员酸溜溜地认为，这是男女分赛所致，在那次女子比赛的过程中风速条件明显比男子好，如果当时斯科特（男子冠军）与她们一同跑，一定能超过埃玛的。这个自我安慰的神话在2004年雅典奥运会上被打破了，男女混合跑完全程，埃玛到达终点时把斯科特拉下了五百多米，并首次使马拉松的世界最好成绩降到两小时以下，她由此成为本世纪初最为耀眼的运动明星，被称为“地球神鹿”。

这个叫埃玛的黑人女孩儿一直是辛妮心中的太阳，在自己那几件可怜的财产中，她最珍爱的是一本破旧的剪贴簿，里面收集着她从旧报纸和杂志上剪下来的上百张埃玛的照片。她在难民营里窄小的上铺旁边，贴着一张大大的埃玛的彩色运动照，那是一本挂历中的一张。辛妮去年在货摊上看到了那本挂历，但她买不起，就等着别人买。她跟踪了一个买主，看着那个杂货店主把新挂历挂到柜台边的墙上。埃玛的照片在三月那张，辛妮就渴望地等了三个月。她常常跑到杂货店去，趁人不注意掀开前面的画页看一眼埃玛。在四月一日清晨，她终于从店主那里得到了那张已成为废页的挂历，那是她最高兴的一天。现在，在起跑点上，辛妮偷偷打量着距自己几米远的对手，这时体育场和人海都已在辛妮的眼中隐去，只有埃玛在那里。辛妮觉得她周围有一个无形的光晕，她在光晕中呼吸着世外的空气，沐浴着世外的阳光，尘世的灰尘一粒都落不到她身上。

这时，克雷尔的轻轻一推使辛妮警醒过来，他低声说：“别被她吓住，她没你想象的那么可怕，我观察过，她的心理素质很差。”听到这话，辛妮转过脸瞪大眼睛看着他，克雷尔读懂了她的意思：“是的，她曾和世界上跑得最快的男人竞赛并战胜了他，但这又怎么样？那一次她没有任何压力，但这次不同，这是一次她绝对不能失败的比赛！”他斜着瞟了埃玛一眼，声音又压低了些，“她肯定要采取先发制人的战术，起跑后达到最快速度，企图在前十公里甩开你，记住，一开始就咬住她，让她在领跑中消耗，只要在前二十公里跟住她，她的精神就会崩溃！”

辛妮恐慌地摇摇头。

“孩子，你能做到的！那片药会帮助你！那是一种任何药检都检测不出的药，像核燃料一样强有力，难道你没有感觉出来吗？你已经是世界冠军了，孩子！”

这时，辛妮感到了一种莫名的亢奋，一种通过奔跑来释放某种东西的强烈欲望在她身体中萌发。她又看了一眼埃玛，后者已做完了辛妮从未见过的冗长而专业的准备活动，与她并肩站在起跑线后面。埃玛一直高傲地昂着头，从未向辛妮这边看过一眼，仿佛她并不存在一样。

发令枪终于响了，辛妮和埃玛并排跑了出去，开始以稳定的速度绕场一周。她们所到之处，观众都站了起来，在看台上形成一道汹涌的人浪。人群站起的声音像远方沉闷的滚雷，但除此之外没有别的声音，人们默默地看着她们跑过。

在以往的训练中，每次起跑后辛妮总是感到一种安宁，仿佛她跑起来后就暂时离开了这个冷酷的世界，进入了自己的时空，那里是她的乐园。但这次，她的心中却充满了焦虑，她渴望尽快跑完这一圈，进入体育场外的世界，她渴望尽快到达一个地方，那里有她想要的东西，一种叫GMH-6的药。

她奔跑在医院昏暗的走廊中，空气中有刺鼻的药味，但她知道，医院里已经没有多少药能给病人了。走廊边靠墙坐着和躺着许多无助的病人，他们的呻吟声在她耳中转瞬即逝。妈妈躺在走廊尽头的一间同样昏暗的病房中，病床肮脏的床单令她的皮肤白得刺眼，这是一种濒死的白色。就在这白皮肤上正有点点血珠渗出，护士已懒得去擦，妈妈周围的床单湿了殷红的一圈。这是最近有很多人患上的怪病，据说是由于最近那次轰炸中一种含铀的炸弹引起的。刚才，医生对辛妮说妈妈没救了，即使医院有那种药，也只是再维持几天生命而已。辛妮在医生面前拼命地比画着，问现在哪里还有那种药，医生费了很大劲儿才搞懂了她的意思。那种药是联合国救援机构的医生们最近带来的，也许在市郊的救援基地有。辛妮从自己的书包中抓出一张纸和一支铅笔，一起伸到医生面前，她那双大眼睛中透出的燃烧的焦虑和渴望让医生叹了口气，那是西欧的新药，连正式名字都没有，只有一个代号。算了吧孩子，那药不是给你们这样的穷人用的，其实，饿死和病死有什么区别？好好，我给你写……

辛妮跑出了医院的大门，好高好宏伟的大门啊，门的上方燃着圣火，像天国的明灯。她记得三天前自己曾跟随着国旗通过这道大门，现在，祖国的运动员方阵在哪儿？现在引导她的不是国旗，是埃玛，她心中的神。正如克雷尔所料，一出大门，埃玛就开始加速，她像一片轻盈的黑羽毛，被辛妮感觉不到的强风吹送着。她那双修长的腿仿佛不是在推动自己奔跑，而只是抓住地面避免自己飞到空中。辛妮努力地跟上埃玛——她必须跟上，她自己的两脚在驱动着妈妈的生命之轮。这是首都的大街吗？什么时候变得这么宽阔了？旁边有华丽的高楼和绿色的草坪，但却没有弹坑。路的两边人山人海，那些人整洁白净，显然都是能吃饱饭的人。她想搭上一辆车，但这一天戒严，说是有空袭，路上几乎没有车，好像只有那辆在埃玛前面时隐时现的引导车，可以看到上面对着她们的几台摄像机。辛妮的意识深处知道自己不能搭那辆车，原因……很清楚，她已经到过那里了，她已经跑到联合国救援基地了。在一幢白房子里，她给那些医生们看那张写着药名的纸，噢，不，一名会讲西亚语的医生对她说，不，这种药不属于救援品，你需要买的。哦，你当然买不起，我都买不起。那么，埃玛你还跑什么？我得不到那药了，妈妈……当然，我们要跑下去的，要快些回到妈妈那里，让她再看我最后一眼，让我再看她最后一眼。

想到这里，辛妮心里焦虑的火又烧了起来，她下意识地加速了，赶上了埃玛，几乎要超过她了——让她在领跑中消耗！辛妮想起了克雷尔的嘱咐，又减速跟到埃玛身后。埃玛觉察到辛妮的举动，立刻开始了第二轮加速，她们已经跑出了五公里，这个西亚毛孩子还没有被甩掉。埃玛有些恼怒了，“地球神鹿”显示出疯狂的一面，像一团黑色的火焰在辛妮前面燃烧。辛妮也跟着加速，她必须跟上埃玛，她希望埃玛再快些，她想妈妈……啊，不对，路不对，埃玛这是要去哪里？前方远处那根刺入天空的巨针是什么？电视塔？首都的电视塔好像早就被炸塌了。但不管去哪里，她要跟着埃玛，跟着她心中的神。她知道妈妈已经不在人世了。

浑身泥土和汗水的辛妮推开病房的门，看到妈妈已经没有生命的躯体被盖在一张白布下，有两个人正想移走遗体，但辛妮像发狂的小野兽似的阻挠着，他们只好作罢。那个给她写药名的医生说：“好吧，孩子，你可以陪妈妈在这里待一晚上，明天我们为你母亲料理后事，然后你就得离开了。我知道你没地方可去，但这里是医院，孩子，现在谁都不容易。”

于是，辛妮静静地坐在妈妈的遗体旁，看着白布上有几点血渍出现，后来惨白的月光从窗中照进来，血渍在月光中变成了黑色。不知过了多长时间，月光已移到了墙上，有人进门开了灯。辛妮没有看那人，只觉得他过来抓住了自己的手。那双粗糙的手按着她的手腕一动不动地过了一会儿，她听那人说：“五十二下。”她的手被轻轻放下，那人又说：“天黑前我在楼上远远看着你跑过来，他们说你到救援基地去了，今天没有车的，那你就是跑去的？再跑回来，二十公里左右，才用了一小时十几分钟，这还要算上你在救援基地里耽误的时间，而你的心跳现在已恢复到每分钟五十二下。辛妮，其实我早注意到你了，现在更证实了你的天赋。你不记得我了？我是斯特姆·奥卡，体育教师，带过你们班的体育课。你这个学期没来上学，是因为妈妈的病？哦，就在你妈妈去世时，我的孙子在楼上出生了。辛妮，人生就是这样，来去匆匆。你真想像妈妈这样，在贫穷中挣扎一辈子，最后就这么凄惨地离开人世吗？”

最后一句话触动了辛妮，她终于从恍惚状态中醒来，看了奥卡一眼，认出了这个清瘦的中年人，她缓缓地摇摇头。“很好，孩子，你可以过另一种生活，你可以站在宏伟的奥运赛场中央的领奖台上，全世界的人都用崇敬的眼光看着你，我们苦难的祖国的国旗也会因你而升起。”辛妮的眼中并没有放出光来，但她很注意地听着，“关键在于，你打算吃苦吗？”辛妮点点头，“我知道你一直在吃苦，但我说的苦不一样。孩子，那是常人无法忍受的，你肯定能忍受吗？”辛妮站了起来，更坚定地点点头。

“好，辛妮，跟我走吧。”

埃玛保持着恒定的高速度，她的动作精确划一，像一道进入死循环的程序，像一架奔驰的机器。辛妮也想把自己变成机器，但是不可能。她在寻找着下一个目的地，而目的地消失了，这让她恐惧。但她竟然支撑下来了，她竟然跟上了“地球神鹿”，她知道那神奇的药起了作用，她能感觉到它在自己的血管中燃烧，给了她无尽的能量。路线转向九十度，她们跑到了这条叫长安街的、世界上最宽的大街。应该更宽的，因为路的两侧应该是无际的沙漠。在延续几年的每天不少于二十公里的训练中，辛妮最喜欢的就是城外的这条路。每天，辽远的沙漠在清晨的暗色中显得平滑而柔软，那条青色的公路笔直地伸向天边，世界显得极其简单，而且只有她一个人，那轮在公路尽头升起的太阳也像是属于她一人的。那段日子，虽然训练是严酷的，辛妮仍生活得很愉快。与她擦肩而过的男人和女人都不由得回头看她一眼，他们惊奇地发现，这个哑女孩儿的脸色居然是红润的。与其他女孩儿一色儿的菜色面容相比，并不漂亮的她显得动人了许多。辛妮自己也很惊奇，在这个饥饿国度里她竟然能吃饱！奥卡把辛妮安置在学校的一间空闲的教工宿舍中，每天吃的饭奥卡都亲自给她送来，面包土豆之类的主食管够，这已经相当不错了，还不时有奶酪、牛羊肉和鸡蛋之类的营养品。这类东西只能在黑市上买到，且贵得像黄金，辛妮不知道奥卡哪儿来的那么多钱——作为教师，他一个月的工资还不够自己吃一个星期的饱饭。辛妮问过好几次，但他总是假装不懂她的哑语。

在亚洲大陆的另一端，西亚共和国已处于分裂的边缘，政府已经瘫痪，已被宣布为战犯的人都开始潜逃，普通公民则麻木地等待着。少数还在看奥运会马拉松直播的人开始把消息传开来，越来越多的人回到电视机和收音机前。

路更宽了，宽得让辛妮不敢相信，她知道自己奔跑在世界最大的广场上，左边是一座金碧辉煌的东方古代建筑，她知道那后面是一个古代大帝国的宏伟王宫；右边的广场上是这个古老又年轻的广阔国家的国旗，辛妮最初以为这是一个王国，但人们告诉她这也是一个共和国，而且遭受过比她自己的共和国更大的苦难。这时她看到了红色的标志牌从身边移过，上面写着“二十一公里”，马拉松半程已过，辛妮仍紧跟着埃玛。埃玛回头看了辛妮一眼，这是她第一次正眼看自己的对手。辛妮捕捉到了她的眼神，很是震惊，眼中的傲慢已荡然无存，辛妮从中看到了——恐惧。辛妮在心里大喊：“埃玛，我的神，你怕什么？我必须跟上你！”虽是没有目的地的路，可辛妮有东西要逃避，她要逃开奥卡老师家的那些人，他们正在学校等着她呢！他们推着奥卡来到她的住处，来的有奥卡抱着婴儿的妻子，有他的三个兄弟，还有其他几个辛妮不认识的亲戚。他们指着辛妮愤怒地质问奥卡：这个野孩子你是从哪儿弄来的？奥卡说她是马拉松天才。他们说奥卡是混蛋，在这每天都有人饿死的时代，谁还会想起马拉松？我们都知道你是个不可救药的梦想家，可你不该把那本老版《古兰经》卖掉，那上面的字用金粉写成，很值钱，可那是祖传的宝物，全家挨饿这么长时间都没舍得卖。而你竟用那些钱供这个小哑巴过起公主一样的日子来，你自己的孙子还没奶吃呢！你没有听到他整夜哭吗？你看看他瘦成了什么样子了……后来有传言说，辛妮是奥卡和威伊娜（辛妮的母亲）的私生子。开始，这种说法似乎不成立，因为在辛妮出生的前后几年，威伊娜一直居住在一座北方的城市中，这是有据可查的，而那段时间，奥卡作为一名陆军少尉正在南方参加第一次西亚战争，还负过伤。但又有传言说，奥卡的战争经历是他自己撒的一个弥天大谎，他根本没有参加过战争，也没有去过南方战线，在第一次战争时期，他实际上是和威伊娜在北方度过的。

三十公里，辛妮仍然紧跟着埃玛。赛况传出，举世关注，空中出现了两架摄像直升机。在西亚共和国，所有人都聚集在电视机和收音机前，屏住呼吸注视着这最后的马拉松。

这时，缺氧造成的贫血已使世界在辛妮的眼中变成了一团黑雾，她感觉到心跳如连续的爆炸，每一次都使胸腔剧疼，大地如同棉花，踏上去没有着落。她知道，那片药的作用已经过去。黑雾中冒出金星，金星合为一团，那是奥运圣火。我的火要灭了，辛妮想，要灭了。韦斯特将军举着火炬，露着父亲般的微笑，辛妮，要想让火不灭，你得把自己点燃，你想燃烧自己吗？点燃我吧！辛妮大喊。将军伸过火炬，辛妮感觉自己“轰”地燃烧起来。

那天夜里，辛妮收拾好自己简单的行李到教工宿舍奥卡的房间去，他几天前就从家里搬出来住了。辛妮用哑语说：“我要走了，老师回家吧，让小孙子有奶吃。”奥卡摇摇头，他的头发这几天变得花白。“辛妮，你知道，这是我们共同的事业。你非走不可吗？你还是觉得我为你所做的这些没理由？那好吧，我给你一个理由：他们说的是真的，我是你父亲，我只是在赎罪而已。”辛妮本来对那些传言半信半疑，听到奥卡这话她全信了。她并没有扑到父亲怀里哭，他欠她们母女的太多了，这使她很平静地接受了这个事实，但那仍然是辛妮有生以来最幸福的时刻，她毕竟有爸爸了。

这时，有一个女孩儿的哭声隐隐传来，是埃玛，竟是埃玛。她边跑边哭，断断续续地说着什么，那几个词很简单，只有初一文化程度的辛妮几乎都能听懂：“上帝……我该怎么办……告诉我……我该怎么办……”辛妮这时几乎要可怜她了：我的神，你要跑下去，没有你我该怎么办？我不知道目的地。埃玛得到了回答，那声音是从她右耳中的微型耳机传出的，不是上帝，是她的主教练：“别怕，我们能肯定她已经耗尽体力了，她现在是在拼命，而你的潜力还很大，只是需要冷静一下。听着，埃玛，慢下来，让她领跑。”

当埃玛慢下来时，辛妮曾有过短暂的兴奋感，但当她觉察到埃玛紧跟在自己身后时，才意识到自己遇到了致命的一招。辛妮目前只有三个选择：一是随对手慢下来，形成两人慢速并行的局面，这将使埃玛在体力和心理上都得到恢复；二是以现有速度领跑，这样埃玛将有机会在心理上得到恢复（这也是目前她最需要的）。以上任何一种选择，都将使埃玛恢复她作为马拉松巨星的超一流战斗力，在最后一段距离的决斗中，辛妮必败无疑。唯一取胜的希望是第三种选择：迅速加速，甩开对手。以辛妮目前已经耗尽的体力，这几乎是不可能成功的，但她还是做出了这个选择，开始加速。即使对于经验丰富的长跑运动员，领跑也是一个沉重的心理负担，正因为如此，在马拉松比赛的大部分赛程中，参赛者都是分成若干个集团，以一种约定的速度并行前进。每个集团中如有人发起挑衅开始加速，除非他（她）有把握最后甩开对手，否则只能作为领跑者，成为其跟随者通向胜利的垫脚石。而辛妮的比赛经验几乎为零，当前面的道路无遮挡地展现在她面前，夏天的热风迎面扑来时，她像一个跟着一艘小艇在大洋中游泳的人，那小艇突然消失，只有她漂浮在无际的波涛之中。她急需一个心理上的依托，一个目的地，或一个目的，她找到了，她要去父亲那里。

奥卡把辛妮送到郊区的一名失业的田径教练那里，让教练对她的训练进行一段时间的指导。五天后，辛妮就得到了父亲去世的消息，她立刻赶回去，只拿到了斯特姆·奥卡的骨灰盒。辛妮在最后那段日子里看着父亲的身体一天天虚弱，但她不知道，她这一段时间的训练是靠他卖血支撑的。辛妮走后，奥卡在一次上体育课时突然栽倒在地，再也没有站起来。同妈妈去世的那天晚上一样，辛妮静坐在学校的那个小房间里，惨白的月光透过窗子照在父亲的骨灰盒上。但时间不长，门被撞开了，奥卡的妻子和那群亲戚闯了进来，逼问辛妮，奥卡给她留下了什么东西，同时在屋里乱翻起来。学校的老校长跟了进来，斥责他们胡来，这时有人在辛妮的枕头下找到了奥卡留给辛妮的一件新运动衫，里面缝了一个口袋，撕开那个口袋拿出一个信封，上面注明是给辛妮的遗产。看来奥卡早就意识到自己的身体支撑不了多久了。老校长一把抢过了信封，说辛妮是奥卡老师的女儿，有权得到它！双方正在争执中，奥卡的妻子端着骨灰盒贴着耳朵不停地晃，说里面好像有个金属东西，肯定是结婚戒指！话音未落骨灰盒就被抢去，白色的骨灰被倒了一桌子，一群人在里面翻找着。辛妮惨叫一声扑过去，被推倒在地，她爬起来又扑过去时，有人已经在骨灰里找到了那块金属，但他立刻把它扔在地上，他的手被划破了，血在沾满了骨灰的手掌上流出了醒目的一道痕迹。老校长小心地把那东西从地上拾起来，那是一块小小的菱形金属片，尖角异常锋利。他告诉大家，这是一块手榴弹的弹片。“天啊，这么说奥卡真的在南方打过仗！”有人惊呼道。一阵沉默后，他们看出了这事的含义：辛妮，奥卡不是你父亲，你也不是他女儿，你没有权利继承他的遗产！校长撕开了信封，说，让我们看看奥卡老师留下了什么吧。他从信封中抽出了一张白纸，在一群人的注视下，他盯着白纸看了足足有三分钟，然后庄重地说：“一笔丰厚的遗产。”奥卡的妻子一把从他手中抢去了那张纸，老校长接着说出了后半句话：“可惜只有辛妮能得到它。”一群人盯着纸片也看了好长时间，最后，奥卡的妻子困惑地看看辛妮，把纸片递给她。辛妮看到纸片上只有几个字，那是她的老师、教练，虽不是父亲但她愿意成为其女儿的人，用尽生命的最后力气写下的，笔迹力透纸背：

光荣与梦想。

辛妮以自己的极限速度跑出了三公里，没能甩掉埃玛。这段时间，有领跑者作为依托，埃玛的心理稳定了下来，她由一名惊慌失措的女孩儿重新变回一名马拉松巨星，“地球神鹿”唤醒了自己沉睡的力量，开始反击了。一阵疯狂加速后，她超过了辛妮，并将两人的间距很快拉大。看着埃玛渐渐消失的背影，力竭的辛妮知道一切都结束了，三十五公里的标志牌出现，还有七公里，这段距离对辛妮来说已是无限长了。她似乎在黏液中奔跑，速度很快减下来，最后变得几乎像行走一般。这时，她在路边的人群中看到了西亚体育代表团，她的同伴们在对她喊着，她听不到声音，但从口型中看得出他们在喊什么。

辛妮，跑到头！

辛妮看到了克雷尔，他拼命冲她挥着双拳，其中的一只手中攥着一个小药瓶，给辛妮的那片神力无比的药就是从这瓶中拿出的，这只是一瓶维生素C。

辛妮看到前方道路两旁的人群中，所有人都用手指着左上方，形成一片手臂的森林。他们指着路边一面巨大的显示屏，辛妮抬头看去，她认出了显示屏上出现的地方，那是西亚共和国首都的英雄广场，她每天早晨都是从那里起跑的。现在，广场上一片沸腾的人海。镜头移近，她又认出了所有人的口型，那几十万同胞在一起高呼：

辛妮，跑到头！

接着辛妮听到了声音，这是两侧的观众发出的，这成千上万名中国人居然在短时间内同时学会了一句西亚语，这届奥运会的寂静被打破了，他们齐声高声呼喊：

辛妮，跑到头！

黑雾又笼罩了辛妮的双眼，韦斯特将军在黑雾中出现，手中拿着已经熄灭的火炬：辛妮，你的圣火要灭了，你燃尽了自己。一团红光浮现，奥卡举着燃烧的火炬站起身来：不，孩子，还有东西可以燃烧，记得我留给你的遗产吗？韦斯特笑着摇摇头：别再燃烧了，辛妮，你不是圣女贞德，一切都已失败，燃尽一切，你什么都得不到。奥卡挥动火炬，火焰“呜呜”作响。不，孩子，分裂的祖国正因你而重新连为一体，你的圣火不能灭！辛妮冲奥卡大喊：点燃它！！奥卡把手中的火炬伸向前来。

轰然一声，光荣与梦想熊熊燃烧起来。

埃玛冲过终点后，体育场中的十万人静静地等待着。这时北京的天空乌云密布，电闪雷鸣，闪电两次击中了体育场的避雷针，闪出耀眼的火球。十分钟后，辛妮进入了体育场，步伐沉重地绕场一周后越过终点线，然后扑倒在地。十万人同时站了起来，同全世界一起注视着静卧在体育场中的那个小小的身影。一片死寂中，只有奥运圣火在暴雨前的疾风中“轰轰”作响。当人们把一面五环旗和一面西亚共和国的国旗盖在辛妮已没有生命体征的身体上时，才吃惊地发现她竟面带微笑。

她实现了自己的光荣与梦想。

/ 六 /

“这届伟大的奥运会标志着一个新纪元的开始，和平视窗将使人类最终抛弃野蛮进入真正的文明，人类的道德水平将与技术进步同步上升。这一天来得太晚了，但终于来到了！从此，一个国家的体育水平将是其国力的重要标志，而竞技体育的最高水平是以全民的体育普及为基础的，所以，各国将把用于军备的巨大开支转移到提高人民的健康水平上，将出现一种新的、更为健康文明的社会生活和国际政治形式。人类大同的理想社会还很遥远，但它的光辉已照到我们身上！”

这番讲话是国际奥委会主席在飞往西亚共和国的专机上发表的，他同奥委会的其他主要成员去西亚庆祝和平视窗计划的第一次成功。同机的还有从北京返回的西亚体育代表团，以及美国体育代表团的部分成员，后者都参加过比赛，他们不但获得了奥运金牌，还得到了总统颁发的自由勋章，因而都显得容光焕发。

奥委会主席指着美国代表团说：“你们是人类战争史上最崇高的战胜者，我想，从苦难中解脱出来的西亚人民会把你们当作英雄欢迎的！”他又转向西亚代表团方向，“你们也不是失败者，这届奥运会没有失败者，你们都是人类战胜野蛮的勇士，用体育为世界赢来了和平。”

两国运动员们相互握手致意，开始还很勉强，后来大家都泪流满面地拥抱在一起。

这时机长走了过来，神色严峻地对所有人宣布：“先生们，西亚上空已经被宣布为飞行危险区，我们是在邻国降落还是返回北京，请你们尽快决定。”

大家都不知所措地看着他。

“对西亚的全面军事打击已经启动，现在正在进行第一轮空袭。”

人们花了很长时间才理解了这话的含义。“你们背信弃义！”一名西亚运动员指着美国代表团怒吼。克雷尔站起身制止了冲动的西亚运动员们：“大家冷静！我想，背信弃义的可能是我们西亚人。”

“是的，”机长说，“据我们刚得到的消息，按和平视窗协议接管首都的多国部队遭遇猛烈抵抗。”

“可……西亚军队已经解散了，所有的重武器都收缴了啊。”奥委会主席说。

“但轻武器都散落到民间了。现在，如果有一阵狂风吹开西亚所有的屋顶，您会看到每扇窗前都有一个射手。”

“这是为什么？”奥委会主席泪如雨下，抓着克雷尔激动地说，“你们的城市将是一片火海，你们的人民将血流成河，母亲将失去孩子，孩子将失去父亲，活下来的人将在垃圾堆中寻找食物……而最后，你们还是注定彻底战败，所有的结果还是一样。”

“这就是命运了。”克雷尔微笑着对主席说，然后转向所有人，“其实我早就预料到这一点，和平视窗计划只是个美丽的童话，竞赛代替不了战争，就像葡萄酒代替不了鲜血。”他走到舷窗前，看着外面的云海，“至于西亚共和国，她只是像辛妮一样，想跑到头而已。”

亚力克·萨里辗转回到战火中的祖国，已是战争爆发一个星期后了。

奥运会闭幕式之后，在雷雨中的看台上，萨里站了很久，他凝视着辛妮倒下的地方，最后自语道：“我，还是回家吧。”

首都保卫战正处于最后阶段，城市已大半失陷，虽然大势已去，但从外地增援的部队仍源源不断地进入正在战斗的城区。这些部队由杂乱的各种人组成，有穿军装的，更多的是扛枪的平民。萨里向一名军官要一支冲锋枪，那人认出了他，笑着说：“呵呵，我们可请不起救世主了。”

“不，普通士兵。”萨里微笑着说，接过了枪，加入了高唱国歌的队伍，在被火光映红了一半的夜空下，在颤动的土地上，向激战中的城市走去。

欢乐颂

镜子以光速飞离太阳，它知道自己再也不会回来了，在那十几亿年的音乐家生涯中，它从未重复演奏过一个恒星，就像人类的牧羊人从不重掷同一块石子。飞行中，它听着《欢乐颂》的余音，那永恒平静的镜面上出现了一圈难以觉察的涟漪。

/ 一 /

为最后一届联合国大会闭幕举行的音乐会是一场阴郁的音乐会。

自本世纪初某些恶劣的先例之后，各国都对联合国采取了一种更加实用的态度，认为将她作为实现自己利益的工具是理所当然的，进而对《联合国宪章》都有了自己的更为实用的理解。中小国家纷纷挑战常任理事国的权威，而每一个常任理事国都认为自己在这个组织中应该有更大的权威，结果是联合国丧失了一切权威。当这种趋势发展了十年后，所有的拯救努力都已失败，人们一致认为，联合国和她所代表的理想主义都不再适用于今天的世界，是摆脱它们的时候了。

最后一届联大是各国首脑到得最齐的一届，他们要为联合国举行一场最隆重的葬礼，这场在大厦外的草坪上举行的音乐会是这场葬礼的最后一项活动。

太阳已落下去好一会儿了，这是昼与夜最后交接的时候，也是一天中最迷人的时候。这时，让人疲倦的现实的细节已被渐浓的暮色掩盖，夕阳最后的余晖把世界最美的一面映照出来，草坪上充满嫩芽的气息。

联合国秘书长最后来到。在走进草坪时，他遇到了今晚音乐会的主要演奏者之一克莱德曼，并很高兴地与他谈起来。

“您的琴声使我陶醉。”他微笑着对钢琴王子说。

克莱德曼穿着他喜欢的那身雪白的西装，看上去很不安：“如果真是这样我万分欣喜，但据我所知，对请我来参加这样的音乐会，人们有些看法……”

其实不仅仅是看法，教科文组织的总干事，同时是一名艺术理论家，公开说克莱德曼顶多是一名街头艺人的水平，他的演奏是对钢琴艺术的亵渎。

秘书长抬起一只手制止他说下去：“联合国不能像古典音乐那样高高在上，如同您架起古典音乐通向大众的桥梁一样，它应把人类最崇高的理想播撒到每个普通人身边，这是今晚请您来的原因。请相信，我曾在非洲炎热肮脏的贫民窟中听到过您的琴声，那时我有在阴沟里仰望星空的感觉，它真的使我陶醉。”

克莱德曼指了指草坪上的元首们：“我觉得这里充满了家庭的气氛。”

秘书长也向那边看了一眼：“至少在今夜的这块草坪上，乌托邦还是现实的。”

秘书长走进草坪，来到了观众席的前排。本来，在这个美好的夜晚，他打算把自己政治家的第六感关闭，做一个普通的听众，但好像不可能做到。在走向这里时，他的第六感注意到了一件事：正在同美国总统交谈的中国国家主席抬头看了一眼天空。这本来是一个十分平常的动作，但秘书长注意到他仰头观看的时间稍长了一些，也许只长了一两秒钟，但他注意到了。当秘书长同前排的国家元首依次握手致意后坐下时，坐在他旁边的中国国家主席又抬头看了一眼天空，这证实了刚才的猜测。国家元首的举止看似随意，实际上都十分精确，在正常情况下，后面这个动作是绝对不会出现的，美国总统也注意到了这一点。

“纽约的灯火使星空暗淡了许多，华盛顿的星空比这里更灿烂。”总统说。

中国国家主席点点头，没有说话。

总统接着说：“我也喜欢仰望星空，在变幻不定的历史进程中，我们这样的职业最需要一个永恒稳固的参照物。”

“这种稳固只是一种幻觉。”中国国家主席说。

“为什么这么说呢？”

中国国家主席没有回答，指着空中刚刚出现的群星说：“您看，那是南十字座，那是大犬座。”

总统笑着说：“您刚刚证明了星空的稳固。在一万年前，如果这里站着一位原始人，他看到的南十字座和大犬座的形状一定与我们现在看到的完全一样，这形象的名字可能就是他们首先想出来的。”

“不，总统先生，事实上，昨天这里的星空都可能与今天的不同。”中国国家主席第三次仰望星空，他脸色平静，但眼中严峻的目光使秘书长和总统都暗暗紧张起来。他们也抬头看天，这是他们见过无数次的宁静的星空，没有什么异样，他们都询问地看着主席。

“我刚才指出的那两个星座，应该只能在南半球看到。”主席说，他没有再次向他们指出那些星座，也没有再看星空，沉思着双眼平视前方。

秘书长和总统迷惑地看着主席。

“我们现在看到的，是地球另一面的星空。”主席平静地说。

“您……开玩笑！”总统差点失声惊叫起来，但他控制住了自己，声音反而比刚才更低了。

“看，那是什么？”秘书长指指天顶说。为了不惊动其他人，他的手只举到与眼睛齐平。

“当然是月亮。”总统向正上方看了一眼说，看到旁边的中国国家主席缓缓地摇了摇头，他又抬头看，这次对自己的判断产生了怀疑：初看去，天空正中那个半圆形的东西很像半盈的月亮，但它呈蔚蓝色，仿佛是白昼的蓝天褪去时被粘下了一小片。总统仰头仔细观察太空中的那个蓝色半圆，一旦集中注意力，他那敏锐的观察力就表现出来了。他伸出一根手指，用它作为一把尺子量着这个蓝月亮，说：“它在扩大。”

他们三人都仰头目不转睛地盯着看，不再顾及是否惊动了别人。两边和后面的国家元首们都注意到了他们的动作，有更多的人抬头向那个方向看，露天舞台上乐队调试乐器的声音戛然而止。

这时已经可以肯定那个蓝色的半球不是月亮，因为它的直径已膨胀到月亮的一倍左右，它的另一个处在黑暗中的半球也显现出来，呈暗蓝色。在明亮的半球上可以看清一些细节，人们发现它的表面并非全部是蓝色，还有一些黄褐色的区域。

“天啊，那不是北美洲吗？”有人惊叫。他是对的，人们看到了那熟悉的大陆形状，它此时正处在球体明亮与黑暗的交界处。不知是否有人想到，这与他们现在所处的位置是一致的。接着，人们又认出了亚洲大陆，认出了北冰洋和白令海峡……

“那是……是地球！”

美国总统收回了手指，这时太空中蓝色球体的膨胀不借助参照物也能看出来，它的直径现在至少三倍于月球了！开始，人们都觉得它像太空中被很快吹胀的一个气球，但人群中的又一声惊呼立刻改变了人们的这个想法。

“它在掉下来！”

这话给人们看到的景象提供了一个合理的解释，不管是否正确，他们都立刻对眼前发生的事有了新的感觉：太空中的另一个地球正在向他们砸下来！那个蓝色球体在逼近，它已占据了三分之一的天空，其表面的细节可以看得更清楚了：褐色的陆地上布满了山脉的皱纹，一片片云层好像是紧贴着大陆的残雪，云层在大地上投下的影子给它们镶上了一圈黑边；北极也有一层白色，它们的某些部分闪闪发光，那不是云，是冰层；在蔚蓝色的海面上，有一个漩涡状物体，懒洋洋地转动着，雪白雪白的，看上去柔弱而美丽，像一朵贴在晶莹蓝玻璃瓶壁上的白绒花，那是一处刚刚形成的台风……当那蓝色的巨球占据了一半天空时，几乎在同一时刻，人们的视觉再次发生了奇妙的变化。

“天啊，我们在掉下去！”

这感觉的颠倒是在一瞬间发生的，这个占据半个天空的巨球表面突然产生了一种高度感，人们感觉到脚下的大地已不存在，自己处于高空中，正向那个地球掉下去、掉下去……那个地球表面可以看得更细了，在明暗交界线黑暗一侧的不远处，视力好的人可以看到一条微弱的荧光带，那是美国东海岸城市的灯光，其中较为明亮的一小团荧光就是纽约，是他们所在的地方。来自太空的地球迎面扑来，很快占据了三分之二的天空，两个地球似乎转眼间就要相撞了，人群中传出一两声惊叫，许多人恐惧地闭上了双眼。

就在这时，一切静止不动，天空中的地球不再下落，脚下的地球也不再向它下坠。这个占据三分之二天空的巨球静静地悬在上方，大地笼罩在它那蓝色的光芒中。

这时，市区传来喧闹声，骚乱开始出现了。但草坪上的人们毕竟是人类中在意外事件面前神经最坚强的一群，面对这噩梦般的景象，他们很快控制住自己的惊慌，默默思考着。

“这是一个幻象。”联合国秘书长说。

“是的，”中国国家主席说，“如果它是实体，应该能感觉到它的引力效应。我们离海这么近，这里早就被潮汐淹没了。”

“远不是潮汐的问题了，”俄罗斯总统说，“两个地球的引力足以互相撕碎对方了。”

“事实上，物理定律不允许两个地球这么待着！”日本首相说，他接着转向中国国家主席，“那个地球出现前，您谈到我们上方出现了南半球的星空，这与现在发生的事有什么联系吗？”他这么说，等于承认刚才偷听了别人的谈话，但现在也顾不了这么多了。

“也许我们马上就能得到答案！”美国总统说。他这时正拿着一部移动电话说着什么，旁边的国务卿告诉大家，总统正在与国际空间站联系。于是，所有人都把期待的目光聚集到他身上。总统专心地听着手机，几乎不说话，草坪陷入一片寂静之中。在天空中另一个地球的蓝光里，人们像一群虚幻的幽灵。就这么等了约两分钟，总统在众人的注视下放下电话，登上一把椅子，大声说：

“各位，事情很简单，地球的旁边出现了一面大镜子！”

/ 二 /

它就是一面大镜子，很难再被看成别的什么东西。它的表面对可见光进行毫不衰减、毫不失真的全反射，也能反射雷达波；这面宇宙巨镜的面积约一百亿平方公里，如果拉开足够的距离看，镜子和地球就像一个棋盘正中放着一枚棋子。

本来，对于奋进号上的宇航员来说，得到这些初步的信息并不难，他们中有一名天文学家和一名空间物理学家，他们还可借助包括国际空间站在内的所有太空设施进行观测，但航天飞机险些因他们暂时的精神崩溃而坠毁。国际空间站是最完备的观测平台，但它的轨道位置不利于对镜子的观测，因为镜子悬于地球北极上空约四百五十公里的高度，其镜面与地球的自转轴几乎垂直。而此时，奋进号航天飞机已变轨至一条通过南北极上空的轨道，以完成一项对极地上空臭氧空洞的观测。它的轨道高度为二百八十公里，正从镜子与地球之间飞过。

那情形真是一场噩梦，航天飞机在两个地球之间爬行，仿佛飞行在由两道蓝色的悬崖构成的大峡谷中。驾驶员坚持认为这是幻觉，是他在三千小时的歼击机飞行时间中遇到过两次的倒飞幻觉[注]。但指令长坚持认为确实有两个地球，并命令根据另一个地球的引力参数调整飞行轨道，那名天文学家及时制止了他。当他们初步控制了自己的恐慌后，通过观测航天飞机的飞行轨道得知，两个地球中有一个没有质量，大家都倒吸了一口冷气：如果按两个地球质量相等来调整轨道，奋进号此时已变成北极冰原上空的一颗火流星了。

宇航员们仔细观察那个没有质量的地球，目测可知，航天飞机距那个地球要远许多，但它的北极与这个地球的北极好像没有什么不同，事实上它们太相像了。宇航员们看到，在两个地球的北极点上空都有一道极光，这两道长长的暗红色火蛇在两个地球的同一位置以完全相同的形状缓缓扭动着。后来他们终于发现了一件这个地球没有的东西：那个零质量地球上空有一个飞行物。通过目测，他们判断那个飞行物是在零质量地球上空约三百公里的轨道上运行。他们用机载雷达探测它，想得到它精确的轨道参数，但雷达波在一百多公里处像遇到一堵墙一样弹了回来，零质量地球和那个飞行物都在墙的另一面。指令长透过驾驶舱的舷窗用高倍望远镜观察那个飞行物，看到那也是一架航天飞机，它正沿低轨道越过北极的冰海，看上去像一只在蓝白相间的大墙上爬行的蛾子。他注意到，在那架航天飞机的前部舷窗里有一个身影，看得出那人正举着望远镜向这里看，指令长挥挥手，那人也同时挥挥手。

于是他们得知了镜子的存在。

航天飞机改变轨道，向上沿一条斜线向镜子靠近，飞到距镜子三公里处。在视距六公里处，宇航员们可以清楚地看到奋进号在镜子中的映像，尾部发动机喷出的火光使它像一只缓缓移动的萤火虫。

注：一种飞行幻觉，飞行员在幻觉中误认为飞机在倒飞。

一名宇航员进入太空，去进行人类同镜子的第一次接触。太空服上的推进器拉出一道长长的白烟，宇航员很快越过了这三公里距离。他小心翼翼地调整着推进器的喷口，最后悬浮在与镜子相距十米左右的位置。在镜子中，他的映像异常清晰，毫不失真。由于宇航员是在轨道上运行，而镜子与地球处于相对静止状态，所以宇航员与镜子之间有高达每秒近十公里的相对速度，他实际上是在闪电般地掠过镜子表面，但从镜子上丝毫看不出这种运动。

这是宇宙中最平滑、最光洁的表面了。

在宇航员减速时，曾把推进器的喷口长时间对着镜子，在苯化物推进剂形成的白雾中向镜子飘去。以前在太空行走时，当这种白雾接触航天飞机或空间站的外壁时，会立刻在上面留下一片由霜构成的明显的污痕。他由此断定，白雾也会在镜子上留下痕迹。由于相互间的高速运动，这痕迹将是长长的一道，就像他童年时常用肥皂在浴室的镜子上画出的一样。但航天飞机上的人没有看到任何痕迹，那白雾接触镜面后就消失了，镜面仍是那样令人难以置信的光洁。

由于轨道的形状，航天飞机和这名宇航员能与镜子这样近距离接触的时间不多，这就使宇航员焦急地做了下一件事。得知白雾在镜面上消失，他几乎是下意识地从工具袋中掏出一把空心扳手，向镜子掷过去。扳手刚出手，他和航天飞机上的人就都惊呆了，他们这时才意识到扳手与镜面之间的相对速度，这速度使扳手具有一颗重磅炸弹的威力。他们恐惧地看着扳手翻滚着向镜面飞去，恐惧地想象着在接触的一瞬间，蛛网状致密的裂纹从接触点放射状地在镜面平原上闪电般扩散，巨镜化为亿万片在阳光中闪烁的小碎片，在漆黑的太空中形成一片耀眼的银色云海。但扳手接触镜面后立刻消失了，没留下一丝痕迹，镜面仍光洁如初。

其实，很容易得知镜子不是实体，没有质量，否则它不可能以与地球相对静止的状态悬浮在北半球上空（按它们的大小比例，更准确的说法应该是地球悬浮在镜面的正中）。镜子不是实体，而是一种力场类的东西，刚才与其接触的白雾和扳手证明了这一点。

宇航员小心地开动推进器，喷口的微调装置频繁地动作，最后使他与镜面的距离缩短为半米。他与镜子中的自己面对面地对视着，再次惊叹映像的精确，那是现实的完美拷贝，给人的感觉甚至比现实更精细。他抬起一只手，伸向前去，与镜面中的手相距不到一厘米的距离，几乎合到一起。耳机中一片寂静，指令长并没有制止他，他把手向前推去，手在镜面下消失了，他与镜中人的两条胳膊从手腕处连在一起，他的手在这接触过程中没有任何感觉。他把手抽回来，举在眼前仔细看，太空服手套完好无损，也没有任何痕迹。

宇航员和下面的航天飞机正在飘离镜面，他们只能不断地开动发动机和推进器保持与镜面的近距离，但由于飞行轨道的形状，飘离越来越快，很快将使这种修正成为不可能。再次近距离接触只能等绕地球一周转回来时，那时谁知道镜子还在不在？想到这里，他下定决心，启动推进器，径直向镜面冲去。

宇航员看到镜中自己的映像迎面扑来，最后，映像的太空服头盔上那个像大水银泡似的单向反射面罩充满了视野。在与镜面相撞的瞬间，他努力使自己不闭上双眼。相撞时没有任何感觉，这一瞬间后，眼前的一切消失了，空间黑了下来，他看到了熟悉的银河星海。他猛地回头，在下面也是完全相同的银河景象，但有一样上面没有的东西：渐渐远去的他自己的映像。映像是从下向上看，只能看到他的鞋底，他和映像身上的两个推进器喷出的两条白雾平滑地连接在一起。

他已穿过了镜子，镜子的另一面仍然是镜子。

在他冲向镜子时，耳机中响着指令长的声音，但穿过镜面后，这声音像被一把利刃切断了，这是镜子挡住了电波。更可怕的是镜子的这一面看不到地球，周围全是无际的星空，宇航员感到自己被隔离在另一个世界，心中一阵恐慌。他调转喷口，刹住车后往回飞去。这一次，他不像来时那样使身体与镜面平行，而是与镜面垂直，头朝前像跳水那样向镜面飘去。在即将接触镜面前，他把速度降到了很低，与镜中的映像头顶头地连在一起。在头部穿过镜子后，他欣慰地看到了下方蓝色的地球，耳机中也响起了指令长熟悉的声音。

他把飘行的速度降到零，这时，他只有胸部以上的部分穿过了镜子，身体的其余部分仍在镜子的另一面。他调整推进器的喷口方向，开始后退，这使得仍在镜子另一面的喷口喷出的白雾溢到了镜子这一面，白雾从他周围的镜面冒出，他仿佛沉入一个白雾缭绕的平静湖中。当镜面升到鼻子的高度时，他又发现了一件令人吃惊的事：镜面穿过了太空服头盔的面罩，充满了他的脸和面罩间的这个月牙形空间。他向下一看，这个月牙形的镜面映着他那惊恐的瞳仁。镜面一定整个切穿了他的头颅，但什么也感觉不到。他把飘行速度减到最低，比钟表的秒针快不了多少，一毫米一毫米地移动，终于使镜面升到自己的瞳仁正中。这时，镜子从视野中完全消失了，周围的一切都恢复原状：一边是蓝色的地球，另一边是灿烂的银河。但这个他熟悉的世界只存在了两三秒钟，飘行的速度不可能完全降到零，镜面很快移到了他双眼的上方，一边的地球消失了，只剩下另一边的银河。在眼睛的上方，是挡住地球的镜面，一望无际，伸向十几万公里的远方。由于角度极偏，镜面反射的星空图像在他眼中变了形，成了这镜面平原上的一片银色光晕。他将推进器反向，向相反的方向飘去，使镜面向眼睛降下来。在镜面通过瞳仁的瞬间，镜子再次消失，地球和银河再次同时出现，这之后，银河消失了，地球出现了，镜子移到了眼睛的下方，镜面平原上的光晕变成了蓝色的。他就这样以极慢的速度来回飘移着，使瞳仁在镜面的两侧浮动，感到自己仿佛穿行于隔开两个世界的一张薄膜间。经过反复努力，他终于使镜面较长时间地停留在瞳仁的正中，镜子消失了。他睁大双眼，想从镜面所在的位置看到一条细细的直线，但什么也没看出来。

“这东西没有厚度！”他惊叫。

“也许它只有几个原子那么厚，你看不到而已。这也是它的到来没有被地球觉察的原因，如果它以边缘对着地球飞来，就不可能被发现。”航天飞机上的人评论说，他们在看着传回的图像。

但最让他们震惊的是：这面可能只有几个原子的厚度，但面积有上百个太平洋的镜子，竟绝对平坦，以至于镜面与视线平行时完全看不到它，这是古典几何学世界中的理想平面。

由绝对的平坦可以解释它绝对的光洁，这是一面理想的镜子。

在宇航员们心中，孤独感开始压倒了震惊和恐惧，镜子使宇宙变得陌生了。他们仿佛是一群刚出生就被抛在旷野的婴儿，无力地面对着这不可思议的世界。

这时，镜子说话了。

/ 三 /

“我是一名音乐家，”镜子说，“我是一名音乐家。”

这是一个悦耳的男音。这个男音在地球的整个天空响起，所有的人都能听得到。一时间，地球上熟睡的人都被惊醒，醒着的人则都如雕塑般呆住了。

镜子接着说：“我看到了下面在举行一场音乐会，观众是能够代表这颗星球文明的人，你们想与我对话吗？”

元首们都看着秘书长，他一时茫然，不知所措。

“我有事情要告诉你们。”镜子又说。

“你能听到我们说话吗？”秘书长试探着说。

镜子立即回答：“当然能，如果愿意，我可以分辨出下面的世界里每个细菌发出的声音。我感知世界的方式与你们不同，我能同时观察每个原子的旋转，我的观察还包括时间维，可以同时看到事物的历史，不像你们，只能看到时间的一个断面，我对一切明察秋毫。”

“那我们如何听到你的声音呢？”美国总统问。

“我在向你们的大气发射超弦波。”

“超弦波是什么？”

“一种从原子核中解放出来的强互作用力。它振动着你们的大气，如同一只大手拍动着鼓膜，于是你们听到了我的声音。”

“你从哪里来？”秘书长问。

“我是一面在宇宙中流浪的镜子，我的起源地在时间和空间上都太遥远，谈它已无意义。”

“你是如何学会英语的？”秘书长问。

“我说过，我对一切明察秋毫。这里需要声明，我讲英语，是因为听到这个音乐会上的人们在交谈中大都用这种语言，这并不代表我认为下面的世界里某些种族比其他种族更优越。这个世界没有通用语言，我只能这样说。”

“我们有世界语，只是很少使用。”

“你们的世界语，与其说是为世界大同进行的努力，不如说是沙文主义的典型表现：凭什么世界语要以拉丁语系而不是这个世界的其他语系为基础？”

最后这句话在元首们中引起了极大的震动，他们紧张地窃窃私语起来。

“你对地球文明的了解让我们震惊。”秘书长由衷地说。

“我对一切明察秋毫，再说，透彻地了解一粒灰尘并不困难。”

美国总统看着天空说：“你是指地球吗？你确实比地球大很多，但从宇宙尺度来说，你的大小与地球是同一个数量级的，你也是一粒灰尘。”

“我连灰尘都不是，”镜子说，“很久很久以前我曾是灰尘，但现在我只是一面镜子。”

“你是一个个体还是一个群体？”中国国家主席问。

“这个问题无意义，文明在时空中走过足够长的路时，个体和群体将同时消失。”

“镜子是你固有的形象呢，还是你许多形象中的一种？”英国首相问。秘书长把问题接下去：“就是说，你是否有意对我们显示出这样一个形象呢？”

“这个问题也无意义，文明在时空中走过足够长的路时，形式和内容将同时消失。”

“你对最后两个问题的回答我们无法理解。”美国总统说。

镜子没说话。

“你到太阳系来有目的吗？”秘书长问出了最关键的问题。

“我是一个音乐家，要在这里举行音乐会。”

“这很好！”秘书长点点头说，“人类是听众吗？”

“听众是整个宇宙，虽然最近的文明世界也要在百年后才能听到我的琴声。”

“琴声？琴在哪里？！”克莱德曼在舞台上问。

这时，人们发现，占据了大部分天空的地球映像突然向东方滑去，速度很快。天空的这种变幻看上去很恐怖，给人一种天在塌下来的感觉，草坪上有几个人不由自主地捂住了脑袋。很快，地球映像的边缘已接触了东方的地平线，几乎与此同时，一片亮光突然出现，使所有人的眼前一片模糊，什么都看不清了。当他们的视力恢复后，看到太阳突然出现在刚才地球映像腾出来的天空中，灿烂的阳光瞬间洒满大地，周围的世界毫发毕现，天空在瞬间由漆黑变成明亮的蔚蓝。地球的映像仍然占据东半部天空，但上面的海洋已与蓝天融为一体，大陆像是天空中一片片褐色的云层。这突然的变化使所有人目瞪口呆，过了好一阵儿，秘书长的一句话才使大家对这不可思议的现实多少有了一些把握。

“镜子倾斜了。”

是的，太空中的巨镜倾斜了一个角度，使太阳也进入了映像，把它的光芒反射到地球这黑夜的一侧。

“它转动的速度真快！”中国国家主席说。

秘书长点点头：“是的，想想它的大小，以这样的速度转动，它的边缘可能已接近光速了！”

“任何实体物质都不可能经受这样的转动所产生的引力，它只是一个力场，这已被我们的宇航员证明了。作为力场，接近光速的运动是很正常的。”美国总统说。

这时，镜子说话了：“这就是我的琴，我是一名恒星演奏家，我将弹奏太阳！”

这气势磅礴的话把所有的人镇住了，元首们呆呆地看着天空中太阳的映像，好一阵儿才有人敬畏地问怎样弹奏。

“各位一定知道，你们使用的乐器大多有一个音腔，它们是由薄壁所包围的空间区域，薄壁将声波来回反射，这样就将声波禁锢在音腔内，形成共振，发出动听的声音。对电磁波来说，恒星也是一个音腔，它虽没有有形的薄壁，但存在对电磁波的传输速度梯度，这种梯度将折射和反射电磁波，将其禁锢在恒星内部，产生电磁共振，奏出美妙的音乐。”

“那这种琴声听起来是什么样子呢？”克莱德曼向往地看着天空问。

“在九分钟前，我在太阳上试了试音，现在，琴声正以光速传来，当然，它是以电磁形式传播的，但我可以用超弦波在你们的大气中把它转换成声波，请听……”

长空中响起了几声空灵悠长的声音，很像钢琴的声音。这声音有一种魔力，一时攫住了所有人的心。

“从这声音中，您感到了什么？”秘书长问中国国家主席。

中国国家主席感慨地说：“我感到整个宇宙变成了一座大宫殿，一座有二百亿光年高的宫殿，这声音在宫殿中萦绕不止。”

“听到这声音，您还否认上帝的存在吗？”美国总统问。

中国国家主席看了总统一眼说：“这声音来自于现实世界，如果这个世界就能够产生出这样的声音，上帝的存在就变得更无必要了。”

/ 四 /

“演奏马上就要开始了吗？”秘书长问。

“是的，我在等待节拍。”镜子回答。

“节拍？”

“节拍在四年前就已启动，它正以光速向这里传来。”

这时，天空发生了惊人的变化，地球和太阳的映像消失了，取而代之的是一片明亮的银色波纹。这波纹跃动着，盖满了天空，地球仿佛沉于一个超级海洋中，天空就是从水下看到的阳光照耀下的海面。

镜子解释说：“我现在正在阻挡着来自外太空的巨大辐射，我没有完全反射这些辐射。你们看到有一小部分透了过去，这辐射来自一颗四年前爆发的超新星。”

“四年前？那就是人马座了。”有人说。

“是的，人马座比邻星。”

“可是据我所知，那颗恒星完全不具备成为超新星的条件。”中国国家主席说。

“我使它具备了。”镜子淡淡地说。

人们这时想起了镜子说过的话，它说为这场音乐会进行了四年多的准备，那指的就是这件事了——镜子选定太阳为乐器后立刻引爆了比邻星。从镜子刚才对太阳试音的情形看，它显然具有超空间的作用能力，这种能力使它能在一个天文单位的距离之外弹振太阳。但对四光年之遥的恒星，它是否仍具有这种能力还不得而知。镜子引爆比邻星可能通过两种途径：在太阳系通过超空间作用，或者通过空间跳跃在短时间内到达比邻星附近引爆它，再次跳跃回到太阳系。不管通过哪种方式，对人类来说这都是神的力量。但不管怎样，超新星爆发的光线仍然要经过四年时间才能到达太阳系。镜子说过，演奏太阳的乐声是以电磁形式传向宇宙的，那么对于这个超级文明来说，光速就相当于人类的声速，光波就是他们的声波，那他们的光是什么呢？人类永远不得而知。

“对你操纵物质世界的能力，我们深感震惊。”美国总统敬畏地说。

“恒星是宇宙荒漠的石块，是我的世界中最多最普通的东西。我使用恒星，有时把它们当作一件工具，有时是一件武器，有时是一件乐器……现在我把比邻星做成了节拍器，这与你们的祖先使用石块没什么本质的区别，都是用自己世界中最普通的东西来扩大和延伸自己的能力。”

然而草坪上的人们看不出这两者有什么共同点，他们放弃了与镜子在技术上进行沟通的尝试。人类离理解这些还差得很远，就像蚂蚁离理解国际空间站差得很远一样。

天空中的光波开始暗下来，渐渐地，人们觉得照着上面这个巨大海面的不是阳光而是月光了，超新星正在熄灭。

秘书长说：“如果不是镜子挡住了超新星的能量，地球现在可能已经是一个没有生命的世界了。”

这时天空中的波纹已经完全消失了，巨大的地球映像重现，仍占据着大部分夜空。

“镜子说的节拍在哪里？”克莱德曼问。这时他已从舞台上下来，与元首们站在一起。

“看东面！”这时有人喊了一声。人们发现东方的天空中出现了一条笔直的分界线，这条线横贯整个天空，分界线两侧的天空是两个不同的景象：分界线西面仍是地球的映像，但它已被这条线切去了一部分；分界线东面则是灿烂的星空，有很多人都看出来了，这是北半球应有的星空，不是南半球星空的映像。分界线在由东向西庄严地移动，星空部分渐渐扩大，地球的映像正在由东向西被抹去。

“镜子在飞走！”秘书长喊道。人们很快知道他是对的，镜子在离开地球上空，它的边缘很快消失在西方地平线下。人们又站在了他们见过无数次的正常的星空下。这以后人们再也没有见到镜子，它也许飞到它的琴——太阳附近了。

草坪上的人们带着一丝欣慰看着周围他们熟悉的世界，星空依旧，城市的灯火依旧，甚至草坪上嫩芽的芳香仍飘散在空气中。

节拍出现。

白昼在瞬间降临，蓝天突现，灿烂的阳光洒满大地，周围的一切都明亮地凸现出来；但这白昼只持续了一秒钟就熄灭了，刚才的夜又恢复了，星空和城市的灯火再次浮现；这夜也只持续了一秒钟，白昼再次出现，一秒钟后又是夜；然后，白昼、夜、白昼、夜、白昼、夜……以与脉搏相当的频率交替出现，仿佛世界是两片不断切换的幻灯片映出的图像。

这是白昼与黑夜构成的节拍。

人们抬头仰望，立刻看到了那颗闪动的太阳，它没有大小，只是太空中一个刺目的光点。“脉冲星。”中国国家主席说。

这是超新星的残骸，一颗旋转的中子星。中子星那致密的表面有一个裸露的热斑，随着星体的旋转，中子星成为一座宇宙灯塔，热斑射出的光柱旋转着扫过广漠的太空。当这光柱扫过太阳系时，地球的白昼就短暂地出现了。

秘书长说：“我记得脉冲星的频率比这快得多，它好像也不发出可见光。”

美国总统用手半遮着眼睛，艰难地适应着这疯狂的节拍世界。“频率快是因为中子星聚集了原恒星的角动量，镜子可以通过某种途径把这些角动量消耗掉；至于可见光嘛……你们真认为镜子还有什么做不到的事？”

“但有一点，”中国国家主席说，“没有理由认为宇宙中所有生物的生命节奏都与人类一样，它们的音乐节拍的频率肯定各不相同。比如镜子，它的正常节拍频率可能比我们最快的电脑主频都快。”

“是的，”总统点点头，“也没有理由认为它们可视的电磁波段都与我们的可见光相同。”

“你们是说，镜子是以人类的感觉为基准来演奏音乐的？”秘书长吃惊地问。

中国主席摇摇头说：“我不知道，但肯定要有一个基准的。”

脉冲星强劲的光柱庄严地扫过冷寂的太空，像一根长达四十万亿公里、还在以光速不断延长的指挥棒。在这一端，太阳在镜子无形手指的弹拨下发出浑厚的、以光速向宇宙传播的电磁乐音，太阳音乐会开始了。

/ 五 /

一阵“沙沙”声，像是电磁噪声干扰，又像是无规则的海浪冲刷沙滩的声音。从这声音中有时能听出一丝荒凉和广漠，但更多的是混沌和无序。这声音一直持续了十多分钟毫无变化。

“我说过，我们无法理解它们的音乐。”俄罗斯总统打破沉默说。

“听！”克莱德曼用一根手指指着天空说。其他人过了好一会儿才听出了他那经过训练的耳朵听到的旋律，那是结构最简单的旋律，只由两个音符组成，好像是钟表的一声“嘀嗒”。这两个音符不断出现，但有很长的间隔。后来，又出现了另一个双音符小节，然后出现了第三个、第四个……这些双音符小节在混沌的背景上不断浮现，像一群暗夜中的萤火虫。

一种新的旋律出现了，它有四个音符。人们都把目光转向克莱德曼，他在注意地听着，好像感觉到了些什么，这时四音符小节的数量也增加了。

“这样吧，”他对元首们说，“我们每个人记住一个双音符小节。”于是大家注意听着，每人努力记住一个双音符小节，然后凝神等着它再次出现以巩固自己的记忆。过了一会儿，克莱德曼又说：“好啦，现在注意听一个四音符小节，得快些，不然乐曲越来越复杂，我们就什么也听不出来了。好，就这个，有人听出什么来了吗？”

“它的前一半是我记住的那一对音符！”巴西总统高声说。

“后一半是我记住的那一对！”加拿大总理说。

人们接着发现，每个四音符小节都是由前面两个双音符小节组成的，随着四音符小节数量的增多，双音符小节的数量也在减少，似乎前者在消耗后者。再后来，八音符小节出现了，结构与前面一样，是由已有的两个四音符小节合并而成的。

“你们都听出了什么？”秘书长问周围的元首们。

“在闪电和火山熔岩照耀下的原始海洋中，一些小分子正在聚合成大分子。当然，这完全是我个人的想象。”中国国家主席说。

“想象请不要拘泥于地球，”美国总统说，“这种分子的聚集也许是发生在一片映射着恒星光芒的星云中，也许正在聚集组合的不是分子，而是恒星内部的一些核能漩涡。”

这时，一个多音符旋律以高音凸现出来，它反复出现，仿佛是这昏暗的混沌世界中一道明亮的小电弧。“这好像是在描述一个质变。”中国国家主席说。

一个新的乐器的声音出现了，这连续的弦音很像小提琴发出的。它用另一种柔美的方式重复着那个凸现的旋律，仿佛是后者的影子。

“这似乎在表现某种复制。”俄罗斯总统说。

连续的旋律出现了，是那种类似小提琴的乐音。它平滑地变幻着，好像是追踪着某种曲线运动的目光。英国首相对中国国家主席说：“如果按照您刚才的思路，现在已经有某种东西在海中游动了。”

不知不觉中，背景音乐开始变化了，这时人们几乎忘记了它的存在，它从海浪声变幻为起伏的“沙沙”声，仿佛是暴雨在击打着裸露的岩石；接着又变了，变成一种与风声类似的空旷的声音。美国总统说：“海中的游动者在进入新环境，也许是陆上，也许是空中。”

所有的乐器突然一声短暂的齐奏，形成了一声恐怖的巨响，好像是什么巨大的实体轰然坍塌，然后，一切戛然而止，只剩下开始时那种海浪似的背景声在荒凉地响着。然后，那简单的双音节旋律又出现了，又开始了缓慢而艰难的组合，一切重新开始……

“我敢肯定，这描述了一场大灭绝，现在我们听到的是灭绝后的复苏。”

又经过漫长而艰难的过程，海中的游动者又开始进入世界的其他部分。旋律渐渐变得复杂而宏大，人们的理解也不再统一。有人想到一条大河奔流而下，有人想到广阔的平原上一支浩荡队伍在跋涉，有人想到漆黑的太空中向黑洞涡旋而下的滚滚星云……但大家都同意，这是在表现一个宏伟的进程，也许是进化的进程。这一乐章很长，不知不觉一个小时过去了，音乐的主题终于发生了变化。旋律渐渐分化成两个，这两个旋律在对抗和搏斗，时而疯狂地碰撞，时而扭缠在一起……

“典型的贝多芬风格。”克莱德曼评论说，这之前很长时间人们都沉浸在宏伟的音乐中没有说话。

秘书长说：“好像是一支在海上与巨浪搏斗的船队。”

美国总统摇了摇头：“不，不是的，您应该能听出这两种力量没有本质的不同，我想是在表现一场蔓延到整个世界的战争。”

“我说，”一直沉默的日本首相插话，“你们真的认为自己能够理解外星文明的艺术？也许你们对这音乐的理解，只是牛对琴的理解。”

克莱德曼说：“我相信我们的理解基本上正确。宇宙间通用的语言，除了数学可能就是音乐了。”

秘书长说：“要证实这一点也许并不难，我们能否预言下一乐章的主题或风格？”

经过稍稍思考，中国国家主席说：“我想下面可能将表现某种崇拜，旋律将具有森严的建筑美。”

“您是说像巴赫？”

“是的。”

果然如此，在接下来的乐章中，听众们仿佛走进一座高大庄严的教堂，听着自己的脚步在这宏伟的建筑内部发出空旷的回声，对某种看不见但无所不在的力量的恐惧和敬畏压倒了他们。

再往后，已经演化得相当复杂的旋律突然又变得简单了，背景音乐第一次消失了。在无边的寂静中，一串清脆短促的打击声出现了，一声，两声，三声，四声……然后，一声，四声，九声，十六声……一条条越来越复杂的数列穿梭而过。

有人问：“这是在描述数学和抽象思维的出现吗？”

接下来音乐变得更奇怪了，出现了由小提琴奏出的许多独立的小节，每小节由三到四个音符组成，各小节中音符都相同，但其音程的长短出现各种组合；还出现一种连续的滑音，它渐渐升高然后降低，最后回到起始的音高。人们凝神听了很长时间，希腊元首说：“这，好像是在描述基本的几何形状。”人们立刻找到了感觉，他们仿佛看到在纯净的空间中，一群三角形和四边形匀速地飘过，至于那种滑音，让人们看到了半圆、椭圆和完美的正圆。渐渐地，旋律开始出现变化，表现直线的单一音符都变成了滑音。但根据刚才乐曲留下的印象，人们仍能感觉到那些飘浮在抽象空间中的几何形状，但这些形状都扭曲了，仿佛浮在水面上。

“时空的秘密被发现了。”有人说。

下一个乐章是以一个不变的节奏开始的，它的频率与脉冲星打出的由昼与夜构成的节拍相同，好像音乐已经停止了，只剩下节拍在空响。但很快，另一个不变的节奏也加入进来，频率比前一个稍快。之后，不同频率的不变的节奏在不断地加入，最后出现了一个气势磅礴的大合奏，但在时间轴上，乐曲是恒定不变的，像一堵平坦的声音高墙。

对这一乐章，人们的理解惊人的一致：“一部大机器在运行。”

后来，出现了一个纤细的新旋律，如银铃般晶莹地响着，如梦幻般变幻不定，与背后那堵呆板的声音之墙形成鲜明对比，仿佛是飞翔在那部大机器里的一个银色小精灵。这个旋律仿佛是一滴小小的但强有力的催化剂，在钢铁世界中引发了奇妙的反应：那些不变的节奏开始波动变幻，大机器的粗轴和巨轮渐渐变得如橡皮泥般柔软，最后，整个合奏变得如那个精灵旋律一样轻盈、有灵气。

人们议论纷纷：“大机器是智能的！”“我觉得，机器正在与它的创造者相互接近。”

太阳音乐在继续，已经进行到一个新的乐章了。这是结构最复杂的一个乐章，也是最难理解的一个乐章。它首先用类似钢琴的声音奏出一个悠远空灵的旋律，然后以越来越复杂的合奏不断地重复演绎这个主题，每次重复演绎都使得这个主题在上次的基础上变得更加宏大。

在这种重复进行了几次后，中国国家主席说："以我的理解，是不是这样的——一个思想者站在一个海岛上，用他深邃的头脑思索着宇宙；镜头向上升，思想者在镜头的视野中渐渐变小，当镜头从空中把整个海岛都纳入视野后，思想者像一粒灰尘般消失了；镜头继续上升，海岛在渐渐变小，镜头升出了大气层，在太空中把整个行星纳入视野，海岛像一粒灰尘般消失了；太空中的镜头继续远离这颗行星，把整个行星系纳入视野，这时，只能看到行星系的恒星，它在漆黑的太空中看去只有台球般大小，孤独地发着光，而那颗有海洋的行星，也像一粒灰尘般消失了。"

美国总统聆听着音乐，接着说："镜头以超光速远离，我们发现在我们的尺度上空旷而广漠的宇宙，在更大的尺度上却是一团由恒星组成的灿烂的尘埃。当整个银河系进入视野后，那颗带着行星的恒星像一粒灰尘般消失了；镜头接着跳过无法想象的距离，把一个星系团纳入视野，眼前仍是一片灿烂的尘埃，但尘埃的颗粒已不再是恒星而是恒星系了。"

秘书长接着说："这时银河系像一粒灰尘般消失了，但终点在哪儿呢？"

保护罩中的人们重新把全身心沉浸在音乐中，乐曲正在达到它的高潮：在音乐家强有力的思想推动下，那只拍摄宇宙的镜头被推到了已知的时空之外，整个宇宙都被纳入视野，那个包含着银河系的星系团也像一粒灰尘般消失了。人们凝神等待着终极的到来，宏伟的合奏突然消失了，只有开始时那种类似钢琴的声音在孤独地响着，空灵而悠远。

"又返回到海岛上的思想者了吗？"有人问。

克莱德曼倾听着摇了摇头："不，现在的旋律与那时完全不同。"

这时，全宇宙的合奏再次出现，不久停了下来，又让位于钢琴独奏。这两个旋律就这样交替出现，持续了很长时间。

克莱德曼凝神听着，突然恍然大悟："钢琴是在倒着演奏合奏的旋律！”

美国总统点点头：“或者说，它是合奏的镜像。哦，宇宙的镜像，这就是镜子了。”

音乐显然已近尾声，全宇宙合奏与钢琴独奏同时进行，钢琴精确地反奏着合奏的每一处，它的形象凸现在合奏的背景上，但两者又那么和谐。

中国国家主席说：“这使我想起了一个现代建筑流派，叫光亮派。为了避免新建筑对周围传统环境的影响，就把建筑的表面全部做成镜面，使它通过反射环境来与周围达到和谐，同时也以这种方式表现了自己。”

“是的，当文明达到了一定的程度，它可能也通过反射宇宙来表现自己的存在。”秘书长若有所思地说。

钢琴突然由反奏变为正奏，这样它立刻与宇宙合奏融为一体，太阳音乐会结束了。

/ 六 /

镜子说：“一场完美的音乐会，谢谢欣赏它的所有人类。好，我走了。”

“请等一下！”克莱德曼高喊一声，“我们有一个最后的要求：你能否用太阳弹奏一首人类的音乐？”

“可以，哪一首呢？”

元首们互相看了看。“弹贝多芬的《命运》吧。”德国总理说。

“不，不应该是《命运》，”美国总统摇摇头说，“现在已经证明，人类不可能扼住命运的喉咙。人类的价值在于：我们明知命运不可抗拒，死亡必定是最后的胜利者，却仍能在有限的时间里专心致志地创造着美丽的生活。”

“那就唱《欢乐颂》吧。”中国国家主席说。

镜子说：“你们唱吧，我可以通过太阳把歌声向宇宙传播出去，我保证，音色会很好的。”

这二百多人唱起了《欢乐颂》，歌声通过镜子传给了太阳，太阳再次振动起来，把歌声用强大的电磁脉冲传向太空的各个方向。

……
欢乐啊，美丽神奇的火花，
来自极乐世界的女儿。
天国之女啊，我们如醉如狂，
踏进了你神圣的殿堂。
被时间无情分开的一切，
你的魔力又把它们重新连接。
……

五小时后，歌声将飞出太阳系；四年后，歌声将到达人马座；十万年后，歌声将传遍银河系；二十多万年后，歌声将到达最近的恒星系大麦哲伦星云；六百万年后，歌声将传遍本星系团的四十多个恒星系；一亿年之后，歌声将传遍本超星系团的五十多个星系群；一百五十亿年后，歌声将传遍目前已知的宇宙，并向继续膨胀的宇宙传出去，如果那时宇宙还膨胀的话。

……
在永恒的大自然里，
欢乐是强劲的发条，
在宏大的宇宙之钟里，
是欢乐，在推动着指针旋跳。
它催含苞的鲜花怒放，
它使艳阳普照苍穹。
甚至望远镜都看不到的地方，
它也在使天体转动不息。
……

歌唱结束后，音乐会的草坪上，所有人都陷入了长时间的沉默，元首们都在沉思着。

“也许，事情还没到完全失去希望的地步，我们应该尽自己的努力。”中国国家主席首先说。

美国点点头：“是的，世界需要联合国。”

“与未来所避免的灾难相比，我们各自所需做出的让步和牺牲是微不足道的。”俄罗斯总统说。

“我们所面临的，毕竟只是宇宙中一粒沙子上的事，应该好办。”英国首相仰望着星空说。

各国元首纷纷表示赞同。

“那么，各位是否同意延长本届联大呢？”秘书长满怀希望地问道。

“这当然需要我们同各自的政府进行联系，但我想问题应该不大。”美国总统微笑着说。

“各位，今天真是一个值得纪念的日子！”秘书长无法掩饰自己的喜悦，“现在，让我们继续听音乐吧！”

《欢乐颂》又响了起来。

镜子以光速飞离太阳，它知道自己再也不会回来了，在那十几亿年的音乐家生涯中，它从未重复演奏过一个恒星，就像人类的牧羊人从不重掷同一块石子。飞行中，它听着《欢乐颂》的余音，那永恒平静的镜面上出现了一圈难以觉察的涟漪。

“嗯，是首好歌。”

混沌蝴蝶

这原始数据的洪流如炽热的岩浆，注入了矩阵和方程的海洋，立刻一切都沸腾起来！克雷机一千多个CPU进入了满负荷，内存里广阔的电子世界中，逻辑的台风在呼啸，数据大洋上浊浪滔天……

混沌学的现代研究使人们渐渐明白，十分简单的数学方程完全可以模拟系统如瀑布一样剧烈的行为。输入端微小的差别能够迅速放大到输出端，变成压倒一切的差别。这种现象被称为“对初始条件的敏感性”。例如，在天气系统中，这种现象以趣称为“蝴蝶效应”而闻名。意思是说，今天一只蝴蝶在北京拍动一下空气，就足以使纽约产生一场暴雨。

在民谣中早有这层意思：

少了一颗钉子，丢了一块蹄铁；
少了一块蹄铁，丢了一匹战马；
少了一匹战马，丢了一个骑手；
少了一个骑手，丢了一场胜利；
少了一场胜利，丢了一个国家。

——詹姆斯·格莱克《混沌学》

3月24日　贝尔格莱德

四岁的卡佳是在儿童医院五楼的病房中听到最初的几声爆炸声的，她看看窗外，夜空依旧。比爆炸声更响、更可怕的是楼内人们纷乱的脚步声，仿佛可使整座楼颤抖。这时，妈妈艾琳娜抱起卡佳跑出去，混在楼道中的人群里向地下室方向跑去，而同她们一起跑出病房的父亲亚历山大和他的那位叫烈伊奇的俄国朋友同她们分开了，逆着人流向楼上跑去。艾琳娜没有注意他们，她这一年来把全部身心都放在卡佳身上。为了把女儿从尿毒症中拯救出来，她把自己的一个肾移植到卡佳身上了。今天是卡佳出院的日子，女儿获得新生的喜悦使她对战争的爆发不太在意了。

但对亚历山大来说就大不一样了，爆炸声响过之后，战争将占据他的全部生活。这时他和烈伊奇站在露天的楼顶上，环视着远方刚刚出现的几处火光，仰望着高射炮的曳光弹在夜色中写出的一串串明亮的省略号。

“有一个笑话，”亚历山大说，“说的是一家人，有一个漂亮任性的女儿。有一天这家旁边建了一个兵营，驻守了很多放荡不羁的大兵，那些大兵常挑逗那姑娘，这令姑娘的父亲忧心忡忡。有一天，有人告诉他他女儿怀孕了，他听后长松一口气，欣慰地说：很好，总算发生了。”

“这不是一个俄国式的笑话。”烈伊奇说。

“开始我也不太理解，但现在理解了，你害怕已久的事发生了，有时是一种解脱。”

“你不是神，亚历山大。”

“这点总参谋部和国防部的那帮混蛋已提醒过我了。”

“这么说你找过政府了？他们不相信你能找到大气敏感点？”

“你能相信吗？”

“以前也不信，但看到你的数学模型的运转后有些信了。”

“那里没人会仔细看那个数学模型，但他们主要是不相信我这个人。”

“你好像不是反对党。”

“我什么都不是，我对政治没兴趣，也许是因为我在前几年的内战时期说了些不该说的话吧。”

这时爆炸声停止了，但远方的火光更亮了，火光映照在市内最高的两座建筑上。它们处在萨瓦河的两边，一座是在新区的塞尔维亚社会党总部，它白色的楼体在火光中凸现出来；另一座是“贝尔格莱德人”大厦，它黑色的楼体在火光中时隐时现，看不清形状，仿佛是前者的一个奇怪的镜像。

“从理论上说你的模型也许能行，但你想过没有，要计算出一个可作用于这个国家天气的敏感点，并计算出作用方式，用南斯拉夫所拥有的最快的计算机，大概一个月也完成不了一次计算。”

“这正是我找你的原因，我要用你在杜布纳的那台计算机。”

“你凭什么肯定我会答应？”

“我不肯定。不过你爷爷是铁托的军事顾问，在苏捷斯卡战役中负过伤。”

“好吧。但我如何得到全球大气的初始数据呢？”

“这是公开的，从国际气象网络上就能下载。这是全球所有气象卫星，以及参加国际气象观测网的地面及海面观测点的实时数据汇总，量很大，用电话线不行，你至少要有一条传输率大于一兆的专线。”

“这我有。”

亚历山大把一个小号码箱递给烈伊奇：“神需要的一切都在这里，最重要的是那块光盘，上面刻录了我的大气模型软件，有六百多兆字节，一块盘刚能存下，是没编译过的C语言原码，在你们那台大机器上应该能运行的。还有一部卫星电话，以及同这部电话相连的一个经过改装的GPS全球卫星定位系统，通过这个，你就能看到我在全球任何一处的精确位置。”

烈伊奇接过箱子说：“我连夜走，到罗马尼亚赶飞往莫斯科的飞机。顺利的话，明天的这个时候我就能用卫星电话告诉你那个神奇的敏感点。但我很怀疑它的效应是否真能按预定被放大，呼风唤雨毕竟是神的事。”

烈伊奇走后，亚历山大同妻子和女儿离开医院回家。汽车行驶到萨瓦河与多瑙河的交汇处时，亚历山大把车停下，他们三人下车，默默地看着夜色中的河水。

亚历山大沉默了好一会儿才开口说：“我说过，战争一爆发我就要离开家。”

“你是害怕炸弹吗，爸爸？带我走吧，我也怕，它的声音真大！”卡佳说。

“不，亲爱的，我是不想让炸弹落到我们的土地上。爸爸去的地方可能很远，不能带卡佳，事实上爸爸现在也不知要去哪儿。”

“那你有什么办法不让炸弹落下来呢？你能召集强大的军队来保护我们吗？”

“用不着，卡佳，爸爸只是在某个特定的时间，在地球上某个特定的地方干某件特定的小事，比如说泼一盆热水或抽一支雪茄，就能让整个南斯拉夫笼罩在阴云和大雾中，让投炸弹的人和炸弹都看不到目标！”

“干吗跟孩子说这些？”艾琳娜说。

“不要紧的，她就是说出去也没人相信，包括你。”

“在一年前，你曾到澳大利亚的海岸开动一架大鼓风机，并认为这能使干旱的埃塞俄比亚下大雨。”

“那次我是没成功，但并非是因为我的理论和数学模型有误，而是因为我没有足够快的计算机。等敏感点计算出来时，全球大气的演变早已使它不敏感了！”

“亚历山大，你一直生活在自己的梦里，我不拦你，我就是被你的这些梦想打动才嫁给你的。”回首往事，艾琳娜黯然神伤。她出生在一个波黑穆斯林家庭，五年前，当她逃出被围困的萨拉热窝同这个塞族的大学同学结合时，她那顽固的父亲和哥哥差点用冲锋枪杀了她。

把艾琳娜和卡佳送回家后，亚历山大驱车前往罗马尼亚。路很不好走，战争使路上多了许多关卡，拥堵严重，他在第二天中午才通过边境。以后的路好走多了，他在天没黑时就到达了布加勒斯特机场。

3月25日，杜布纳

莫斯科正北方向一百多公里，有一个小镇，在那里看不到莫斯科的颓废和衰落，整洁的小镇坐落于美丽的绿阴和草地之中。在这里，时光停止了流动，可以看到列宁的塑像。在小镇的出口，那条穿过伏尔加河底的隧道口上方还有苏联时代的一行大字——“劳动光荣”。小镇共六万人口，几乎全部是科学家。这座小镇叫杜布纳，是苏联的高科技和核武器研究中心。

小镇中有一座新建楼房，外表精致前卫，同周围那些苏联时代的建筑形成鲜明对比。小楼二层是一个全封闭的机房，机房内居然有一台美国造的克雷巨型计算机。它虽然型号较老，但也属于现已消失的“巴统协议”严格禁止向东方出口的设备。四年前，美、英、德、法等国提供资金，同俄罗斯联合建立了一个高科技研究中心，想用优厚的待遇和良好的研究环境吸引俄罗斯国内科学家，以阻止那些每月只能挣一百多美元的俄国核科学家流向非西方国家，同时西方还同俄罗斯共享中心的研究成果。这座楼房就是研究中心在杜布纳的一个分部。由于俄罗斯的大型计算机结构落后，操作困难，美国人在这里安装了这台克雷巨型机，巨型机由美国工程师控制着，在上面运行的软件都经过他们的审查。如果这台计算机有感觉的话，它一定会感到孤独，因为它在这儿安家的三年时间里，绝大部分时间只是在空转和定时自检，只有在杜布纳的莫斯科大学电子学院的几个研究生偶尔会通过一楼的终端传给它几个计算程序。而那些东西，它用熟睡时残留的神经就能解决。

在这天深夜，克雷计算机从一个终端收到了一个C语言原码软件，接着收到了要求编译的指令。这个软件很庞大，事实上是它见过的最大的软件，但这并没有使它兴奋。它见过很多几百万行甚至几千万行的大程序，运行后才知道，其中大部分是机械的循环和像素转换，最后只是生成一份乏味的三维模型动画。它启动了编译器，漠然地把一行行C代码翻译成由0和1组成的、它自己的语言，把那长得难以想象的01链放到外存中。它刚刚完成编译，立刻收到了执行的命令，便把那刚吐出的01堆成的高山吸回内存，并从那堆庞大的乱麻中抽出了一根细细的线头，程序开始执行了。立刻，克雷机倒吸了一口冷气，“呼啦”一下，那个程序瞬间生成了一百多万个高阶矩阵，三百多万个常微分方程和八百多万个偏微分方程。这些数学怪物张着贪婪的大嘴等待着原始数据。很快，从另一个10兆速率的入口，一股数据的洪流汹涌而入，克雷机能隐约分辨出组成洪流的分子，它们是一组组的压力、温度和湿度参数。这原始数据的洪流如炽热的岩浆，注入了矩阵和方程的海洋，立刻一切都沸腾起来！克雷机一千多个CPU进入了满负荷，内存里广阔的电子世界中，逻辑的台风在呼啸，数据大洋上浊浪滔天……这种状态持续了四十多分钟，这在克雷机感觉有几个世纪那样长。它终于松了一口气，它的能力已用到极限，刚刚能控制这个疯狂的世界。台风弱下来，大洋也渐渐平静，又过了一会儿，台风消失了，大洋凝固，且急剧缩小，最后，它的精华凝结成一粒微小的数据种子，在内存无边的虚空中发出缕缕金光。这粒种子化作几行数据显示在一楼的一台终端的屏幕上。屏幕前，烈伊奇拿起了卫星电话。

“第一个敏感点已出现，现正在由西经13°和15°、北纬22°和25°围成的区域内徘徊，作用方式：使该敏感点急剧降温。那里是……我看看，哦，去非洲吧，亚历山大！”

3月27日，非洲，毛里塔尼亚

直升机低空掠过炎热的沙漠，热浪让亚历山大窒息。但这个黑人飞行员却满不在乎，一路说个不停。他对这个奇怪的白人很感兴趣，从努瓦克肖特机场一下班机这人就租了他的轻型直升机，然后从机场旁的一家饭店买了一个冰柜，又买了一大块冰放到冰柜中，把冰柜放进直升机，还让他带了一把大铁锤。这人说不出目的地，只是让直升机按他指的方向向内地沙漠飞去。他一路上一直把一部形状奇怪的大电话放在耳边，那电话还连着一个像游戏机一样的东西。飞行员在为一支铜矿勘探队工作时见过那东西，知道它是卫星全球定位仪。

“嗨，朋友，你好像是从开罗来的？”飞行员在发动机的轰鸣声中用生硬的法语大声说。

“我从巴尔干来，在开罗换乘飞机。”亚历山大心不在焉地回答。

“你说什么？是巴尔干吗？那儿在打仗呢！”

“好像是吧。”

耳机中，烈伊奇在六千公里外告诉亚历山大，他的位置指示清晰，敏感点现在很稳定，飘移很慢，距他只有五公里了。

“美国人在那里扔了很多炸弹，还有战斧导弹。喂，朋友，你知道一枚战斧多少钱吗？”

“一百五十万美元吧，我想。”

“亚历山大，注意，只有三千五百米了。”

“哇，白人真阔气，干什么都阔气。那么多钱在这里可以建一个种植园，或一个水库，能养活很多人呢！”

“亚历山大，三千米！”

“美国为什么打仗？你不知道？哦，听说米洛舍维奇在那个叫科索沃的地方杀人，杀了四十多人……”

“两千米，亚历山大，它又飘移了，向左！”

“左转一些！”

“什么？左转？好，好了吗？”

“好了吗，烈伊奇？”

“呵，过了些。”

“过了些，再向回转一下！”

“你应该说清楚方位角……好了吗？”

“好了吗，烈伊奇？”

“好了，亚历山大，正对，还有一千五百米！”

“好了，把定，谢谢你，朋友！”

“不用谢，你给的价钱公道！哦，刚才说杀了四十多人，可，你记得吗，前两年非洲也在杀人……”

“一千米！”

“……在卢旺达。”

“五百米！”

“杀了五十万人。”

“一百米！”

“谁管了？”

“亚历山大，你在敏感点上了！”

“降落！”

“你们大概已经忘了那事儿……什么，降落？在这儿？好的！但愿沙子别把滑橇陷住。好了，你到了，等会儿再出去，你会迷了眼的！”

亚力山大同黑人飞行员一起把冰柜抬到沙漠上，然后又把已开始融化的大冰块取出来放到沙地上。四周，沙漠在热气中微微颤动。

“嘿，这玩意烫手呢！”飞行员笑着说。亚历山大在冰块前举起了铁锤。

为了苦难中的祖国，我扑动蝴蝶的翅膀。

他半闭双眼，用塞尔维亚语默诵。然后，他挥动铁锤猛砸冰块，冰块很快变成一片晶莹的碎块，在沙地上迅速融化，如同飞逝的梦幻。一股沁人心肺的凉气升腾、扩散开来，很快被这炎热的空气吞没了。

“你到底在干什么，朋友？”飞行员看着这情景一脸茫然。

“一种仪式，一种图腾仪式，像你们在火上的舞蹈。”亚历山大擦着汗笑着说。

“那这仪式，还有你那神秘的咒语，是向你的神祈求什么？”

“阴雨和大雾，盖住我遥远祖国的阴雨和大雾。”

3月29日，贝尔格莱德

这是卡佳睡得最好的一夜。她新移植的肾脏有排异反应，发起烧来了。妈妈让一个当护士的邻居给她注射了从医院带回来的抗排异针剂，她才好了些。更重要的是，昨天晚上爆炸声少多了，只有零星的两三声，公寓楼里的人们也没有半夜钻进地下室待到天亮。第二天，卡佳才知道原因。

这天早晨卡佳起晚了，因为虽然已是八点多了，但外面还很黑。卡佳来到阳台上，看到天阴了，天空灰蒙蒙的，树丛间有缕缕雾气在聚集。

“上帝啊！” 艾琳娜看到这景象后，低低叫了一声。

“妈妈，是不是爸爸干的？”

“不太可能。不过天要是能连阴半个月的话，就有可能是他干的。”

“爸爸现在在哪儿？”

“不知道。他是一只蝴蝶，在世界的什么地方扑动翅膀。”

“哪有他那么难看的蝴蝶？再说，我不喜欢阴天。”

3月29日，北约空军1362号作战指令

发自：北约盟军空军司令部作战指挥中心

全文转发：南欧盟军司令部，美军南欧特遣部队司令部，第六舰队司令部

EAM来源和NM来源[注1]的M441情报有误（见战场条件数据库ASD119，气象部分），已更正于M483情报。

由此引起1351、1353、1357号作战指令变动如下。

以下部分转发前方攻击基地：意大利基地（科米索基地、阿维亚诺基地、利科纳基地、马达莱那岛基地、锡戈内拉基地、布林迪西基地），希腊基地（苏达基地、伊拉克翁基地、雅典基地、敦马科里基地）

并转发：地中海航空母舰战斗群。

取消1351指令和1357指令中所有B3类弹药[注2]攻击，目标群：GH56，

注1：分别指美国驻欧空军气象情报中心和美国国家气象局。

注2：指激光制导炸弹和电视制导炸弹。

IIT773，NT4412，BBH091145，L088，1123RRT，691HJ。（索引见目标数据库TAG471）

保留1353指令B3类弹药攻击，目标群：PA851，SSF67。（索引同上）

1351、1353、1357指令中A2类[注]攻击指令不变。

以下转发阿维亚诺基地：

增加低空观测航次，对保留的B3类弹药攻击进行AF3级效果评估。

绝密，原件无副本。

3月29日，杜布纳

“亚力山大，亚力山大！听着，第二个敏感点已形成，在东经134°和133°，北纬29°和30°围成的区域内漂移。现在移动速度很快，但正在稳定下来。作用方式：剧烈扰动该点的海水。知道吗？它在海上。”

3月31日，太平洋琉球群岛海面

海面很平静，像蓝色的缎子。这艘小渔船全速行驶着，航迹拖得很长。

在船的后甲板上，两个皮肤很黑的冲绳渔民正在用防水纸包起一捆TNT炸药，并用长长的导线把插在炸药上的电雷管同起爆器连起来。亚力山大在旁边看着他们。他们边干活边聊天，由于亚力山大在旁边，他们说的是口音不正但很流利的英语，他们谈的仍是战争，现在全世界都在谈。

“我觉得这对我们有利，”他们中的一个说，“这开了一个先例，将来朝鲜或台湾有什么事，我们的七七舰队就和美国人的航空母舰一起浩浩荡荡开过去了，那多威风！”

“去他的美国人，我看到他们就讨厌！他们快从冲绳滚蛋吧，他们飞机的声音太难听了！”

“你是笨蛋，从小方面考虑，没有基地我们的鱼卖给谁？从大方面说，你是日本人，应该为日本的利益着想。”

注：指战斧巡航导弹。

“这要看话怎么说了，岩田君。我和你不一样，你们家十年前才从九洲过来，而我呢，祖祖辈辈都在冲绳。冲绳曾经是一个独立的王国，你们同美国人一样，也是外来者。”

“广濑君，听听你说的是什么话，那个大田知事不是个东西，他把好多你们这样的人都带坏了……哦，先生，好了。”

亚历山大把包好的炸药搬到船尾，把卫星电话放在耳边等待着。

“先生，你如果真想炸到鱼，听我的话，换个方向吧！”

“我不想炸鱼，只想炸海水。”

“您花了钱，当然愿意怎么干都行。现在到冲绳来的游客中，您这样的怪人越来越多了。”

“亚历山大，亚历山大，你已经在敏感点上了！扰动海水！”

亚历山大把炸药抛入海中。

“当心别让导线缠住螺旋桨！”一个冲绳人大喊。在甲板上盘成一盘的导线迅速放入海中。亚历山大把手指按在起爆按钮上。

为了苦难中的祖国，我扑动蝴蝶的翅膀。

一声沉闷的巨响从海下传出，一根高大的水柱从船后三十多米处腾起，在阳光下白花花的水花很耀眼。水柱落下，海面上涌起大大的水包，但很快一切归于平静。

“我说过您什么也炸不到的。”一个冲绳人看着那块海面说。

4月1日，贝尔格莱德

“妈妈，连着三天阴天了，这次肯定是爸爸干的！”卡佳站在窗前说。

天上的云层已由前两天的灰白变成了灰黑色，低低地压在城市上空。萨瓦河两边的一白一黑两幢最高建筑的顶部都隐没于云层中，小雨在下着。

艾琳娜仍然摇摇头：“我更相信是上帝干的。”

4月1日，南斯拉夫上空，F117攻击编队

目标指示机：“黑美人黑美人，你已到达目标上空。”

F117：“独眼独眼，目标可视度为零，我高度4500，在云层上方。”

目标指示机："我高度1800，在云层下面。刚刚试过激光制导照射，照射点可识别度低于攻击标准，雾太大。"

F117："独眼，测试电视制导。"

目标指示机："正在测试。黑美人，可识别率刚刚达到攻击标准，你必须穿过云攻击，现在目标上空云底高2000。"

F117："我已做好攻击准备，独眼，请记录攻击效果。"

目标指示机："黑美人黑美人，不能进入低空！云层下炮火很猛，且发现塔马拉迹象[注]！"

F117："独眼，我仍打算低空攻击，我们不能再次空手而归了！"

目标指示机："黑美人，拉起来！记住指令中的作战原则，格兰特少校，你想上军事法庭吗？"

格兰特把驾驶杆拉回怀中，再向右偏，F117棱角分明的黑色机体懒洋洋地抬起来，又笨拙地转了向，在一望无际的云层上向意大利方向飞去。格兰特在飞行头盔中叹了口气："唉，在阿维亚诺基地起飞前，我是在下面这两颗马克12型激光滑翔炸弹上签了名的。"

4月1日，北约空军1694号作战指令

发自：北约盟军空军司令部作战指挥中心

全文转发：南欧盟军司令部，美军南欧特遣部队司令部，第六舰队司令部

EAM来源和NM来源的M769、M770情报再次有误（见战场条件数据库ASD123，气象部分），该来源情报可信度由T1级降至T3级。

由此引起1681至1690号作战指令变动如下，变动根据：ND224战场目标攻击效果空中评估报告，S24来源地面情报。

以下部分转发前方攻击基地：意大利基地（科米索基地、阿维亚诺基地、利科纳基地、马达莱那岛基地、锡戈内拉基地、布林迪西基地），希

注：塔马拉是一种由捷克生产的雷达，采用先进独特的被动探测方式，据说能发现F117和B2两种隐形战机，深为北约空军所恐惧。

腊基地（苏达基地、伊拉克翁基地、雅典基地、敦马科里基地）

并转发：地中海航空母舰战斗群。

继续取消1681及后续作战指令中所有B3类弹药攻击，目标群：TA67至TA71，110LK，TU81，GH1632，SPT4418，MH703，BR45至BR67（索引见目标数据库TAG471）

绝密，原件无副本。

4月2日，杜布纳

“亚力山大，第三敏感点。区域：东经92°至93°，南纬76°至77°，很稳定，作用方式：急剧升高该点温度。”

“你得去南极了，朋友。你首先赶到阿根廷的纳塔莱斯港，但别租船，来不及的。我在那里有个朋友，在上次南极臭氧空洞调查中他曾为考察队工作，他很有办法。他有私人飞机，可从纳塔莱斯港直接飞到敏感点所在的南极玛丽伯德地，在那里他可能还有落脚点。这次你追上敏感点可能要花一些时间，到时第二敏感点的作用可能已过去，我们只能让你的国家放晴两三天了。不过请放心，这个新敏感点很稳定，不会飘得太远，能维持很长时间，我想可能同南极的低温有关。更重要的是，它可多次作用！这样，你只要待在那里（当然不会太舒适），至少能让阴云和大雾在半个月内盖住巴尔干。”

“干得很漂亮，亚力山大，令人难以相信的漂亮！”

4月4日，贝尔格莱德

“天晴了，妈妈！”卡佳在阳台上看着蓝天高兴地说。

艾琳娜轻轻叹了口气：“亚力山大，你真的不是救世主。”

一声巨响传来，玻璃“嗡嗡”响，又一声巨响，天花板上落下了尘土。

“卡佳，我们该去地下室了！”

“不嘛，我喜欢晴天！”

4月6日，南极大陆玛丽伯德地

“好一个纯净的世界，真想永远待在这儿。”亚力山大感叹道。

从飞机上两千多米的空中望下去，无际的冰原在低至地平线上的太阳下呈一种醉人的微蓝色。

驾驶飞机的是一个叫阿方索的健壮的阿根廷人，他看了亚力山大一眼说：“这种纯净马上就要消失。南极的旅游业发展很快，开始只是在设得兰群岛一带，现在要深入到内陆了。游客们乘船或飞机一群群地涌来。现在我的旅游公司很兴旺，我不会再像父辈那样去捕鱼或经营牧场了。”

“不只是旅游，你们的政府不是打算向这个大陆移民吗？”

“为什么不行？我们毕竟是离南极最近的国家！我看，世界迟早要为这个大陆打得头破血流，就像现在在巴尔干那样。”

这时，卫星电话中传来了烈伊奇的声音：“亚力山大，有了点麻烦，美国人把克雷机机房关闭了！”

“你是说他们觉察到了我们做的事？”

“完全没有。我只是对他们讲，我运行的是一个全球大气模拟软件，我并没有说假话。现在政府同西方的关系紧张，这个研究中心也不可能不受影响。你在那里等着，我会很快把事情理顺的。”

飞机降落在雪原上，亚力山大看到前面有一间小屋，小屋用保温板材搭成，为防积雪，它是被四根柱子架空在地面上的。

“这是一支英国考察队留下的。我把它修整了一下，里面的食品和燃油够我们待一个月的。”阿方索指着小屋说。

4月7日，贝尔格莱德

卡佳的排异反应又出现了，她发高烧，说胡话。而艾琳娜在卡佳出院时带回的针剂已用完了，她只得去医院拿。医院在城市的另一面，路很远。

今天仍是晴天。

“妈妈，给我讲个故事再走吧。”卡佳从床上支起身来拉住妈妈。

“亲爱的，妈妈所知道的童话都给你讲完了。现在妈妈给你讲最后一个童话，卡佳已经长大了，以后妈妈不会再给卡佳讲童话了。”

“我听着呢妈妈，很久很久以前……”卡佳虚弱地躺下了。

“不，孩子，这个童话并不太久。在不太远的过去，也就是卡佳出生前的三四年吧，我们生活在一个比现在大得多的国家里，我们的国家几乎绵延到了亚得里亚海的整个东岸。在这个国家里，塞尔维亚人、克罗地亚人、斯洛文尼亚人、马其顿人、黑山人和波黑穆斯林都生活在一个大家庭里，和睦相处，情同手足……”

“也包括科索沃的阿尔巴尼亚人吗？”

“当然也包括他们。有一个叫铁托的强有力的人领导着我们的国家，我们强大自豪，有着丰富多彩的文化，受到了全世界的尊敬。”

艾琳娜湿润的双眼呆呆地看着窗外那一角蓝天。

“后来呢？”卡佳问。

艾琳娜站起身来：“孩子，我回来前你就在家躺着，轰炸来时听隔壁列特尼奇叔叔的话。记住，到地下室去时多穿衣服，那里又潮又冷，穿着单薄的话，你的病会加重的。”说完她拿起包开门走了。

“那个国家后来呢？”卡佳冲妈妈的背影问。

家里的车已经没有油了，艾琳娜只好乘出租汽车。等车的时间比平时长了好几倍，但总算是等来了。路上还算顺利，街上的人和车都很少，可以看到远处冒起的几根烟柱。到儿童医院后，她看到医院因轰炸停电了，护士们围着早产婴儿的密封保育箱用手工向里面输送氧。药品短缺，但卡佳要用的药还是拿到了。艾琳娜拿到药后急匆匆地往回赶，这次等车用了更长的时间，只等来了一辆公共汽车，车上的人不多。

当艾琳娜从车窗中看到多瑙河时，她长出了一口气，这意味着回家的路已走了一半。天空万里无云，整座城市如同摆放在大地上的靶子。

“你不是救世主，亚力山大。”艾琳娜又在心中默默地说。

车走上了河上的大桥，桥上空荡荡的，车很快驶到了大桥中央。一阵凉爽的风从河面吹进车窗，艾琳娜并没有闻到硝烟味。除了那几根隐隐约约的烟柱外，城市的一切在明媚的阳光下显得那么宁静，甚至比以前都宁静。

就在这时，艾琳娜看到了它。

她是在远处不高的空中看到它的，开始只是一个在蓝天背景上隐约闪现的黑点，后来能看到它细长的形状。它飞得不快——艾琳娜真的没想到它竟然飞得那么慢，似乎在寻找着什么。它飞到了河上，划出一条优美的曲线，降低了高度，贴着河面飞行，艾琳娜现在要向下才能看到它。它已很近，她看得更清了，它看上去那么光滑无害，根本不像报纸上描述的像一条恶鲨，倒像是从多瑙河中跃出的一条天真无邪的海豚。

战斧导弹击中了这座多瑙河上的大桥，并把它完全摧毁了。几天后人们清理那辆翻落在河中的公共汽车时，发现了车中有几具已烧焦的尸体。其中有一位女性，她怀中紧紧抱着一个手提包，包中放着两盒针剂，她把手提包保护得很好，那些针剂有一半没碎，盒上的药名也能看清，担任打捞工作的消防队员们觉得，那是一种很不常见的药。

4月7日，南极大陆玛丽伯德地

“我教你跳探戈吧！”阿方索说，于是他和亚力山大在雪地上跳了起来。在这里，亚力山大仿佛到了另一个星球。在这似乎是永恒的雪原黄昏中，他忘记了时间，甚至忘记了战争。

“你跳得很不错了，不过不是正宗的阿根廷探戈。”

“我的头部动作总是做不好。”

“那是因为你不理解这些动作的含义。在阿根廷牛仔们最初跳探戈时，头可能是不动的，但后来，那些围着看跳舞的牛仔嫉妒圈中的那些抱着漂亮姑娘跳舞的牛仔，就用石头打他们，所以以后在跳探戈时，你就不得不机警地转着头左顾右盼。”

笑过之后，亚力山大叹了口气：“是啊，这就是外面的世界。”

4月10日，杜布纳

“亚历山大，事情更糟了，西方中止了在研究中心的所有合作项目，美国人要拆下克雷计算机并把它运走。我在想办法再找一台巨型机，杜布纳有一个核爆炸模拟中心，是一个军方机构，他们那里有巨型机。俄罗斯造的机器可能慢一些，但还是能胜任这些计算的。需要把这件事向上面反映，可能要反映到很高的层次。你再坚持两天，虽然现在不能跟踪了，但我相信敏感点还在南极！”

4月13日，贝尔格莱德

在昏暗的地下室中，在地面传来的低沉的爆炸声中，卡佳已奄奄一息。

邻居们想尽了办法，列特尼奇大叔在两天前就让自己的儿子到医院取药，但城里所有的医院都已没有抗排异药物了。这药只能从西欧进口，这在现在根本没有可能。

卡佳的妈妈一直没有消息。

卡佳在昏迷中不停地喊妈妈，但在她残存的意识中出现的却是爸爸。爸爸变成一只大蝴蝶，翅膀有足球场那么大，他在高空不停地扑动巨翅，阴云和浓雾散了，阳光照耀着城市和多瑙河。

“我喜欢晴天……”卡佳喃喃着。

4月17日，杜布纳

“亚历山大，我们失败了，我没得到巨型机。是的，我已向最高层反映了这事，通过科学院的渠道，但……不不不，他们没说不相信，也没说相信，信不信已不重要。我被解雇了，他们赶走一个院士，就像赶走一条狗一样。你问为什么？就因为我参与了这事……是的，他们允许志愿军前往南斯拉夫，但我干的事不一样。我也不知道，他们是政治家，我们永远无法理解他们的思维方式，就像他们永远无法理解我们一样。别天真了，相信我，真的没有可能了，能在短时间完成如此复杂计算的计算机在全球也没几台……回家？不，别回去。怎么对你说呢朋友，卡佳三天前死了，死于排异反应。艾琳娜八天前去医院给孩子拿药，没回来，到现在也没有消息……不知道，我好不容易打通了你家的电话，只从你邻居那里听到这些。亚力山大，朋友，到莫斯科来吧！到我家里来，我们至少还有你的软件，它可以改变世界的！喂，喂，亚历山大！”

……

4月14日，南极大陆玛丽伯德地

“阿方索，你先回阿根廷吧，我想一个人待在这里。”在雪原上的小屋前，亚历山大脸上挂着惨然的微笑说，“谢谢你做的一切，真的谢谢。”

“你不像烈伊奇所说的那样，是希腊人，”阿方索盯着亚历山大说，“你是南斯拉夫人，我不知道你到这里来干什么，但肯定同战争有关。”

“就算是吧，都无关紧要了。”

“在你听收音机中的新闻时我就看出来了，那种表情在十多年前的马尔维纳斯岛上我见多了。那时我是一名英勇作战的士兵，是的，我很英勇，整个阿根廷都很英勇。我们不缺勇敢和热情，只缺几枚飞鱼。我还记得投降的那天，岛上的天那个阴啊潮啊冷啊，还好，英国人允许我们带枪走。好了朋友，我过几天再回来，别远离屋子，最近可能有暴风。”

目送阿方索的飞机消失在南极白色的天空中，亚历山大转身走进小屋，从屋里提出了一个小桶。

他再也没有走进小屋。

亚历山大提着小桶，在南极大陆无际的雪原上漫无目的地走着，不知过了多久，他站住了。

作用方式：急剧升高该点的温度。

他把桶打开，用已冻僵的手掏出打火机。

为了苦难中的祖国，我扑动蝴蝶的翅膀。

他点燃了桶中的汽油，然后坐在雪地上，看着升腾的火苗。这是普通的火苗，不是敏感点的火苗，不会给他的祖国带去阴云和浓雾了。

少了一颗钉子，丢了一块蹄铁；
少了一块蹄铁，丢了一匹战马；
少了一匹战马，丢了一个骑手；
少了一个骑手，丢了一场胜利；
少了一场胜利，丢了一个国家。

7月10日，意大利，北约南欧盟军司令部

在一切都结束之后，周末舞会又恢复了，终于可以脱下穿了三个多月的迷彩服，换上笔挺的军礼服了。在这个文艺复兴时代建成的大厅中，在豪华的大理石立柱间，在巨大的水晶枝形吊灯的光芒下，将官的金星和校官的银星交相辉映。意大利上流社会的女士们不仅外表美艳动人，而且谈吐机智博学，如一朵朵鲜花点缀其间，加上流光溢彩的葡萄美酒，使这个夜晚如此醉人。现在，所有人都庆幸自己参加了这场光荣而浪漫的远征。

当威斯利·克拉克将军在他的一群参谋校官陪同下出现时，大厅里响起了热烈的掌声。这掌声并不仅仅是对他在这场战争中功勋的颂扬。克拉克将军身材颀长，一派儒雅风度，同上次战争中的斯瓦兹克普夫形成鲜明对比，深得女士们的青睐。

两曲华尔兹后，开始跳方块舞，这是在五角大楼中流行的一种舞，女士们大多不会，于是年轻军官们便热情地教她们。克拉克将军想一个人出去散散步，就走出了大厅的侧门，来到一处湖边的葡萄园中。有一个人从大厅中跟了出来，同将军小心翼翼地保持着一段距离。将军沿着幽静的园中小路来到湖边，仿佛陶醉于这傍晚的湖光山色之中。

但他突然说："你好，怀特中校。"

怀特没想到将军的第六感这么敏锐，赶紧快步上前立正敬礼："您还认识我，将军？"

克拉克将军仍没有回头："对你这三个月的工作我印象很深，中校，谢谢你，以及作战室所有的人。"

"将军，请原谅我的打扰。有件事想同您谈，这基本上是一个……私人事件，如果现在不谈，以后可能没有机会了。"

"请讲吧。"

"在攻击开始的几天里，目标区气象情报有些……不稳定。"

"不是不稳定，中校，是完全错误。连着三四天的阴雨和大雾，让我们很被动。如果预报正确，我们会推迟首次攻击的。"

现在日落已有一段时间了，西方的天空还有一点儿暮光，远方的群山呈黑色的剪影，湖面如镜子般平静，湖中的什么地方，传来了优美的意大利船歌。在这样的时刻，他们的谈话实在太不协调了，但中校没办法，这是他唯一的机会，只好硬着头皮讲下去。

“可有些人抓住这事不放，参议院军备委员会质问过去三年空军气象情报系统那二十多亿美元预算是怎么花的，他们还组成了一个调查组，还要开听证会，好像想把这事闹大。”

“我想闹不大的，但总要有人对此负责，中校。”

怀特汗如雨下：“这不公平，将军。谁都知道，气象预报是一件随机性很大的事，大气系统是一个超复杂的混沌系统，精确地预测它的行为几乎是不可能的……”

“中校，如果我没记错的话，你是负责目标甄别工作的，同气象并无关系。”

“是的将军，但负责巴尔干目标区气象情报的是驻欧空军司令部气象中心的戴维·凯瑟琳中校，嗯……您见过她的，她常到作战中心来。”

“哦……我想起来了，那个麻省博士，”克拉克将军高兴地转过身来，“高高的个子，棕色皮肤，细长的腿，典型的地中海美人儿。”

“对对对，将军，我……”

“中校，记得你刚才说过这是一个私人事件。”

“……”

克拉克将军一脸严肃：“中校，我不但记得你的名字，还知道你已结了婚，还知道，嗯，你的妻子不是凯瑟琳中校。”

“是的，将军，可这儿也不是美国啊。”

克拉克将军想放声大笑，但忍住了，他实在不愿意破坏这幽静的美景。

鲸歌

一次次海战，鲜血染红了大海；数不清的帝国诞生了，又灭亡了，一切的一切都是过眼烟云……蓝鲸用它那古老得无法想象的记忆唱着生命之歌，全然没有感觉到它含在嘴中的渺小的罪恶……

沃纳大叔站在船头，望着大西洋平静的海面沉思着。他很少沉思，总是不用思考就知道该怎样做，并且不用思考就去做，现在看来事情确实变难了。

沃纳大叔完全不是媒体所描述的那种恶魔形象，而是一副圣诞老人的样子。

除了那双犀利的眼睛外，他那圆胖的脸上总是露着甜蜜而豪爽的笑容。他从不亲自带武器，只是上衣口袋中装着一把精致的小刀，他既用它削水果，又用来杀人。

干这两件事时，他的脸上都露着笑容。沃纳大叔的这艘三千吨的豪华游艇上，除了他的八十名手下和两个皮肤黝黑的南美女郎外，还有二十五吨的高纯度海洛因，这是他在南美丛林中的提炼厂两年的产品。两个月前，哥伦比亚政府军包围了提炼厂，为了抢出这批货，他的弟弟和另外三十多个手下在枪战中身亡。他急需这批货换回的钱，他要再建一个提炼厂，这次可能建在玻利维亚，甚至亚洲金三角，以使自己苦心经营了一生的毒品帝国维持下去。但在海上漂泊了一个多月，直到现在货一克都没能运进美国大陆。

从海关进入根本不可能——自从发明了中微子探测器，毒品是绝对藏不住的。一年前他们曾把海洛因铸在每块十几吨重的进口钢坯的中心，但还是被轻而易举地查出来了。后来，沃纳大叔想了一个很绝妙的办法：用一架轻型飞机——通常是便宜的赛斯纳型，载着大约五十公斤的货从迈阿密飞入，一过海岸，飞行员就身上绑着货跳伞。这样做虽然损失了一架小飞机，但那五十公斤货还是有很大赚头。这曾经似乎是一个战无不胜的办法，但后来美国人建起了由卫星和地面雷达构成的庞大的空中监视系统，这系统甚至能发现并跟踪跳伞的飞行员，以至于大叔的那些英勇的小伙子们还没着地就发现警察在地面上等着他们。后来，大叔又试着用小艇运货上岸，结果更糟：海岸警卫队的快艇全部装备着中微子探测器，只要在三千米之内对小艇扫描，就能发现它上面的毒品。沃纳大叔甚至想到了用微型潜艇，但美国人完善了冷战时期的水下监测网，潜艇在距海岸很远处就被发现。

沃纳大叔束手无策了，他恨科学家，是他们造成了这一切。但他又从另一方面想，科学家是不是应该也能帮助自己。于是，他让在美国读书的小儿子做这方面的努力，告诉他不要舍不得钱。今天上午，小沃纳从另一艘船上了游艇，告诉父亲他找到了要找的人："他是个天才，爸爸，是我在加州理工认识的。"

沃纳的鼻子轻蔑地动了动："哼，天才？你在加州理工已浪费了三年时间，并没有成为天才，天才真那么好找吗？"

"可他真是天才，爸爸！"

沃纳转身坐在游艇前甲板的一张躺椅上，掏出那把精致的小刀削着一个菠萝。那两个南美女郎走过来在他肉乎乎的肩膀上按摩着。小沃纳领来的人一直远远站在船舷边看大海，这时走了过来。他看上去瘦得惊人，脖子是一根细棍，细得很难让人相信能支撑得住他那大得不成比例的头，这使他看起来多少有些异类的感觉。

"戴维·霍普金斯博士，海洋生物学家。"小沃纳介绍说。

"听说您能帮我们的忙，先生。"沃纳脸上带着他那圣诞老人似的笑容说。

"是的， 我能帮您把货运上海岸。"霍普金斯脸上无表情地说。

"用什么？"沃纳懒洋洋地问。

"鲸。"霍普金斯简短地回答。这时小沃纳挥了一下手，就有两个人抬来一件奇怪的东西。这是一个透明的小舱体，用类似透明塑料的某种材料做成，呈流线型，高一米，长两米，舱体的空间同小汽车里的差不多大。里面有两个座位，座位前有一个微型屏幕的简单仪表盘，座位后面还有一定的空间，显然是为了放货用的。

"这个舱体能装两个人和约一吨的货。"霍普金斯说。

"那么这玩意如何在水下走五百千米到达迈阿密海岸呢？"

"鲸把它含在嘴里。"

沃纳狂笑起来，他那由细尖变粗放的笑声用来表达几乎所有的感情：高兴、愤怒、怀疑、绝望、恐惧、悲哀……每次的大笑都一样，代表什么只有他自己知道。"妙极了孩子，那么我得付给那头鱼多少钱，它才能按我们说的方向游到我们要去的地方呢？”

“鲸不是鱼，它是海洋哺乳动物。您只需把钱付给我。我已在那头鲸的大脑中安放了生物电极，在它的大脑中还有一台计算机接收外部信号，并把它翻译成鲸的脑电波信号，这样在外部可以控制鲸的一切活动，就用这个装置。”霍普金斯从口袋中拿出了一个电视遥控器模样的东西。

沃纳更剧烈地狂笑起来：“哈哈哈哈……这孩子一定看过《木偶奇遇记》，哈哈……啊……哈哈……”他笑得弯下了腰，喘不过气来，手里的菠萝掉在地上，“哈哈……那个木偶，哦，匹诺曹，同一个老头儿让一头大鱼吃到肚子里……哈哈……”

“爸爸，您听他说下去，他的办法真能行！”小沃纳请求道。

“……啊哈哈哈……匹诺曹和那个老头儿在鱼肚子里过了很长时间，他们还在那里面……哈哈哈哈……在那里面点蜡烛……哈哈哈哈……”沃纳突然止住了笑。他的狂笑消失之快，就像电灯关掉电源那样，可圣诞老人似的微笑还留着。他问身后的一个女郎，“匹诺曹说谎后，怎么来着？”

“鼻子变长了。”女郎回答说。

沃纳站起来，一手拿着削菠萝的小刀，一手托起霍普金斯的下巴，研究着他的鼻子。霍普金斯平静地看着他。“你们看他的鼻子在变长吗？”他微笑着问女郎们。

“变长了，大叔！”她们中的一个娇滴滴地说。显然看别人在沃纳大叔手下倒霉是她们的一种乐趣。

“那我们帮帮他。”沃纳说着——他的儿子来不及阻拦——那把锋利的小刀就把霍普金斯的鼻子尖切下一块。血流了出来，但霍普金斯仍是那么平静，沃纳放开他的下巴后他仍垂手站在那儿任血向下流，仿佛鼻子不是长在他脑袋上。

“把这个天才放到这玩意里面，扔到海里去。”沃纳轻轻地挥了一下手。当两个南美大汉把霍普金斯塞进透明小舱后，沃纳把那个遥控器拾起来，从小舱的门递给霍普金斯，就像圣诞老人递给孩子一个玩具那样亲切。“拿着，叫来你那宝贝鲸鱼……哈哈哈……”他又狂笑起来。当小舱在海中溅起高高的水花时，他收敛笑容，显出少有的严肃的表情。

“你迟早得死在这上面。”他对儿子说。

透明小舱在海面上随波起伏，像一个气泡那样脆弱而无助。

突然，游艇上的两个女郎惊叫起来：在距船舷二百多米处，海面涌起了一个巨大的水包。那水包以惊人的速度移动着，很快从正中分开化为两道巨浪，一道黑色的山脊在巨浪中出现了。

“这是一头蓝鲸，长四十八米，霍普金斯叫它波赛冬，希腊神话中海神的名字。”小沃纳伏在父亲耳边说。

山脊在距小舱几十米处消失了，接着它巨大的尾巴在海面竖立起来，像一面黑色的巨帆。很快，蓝鲸的巨头在小舱不远处出现，巨头张开大嘴，一下把小舱吞了进去，就像普通的鱼吃一块面包屑一样。然后，蓝鲸绕着游艇游了起来，那座生命的小山在海面庄严地移动，激起的巨浪冲击着游艇，发出“轰轰”的巨响。在这景象面前，即使像沃纳这样目空一切的人也感到了一种敬畏，那是人见到了神的感觉——这是大海神力的化身，是大自然神力的化身。蓝鲸绕着游艇游了一圈后，转向径直朝游艇冲来，它的巨头在船边伸出海面，船上的人清楚地看到它那粘着蚌壳的礁石般粗糙的皮肤，这时他们才真正体会到蓝鲸的巨大。接着蓝鲸张开了大嘴，把小舱吐了出来，小舱沿着一条几乎水平的线掠过船舷，滚落在甲板上。舱门打开，霍普金斯爬了出来，他鼻子上流出的血已把胸前的衣服湿了一片，但除此之外安然无恙。

“还不快叫医生来，没看到匹诺曹博士受伤了吗？”沃纳大叫起来，好像霍普金斯的伤同他无关似的。

“我叫戴维·霍普金斯。”霍普金斯庄严地说。

“我就叫你匹诺曹。”沃纳又露出他那似圣诞老人的笑。

几个小时后，沃纳和霍普金斯钻进了透明小舱。装在防水袋中的一吨海洛因放在座位后面。沃纳决定亲自去，他需要一次冒险激活他血管中已呆滞的血液，这无疑是他一生中最刺激的一次旅行。小舱被游艇上的水手用缆绳轻轻放到海面上，然后游艇慢慢地驶离小舱。

小舱里的两个人立刻感到了海浪的颠簸，小舱有二分之一露出水面，大西洋的落日照进舱里。霍普金斯按动遥控器上的几个键，召唤蓝鲸。他们听到远处海水低沉的搅动声，这声音越来越大，蓝鲸的大嘴出现在海面上，向他们压过来，小舱好像被飞速吸进一个黑洞中，光亮的空间迅速缩小，变成一条线，最后消失了。一切都陷入黑暗中，只听到“咔”的一声巨响，那是蓝鲸的巨牙合拢的撞击声。接着他们感到一阵好像电梯下降时的失重，表明蓝鲸在向深海潜去。

“妙极了，匹诺曹……哈哈哈……”沃纳在黑暗中又狂笑起来，或是在掩饰他的恐惧。

“我们点上蜡烛吧，先生。”霍普金斯说。他的声音听起来快乐自在，这是他的世界了。沃纳意识到了这点，恐惧又加深了一层。这时，小舱顶部的一盏灯亮了起来，发出蓝幽幽的冷光。

沃纳首先看到的是小舱外面的一排白色的柱子，那些柱子有一人多高，从底部向头部渐渐变尖，上下交错组成了一道栅栏。他很快意识到这是蓝鲸的牙齿。小舱似乎放在一片柔软的泥沼上，那泥沼的表面还在不停地蠕动。上方像一个拱顶，可以看到一道道由巨大骨骼构成的拱梁。“泥沼地面”和上方的拱梁都向后倾斜，到达一个黑色的大洞口，那洞口也在不断地变换着形状。沃纳又开始神经质地大笑了，他知道那洞口是蓝鲸的嗓子眼。周围飘着一层湿雾，在灯的蓝光下，他们仿佛置身于神话里的魔洞中。

小舱里的小屏幕上显示出一幅巴哈马群岛和迈阿密海区的海图，霍普金斯开始用遥控器“驾驶”蓝鲸，海图上一条航迹开始露头，它精确地指向迈阿密海岸的沃纳要去的地方。“航程开始了，波塞冬的速度很快，我们五个小时左右就能到达。”霍普金斯说。

“我们在这里不会闷死吧？”沃纳尽量不显出他的担心。

“当然不会。我说过鲸是哺乳动物，它也呼吸氧气，我们周围有足够的氧气，通过一个过滤装置我们就可以维持正常的呼吸。”

“匹诺曹，你真是个魔鬼！你怎么做到这一切的？比如说，你怎样把控制电极和计算机放进这个大家伙的脑子中的？”

“一个人是做不到的。首先需要麻醉它，所用的麻醉剂有五百公斤。这是一个耗资几十亿元的军事科研项目，我曾是这个项目的负责人。波赛冬是美国海军的财产，在冷战时期用来向华约国家的海岸输送间谍和特种部队。我还主持过一些别的项目，比如，在海豚或鲨鱼的大脑中埋入电极，然后在它们身上绑上炸弹，使它们变成可控制的鱼雷。我为这个国家做了很多事情，可后来，国防预算削减了，他们就把我一脚踢出来。我在离开研究院的时候，把波赛冬也一起带走了。这些年来，我和它游遍了各个大洋……”

“那么，匹诺曹，你用你的波赛冬干现在这件事，有没有道德上的困扰呢？当然你会觉得我谈道德很可笑，但我在南美的提炼厂里有很多化学家和工程师，他们常常有这种困扰。”

“我一点儿都没有，先生。人类用这些天真的动物为他们肮脏的战争服务，这已经是最大的不道德了。我为国家和军队做出了巨大的贡献，有资格得到我想要的东西，既然社会不给，我只好自己来拿。”

“哈哈哈哈……对，只好自己拿！哈哈哈……”沃纳笑着，突然止住，“听，这是什么声音？！”

“是波赛冬的喷水声，它在呼吸。小舱里装有一个灵敏的声呐，能放大外面的所有声音。听……”

一阵“嗡嗡”声，夹杂着水击声，由小变大，然后又变小，渐渐消失。

“这是一艘万吨级的油轮。”

突然，前面两排巨牙缓缓动了起来，海水涌了进来，发出“轰轰”的巨响，小舱很快被浸在水中。霍普金斯按动一个按键，小屏幕上的海图消失了，代之以复杂的波形，这是蓝鲸的脑电波。“哦，波赛冬发现了鱼群，它要吃饭了。”

蓝鲸的嘴张开了一个大口，小舱面对着漆黑的无底深渊。突然，鱼群出现了，它们蜂拥着进入了大口，猛烈地冲撞着小舱。小舱中的两个人面前，全是在灯光中闪着耀眼银光的鱼群，它们并不知道自己的命运，觉得这只是一个大珊瑚洞而已。“咔”的一声巨响，透过纷飞的鱼群，可隐约看到巨牙合拢了，但蓝鲸巨大的嘴唇还开着。这时响起一阵水流的尖啸声，鱼群突然倒退，退到巨牙的栅栏时被堵住。沃纳很快意识到这是鲸嘴里的海水在向外排，巨大的气压把同鱼群一起冲入的海水压了出去。他惊奇地看到，在鲸嘴产生的巨大压力下，水面垂直着从小舱边移过去。很快，鲸嘴里的海水排空了，吸入的鱼群变成乱蹦乱跳的一堆，堆在巨牙的栅栏前。小舱下柔软的“地面”开始蠕动，这蠕动在“地面”上形成了一排排飞快移动的波状起伏，鱼堆随着这起伏向后移去。当沃纳明白了这是在干什么时，恐惧使他从头冷到了脚。

“放心，波赛冬不会把我们咽下去的。”霍普金斯明白沃纳恐惧的原因，“它能识别出我们，就像您吃瓜子时能识别出皮和仁一样。小舱对它进食会有一定的影响，但它已习惯了。有时候鱼群很大，它在吃前可以暂时把小舱吐出来。”

沃纳松了一口气，他还想狂笑，可已没有力气了。他呆呆地看着鱼堆慢慢移过了纹丝不动的小舱，移向后面那黑暗的大洞，当二三吨重的那堆鱼在蓝鲸巨大的喉咙里消失时，响起了一阵山崩似的声音。

震惊使沃纳呆呆地沉默着，就这样过了很长时间。霍普金斯突然推了推他：“听音乐吗？”说着他放大了声呐扬声器的音量。

沃纳听到了一阵低沉的“隆隆”声，他不解地看着霍普金斯。

“这是波赛冬在唱歌，这是鲸歌。”

渐渐地，沃纳从这低沉的、时断时续的轰鸣声中听出了某种节奏，甚至又听出了旋律……“它在干什么，求偶吗？”

“不全是。海洋科学家们研究鲸歌有很长时间了，至今无法明了其含义。”

“可能根本没有什么含义。”

“恰恰相反，含义太深了，深到人类无法理解。科学家们认为这是一种音乐语言，但同时表达了许多人类语言难以表达的东西。”

鲸歌在响着，这是大海的灵魂在歌唱。鲸歌中，上古的闪电击打着原始的海洋，生命如萤火在混沌的海水中闪现；鲸歌中，生命睁着好奇而畏惧的眼睛，用带着鳞片的脚，第一次从大海踏上火山还没熄灭的陆地；鲸歌中，恐龙帝国在寒冷中灭亡，时光飞逝，沧海桑田，智慧如小草，在冰川过后的初暖中萌芽；鲸歌中，文明幽灵般出现在各个大陆，亚特兰蒂斯在闪光和巨响中沉入海底……一次次海战，鲜血染红了大海；数不清的帝国诞生了，又灭亡了，一切的一切都是过眼烟云……蓝鲸用它那古老得无法想象的记忆唱着生命之歌，全然没有感觉到它含在嘴中的渺小的罪恶……

蓝鲸于午夜到达迈阿密海岸。后来的一切都惊人地顺利。为避免搁浅，蓝鲸在距海岸二百多米处停了下来。今夜月亮很好，沃纳和霍普金斯可清楚地看到岸上的棕榈树丛。接货的人有八个，都穿着轻便潜水服，很顺利地把这一吨货运到了岸上，并爽快地付了沃纳报出的最高价，还许诺以后有多少要多少。他们很惊奇这两个人和那个透明小舱能穿过严密的海上防线，甚至一开始怀疑他们是人是鬼(这时霍普金斯已操纵波赛冬远远游开了)。半小时后，接货的人已走远，霍普金斯唤回了蓝鲸，带着满满两手提箱美元现钞，踏上了归程。

“好极了，匹诺曹！”沃纳兴高采烈地说，“这次的收入全归你，以后的收入我们再按比例分成。你已经是一个千万富翁了，匹诺曹！哈哈哈……我们还要跑二十多趟才能把二十多吨货都出手。”

“可能用不了那么多趟，我觉得经过一些改进，我们一次可带两到三吨。”

“哈哈哈哈……好极了，匹诺曹！”

在海下平静的航程中，沃纳睡着了。不知过了多长时间，他被霍普金斯推醒。他看看小屏幕上的海图和航迹，发现航程已走了三分之二，似乎没有什么异常。霍普金斯让他注意听，他听到了一艘海面航船的声音——在以前的航程中这已司空见惯，他不解地看看霍普金斯。但接着听下去，他知道事情不对。与以前不同，这次声音的大小没有变化。

那条船在跟着蓝鲸。

“多长时间了？”沃纳问。

“有半个小时了，这期间我变换了几次航向。”

“怎么会呢？海岸警卫队的巡逻艇不会对一头鲸进行中微子扫描的。”

“扫描又怎样，鲸现在并没有运载毒品。”

“而且，要想收拾我们，在迈阿密海岸最方便，为什么要等到这时？”沃纳迷惑不解地看看屏幕上的海图，他们已越过了佛罗里达海峡，现在接近古巴海岸。

“波塞冬要换气了，我们不得不浮上海面，只需十几秒钟就行了。”霍普金斯拿起了遥控器，沃纳慢慢地点点头。霍普金斯按动遥控器，他们感到一阵超重，蓝鲸上浮了，很快，他们听到了一阵浪声，鲸在海面上了。

突然，声呐中传来了一声闷响，小舱里感觉到一阵震动。接着又一声同样的响声，这次蓝鲸的震动变得疯狂起来，小舱在鲸嘴里来回滚动，几次重重地撞在巨牙上，发出了一阵破裂声，两个人几乎被撞昏过去。

“那船向我们开炮了！”霍普金斯惊叫道。他用遥控器极力稳住了蓝鲸，然后发出了下潜的指令，但蓝鲸没有执行这个指令，仍在海面上无目标地狂奔。霍普金斯感到了一阵颤抖，那颤抖发自蓝鲸庞大的身躯，这是疼痛的颤抖。

“我们快出去，不然就晚了！”沃纳大叫。

霍普金斯发出了吐出小舱的指令，这次蓝鲸执行了。小舱从它的嘴里以惊人的速度冲了出去，并很快浮上了海面。朝阳已在大西洋上升起，阳光使他们一时眯起了双眼，但他们很快发现自己的双脚浸在水中。刚才在鲸牙上的猛烈撞击已把小舱撞出了几个破口，海水涌了进来。整个小舱已严重变形，他们拼尽了全力也没能拉开舱门逃生。他们开始用一切可找到的东西堵口，甚至用上了手提箱中那一捆捆的钞票，但没有用，海水继续涌了进来，很快小舱中的水就有齐胸深了。在小舱下沉前的一刻，霍普金斯看到了那只船，那是一艘很大的船；他还看到了船头的那门形状奇怪的炮，看到了炮口火光一闪，看到了那火箭状的带绳子的炮弹击中了挣扎着的蓝鲸的脊背。蓝鲸用最后的力气在海面翻起了巨浪，它的鲜血已使一大片海面变成了红色……小舱下沉了，在蓝鲸茫茫的红色的血雾中沉了下去。

“我们死在谁手里？”当水已淹到下巴时，沃纳问。

“捕鲸船。”霍普金斯回答。

沃纳最后一次狂笑起来。

“国际公约早在五年前就全面禁止捕鲸了，这群混蛋！”霍普金斯破口大骂。

沃纳继续狂笑着：“哈哈哈哈……他们不讲道德……哈哈哈哈……社会不给他们……哈哈哈哈……他们自己来拿……哈哈……自己来拿……”

海水淹没了小舱中的一切。在残存的意识中，霍普金斯和沃纳听到了蓝鲸波塞冬又唱起了凝重的鲸歌，那生命最后的歌声穿透血色的海水，在大西洋中久久地回荡，回荡……

镜 子

镜像时代在五年后就开始了，在前二十年，镜像模拟只应用于司法部门，但已经对社会产生了实质性的影响，人类社会的形态发生了重大变化。以后，镜像渗透到社会生活的各个角落，历史上称为镜像纪元。

随着探索的深入，人们发现量子效应只是物质之海表面的涟漪，是物质更深层规律扰动的影子。当这些规律渐渐明朗时，在量子力学中飘忽不定的实在图像再次稳定下来，确定值重新代替了概率。新的宇宙模型中，本认为已经消失了的因果链再次浮现并清晰起来。

/ 一 /

办公室中竖立着国旗和党旗，宽大的办公桌两旁坐着两个人。

“我知道首长很忙，但这件事必须向您汇报。说真的，我从来没遇到过这种事。”桌前一位身着二级警监警服的人说。此人年近五十，身躯挺拔，脸上线条刚劲。

“继峰啊，我清楚你最后这句话的分量，三十年的老刑侦了。”首长说。他一边说话，一边转动着手中的一支红蓝铅笔，他盯着那支铅笔，仿佛在专心研究笔尖的形状。大多数时间里，首长都是这样将自己的目光隐藏起来。在过去的岁月中，陈继峰能记起的首长直视自己的次数只有三次，每一次都是自己一生的关键时刻。

“每次采取行动之前目标总能逃脱，他肯定预先知道。”

“这事，你不会没遇到过吧？”

“当然，要只是这个倒没什么，我们首先能想到的就是内部出了问题。”

“你手下的这套班子，不太可能。”

“是不可能。按您的吩咐，这个案子的参与范围已经压缩到最小，组里只有四个人，真正知道全部情况的人只有两个。不过我还是怕万一，所以计划召开一次会议，对参加的人员逐个盘查。我让沈兵召集会议，您认识的，十一处很可靠的那个，宋诚的事就是他办的……但这时，邪门的事出现了……您，可别以为我是在胡扯，我下面说的绝对是真的。”陈继峰笑了笑，好像对自己的辩解很不好意思似的，“就在这时，他来了电话，我们追捕的目标给我来了电话！我在手机里听到他说：‘你们不用开这个会，你们没有内奸。’而这个时刻，距我向沈兵说出开会的打算不到三十秒！”

首长手中的铅笔停止了转动。

“您可能想到了窃听，但不可能，我们的谈话地点是随意选的，在一个机关礼堂中央，礼堂里正在排演国庆合唱，说话凑到耳根才能听清。后来这样的怪事接连发生，他给我们来过八次电话，每次都谈到我们刚刚说过的话或做过的事。最可怕的是，他不仅能听到一切，还能看到一切！有一次，沈兵决定对他父母家进行搜查，组里的两个人刚起身，还没走出局里的办公室呢，我们就接到了他的电话。他在电话里说你们把搜查证拿错了，我的父母都是细心的人，可能会以为你们是骗子呢。沈兵掏出搜查证一看，首长，他真的拿错了。”

首长轻轻地将铅笔放在桌上，沉默着等陈继峰继续说下去，但他好像已经说不出什么了。首长拿出一支烟，陈继峰忙拍拍衣袋找打火机，但没有找到。

桌上两部电话中的一部响了。

“是他……”陈继峰扫了一眼来电显示后低声说。首长沉着地示意了一下，陈继峰按下免提键，立刻有话音响起，声音听上去很年轻，但有一种疲惫无力感：“您的打火机放在公文包里。”

陈继峰和首长对视了一下，拿起桌上的公文包翻找起来，一时找不到。

“夹在一份文件中了，就是那份关于城市户籍制度改革的文件。”目标在电话中说。

陈继峰拿出那份文件，“啪”的一声，打火机掉到了桌面上。

“好东西，法国都彭牌的，两面各镶有三十颗钻石，整体用钯金制成，价格……我查查，是三万九千九百六十元。”

首长没动，陈继峰却抬头打量了一下办公室。这不是首长的办公室，而是事先在这座大办公楼上任意选的一间。

目标在继续显示着自己的力量：“首长，您那盒中华烟还剩五根，您上衣口袋中的降血脂麦非奇罗片只剩一片了，再让秘书拿些吧。”

陈继峰从桌上拿起烟盒，首长则从衣袋中掏出药的包装袋，都证实了目标所说的。

“你们别再追捕我了，我现在也很难，不知道该怎么办。”目标继续说。

“我们能见面谈谈吗？”首长问。

“请您相信，那对我们双方都是一场灾难。” 说完电话挂断了。

陈继峰松了一口气，现在他的话得到了证实。让首长认为他在胡扯，比这个对手的诡异更令他不安。

“见了鬼了……”他摇摇头说。

“我不相信鬼，但看到了危险。”首长说。有生以来第四次，陈继峰看到那双眼睛直视着自己。

/ 二 /

市近郊第二看守所。

宋诚在押解下走进这间已有六个犯人的监室中，这里大部分是待审期较长的犯人。宋诚面对着一双双冷眼。看守人员出去后刚关上门，有一个瘦小的家伙就站起来走到他面前。

“板油！”他冲宋诚喊。看到后者迷惑的样子，他解释道，“这儿按规矩分成大油、二油、三油……板油，你就是最板的那个。喂，别以为是爷们欺负你来得晚，”他用大拇指向后指了指斜靠在墙根的一个满脸胡子的人，“鲍哥刚来三天，已经是大油了。像你这种烂货，虽然以前官儿不小，但现在是最板的！”他转向那人，恭敬地问：“鲍哥，怎么接待？”

“立体声。”那人懒洋洋地说。

几个躺着的犯人“呼啦”一下站了起来，抓住宋诚将他头朝下倒提起来，悬在马桶的上方，慢慢下降，使他的脑袋大部分伸进了马桶里。

“唱歌，”瘦猴命令道，“这就是立体声，就来一首同志歌曲，《左右手》什么的。”

宋诚不唱，那几个人松了手，他的脑袋完全扎进了马桶中。

宋诚挣扎着将头从散发恶臭的马桶中抽出来，紧接着大口呕吐起来。他现在知道，诬陷者给予他的这个角色，在犯人中都是最受鄙视的了。

突然，周围兴高采烈的犯人们散开，飞快地闪回到自己的铺位上去。门开了，刚才那名看守又走了进来，他厌恶地看着蹲在马桶前的宋诚说："到水龙头那儿把脑袋冲冲，有人探视你。"

宋诚冲完头后跟着看守来到了一间宽大的办公室，探视者在那里等着他。来人很年轻，面容清瘦，头发纷乱，戴着一副宽边眼镜，拎着一个很大的手提箱。宋诚冷冷地坐下了，没有看来人一眼。被获准在这个时候探视他，而且不去有玻璃隔断的探视室，能够直接到这里面对面，宋诚已基本猜出了来人是哪一方面的。但对方的第一句话让他吃惊地抬起头，大感意外："我叫白冰，气象模拟中心的工程师。他们在到处追捕我，和你一样的原因。"来人说。

宋诚看了来人一眼，觉得他此时的说话方式有问题，这种话应该是低声说出的，而他的声音高低正常，好像他所谈的事根本不用避开人。

白冰似乎看出了他的疑惑，说："两小时前我给首长打了电话，他想约我谈谈我没答应。然后他们就跟踪上了我，一直跟到看守所前。之所以没有抓我，是对我们的会面很好奇，想知道我要对你说些什么，现在，我们的谈话都在被窃听。"

宋诚将目光从白冰身上移开，又看着天花板。他很难相信这个人，同时对这事也不感兴趣，即使他在法律上能侥幸免于一死，在精神上的死刑却已经执行，他的心已死了，此时不可能再对什么感兴趣了。

"我知道事情的全部真相。"白冰说。

宋诚的嘴角隐现出一丝冷笑，没人知道真相，除了他们，但他懒得说出来了。

"你是七年前到省纪委工作的，提拔到这个位置还不到一年。"

宋诚仍沉默着，他很恼火，白冰的话又将他拉回到他好不容易躲开的回忆中。

/ 三 /

自从本世纪初郑州市政府首先以一批副处级岗位招聘博士以来，很多城市都效仿这种做法，后来这种招聘又上升到一些省份的省政府一级，而且不限毕业年限，招聘的职位也更高。这种做法确实向外界显示了招聘者的大度和远见，但实质上只是一种华而不实的政绩工程。招聘者确实深谋远虑，他们清楚地知道，这些只会谋事不会谋人的年轻高知没有任何从政经验，一旦进入陌生险恶的政界，就会陷在极其复杂的官场迷宫中不知所措，根本不可能立足，这样到最后在职缺上不会有什么损失，产生的政绩效益却是可观的。就是这个机会，使当时已是法学教授的宋诚离开平静的校园和书斋投身政界。与他一同来的那几位不到一年就全军覆没，垂头丧气地离去，唯一的收获就是对现实的幻灭。但宋诚是个例外，他不但在政界待了下来，而且走得很好。这应归功于两个人，其一是他的大学同学吕文明，本科毕业那年宋诚考研时，吕文明则考上了公务员，依靠优越的家庭背景和自己的奋斗，十多年后成为国内最年轻的省纪委书记。是他力劝宋诚弃学从政。宋诚这位单纯的学者刚涉入政界时，吕文明不是手把手，而是手把脚地教他走路，每一步踏在哪儿都细心指点，终于使宋诚绕过只凭自己绝对看不出来的处处雷区，一路向上地走到今天。他要感谢的另一个人就是首长……想到这里，宋诚的心抽搐了一下。

“得承认，这一切都是你自己的选择，不能说人家没给你退路。”白冰说。

宋诚点点头，是的，人家给退路了，而且是一条光明的康庄大道。

白冰接着说：“首长和你在几个月前有过一次会面，你一定记得很清楚。那是在远郊阳河边的一幢别墅里，首长一般是不在那里接见外人的。你一下车就发现他在门口迎接，这是很高的礼遇了。他热情地同你握手，并拉着你的手走进客厅。客厅的布置给你的第一印象一定是简单和朴素，但你错了。那套看上去有些旧的红木家具价值百万；墙上唯一一幅不起眼的字画更陈旧，细看还有虫蛀的痕迹，那是明朝吴彬的《宕壑奇姿》，从香港佳士得拍卖行以八百万港币购得；还有首长亲自给你泡的那杯茶，那是中国星级茶王赛评出的五星级茶王，五百克的价格是九十万元。”

宋诚确实想起了白冰说的那杯茶，碧绿的茶液晶莹透明，几片精致的茶叶在小小的空间中缓缓飘行，仿佛一首古筝奏出的悠扬仙乐……他甚至回忆起自己当时的随感：要是外面的世界也这么纯净该多好啊。宋诚意识中那层麻木的帷帐一下子被掀去了，模糊的意识又聚焦起来，他瞪大震惊的双眼盯着白冰。

他怎么知道这些？这件事处于秘密之井的最底端，是隐秘中的隐秘，这个世界上知道的人加上自己不超过四个！

“你是谁？”他第一次开口了。

白冰笑笑说：“我刚才自我介绍过，我只是个普通人。但我坦率地告诉你，我不仅仅是知道得很多，而且我什么都知道，或者说什么都能知道。正因为这个，他们也要除掉我，就像除掉你一样。”

白冰接着讲下去：“首长当时坐得离你很近，一只手放在你的膝盖上，他看着你的慈祥目光能令任何一个晚辈感动。据我所知，记住，我什么都知道，他从未与谁表现得这样亲近。他对你说：‘年轻人，不要紧张，大家都是同志，有什么事情，只要真诚地以心换心，总是谈得开的……你有思想、有能力，有责任感和使命感，特别是后两项，在现在的年轻干部里面真如沙漠中的清泉一样珍贵，这也是我看重你的原因。从你身上，我看到了自己年轻时的影子啊。’这里要说明一下，首长的这番话可能是真诚的，以前在工作中你与他交往的机会不是太多，但有好几次，你们在机关大楼的走廊上偶然相遇，或在散会后，他都会主动与你攀谈几句。他很少与下级，特别是年轻的下级这样，这些人们都看在眼里。虽然在组织会议上他从没有为你说过什么话，但他的那些姿态是对你的仕途起了很大的作用的。”

宋诚又点点头，他知道这些，并曾经感激万分，一直想找机会报答。

“首长抬手向后示意了一下，立刻进来一个人，将一大摞文件材料轻轻地放到桌子上。你一定注意到了，那个人不是首长平时的秘书。首长抚着那摞材料说：‘就说你刚刚完成的这项工作吧，充分证明你的那些宝贵素质。如此巨量而艰难的调查取证，资料充分而详实，结论深刻，很难相信这些只用半年时间就完成了。你这样出类拔萃的纪检干部要多一些，真是党的事业之大幸啊……’你当时的感觉，我就不用说了吧。”

当然不用说，那是宋诚一生中最惊恐的时刻，那份材料先是令他如触电似的颤抖了一下，然后他就像石化般僵住了。

“这一切都是从对一宗中纪委委托调查的非法审批国有土地案的调查开始的，嗯……我记得你童年的时候，曾与两个小伙伴一起到一个溶洞探险，当地人把它叫老君洞。那洞口只有半米高，弯着腰才能进去，但里面却是一个宏伟的黑暗大厅，手电光照不到高高的穹顶，只有纷飞的蝙蝠不断掠过光柱，每一个小小的响动都能激起辽远的回声，阴森的寒气浸入你的骨髓……这就是这次调查的生动写照：你沿着那条看似平常的线索向前走，它把你引到的地方令你越来越不敢相信自己的眼睛。随着调查的深入，一张全省范围的腐败网络气势磅礴地展现在你的面前。这张网上的每一根经络都通向一个地方，一个人，现在，这份本来要上报中纪委的绝密纪检材料，竟拿在这个人的手中！对这项调查，你设想过各种最坏的情况，但眼前发生的事是你万万没有想到的。你当时完全乱了方寸，结结巴巴地问：‘这……这怎么到了您的手里？’首长从容地一笑，又轻轻抬手示意了一下，你立刻得到了答案：纪委书记吕文明走进了客厅。”

“你站起身，怒视着吕文明说：‘你，你怎么能这样？！你怎么能这样违反组织原则和纪律？’”

“吕文明挥手打断你，用同样的愤怒质问道：‘这事为什么不向我打个招呼？’你回答说：‘你到中央党校学习的一年期间，是我主持纪委工作，当然不能打招呼，这是组织纪律！’吕文明伤心地摇摇头，好像要难过得流出泪似的：“如果不是我及时截下了这份材料，那……那是什么后果！宋诚啊，你这个人最要命的缺陷就是总要分出黑和白，但现实全是灰色的！’”

宋诚长长地叹息了一声，他记得自己当时呆呆地看着同学，不相信这话是从他嘴里说出来的，因为以前他从未表露过这样的思想。难道那一次次深夜的促膝长谈中表现出的对党内腐败的痛恨，那一次次触动雷区时面对上下左右压力时的坚定不移，那一次次彻夜工作后面对朝阳发出的对党和国家前途充满使命感的忧虑，都是伪装的？

“不能说吕文明以前欺骗了你，只能说他的心灵还从来没有向你敞开到那么深，他就像那道著名的叫火焙阿拉斯加的菜，那道爆炒冰激凌，其中的火热和冰冷都是真实的……当时首长没有看吕文明，而是猛拍了一下桌子，说：‘什么灰色？文明啊，我就看不惯你这一点！宋诚做得非常好，无可指责，在这点上他比你强！’接着他转向你说：‘小宋啊，就应该这样做。一个人，特别是年轻人，失去了信念和使命感，就完了，我看不起那样的人。’”

宋诚当时感触最深的是：虽然他和吕文明同岁，但首长只称他为年轻人，而且反复强调，其含意很明显：跟我斗，你还是个孩子。而宋诚现在也不得不承认这一点。

“首长接着说：‘但是，年轻人，我们也应该成熟起来。举个例子来说，你这份材料中关于恒宇电解铝基地的问题，确实存在，而且比你已经调查出来的还严重。除了国内，还涉及外资方伙同政府官员的严重违法行为。一旦处理，外资肯定撤走，这个国内最大的电解铝企业就会瘫痪。为恒宇提供氧化铝原料的桐山铝矾土矿也要陷入困境；然后是橙林核电厂，由于前几年电力紧张时期建设口子放得太大，现在国内电力严重过剩，这座新建核电厂发的电主要供电解铝基地使用，恒宇一倒，橙林核电厂也将面临破产；接下来，为橙林核电提供浓缩铀的照西口化工厂也将陷入困境……这将使近七百亿的国家投资无法收回，三四万人失业，这些企业就在省城近郊，这个中心城市将立刻陷入不稳定之中……上面说的恒宇的问题还只是这个案件中涉及的一小部分，这庞大的案情还涉及正省级一人、副省级三人、厅局级二百一十五人、处级六百一十四人，再往下不计其数。省内近一半经营出色的大型企业和最有希望的投资建设项目都被划到了圈子里，盖子一旦揭开，就意味着全省政治经济的全面瘫痪！而涉及如此之广的巨大动作，会产生什么其他更可怕的后果还不得而知，也无法预测。省里好不容易得到的政治稳定和经济良性增长的局面将荡然无存，这难道对党和国家就有利？年轻人，你现在不能延续法学家的思维，只要法律正义得到伸张，哪管它洪水滔天！这是不负责任的。平衡，历史都是在各种因素间建立的某种平衡中发展到今天的，不顾平衡一味走极端，在政治上是极其幼稚的表现。’

“首长沉默后，吕文明接着说：‘这个事情，中纪委那方面我去办，

你，关键要做好项目组那几个干部的工作。下星期我会中断党校学习，回来协助你……’

“‘混账！’首长再次猛拍桌子，把吕文明吓得一抖，‘你是怎么理解我的话的？你竟认为我是让小宋放弃原则和责任？文明啊，这么多年了，你从心里讲，我是这么一个没有党性没有原则的人吗？你什么时候变得这么圆滑？让人伤心啊。’然后首长转向你：‘年轻人，在这件事上，你们前面的工作做得十分出色，一定要顶住干扰和压力坚持下去，让腐败分子得到应有的惩罚！案情触目惊心啊，放过他们，无法向人民交待，天理也不容！我刚才讲的你绝不能当成负担，我只是以一个老党员的身份提醒你，要慎重，避免出现不可预测的严重后果。但有一点十分明确，那就是这个腐败大案必须一查到底！’首长说着，拿出了一张纸，郑重地递给你：‘这个范围，你看够吗？’”

宋诚当时知道，他们也设下了祭坛，要往上放牺牲品了。他看了一眼那个名单，够了，真的够了，无论从级别上还是从人数上，都真的够了。这将是一个震惊全国的腐败大案，而他宋诚，将随着这个案件的最终告破而成为国家级反腐英雄，将作为正义和良知的化身而被人民敬仰。但他心里清楚，这只是蜥蜴在危急时刻自断的一条尾巴，蜥蜴跑了，尾巴很快还会长出来。他当时看着首长盯着自己的样子，一时间真想到了蜥蜴，浑身一颤。但宋诚也知道他害怕了，自己使他害怕了，这让宋诚感到自豪，正是这自豪，一时间使他大大高估了自己的力量，更由于一个理想主义学者血液中固有的那种东西，让他做出了致命的选择。

“你站起身来，伸出双手拿起了那摞材料，对首长说：‘根据党内监督条例规定，纪委有权对同级党委的领导人进行监督。按组织纪律，这材料不能放在您这里，我拿走了。’吕文明想拦你，但首长轻轻制止了他。你走到门口时听到同学在后面阴沉地说：‘宋诚，过分了。’首长一直送你到车上，临别时他握着你的手慢慢地说：‘年轻人，慢走。’”

宋诚后来才真正理解这句话的深长意味：慢走，你的路不多了。

/ 四 /

“你到底是谁？！”宋诚惊恐地看着白冰。他怎么知道这么多？绝对没人能知道这么多！

“好了，我们不回忆那些事了。”白冰一挥手中断了讲述，“我说说事情的来龙去脉吧，以解开你的疑问——你……你知道宇宙大爆炸吗？”

宋诚呆呆地看着白冰，他的大脑一时还难以理解白冰最后那句话。后来，他终于做出了一般人的正常反应，笑了笑。

“是的是的，我知道太突兀了，但请相信我的脑子没有毛病，要想把事情讲清楚，真的得从宇宙诞生的大爆炸讲起。这……怎么才能向你说清楚呢？还是回到大爆炸吧。你可能多少知道一些，我们的宇宙诞生于二百亿年前的一次大爆炸。在一般人的想象中，那次创世爆炸像漆黑空间中一团怒放的烟火。但这个图像是完全错误的，大爆炸之前什么都没有，包括时间和空间，都没有，只有一个奇点，一个没有大小的点。这个奇点急剧扩张开来，形成了我们今天的宇宙，现在一切的一切，包括我们自己，都来自于这个奇点的扩张，它是万物的种子！这个理论很深，我也搞不太清楚，与我们这事有关的是这一点：随着物理学的进步，随着弦论之类的超级理论的出现，物理学家们渐渐搞清了那个奇点的结构，并且给出了它的数学模型。与这之前量子力学的模型不同，如果奇点爆炸前的基本参数确定，所生成的宇宙中的一切也就都确定了，一条永不中断的因果链贯穿了宇宙中的一切过程……嗨，真是，这些怎么讲得清呢？”

白冰看到宋诚摇摇头，那意思或是听不懂，或是根本不想听下去。

白冰说：“我说，还是暂时不要想你那些痛苦的经历吧。其实，我的命运比你好不到哪里去。刚才介绍过，我是一个普通人，但现在被追杀，下场可能比你还惨，就因为我什么都知道。如果说你是为使命和信念而献身，我……我就纯粹是倒霉！倒了八辈子霉！！所以比你更惨。”

宋诚悲哀的目光表达了一个明确的意思：没有人会比我惨。

/ 五 /

在与首长会面一个星期后，宋诚被捕了，罪名是故意杀人。

其实，宋诚知道他们会采用非常规手段对付自己。对于一个知道的这样多又在行动中的人，一般的行政和政治手段就不保险了，但他没有想到对手的行动这样快，出手又这样狠。

死者罗罗是一个夜总会的舞男，死在宋诚的汽车里，车门锁着，从内部无法打开，车内扔着两罐打火机用的丙烷气，罐皮都被割开了口子，里面的气体全部蒸发，受害人就是在车里的高浓度丙烷气体里中毒而死的。死者被发现时，手中握着已经破碎的手机，显然是生前曾试图用它来砸破车窗玻璃。

警方提供的证据很充分，有长达两个小时的录像证明宋诚与罗罗已有三个多月的不正常交往，最为有力的证据是罗罗死前给110打的一个报警电话：

罗罗："快！快来！！我打不开车门！我喘不上气，我头疼……"

110："你在哪里？把情况再说清楚些！"

罗罗："宋……宋诚要杀我……"

……

事后在死者手机上发现一小段通话录音，录下了宋诚和受害人的三句对话：

宋诚："我们既然已走到了这一步，你就和许雪萍断了吧。"

罗罗："宋哥，这何必呢？我和许姐只是男女关系嘛，影响不了咱们的事，说不定还有帮助呢。"

宋诚："我心里觉得别扭，你别逼我采取行动。"

罗罗："宋哥，我有我的活法儿。"

……

这是十分专业的诬陷，其高明之处就在于，警方掌握的证据几乎百分之百是真实的。

宋诚确实与罗罗有长时间的交往，这种交往是秘密的，要说不正常也可以，那两段录音都不是伪造的，只是后面那段被曲解了。

宋诚认识罗罗是由于许雪萍的缘故。许姐是昌通集团的总裁，与腐败网络的许多节点都有着密切的经济关系，对其背景和内幕了解很深。宋诚当然不可能直接从她嘴里得到任何东西，但他发现了罗罗这个突破口。

罗罗向宋诚提供情报绝不是出于正义感，在他眼里，世界早就是一块擦屁股纸了，他是为了报复。

这个笼罩在工业烟尘中的内地都市，虽然人均收入排在全国同等城市的最后，却拥有多家国内最豪华的夜总会。首都的那些高干子弟，在京城多少要注意一些影响，不可能像民间富豪那样随意享乐。于是，他们就在每个周末驱车沿高速公路疾驶四五个小时，来到这座城市度过荒淫奢靡的两天一夜，然后在星期天晚上驱车赶回北京。罗罗所在的蓝浪夜总会是最豪华的一处，这里点一首歌最低三千元，几千元一瓶的马爹利和轩尼诗一夜能卖出两三打。但蓝浪出名的真正原因并不在于此，而是因为它是一个只接待女客的夜总会。

与其他同伴不同，罗罗并不在意其服务对象给多少，而在意给的比例。如果是一个年收入仅二三十万的外资白领（在蓝浪，她们是罕见的穷人），给个几百他也能收下。但许姐不同，她那几十亿的财富在过去的几年中威震江南，现在到北方来发展也势如破竹。但他们在交往几个月后，许姐只扔给他四十万，就把他打发了。让许姐看上不容易，要放到同伴们身上，用罗罗的话说他们要美得肝儿疼了。但罗罗不行，他对许雪萍充满了仇恨。那名高级纪检官员的到来让他看到了报复的希望，他施展自己这方面的能力，又和许姐联系上了。平时许雪萍对罗罗嘴也很严，但他们在一起喝多或吸多了时就不一样了。同时，罗罗是个很有心计的人，在许多个黎明前最黑暗的时候，他会从熟睡的许姐身边无声地爬起来，在她的随身公文包和抽屉里寻找自己和宋诚需要的东西，并用数码相机拍下来。

警方手中那些证明宋诚和罗罗交往的录像，大都是在蓝浪的大舞厅拍的，往往首先拍的是舞台，上面一群妖艳的年轻男孩在疯狂地摇滚着，镜头移动，显示出那些服饰华贵的女客人们，在幽暗中凑在一起，对着台上指指点点，不时发出暧昧的低笑。最后镜头总是落到宋诚和罗罗身上，他们往往坐在最后面的角落里，头凑在一起密谈着，显得很亲密。作为唯一的男客，宋诚自然显得很突出……宋诚实在没有办法，大多数时间他只能在蓝浪找到罗罗。舞厅的光线总是很暗，但这些录像十分清晰，显然使用了高级的微光镜头，这种设备不是一般人能拥有的。这么说，他们从一开始就注意到自己了，这令宋诚看到与对手相比自己是何等不成熟。

这天罗罗约宋诚通报最新的情况，宋诚在夜总会见到罗罗时，罗罗一反常态，要到他的车里谈。谈完后，罗罗又说现在身体不舒服，不想上去了，上去后老板肯定要派事儿，想在宋诚的车里休息一会儿。宋诚以为他的毒瘾又来了，只好将车开回机关，到办公室去处理一些白天没干完的工作。他把车停在了机关大楼外面，罗罗就待在车里。四十多分钟后他下来时，已经有人发现罗罗死在充满丙烷气味的车里了。车门只有宋诚能从外面打开。后来，公安系统参与此案侦察的一位密友告诉宋诚，他的车门锁没有任何被破坏的痕迹，从其他方面也确实能够排除还有其他凶手的可能性。这样，人们理所当然地认为是宋诚杀了罗罗，而宋诚则知道只有一个可能：那两个丙烷罐是罗罗自己带进车里的。

这让宋诚彻底绝望了，他放弃了洗清自己的努力：如果一个人以自己的生命为武器来诬陷他，那他是绝对逃不掉的。

其实罗罗的自杀并不让宋诚觉得意外，他的HIV化验呈阳性。但罗罗以一死来陷害自己，显然是受人指使的，那么罗罗得到了什么样的报酬？那些钱对他还有什么意义？他是为谁挣那些钱？也许报酬根本就不是钱，那是什么？除了报复许雪萍，还有什么更强烈的诱惑或恐惧能征服他吗？这些宋诚永远不可能知道了，但他由此进一步看到了对手的强大和自己的稚嫩。

这就是他为人所知的一生了：一个高级纪检干部，生活腐化变态，因同性恋情杀被捕——他以前在男女交往方面的洁身自好在人们眼里反倒成了证据之一……像一只被人群踏死的臭虫，他的一切很快就将消失得干干净净，即使偶尔有人想起他，也不过是想起了一只臭虫。

现在宋诚知道了，他以前之所以做好了为信念和使命牺牲的准备，是因为根本就不明白牺牲意味着什么。他想当然地把死作为一条底线，现在才发现，牺牲的残酷远在这条底线之下。在进行搜查时他被带回家一次，当时妻子和女儿都在家，他向女儿伸出手去，孩子厌恶地惊叫一声，扑在妈妈的怀里缩到墙角。她们投向自己的那种目光他只见过一次，那是一天早晨，他发现放在衣柜下的捕鼠夹夹住了一只老鼠，他拿起夹子让她们看那只死鼠……

“好了，我们暂时把大爆炸和奇点这些抽象的东西放到一边，”白冰打断了宋诚痛苦的回忆，将那个大手提箱提到桌面上，“看看这个。”

/ 六 /

“这是一台超弦计算机，是我从气象模拟中心带出来的。你说偷出来的也行，我全凭它摆脱追捕了。” 白冰拍着那个箱子说。

宋诚将目光移到箱子上，显得很迷惑。

“这是很贵的东西，目前在省里只有两台。根据超弦理论，物质的基本粒子不是点状物，而是无限细的一维弦，在十一维空间中振动。现在，我们可以操纵这根弦，沿其一维长度贮存和处理信息，这就是超弦计算机的原理。

“在传统电子计算机中的一块CPU，或一条内存，在超弦机中只是一个原子！超弦电路是基于粒子的十一维微观空间结构运行的，这种超空间微观矩阵，使人类拥有了几乎无限的运算和贮存能力。将过去的巨型计算机同超弦机相比，就如我们的十根手指头同那台巨型机相比一般。超弦计算机具有终极容量，终极容量就是说，它可以将已知宇宙中的每一个基本粒子的状态都贮存起来并进行运算；就是说，如果是基于三维空间和一维时间，超弦机能够在原子级别上模拟整个宇宙……”

宋诚交替地看着箱子和白冰。与刚才不同，他似乎在很注意地听白冰的话，其实他是在努力寻找一种解脱，用这个神秘来人这番不着边际的话，将自己从那痛苦的回忆中解脱出来。

白冰说：“很抱歉我说了这么多莫名其妙的话，大爆炸奇点超弦计算机什么的，与我们面对的现实好像八竿子打不着，但要把事情解释清楚，就绕不开这些东西。下面谈谈我的专业吧。我是个软件工程师，主要搞模拟软件，也就是建立一个数学模型，在计算机里让它运行，模拟现实世界中的某种事物或过程。我是学数学的，所以建模和编程都做，以前做过沙尘暴模拟、黄土高原水土流失模拟、东北能源经济发展趋势模拟等等，现在做大范围天气模拟。我很喜欢这个工作，看着现实世界的某一部分在计算机内存中运动演化，真是一件很有意思的事。”

白冰看看宋诚，宋诚的双眼一动不动地盯着他，似乎仍在注意听着，于是他接着说下去。

“你知道，物理学在近年来连续的大突破，很像上世纪初那阵儿。现在，只要给定边界条件，我们就可以拨开量子效应的迷雾，准确地预测单个或一群基本粒子的运动和演化。注意我说的‘一群’，如果群里粒子的数量足够大，它就构成了一个宏观物体，也就是说，我们现在可以在原子级别上建立一个宏观物体的数学模型。这种模拟被称为镜像模拟，因为它能以百分之百的准确度再现模拟对象的宏观过程，如同为宏观模拟对象建立了一个数字镜像。打个比方吧：如果用镜像模拟方式为一个鸡蛋建立数学模型，也就是将组成鸡蛋的每一个原子的状态都输入模型的数据库。当这个模型在计算机中运行时，如果给出的边界条件合适，内存中的那个虚拟鸡蛋就会孵出小鸡来，而且那只内存中的虚拟小鸡，与现实中的那个鸡蛋孵出的小鸡一模一样，连每一根毛发都不会差一丝一毫！你往下想，如果这个模拟目标比鸡蛋再大些呢？大到一棵树，一个人，很多人；大到一座城市，一个国家，甚至大到整个地球？”白冰说到这里激动起来，开始手舞足蹈，“我是一个狂想爱好者，热衷于在想象中把一切都推向终极，这就让我想到，如果镜像模拟的对象是整个宇宙会怎么样？”白冰进入一种不能自已的亢奋中，“想想，整个宇宙！奶奶的，在一个计算机内存中运行的宇宙！从诞生到毁灭……”

白冰突然中断了兴奋的讲述，警觉地站了起来。这时门无声地开了，走进来两个神色阴沉的男人。其中一位稍年长些的对着白冰抬抬双手，示意他照着做。白冰和宋诚都看到了他敞开的夹克中的手枪皮套，白冰顺从地举起双手，年轻的那位上前在他的身上十分仔细地上下轻拍了一遍，然后对年长者摇摇头，同时将那个大手提箱从桌上提开，放到离白冰远一些的地方。

年长者走到门口，对外面做了一个请的手势，又进来三个人：第一个人是市公安局长陈继峰，第二个人是省纪委书记吕文明，最后进来的是首长。

年轻人拿出了一副手铐，但吕文明冲他摇了摇头，陈继峰则将头向门的方向微微偏了一下。两个便衣警察走了出去，其中一人从办公桌桌腿上取下一个小东西放进衣袋，显然是窃听器。

/ 七 /

白冰脸上丝毫没有意外的表情，他淡淡一笑说："你们终于抓到我了。"

"准确地说是你自投罗网。得承认，如果你真想逃，我们是很难抓到你的。"陈继峰说。

吕文明表情复杂地看了宋诚一眼，欲言又止。首长则缓缓地摇摇头，沉吟道："宋诚啊，你，怎么堕落到这一步呢……"他双手撑着桌沿长久地默立着，眼睛有些湿润，谁看到都不会怀疑他的悲哀不是真诚的。

"首长，在这儿就不必演戏了吧？"白冰冷眼看着这一切说。

首长没有动。

"诬陷他是您策划的。"

"证据？"首长仍没有动，从容地问。

"那次会面后，关于宋诚您只说过一句话，是对他说的。"白冰指指陈继峰，"继峰啊，宋诚的事你当然知道意味着什么，还是认真办一办吧。"

"这能证明什么？"

"从法律意义上当然证明不了什么，这是您的精明和老练之处，即使是密谈都深藏不露。但他，"白冰又指了指陈继峰，"领会得很准确。他对您的意思一直都领会得很准确，对宋诚的诬陷是他指使刚才那两个人中的一个干的，那人叫沈兵，是他手下最得力的人，整个过程可是一个复杂的大工程，我就不用细说了吧？”

首长缓缓转过身来，在办公桌边的一把椅子上坐下，两眼看着地板说：“年轻人，必须承认，你的突然出现有许多令人吃惊的地方，用陈局长的话说叫见鬼了。”他沉默了一会儿后，语气变得真诚起来，“说明你的真实身份吧。如果你真是上级派来的，请相信，我们是会协助工作的。”

“不是，我多次声明自己是个普通人，身份就是你们已经查明的那样。”

首长点点头，看不出白冰的话让他感到欣慰还是更加忧虑。

“坐，都坐吧。”首长对仍站着的吕陈二人挥挥手，然后附身靠近白冰，郑重地说，“年轻人，今天我们把一切都彻底讲清楚，好吗？”

白冰点点头：“这也是我的打算。我从头说起吧。”

“不，不用。你刚才对宋诚说的那些话我们都听到了，就从中断处接着说吧。”

白冰语塞，一时想不起刚才说到哪儿了。

“在原子级别模拟整个宇宙。”首长提醒他，但白冰仍然不知如何说起，他便自己接着说下去，“年轻人，我认为你这个想法是不可能实现的。不错，超弦计算机具有终极容量，为这种模拟运算提供了硬件基础。但你想过初始状态的问题吗？对宇宙的镜像模拟必须从某个初始状态开始，也就是说，要在模拟开始时的某个时间断面上，将宇宙的全部原子的状态一个一个地输入计算机，以在原子级别上构建一个初始宇宙模型，这可能吗？别说是宇宙了，就是你说的那个鸡蛋都不可能，构成它的原子数比有史以来出现过的所有鸡蛋的数量都要大几个数量级。甚至一个细菌都不可能，它的原子数也是令人望而生畏的。退一步说，就算动用了难以想象的人力和物力，将细菌甚至鸡蛋这类小物体的初始状态从原子级别上输入计算机，那么它们运动和演化所需要的边界条件呢？比如鸡蛋孵出小鸡所需要的温度和湿度等等，这些边界条件在原子级别上的资料量同样大得不可想象，甚至可能要大于模拟对象本身。”

“您能对技术问题进行如此描述，我很敬佩。”白冰由衷地说。

“首长是高能物理专业的高材生，是改革开放恢复学位后国内的第一批物理学硕士之一。”吕文明说。

白冰对吕文明点点头，又转向首长：“但您忘了，存在着那样一个时间断面，宇宙是十分简单的，甚至比鸡蛋和细菌都简单，比现实中最简单的东西都简单，因为它那时的原子数是零，没有大小，没有结构。”

“大爆炸奇点？”首长飞快接上话，几乎没有空隙，显示出他沉稳迟缓的外表下灵敏快捷的思维。

“是的，大爆炸奇点。超弦理论已经建立了完善的奇点模型，我们只需要将这个模型用软件实现，输入计算机运算就可以了。”

“是这样的，年轻人，真是这样。”首长站起身，走到白冰身边拍拍他的肩膀，显出了少有的兴奋。对刚才的那番对话不甚了了的陈继峰和吕文明则用迷惑的目光看着他。

“这是你从那个科研中心拿出来的超弦计算机吗？”首长指着那个大手提箱问。

“偷出来的。”白冰说。

“呵，没关系，宇宙大爆炸的镜像模拟软件一定在里面吧？”

“是的。”

“做做看。”

/ 八 /

白冰点点头，把箱子提到桌面上打开了它。除了显示设备外，箱子中还装着一个圆柱体容器。超弦计算机的主机其实只有一个烟盒大小，但原子电路需要在超低温下运行，所以主机浸在这个绝热容器里的液氮中。白冰将液晶显示器支起来，动了一下鼠标，处于休眠状态下的超弦计算机立刻苏醒过来，液晶屏亮起来，像睁开了一只惺忪的睡眼，显示出一个很简单的接口，仅由一个下拉文本框和一个小小的标题组成，标题是：

请选择创世起爆参数

白冰点了一下文本框旁边的箭头，下拉出一行行资料组，每组约有十几个数据项，各行看上去差别很大。“奇点的性质由十八个参数确定，参数的组合原则上是无限的，但根据超弦理论的推断，能够产生创世爆炸的参数组的数量是有限的，但有多少组目前还是个谜。这里显示的是其中的一小部分，我们随便选一组吧。”

白冰选中一组参数后，屏幕立刻变成了乳白色，正中凸现了两个醒目的大按钮：

引爆　　　　　取消

白冰点了引爆按钮，屏幕上只剩下一片乳白。“这白色象征虚无，这时没有空间，时间也没有开始，什么都没有。”

屏幕的左下角出现了一个红色数字“ 0 ”。

“这个数字是宇宙演化的时间， 0 的出现说明奇点已经生成，它没有大小，所以我们看不到。”

红色数字开始飞快增长。

“注意，宇宙大爆炸开始了。”

屏幕中央出现了一个蓝色的小点，很快增大为一个球体，发出耀眼的蓝光。球体急剧膨胀，很快占满了整个屏幕，软件将视野拉远，球体重新缩为遥远处的一点，但爆炸中的宇宙很快又充满了整个屏幕。这个过程反复重复着，频率很快，仿佛是一首宏伟乐曲的节拍。

“宇宙现在正处于暴胀阶段，它的膨胀速度远超过光速。”

随着球体膨胀速度的降低，视野拉开的频率渐渐慢下来。随着能量密度的降低，球体的颜色由蓝向黄红渐变，后来宇宙的色彩在红色上固定下来，并渐渐变暗。屏幕上的视野不再拉远，变成黑色的球体在屏幕上缓慢地膨胀着。

“好，现在距大爆炸已经一百亿年了，这个宇宙处于稳定的演化阶段，我们进去看看吧。”白冰说完动了动鼠标，球体迅速前移，屏幕完全黑了下来，“好，现在我们就在这个宇宙的太空中了。”

“什么也没有啊？”吕文明说。

“我们看看……”白冰说着，按动鼠标右键弹出了一个很复杂的接口，一个程序开始统计这个宇宙中的物质总量，“呵，这个宇宙中只有十一个基本粒子。”他又调出了一大堆信息仔细读着，“有十个粒子结成了五个粒子对，互相环绕对方运行，不过每个粒子对中的两个粒子相距几千万光年，要上百万年才能相对运动一毫米；还有一个粒子是自由的。”

“十一个基本粒子？说了半天还是什么都没有。”吕文明说。

“有空间啊，近千亿光年直径的空间！还有时间，一百亿年的时间！时空是最实在的存在！要说这个宇宙，还是创造得比较成功的，以前创造的相当多的宇宙连空间都很快湮灭了，只剩时间。”

“无聊。”陈继峰哼了一声，转身不再看屏幕。

“不，很有意思。”首长高兴地说，“再来一次。”

白冰退回到引爆接口，重选了一组参数，再次启动了大爆炸。这个新宇宙诞生的过程看上去与刚才基本相同，也是一个在膨胀中渐渐暗下来的球体。在创世后的一百五十亿年，球体完全变黑，宇宙的演化稳定下来。白冰让视点进入宇宙内部，这时，连最不感兴趣的陈继峰也惊叹起来：广漠的黑色太空下，一张银色的大膜向各个方向延伸至无穷远处，大膜上点缀着各种色彩的小球体，像滚动在广阔镜面上的多彩露珠。

白冰又调出了分析接口，看了一会儿后说：“运气好，这是一个丰富多彩的宇宙，半径约四百亿光年，其中一半是液体一半是空间。也就是说，这个宇宙就是一个深度和表面半径都是四百亿光年的大洋！宇宙中的固体星球就浮在洋面上！”白冰将画面推向洋面，可以看到银色的洋面在缓缓波动着，画面中出现了一个星球的近景，“这个漂浮着的星球有……我看看，木星那么大吧。哇，它还在自转呢！看它表面的那些山脉，在出水和入水时是何等壮观！我们就把这种液体叫水吧。看那被山脉甩到轨道上的水，在洋面形成了一个半圆的彩虹环！”

“是很美，但这个宇宙是违反物理学基本定律的。”首长看着屏幕说，“别说四百亿光年深的海洋，就是四光年，那水体也早在引力下坍缩成黑洞了。”

白冰摇摇头说：“您忘了最基本的一点，这不是我们的宇宙，这个宇宙有自己的一套物理定律，与我们宇宙中的完全不同。在这个宇宙中，万有引力常数、普朗克常数、光速等基本物理常数与我们的宇宙完全不同；在这个宇宙中，一加一甚至都不等于二。”

在首长的鼓励下白冰继续做下去，第三个宇宙被创造出来，进入其中后屏幕上出现了一堆极其混乱的色彩和形状，白冰立刻将它关掉了，“这是一个六维宇宙，我们无法观察它。其实大多数情况都是这样，我们创造的前两个三维宇宙只是运气好而已，宇宙从高能状态冷却后，被释放到宏观的维数为三的概率只有三比十一。”

第四个宇宙出现时，所有的人都很迷惑：宇宙呈现一个无际的黑色平面，有无数根银光闪闪的直线与黑色平面垂直相交。看过分析资料后，白冰说：“这个宇宙与上面相反，维数比我们的低，是一个二点五维的宇宙。”

“二点五维？”首长很吃惊。

“您看，这个黑色的没有厚度的二维平面就是这个宇宙的太空，直径约五千亿光年；那些与平面垂直的亮线就是太空中的恒星，它们都有几亿光年长，但无限细，只有一维。分数维的宇宙很少见，我要把这组创世参数记下来。”

“有个问题，”首长说，“如果你用这组参数再次启动大爆炸，所得到的宇宙与这个完全一样吗？”

“是的，而且其演化过程也完全一样，一切在大爆炸时就决定了。您看，物理学穿过量子迷雾之后，宇宙又显示出了因果链和决定论的本性。”白冰依次看看每个人，郑重地说，“我请各位都牢记这一点，如果要理解我们后面将要面对的那些可怕的事，这是关键。”

“真的很有意思，做上帝的体验，超脱而空灵，很长时间没有这种感觉了。”首长感叹道。

“我的感觉同您一样，”白冰离开了计算机，站起来来回走着，“所以，我就一遍又一遍地玩着创世游戏。到现在为止，我已经启动了一千多次大爆炸，那一千多个宇宙，其神奇壮观，很难用语言形容。我像吸毒似的上了瘾……本来我可以这样一直玩下去，我们之间将永远素不相识，不会有任何关系，我们双方的生活都会按正常的轨迹进行下去，但……唉……那是今年年初一个下雪的晚上，已经午夜两点了，很静很静，我启动了那天的最后一次大爆炸，在超弦计算机中诞生了第一千二百零七号宇宙，就是这一个……"

白冰回到计算机前，将文本框下拉到底，选择了最后的一组创世参数，启动了宇宙大爆炸。新生的宇宙在蓝光中急剧膨胀后熄灭为黑色。白冰移动鼠标，在创世之后的一百九十亿年进入了这个他编号为１２０７的宇宙。

这一次，屏幕上出现了灿烂的星海。

"1207的半径约二百亿光年，宏观维数是三；这个宇宙中，万有引力常数是一点六七乘十的负十一次方，真空中的光速是每秒三十万公里；这个宇宙中，电子电量是一点六零二乘十的负十九次方库仑；这个宇宙中，普朗克常数是六点六二六……"白冰凑近首长，用令人胆寒的目光逼视着他，"这个宇宙中，一加一等于二。"

"这是我们的宇宙。"首长点点头，他仍然很沉着，但额头有些潮湿了。

/ 九 /

"得到1207号宇宙后，我花了一个多月的时间做了一个搜索引擎，以模式识别为基础的。然后，我就从天文资料中查到银河系与仙女座、大小麦哲伦等相邻星系的几何构图，在全宇宙范围内查询这种构图，得到了八万多个结果。下一步我就在这个范围内，用银河系和邻近星系本身的形状进行查询，很快在宇宙中定位了银河系。"以漆黑的太空为背景，一个银色的大漩涡在屏幕上显示出来，"太阳的定位就更容易了，我们已经知道它在银河系中的大致范围——"白冰用鼠标在大漩涡的一个旋臂顶端拉出一个小矩形框，“仍用模式识别的方法，在这个范围中很快就定位了太阳。”屏幕上出现了一个耀眼的光球，光球周围环绕着一个雾蒙蒙的大环，“哦，这时太阳系的行星还没有诞生，这个星际尘埃构成的环就是构成它们的原材料。”白冰在屏幕下方调出了一个滚动条，“看，用这个来移动时间，”他将滑块缓缓前移，越过了两亿年的漫长时光，太阳周围的尘埃环消失了，“现在九大行星已经诞生。这是真实尺度的图像，不是天象演示，所以找到地球还要费些事，我把以前存贮的坐标调出来吧。”于是原始地球在屏幕上出现了，一个灰蒙蒙的球体，白冰转动鼠标的滚轮，“我们降低高度。好，现在，大约是一万米高吧。”下面的大陆仍笼罩在迷雾之中，但雾中纵横交错的发着红光的网线显现出来，像胚胎上的血管。白冰指着那些网线说，“这是岩浆河。”他继续转动鼠标滚轮，穿过浓浓的酸雾，褐色的海面出现了，紧接着视点扎入海中，一片浑浊，有几个微小的悬浮物。它们大多是圆形的，也有其他较复杂的形状，与其他悬浮物最明显的区别是，它们自己在运动，而不是随水流漂移。“生命，刚出现的生命。”白冰用鼠标点点那些微小的东西说。他很快地反向转动滚轮，将视点重新升到太空中，再次显示出古地球的全貌，然后移动时间滚动条。亿万年时光又飞逝而过，笼罩在地球表面的浓雾消失了，海洋在变蓝，大陆在变绿。后来，巨大的冈瓦纳古陆像初春的冰块分崩离析。“如果愿意，我们可以看到生命进化的全过程，包括几次大灭绝和随之而来的生命大爆发。但是算了吧，省些时间，我们就要看到关系到咱们命运的谜底了。”古陆的各个碎块继续漂移，终于，一幅熟悉的世界构图出现了。白冰改变了时间滚动条的比例，开始以较慢的速度移动时间，并在一点停住了。“好了，在这里，人类出现了。”他又将滑块小心地向前移动一小段，“现在，文明出现了。

“对于上古的历史，一般只能宏观地看看，检索具体事件不太容易，具体人物就更难了。一般的历史检索是靠两个参数：地点和时间，这两点在上古历史记载中很难准确，我们做一次看看吧。来，我们下去了！” 白冰说着，将鼠标在地中海范围的一个位置双击了一下，视点高度令人目眩地急剧降低。最后，一个荒凉的海滩出现了，黄沙的尽头，是一片连绵的橄榄丛。

“古希腊时代的特洛伊海岸。”白冰说。

“那……你能移到木马屠城的时间吗？”吕文明兴奋地问。

“从来就没有过什么木马。”白冰淡淡地说。

陈继峰点点头：“那种东西像儿戏，在实际的战争中是不可能的。”

“从来没有过特洛伊战争。”白冰说。

首长很惊奇：“这么说，特洛伊城是因为别的原因毁灭的？”

“从来没有过特洛伊城。”

另外三个人惊奇地互相看看。

白冰指着屏幕说：“现在显示的就是应该发生那场战争时特洛伊海岸的真实情景，我们再前后移动五百年……”白冰小心地微移鼠标，屏幕上的海岸在白昼和黑夜的高频转换中急剧闪动，树丛的形状也在飞快变化，沙滩的尽头出现过几个小棚屋，时而还能看到一闪而过的几个小小的人影。棚屋时多时少，但最多时也没有超过一个村庄的规模。“看到了吗？伟大的特洛伊城只在那些游吟诗人的想象中存在过。”

“怎么会呢？”吕文明惊叫起来，“本世纪初有考古发现证实啊！当时还挖出了……阿伽门农的黄金面具。”

“阿伽门农的面具？哈！” 白冰大笑一声。

“随着历史记载的增多和更加准确，往后的检索就越来越容易，再做一次。”

白冰将视点升回地球轨道，这次他没有使用鼠标，而是手工输入了时间和地理坐标，视点向亚洲西部降落。很快，屏幕上显示出一片沙漠，在一处红柳丛的阴影下躺着几个人。他们穿着破旧的粗布袍，皮肤黝黑，头发很长且被沙尘和汗水弄成一缕一缕的，远远看去像一堆破烂的废弃物。白冰说：“这里离穆斯林村庄不远，但鼠疫流行，他们不敢去。”有一个身形瘦长的人坐了起来，四下看看，确认别人都睡熟了后，拿起旁边一个人的羊皮水囊喝了一通，又从另一个人的破行囊中拿出一块饼，掰下三分之一放到自己的行囊里，随后满足地躺下了。

“我用正常速度运行了两天，看到他五次偷别人的水喝，三次偷别人的饼吃。”白冰用鼠标点着那个刚躺下的人说。

“他是谁？”

“马可波罗。检索到他可不容易，关押他的那个热那亚监狱的地点和时间都比较准确，我在那里定位了他，随后往回跟踪他经历了那次海战，提取了一些特征点，又往回跳过一大段时间跟到这里。这是在那时的波斯、现在的伊朗巴姆市附近，不过都白费劲儿了。”

“那他是在去中国的路上了，你应该能跟着他进入忽必烈的宫殿。”吕文明说。

“他没有进入过任何宫殿。”

“你是说，他在中国期间只是在民间待着？”

“马可波罗根本就没有来过中国，前面更加险恶的漫漫长路吓住了他，他们就在西亚转悠了几年。后来这人把从那里道听途说来的传闻讲给了那位作家狱友，后者写成了那本伟大的游记。”

三个人再次惊奇地面面相觑。

“再往后，检索具体的人和事就更加容易了，再来一次，到近代吧。”

在一间很暗的大屋子里，一张宽木桌子上铺着一张大地图。桌旁围着几个身着清朝武官服的人，由于光线很暗，看不清他们的面容。

“这是北洋海军提督府的一次会议。”

有一个人在说话，画面传出的声音很模糊，且南方口音重，听不懂。白冰解释说：“这个人说，在近海防御中，不要一味追求大炮巨舰，就这么点儿钱，与其从西洋购买大吨位铁甲舰，不如买更多数量的蒸汽鱼雷快艇，每艘艇上可装载四至六枚瓦斯鱼雷，构成庞大的快艇攻击群，用灵活机动的航线避开日舰舰炮火力，抵近攻击……我曾请教过多位海军专家和战史研究者，他们一致认为，如果在当时这人的想法得以实施，北洋水师将是甲午海战中的胜利者。这人的高明和超前之处在于，他是海战史上最早发现传统大炮巨舰主义缺陷的人。”

“他是谁？邓世昌？”陈继峰问。

白冰摇摇头：“方伯谦。”

“什么？就是那个在黄海大海战中临阵脱逃的怕死鬼？”

“就是他。”

“直觉告诉我，这些才像真实的历史。”首长沉思着说。

白冰点点头：“是啊，到这一步，超脱和空灵消失了，我开始陷入郁闷中。我发现，我们基本上被自己所知道的历史骗了，那些名垂青史的英雄，有一大半是卑鄙的骗子和阴谋家，用他们的权势为自己树碑立传且成功了；而那些为正义和真理献身的人，三分之二都默默地惨死在历史的尘埃中，没有人知道他们的存在；剩下的三分之一则在强有力的诬陷下遗臭万年，就像现在宋诚的命运；他们中只有极少数的人得到了历史正确的记录，其比例连冰山的一角都不到。”

这时，人们才注意到一直沉默的宋诚，看到他已经悄悄振作起来，两眼放出光芒，像一个已经倒地的战士又站了起来，拿起武器并跨上一匹新的战马。

/ 十 /

“然后，你就进入了1207宇宙中的现实，是吗？”首长问。

“是的，我在那个镜像中将时间调到现在。”白冰说着，同时将屏幕上时间滑标上的滑块推到尽头，这时视点又回到了太空中，蓝色的地球看上去与古代并没有什么不同，“这就是1207镜像中的现实：我们这个内地省份，经过了几十年不间断的能源和资源输出，除了矿产开采和电力之外，至今也未能建立起一个像样的工业体系，只留下了污染。农村的大片地区仍处于贫困线下，城市失业严重，治安状况恶化……我自然想看看领导和指挥着这一切的人是怎样工作的，最后看到了什么，我就不用说了。”

“你这样做的目的呢？”首长问。

白冰苦笑着摇摇头：“别以为我有他那样崇高的目的，”他指指宋诚，“我只是个普通老百姓，自得其乐地过日子，你们干什么，和我有什么关系？我本来根本不想惹你们的，但……我为这个超级模拟软件费了这么大劲儿，自然想通过它得些实惠，于是，我就给你们中的几个人打电话，想小小地敲一笔钱……”他说着突然变得恼怒起来，“你们干吗要这么过激反应？！干吗非要除掉我？！其实给我那笔钱不就完了嘛……好了，现在我把一切都讲清楚了。”

五个人陷入了长时间的沉默，他们都默默地盯着屏幕上的地球，这是现实中的地球的数字镜像，他们也在镜像中。

“你真的能够在这台计算机中观察到世界上发生过的一切？” 陈继峰打破沉默问。

“是的，历史和现实的所有细节，都是这台计算机中运行的资料。资料是可以随意解析的，不管多么隐秘的事情，观察它们不过是从数据库中提取一些资料进行处理。这个数据库以原子级别贮存着整个世界的镜像，所有资料都是可以随意提取的。”

“能证明一下吗？”

“这很容易。你出去，随便到什么地方，随便干一件什么事，然后回来。”

陈继峰依次看了看首长和吕文明，转身走出了房间。两分钟后，他回来了，无言地看着白冰。

白冰移动鼠标，使视点从太空急剧下降，悬在这城市上空，城市一览无遗地展现在屏幕上。白冰移动画面仔细寻找，很快找到了近郊的第二看守所，找到了他们所在的这幢三层楼房。视点随即进入了楼房内，在二楼空荡的走廊中移动，画面上出现了坐在走廊中长椅子上的两个便衣警察，其中的沈兵正在点上一支烟；最后，画面中出现了他们所在的办公室的门。

“现在的模拟画面，只比正在发生的现实滞后零点一秒，让我们后退几分钟。”白冰将时间滑标向后移了一点点。

屏幕上，门开了，陈继峰走了出来，坐在长椅上的两个人看到他后立刻站了起来。陈向他们摆摆手示意没事，就向另一个方向走去。视点紧跟着他，像有人用摄像机在跟踪拍摄。镜像画面上，陈继峰进了卫生间，从裤子口袋中掏出手枪，拉了一下枪栓后装回裤袋。白冰将这个画面定住，并使其像三维动画一样旋转至各个方位。陈继峰走出卫生间，画面跟着他回到了办公室，并显示出了正在等待中的另外四人。

首长不动声色地看着屏幕，吕文明则抬头警觉地看了陈继峰一眼。

“这东西确实厉害。”吕文明阴沉着脸说。

“下面我为您演示它更厉害的地方。”白冰说着，使屏幕上的画面静止了，“由于镜像模拟的宇宙是以原子级别贮存的，所以我们可以检索到这个宇宙中的每一个细节。下面，让我们看看陈局长上衣口袋中装着什么。”

白冰在静止画面上拉出一个方框，圈住陈继峰的上衣口袋范围，然后弹出一个处理接口。经过一系列操作，上衣袋外侧的布被去除了，显示出放在衣袋中的一张折叠起来的小纸片。白冰使用拷贝键将纸片复制下来，然后启动了一个三维模型处理软件，将拷贝的资料粘贴到软件的处理桌面上。又经过几项操作，那折叠的纸片被展开来，那是一张外汇支票，数额是二十五万美元。

“下面，我们就追踪这张支票的来源。”白冰说着关闭了图像处理软件，又回到四个人的静止画面上来。白冰在陈继峰上衣口袋中那张已被选定的支票上按右键调出功能选项，选择了trace一项，支票闪动起来，画面也立刻活动了。时间在逆向流动，显示首长一行三人退出了办公室，又退出了大楼，退回到一辆汽车上，其中的陈继峰和吕文明戴上了耳机，显然是在监听白冰和宋诚的谈话。跟踪检索继续进行，场景不断变换，但那张闪动的支票作为检索键一直处于画面的中央，陈继峰仿佛被它吸附着，穿过一个又一个场景。终于，那张支票跳出了陈的上衣袋，钻进了一个小篮子，那个篮子又从陈的手中跳到了另一个人的手中，在这个时刻，白冰让画面静止了。

“就从这里开始放吧。”白冰说着，启动了画面以正常速度播放。这好像是在陈继峰家的客厅里，屏幕上一个穿黑西装的中年人拎着那个水果篮站在那里，好像刚进来，陈继峰则坐在沙发上。

“陈局长，温总托我来看看您，也是表示一下上次的谢意。他本想亲自来的，但觉得为了免去一些闲话，这种走动还是少些为好。”

陈继峰说：“你回去告诉温雄，现在他条件好了，一定要走正道，总是出格对谁都没好处，也别怪我不客气！”

“是是，温哥怎么能忘记陈局的教诲呢？他现在不但为社会积极贡献，在贫困地区建了四所小学，政治上也要求进步，已经当选市人大代表了！”来人说着，将果篮放到茶几上。

“东西拿走。”陈继峰挥挥手说。

“哪敢带什么好东西，那不是成心惹陈局长生气嘛。一点水果，表表心意。您是不知道，温总一说起您，都眼泪汪汪的，说您是我们的再生父母啊！”

来人走后，陈继峰关上门后回到茶几旁，将果篮中的水果全倒出来，从篮子底拿出那张支票放进上衣口袋。

首长和吕文明都冷冷地看了陈继峰一眼，这些他们显然也都不知晓。温雄是利成集团的总裁，这是个包含着餐饮、长途客运等众多业务的庞大公司，其原始积累来自于温雄黑社会体系的贩毒利润。他们使这座城市成为云南至俄罗斯毒品管道上一个重要的枢纽。现在温雄在合法商业上发展顺利，他的黑道毒品业务也在前者的补充滋养下更快地膨胀起来，致使这座内地城市毒品泛滥、治安恶化。而陈继峰这个后台是其生存的重要保证。

“收的是美元？一定是要给儿子汇去了吧？”白冰笑着说，“您儿子在美国读书的钱可全是温雄出的……对了，想不想看看他现在在地球那一边干什么？很容易的，现在波士顿是午夜，不过上两次我看到他时，他都还没有睡觉。”白冰将视点升到太空，将地球旋转了一百八十度，然后将北美大陆放大，在大西洋海岸找到了那座灯火灿烂的城市，然后很快定位了他以前显然找到过的一座公寓。视点进入公寓卧室后，显示出一幅令人尴尬的画面：那个黄皮肤男孩儿正在和一白一黑两个妓女鬼混。

“陈局长，看到儿子是怎样花你的钱了吗？”

陈继峰恼怒地将液晶显示屏反扣到箱子上。

被深深震撼了的几个人再次陷入长时间的沉默中，然后吕文明问：“这些天，你为什么只是逃跑，没有想过通过更正当的方式摆脱困境吗？”

“您是说我到纪委去举报？真是个好主意，我开始也这么想过，于是便在镜像中对纪委领导班子进行查询。”白冰抬头看了看吕文明，“您应该知道我都看到了什么，我不想落到您老同学那样的下场。那么我能去检察院和反贪局吗？郭院长和常局长对大部分重大举报肯定会严格秉公办理，对一小部分会小心地绕开，而我将举报的那些，一说出口他们就会同你们一起要了我的命。那么还能去哪儿呢？让媒体将这一切曝光吗？省里新闻媒体的那几个关键人物我想你们都清楚，首长的政绩不就是他们捧出来的吗？那些记者与妓女的唯一区别就是出卖的部位不同……这是一张互相联结在一起的大网，哪一根线都动不得啊，我没地方可去。”

“你可以去中央。”首长仔细观察着白冰，不动声色地说。

白冰点点头说：“这是唯一的选择了，但我是个普通的小人物，所以首先来见见宋诚，找到一个稳妥可靠的渠道，也顾不得你们的追杀了。”白冰犹豫了一下，接着说，“但这个选择并不轻松，你们都是聪明人，知道这样做最终意味着什么。”

“意味着这项技术将公布于世。”

“很对，那时，笼罩在历史和现实上的所有迷雾将一扫而光，一切的一切，在明处和暗处的、过去和现在的，都将赤裸裸地展现于光天化日之下。到那时，光明与黑暗，将不得不进行一场史无前例的大决斗，世界将陷入一片混乱……”

“但最后的结果，是光明取得胜利。”一直沉默的宋诚终于说话了，他走到白冰面前，直视着他说，“知道黑暗的力量来自哪里吗？就是来自黑暗，也就是说来自它的隐蔽性。一旦暴露在明处，它的力量就消失了，如腐败之类的，大多如此。而你的镜像，就是使所有黑暗完全暴露的强光。”

首长和陈吕二人互相交换了一下目光。

沉默，超弦计算机的屏幕上，原子级别的地球镜像静静地悬浮在太空中。

“有一个机会，”首长突然站起身，对吕陈二人说，“好像有一个机会。”

首长接着扶着白冰的肩膀说：“为什么不将镜像中的时间标尺移向未来？”

白冰和陈吕二人不解地看着首长。

“如果我们能够准确地预见未来，就能够在现在改变它，这样我们就能控制未来历史的走向，也就控制了一切……年轻人，你认为这没有可能吗？也许，我们能够一起肩负起创造历史的使命。”

白冰明白过来，苦笑着摇摇头，站起身走到计算机前，用鼠标将时间标尺拉长，在零时标后面拉出了一个未来时段，然后对首长说：“您自己来试试吧。”

/ 十一 /

首长扑向计算机，谁都没有见过他那么敏捷，如饥饿的鹰见到地面上的小鸡，令人恐惧。他熟练地移动鼠标，将时间滑标滑过零时点，在滑标进入未来时段的瞬间，一个错误提示窗口跳了出来：

Stack overflow……

白冰从首长手中拿过鼠标：“让我们启动错误跟踪程序，Step by step 吧。”

模拟软件退回到出错前，开始分步运行。当现实中的白冰将滑块移过零时点，镜像中虚拟的白冰也正在做着同样的事。错误跟踪程序立刻放大了镜像中的那台超弦计算机的屏幕。可以看到，在那台虚拟计算机的屏幕上，第二层的虚拟白冰也正在将滑块移过零时点；于是，错误跟踪程序又放大了第三层虚拟中的那台超弦计算机的屏幕……就这样，跟踪程序一层层地深入，每一层的白冰都在将滑块移过零时点。这是一套依次向下包容的永无休止的魔盒。

“这是递归，一种程序自己调用自己的算法。正常情况下，当调用进行到有限的某一层时会得到答案，多层自我调用的程序再逐层按原路返回。而我们现在看到的是无限调用自己、永远得不到答案的单程递归。由于每次调用时都需将上层的现场资料存入堆栈，就造成了刚才看到的堆栈内存溢出。由于是无限递归调用，即使是超弦计算机，它的终极容量也会被耗尽的。”

“哦。”首长点点头。

“所以，虽然这个宇宙中的一切过程早在大爆炸发生时就已经决定，但未来对我们来说仍是未知的，对讨厌由因果链而产生的决定论的人来说，这也是一个安慰吧。”

“哦——”首长又点点头，他“哦”的这一声很长很长。

/ 十二 /

白冰发现，首长发生了奇怪的变化，仿佛他身上的什么东西被抽走了似的，整个身躯在萎缩，似乎失去支撑自身的力量而摇摇欲坠；他脸色苍白，呼吸急促起来，双手撑着椅子慢慢地坐下，动作艰难而小心翼翼，好像怕压断自己的哪根骨头。

“年轻人，你，毁了我的一生。”首长缓缓地说，“你们赢了。”

白冰看看陈继峰和吕文明，发现他们也与自己一样不知所措，而宋诚，则昂然挺立在他们中间，脸上充满了胜利的光彩。

陈继峰缓缓站起来，从裤子口袋中抽出握枪的手。

“住手。”首长说，声音不高，但威严无比，使陈继峰手中的枪悬在半空不动了，“把枪放下，”首长命令道，但陈继峰仍然不动。

“首长，到了这一步，必须果断，他们死在这儿说得过去，不过是因拒捕和企图逃跑被击毙……”

“放下枪，你这条疯狗！”首长低沉地喝道。

陈继峰拿枪的手垂了下来，慢慢地转向首长：“我不是疯狗，是条好狗，一条知道报恩的狗！一条永远也不会背叛您的狗！！像我这样从最底层一步步爬上来的，对让自己有今天的上级，就具有值得信任的狗的道德，脑子当然没有那些一帆风顺的知识分子活。”

“你什么意思？”好长时间没有说话的吕文明站了起来。

“我的意思谁都明白，我不像有些人，每走一步都看好两三步的退路，我的退路在哪儿？到这时刻我不自卫能靠谁？”

白冰平静地说：“杀我没用的，如果你想把镜像公布于世，这是最快捷的办法。”

“傻瓜都能想到这类自卫措施，你真的失去理智了。”吕文明低声对陈继峰说。

陈继峰说：“我当然知道这小子不会那么傻，但我们也有自己的技术力量，投入全力是有可能彻底销毁镜像的。”

白冰摇摇头：“没有可能。陈局长，这是网络时代，隐藏和发布信息是很简单的事，我在暗处，跟我玩这个你赢不了的，就算你动用最出色的技术专家都赢不了。我就是告诉你那些镜像的备份在哪儿，我死后它如何发布，你也没办法。至于那组创世参数，就更容易隐藏和发布了，打消那念头吧。”

陈继峰慢慢地将手枪放回裤子口袋，颓然坐下了。

“你以为自己已经站在历史的山巅上了，是吗？”首长无力地对宋诚说。

“是正义站在历史的山巅了。”宋诚庄严地说。

“不错，镜像把我们都毁了，但它的毁灭性远不止于此。”

“是的，它将毁灭所有罪恶。”

首长缓缓地点点头。

“然后毁灭所有虽不是罪恶但肮脏和不道德的东西。”

首长又点点头，说：“它最后毁灭的，是整个人类文明。”

他这话使其他的人都微微一愣，宋诚说：“人类文明从来就没有面对过如此光明的前景，这场善恶大搏斗将洗去她身上的一切灰尘。”

“然后呢？”首长轻声问。

“然后，伟大的镜像时代将到来，全人类将面对着一面镜子，每个人的一举一动都能在镜像中精确地查到，没有任何罪行可以隐藏。每一个有罪之人，都不可避免地面临最后审判，那是没有黑暗的时代，阳光将普照到每个角落，人类社会将变得水晶般纯洁。”

“换句话说，那是一个死了的社会。”首长抬头直视着宋诚说。

“能解释一下吗？”宋诚带着对失败者的嘲笑说。

“设想一下，如果DNA从来不出错，永远精确地复制和遗传，现在地球上的生命世界会是什么样子？”

在宋诚思考之际，白冰替他回答了：“那样的话现在的地球上根本没有生命，生命进化的基础——变异，正是由DNA的错误产生的。”

首长对白冰点点头：“社会也是这样，它的进化和活力，是以种种偏离道德主线的冲动和欲望为基础的。水至清则无鱼，一个在道德上永不出错的社会，其实已经死了。”

“你为自己的罪行进行的这种辩解是很可笑的。”宋诚轻蔑地说。

“也不尽然。”白冰紧接着说，他的话让所有人都有些吃惊，他犹豫了几秒钟，好像下了决心地说下去，“其实，我不愿意将镜像模拟软件公布于世，还有另一个原因，我……我也不太喜欢有镜像的世界。”

“你像他们一样害怕光明吗？”宋诚质问道。

“我是个普通人，没什么阴暗的罪行，但说到光明，那也要看什么样的光明。如果半夜窗外有探照灯照进你的卧室，那样的光明叫光污染……举个例子吧：我结婚才两年，已经产生了那种……审美疲劳，于是与单位新来的一个女大学生有了那种关系，老婆当然不知道，大家过得都很好。如果镜像时代到来，我就不可能这样生活了。”

“你这本来就是一种不道德、不负责任的生活！”宋诚说，语气有些愤怒。

“但大家不都是这么过的吗？谁没有些见不得人的地方？这年头儿要想过得快乐，有时候就得人不人鬼不鬼的。像您这样一尘不染的圣人，能有几个？如果镜像使全人类都成了圣人，一点出轨的事儿都不能干，那……那活着还有什么劲啊？”

首长笑了起来，连一直脸色阴沉的吕陈二人都露出了些笑容。首长拍着白冰的肩膀说：“年轻人，你刚才的言论虽然没有上升到理论高度，但你的思想比这位学者要深刻得多。”他说着转向宋诚，“我们肯定是逃不掉的，所以你现在可以将对我们的仇恨和报复欲望放到一边。作为一个社会哲学知识博大精深的人，你不会真浅薄到认为历史是善和正义创造的吧？”

首长这话像强力冷却剂，使处于胜利狂热中的宋诚冷静下来。“我的职责就是惩恶扬善、匡扶正义。”他犹豫了一下说，语气缓和了许多。

首长满意地点点头：“你没有正面回答，很好，说明你确实还没有浅薄到那个程度。”

首长说到这里，突然打了一个激灵，仿佛被冷水从头浇下，使他从恍惚中猛醒过来。虚弱一扫而光，那刚失去的某种力量似乎又回到了他的身上。他站起身，郑重地扣上领扣，又将衣服上的皱褶处仔细整理了一下，然后极其严肃地对吕文明和陈继峰说：“同志们，从现在起，一切已在镜像中了，请注意自己的行为和形象。”

吕文明神情凝重地站了起来，像首长一样整理了一下自己的仪容，长叹一声说：“是啊，从此以后，苍天在上了。”

陈继峰一动不动地低头站着。

首长依次看看每个人，说：“好，我要回去了，明天的工作会很忙。”他转向白冰：“小白啊，你在明天下午六点钟到我办公室来一趟，把超弦计算机带上。” 然后转向陈吕二人：“至于二位，好自为之吧。继峰你抬起头来，我们罪不可赦，但不必自惭形秽，比起他们，”他指指宋诚和白冰，“我们所做的真不算什么了。”

说完，他打开门，昂头走去。

/ 十三 /

第二天对于首长来说确实是很忙的一天。

一上班，他就先后召见省里主管工业、农业、财政、环保等领域的主要负责人，向他们交待了下一步的工作。虽然同每位领导谈的时间都很短，凭借丰富的工作经验，首长还是言简意赅地讲明了工作重点和最需要注意的问题。同时，他以老到的谈话技巧，让每个人都以为这只是一次普通的工作交待，没发现任何异常之处。

上午十点半钟，送走了最后一位主管领导。首长静下心来，开始写一份材料，向上级阐明自己对本省经济发展和解决省内国有大中型企业面临的问题的意见。材料不长，不到两千字，但浓缩了自己这几十年的工作经验和思考。那些熟悉首长理念的人看到这份材料应该会很吃惊，这与他以前的观点有很大差别。这是他在权力高端的这么长时间里，第一次纯粹从党和国家的最高利益的角度，在完全不掺杂私心的情况下发表自己的意见。

材料写完后已经是中午十二点多了，首长没有吃饭，只是喝了一杯茶，便接着工作。

这时，镜像时代的第一个征兆出现了：首长得知陈继峰在自己的办公室里开枪自杀；吕文明则变得精神恍惚，不断地系领口的扣子，整理自己的衣服，好像随时都有人给他拍照似的。对这两件事，首长一笑置之。

镜像时代还没有到来，黑暗已经在崩溃了。

首长命令反贪局立刻成立一个项目组，在公安和工商有关部门的配合下，立刻查封自己的儿子拥有的大西商贸集团和儿媳拥有的北原公司的全部账目和经营资料，并依法控制这些实体法人。对自己其他亲戚和亲信拥有的各类经济实体也照此办理。

下午四点半，首长开始草拟一份名单。他知道，镜像时代到来后，省内各系统落马的处级以上干部将数以千计，现在最紧要的是物色各系统重要岗位合适的接任人选。他的这份名单就是向省委组织部和上级提出的建议。其实，在镜像出现之前，这份名单在他的心中已存在了很长时间，那都是他计划清除、排挤和报复的人。

这时已是下午五点半，该下班了，他感到从未有过的欣慰，自己至少做了一天的人。

宋诚走进了办公室，首长将一份厚厚的材料递给他："这就是你那份关于我的调查材料，尽快上报中纪委吧。我昨天晚上写了一份自首材料，也附上了，里面除了确认你们调查的事实外，还对一些遗漏做了补充。"

宋诚接过材料，神情严肃地点点头，没有说话。

"过一会儿，白冰要来这里，带着超弦计算机。你应该告诉他，镜像软件马上就要上报上级，一开始，上级领导会考虑到各方面的因素谨慎使用它，要防止镜像软件提前泄漏到社会上，那样会产生很大的副作用和危险。基于这个原因，你让他立刻将自卫所用的备份，在网上或什么其他地方的，全部删除；还有那个创世参数，如果告诉过其他人，让他列出名单。他相信你，会照办的。一定要确认他把备份删除干净。”

“这正是我们想要做的。”宋诚说。

“然后，”首长直视着宋诚的眼睛，“杀了他，并毁掉那台超弦机。现在，你不会认为我这还是为自己着想吧？”

宋诚愣过后，摇头笑了起来。

首长也露出笑容：“好了，我该说的都说完了，以后的事情与我无关。镜像已经记下了我说的这些话，在遥远的未来，也许有那么一天，会有人认真听这些话的。”

首长对宋诚挥了挥手让他走，然后仰在椅子的靠背上长长地出了一口气，沉浸在一种释然和解脱中。

宋诚走后，下午六点整。白冰准时走进了办公室，他的手里提着那个箱子，提着历史和现实的镜像。

首长招呼他坐下，看着放在办公桌上的超弦计算机说：“年轻人，我有一个请求，能不能让我在镜像中看看自己的一生？”

“当然可以，这很容易的！”白冰说着，打开箱子启动了计算机。镜像模拟软件启动后，他首先将时标设定到现在，定位了这间办公室，屏幕上显示出两个人的实时影像后，白冰复制了首长的影像，按动鼠标右键启动了跟踪功能。这时，画面急剧变幻起来，速度之快使整块屏幕看起来一片模糊，但作为跟踪键值的首长的影像一直处于屏幕中央，仿佛是世界的中心。虽然这影像也在急剧变化，但可以看到人越变越年轻。“现在是逆时跟踪搜索，模式识别软件不可能根据您现在的形象识别和定位早年的您，它需要根据您随年龄逐渐变化的形象一步步追踪到那时。”

几分钟后，屏幕停止了闪动，显示出一个初生儿湿漉漉的脸蛋儿。产科护士刚刚把他从盘秤上取下来，这个小生命不哭不闹，睁着一双动人的小眼睛好奇地打量着这个世界。

“呵呵，这就是我了，母亲多次说过，我一生下来就睁开眼睛了。”首长微笑着说，他显然在故作轻松地掩盖自己心中的波澜，但这次很例外地，他做得不太成功。

“您看这个，”白冰指着屏幕下方的一个功能条说，“这些按钮是根据图像的焦距和角度进行调整的。这是时间滚动条，镜像软件将一直以您为键值进行显示。您如果想检索某个时间或事件，就如同在文字处理软件中查阅大文件时使用滚动条差不多：先用较大时间跨度走到大概的位置，再进行微调，借助于您熟悉的场景前后移动滚动条，一般总能找到的，这也类似于影碟的快进退操作，当然这张碟正常播放将需……”

“近五万小时吧。”首长替白冰算出来，然后接过鼠标，将图像的焦距拉开，显示出产床上的年轻母亲和整间病房。这里摆放着那个年代式样朴素的床柜和灯，窗子是木制的，引起他注意的是墙上的一块橘红色光斑：“我出生时是傍晚，时间和现在差不多，这可能是最后一抹夕阳了。”

首长移动时间滚动条，画面又急剧闪动起来，时光在飞逝，他在一个画面上停住了：一盏从天花板上吊下的裸露的电灯照着一张小圆桌，桌旁，他那戴着眼镜、衣着朴素的母亲正在辅导四个孩子学习。还有一个更小的孩子，大概三四岁，显然是他本人，正笨拙地捧着一个小木碗吃饭。“我母亲是小学教师，常常把学习差的学生带回家里来辅导，这样就不耽误从幼儿园接我了。”首长看了一会儿，一直看到幼年的自己不小心将木碗中的粥倒了一身。母亲赶紧起身拿毛巾擦时，才再次移动了时间滚动条。

时光又跳过了许多年，画面突然亮起了一片红光，好像是一个高炉的出钢口，几个穿着满是尘污的石棉工作服的人影在晃动，不时被炉口的火焰吞没又重现。首长指着其中的一个说：“我父亲，一名炉前工。”

“可以把画面的角度调一下，调到正面。”白冰说着，要从首长手中拿过鼠标，但被首长谢绝了。

“哦不，不，这年厂里创高产加班，那时要家属去送饭，是我去的。这是第一次看到父亲工作，就是从这个角度。以后，他在炉火前的这个背影在我脑子里印得很深。”

时光又随着滚动条的移动而飞逝，然后在一个晴朗的日子停止了，一面鲜红的队旗在蓝天的背景上飘扬，一个身穿白衣蓝裤的男孩儿在仰视着它。一双手给男孩儿系上红领巾，男孩儿右手扬上头顶，激动地宣布：“时刻准备着！”他的眼睛很清澈，如同那天如洗的碧空。

“我入队了，小学二年级。”

时光跳过，又一面旗帜出现了，是团旗，背景是一个烈士纪念碑，一小群少年对着团旗宣誓。他站在后排，眼睛仍像童年那样清澈，但多了几分热诚和渴望。

“我入团，初一。”

滚动条移动，他一生中的第三面红色旗帜出现了，这次是党旗。这好像是在一间很大的阶梯教室中。首长将焦距调向那六个宣誓中的年轻人中间的那个，让他的脸庞充满了画面。

“入党，大二。”首长指指画面，“你看看我的眼睛，能看出些什么？”

那双年轻的眼睛中，仍能看到童年的清澈、少年的热诚和渴望，但多了一些尚不成熟的睿智。

“我觉得，您……很真诚。”白冰看着那双眼睛说。

“说得对，直到那时，我对那个誓词还是真诚的。”首长说完，抹了一下眼睛，动作很轻微，没有被白冰注意到。

时间滚动条又移动了几年，这次移得太过了，经过几次微调，画面上出现了一个林阴道。他站在那里看着一位刚刚转身离去的姑娘，那姑娘回头看了他一眼，眼睛里含着晶莹的泪水，一副让人心动的冰清玉洁的样子，然后在两排高大的白杨间渐行渐远……白冰知趣地站起身想离开，但首长拦住了他。

“没关系，这是我最后一次见到她了。”说完，他放下了鼠标，目光离开了屏幕，“好了，谢谢，把机器关了吧。”

“您为什么不继续看呢？”

“值得回忆的就这么多了。”

“我们可以找到现在的她，就是现在的，很容易！”

“不用了，时间不早了，你走吧，谢谢，真的谢谢。”

白冰走后，首长给保卫处打了个电话，让机关大院的哨兵到办公室来一下。很快，那名武警哨兵进来，敬礼。

“你是……哦，小杨吧？”

“首长记性真好。”

“我叫你上来，也没什么事，就是想告诉你，今天是我的生日。”

哨兵立刻变得手足无措起来，话也不会说了。

首长宽容地笑笑：“向战士们问好，去吧。”在哨兵敬礼后转身要走之际，他像突然想起来似的说，“哦，把枪留下。”

哨兵愣了一下，还是抽出手枪，走过去小心地放在宽大的办公桌的一端，再次敬礼后走出去。

首长拿起枪，取出弹夹，把子弹一颗颗地退出来，只留下一颗在弹夹里，再把弹夹推上膛。下一个拿到这枪的人可能是他的秘书，也可能是天黑后进来打扫的勤杂工，那时空枪总是安全些。

他把枪放到桌面上，把退出来的子弹在玻璃板上摆成一小圈，像生日蛋糕上的蜡烛。然后，他踱到窗前，看着城市尽头即将落下的夕阳，它在市郊的工业烟尘后面呈一个深红色的圆盘，他觉得它像镜子。

他做的最后一件事，就是将自己胸前的“为人民服务”的小标牌摘下来，轻轻地放到桌面上国旗和党旗的基座上。

然后，他在办公桌旁坐下，静静地等候着最后一抹夕阳照进来。

/ 十四 /

当天夜里，宋诚来到气象模拟中心的主机房，找到了白冰，他正一个人静静地看着已经启动的超弦计算机的屏幕。

宋诚走过去拍拍他的肩说：“小白，我已经向你的单位领导打了招呼，马上有一辆专车送你去北京。到时你就把超弦计算机交给一位中央领导。那时候听你汇报的除了这位领导，可能还有几名这方面的技术专家。由于这项技术非同寻常的性质，让人完全理解和相信可不是一件容易的事。你讲解和演示的时候要耐心……白冰，你怎么了？”

白冰没有转过身来，仍静坐在那里。屏幕上的镜像宇宙中，地球在太空中悬浮着，它的极地冰盖形状有些变化，海洋的颜色也由蓝转灰了些，但这些变化并不明显，宋诚是看不出来的。

“他是对的。”白冰说。

“什么？”

“首长是对的。”白冰说着，缓缓转身面对宋诚，他的双眼布满血丝。

“这是你思考了一天一夜的结果？”

“不，我完成了镜像的未来递归运算。”

“你是说……镜像能模拟未来了？！”

白冰无力地点点头：“只能模拟很遥远的未来。我在昨天晚上想出了一种全新的算法，避开较近的未来，这样就避免了因得知未来而改变现实对因果链的破坏，使镜像直接跳到遥远未来。”

“那是什么时间？”

“三万五千年后。”

宋诚小心翼翼地问：“那时的社会是什么样子？镜像在起作用吗？”

白冰摇摇头：“那时没有镜像了，也没有社会了，人类文明消失了。”

震惊使宋诚说不出话来。

屏幕上，视点急剧下降，在一座沙漠中的城市上空悬停。

“这就是我们的城市，是一座空城，已死去两千多年了。”

死城给人的第一印象是一个正方形的世界，所有的建筑都是标准的正立方体，且大小完全一样。这些建筑横竖都整齐地排列着，构成了一个标准的正方形城市。只有方格状的街道上不时扬起的黄色沙尘，才使人不至于将城市误认为是画在教科书上的抽象几何图形。

白冰移动视点，进入了一幢正立方体建筑内部的一个房间，里面的一切已经被漫长岁月积累的沙尘埋没了。在窗边，积沙呈一个斜坡升上去，已接上了窗台。沙中有几个鼓包，像是被埋住的家电和家具。从墙角伸出几根枯枝似的东西，那是大部分已经锈蚀的金属衣帽架。白冰将图像的一部分拷贝下来，粘贴到处理软件中，去掉了上面厚厚的积沙，露出了锈蚀得只剩空架子的电视和冰箱，还有一张写字台样的桌子。桌上有一个已放倒的相框，白冰调整视点，使相框中的那张小照片充满了屏幕。

这是一张三口之家的合影，但照片上三人的外貌和衣着几乎完全一样，仅能从头发的长短看出男女，从身材的高低看出年龄。他们都穿着样式完全一样的类似于中山装的衣服，整齐而呆板，扣子都是一直扣到领口。宋诚仔细看看，发现他们的容貌还是有差别的，之所以产生一样的感觉，是因为他们的那完全一致的表情，一种麻木的平静，一种呆滞的庄严。

“我发现的所有照片和残存的影像资料上的人都是这样的表情，没有见过其他表情，更没有哭或笑的。”

宋诚惊恐地说：“怎么会这样呢？你能查查留下来的历史资料吗？”

“查过了，我们以后的历史大略是这样的：镜像时代在五年后就开始了，在前二十年，镜像模拟只应用于司法部门，但已经对社会产生了实质性的影响，人类社会的形态发生了重大变化。以后，镜像渗透到社会生活的各个角落，历史上称为镜像纪元。在新纪元的头五个世纪，人类社会还是在缓慢发展之中。完全停滞的迹象最初出现在镜像六世纪中叶，首先停滞的是文化。由于人性已经像一汪清水般纯洁，没有什么可描写和表现的，文学首先消失了。接着是整个人类艺术都停滞和消失。接下来，科学和技术也陷入了彻底的停滞。这种进步停滞的状态持续了三万年，这段漫长的岁月，史称‘光明的中世纪’。”

“以后呢？”

“以后就很简单了，地球资源耗尽，土地全部沙漠化，人类仍没有进行太空移民的技术能力，也没有能力开发新的资源，在五千年时间里，一切都慢慢结束了……就是我们现在显示的这个时候，各大陆仍有人在生活，不过也没什么看头了。”

“哦——”宋诚发出了像首长那样的长长的一声，过了很长时间，他才用颤抖的声音问道，“那……我们该怎么办？我是说现在，销毁镜像吗？”

白冰抽出两根烟，递给宋诚一根，将自己的点着后深深地吸了一口，将白色的烟雾吐在屏幕上那三个呆滞的人像上：“镜像我肯定要销毁，留到现在就是想让你看看这些。不过，现在我们干什么都无所谓了，有一点可以自我安慰，以后发生的一切与我们无关。”

“还有别人生成了镜像？”

“它的理论和技术都具备了，而根据超弦理论，创世参数的组合虽然数量巨大，但是有限的，不停试下去总能碰上那一组……三万多年后，直到文明的最后岁月，人们还在崇拜和感谢一个叫尼尔·克里斯托夫的人。”

“他是谁？”

“按历史记载，虔诚的基督教徒、物理学家、镜像模拟软件的创造者。”

/ 十五 /

五个月后，普林斯顿大学宇宙学实验中心。

当灿烂的星海在五十块屏幕中的一块出现时，在场的科学家和工程师们都欢呼起来。这里放置着五台超弦计算机，每台中又设置了十台虚拟机，共有五十个创世模拟软件在日夜不停地运行，现在诞生的虚拟宇宙是第32961号。

只有一个中年男人不动声色，他浓眉大眼，气宇轩昂，胸前那枚银色的十字架在黑色的套衫上格外醒目，他默默地画了一个十字，问：

“万有引力常数？”

“一点六七乘十的负十一次方！”

“真空光速？”

“每秒二十九点九八万公里！”

“普朗克常数？”

“六点六二六！”

“电子电量？”

“一点六零二乘十的负十九次方库仑。”

“一加一？”他庄重地再吻了一下胸前的十字架。

“等于二，这是我们的宇宙，克里斯托夫博士！”

命 运

宇宙并没有选择人类，在我们的时间里人类文明在地球上达到巅峰，不过是一次偶然的机遇，而我们以人类的自负把偶然当成了必然。现在，大自然掷出的进化硬币翻到了另一面。

我们是在距地球一百八十万公里处发现那颗小行星的，它的直径约有十公里，呈不规则的椭圆形。它缓缓地转动着，表面的许多小切面反射着阳光，像是一眨一眨的眼睛。飞船上的计算机显示，它的轨道与地球相交，再过十八天，这块太空巨石就要降落在墨西哥湾附近了！

地球的监视系统应该在一年前就注意到它了，但我们没有听到过任何这方面的消息。我们同地球联系，在应有的五秒钟延时后，耳机中仍是一片寂静。我们又试了多次，没有收到任何回答，仿佛整个人类世界都休克了。而就在十分钟前我们还与地球通过话。这件事比小行星的出现更令我们震惊。

二十天前，我和爱玛租了这艘小飞船在太空中度蜜月，这是一艘老式的传统动力飞船，在宇宙航行的时空跃迁时代，这个蜗牛一般慢的老古董显得很浪漫，很有情调。我们游览了同步轨道上的太空城，又到月球上旅行，接着从月球又向外飞了一百多万公里，整个行程如田园牧歌般浪漫而顺利。但就在我们即将返回时，一切突然变得如此诡异。

那颗小行星就在我们前方五十公里处，凸现在太空漆黑的背景上，像放在黑天鹅绒上的展品那样真实，我确信自己不是在噩梦中。

“我们得做些什么！”我说。

同以前一样，一旦我做出行动的决定，爱玛总能想出行动的细节：“我们可以把飞船上的一台发动机向它发射出去，这样可以把它炸离轨道。”

计算机的模拟表明这是可行的，但必须在二十四分钟内完成；如果小行星再向前运行一段的话就晚了。

我们没有再犹豫，驾驶飞船与小行星拉开一百公里的安全距离，然后向计算机发出指令。飞船尾部的一台发动机与船体脱离，我们透过舷窗，看着那个小小的圆柱体尾部喷出一道淡蓝色火焰，向小行星方向飞去，火焰很快变成了一个闪耀的小星星。我们屏住呼吸看着它撞到那块太空中飘浮的巨石上。一道强光闪过后，从小行星上出现了一个火球，飞快膨胀，仿佛是前方太空中突然出现了一个向我们猛扑过来的太阳。就在这火球似乎要把我们的飞船吞没之际，它停止了膨胀，急剧缩小并消失了。小行星又在太空中显现出来，我们可以清楚地看到，爆炸的发动机在它上面炸出了一个凹坑，按比例看坑的直径至少有三千米。有许多小光点从小行星上放射状地飞散，那是被炸飞的岩石碎片，其中一片从飞船很近处掠过。这时，计算机正在对小行星的轨道进行重新测定，我们紧张地等待着。

“变轨成功，小行星将不会撞击地球表面，它将在五万八千零三十七公里轨道被地球捕获，成为一颗地球的卫星。”

我和爱玛激动地拥抱。“飞船租赁公司会让我们赔发动机吗？”爱玛半开玩笑地问。

“他们敢向救世主提出这个要求？再说，我们拥有这颗小行星的所有权，上面的矿藏会使我们成为亿万富翁的！”

带着救世主的喜悦和自豪，我们用剩下的一台发动机向地球飞去。但再次同地球联系，仍没有回音，这使我们的心又悬了起来，实在想象不出我们的世界究竟发生了什么事。

由于只有一台发动机，我们的飞船加速很慢，小行星超过了飞船，很快消失在地球方向。一直在屏幕上观察小行星的爱玛突然惊叫起来：

“天啊，地球！你看地球！！”

我向地球方向看去，在这个距离上，它只有棒球大小。看着那个晶莹的蓝色球体，我没发现有什么异常。爱玛让我看屏幕上放大的图像，我扫了一眼后立刻大惊失色：地球上的大陆都变成了我从未见过的形状。

我们向计算机求助，得到了这样的回答：“我们现在看到的，是白垩纪晚期地球的大陆形状和分布，其中最大的那一块就是冈瓦纳古陆。”

“白垩纪？距现在有多长时间？”

“约六千五百万年。不过您的问题的提法可能有误，各种迹象表明，现在就是白垩纪了。”

计算机是对的，我们现在明白了为什么地球方向一片寂静，因为人类还没有出现。

在我们的时代，人类利用时空跃迁方式进行恒星际的航行，恒星际飞船每次发射都在发射点留下了一个或几个时空蛀洞。这些蛀洞飘浮于地球周围的太空中，如果行星际飞船不慎误入它，则会在瞬间被抛到几万光年的远方，时间也会向前或向后跳跃很漫长的一段。后来，经过改进的恒星际飞船留下的蛀洞消除了空间性质，只有时间性质。也就是说，通过这样一个蛀洞，你的空间位置不会改变，但会产生时间跳跃。这种蛀洞的危险性大大减小，如果不慎误入它，只要沿原航线回航，从相反的方向再次通过它，就会精确地回到原来的时间。

我们就是误入了这样一个时间蛀洞，当时竟丝毫没有感觉到。

误入时间蛀洞的事故时有发生，但向后跳跃的飞船都返回了。其中有一艘行星采矿飞船竟跳跃到了寒武纪。宇航员们看到了一个发着暗红色光芒的地球，海洋还没有出现，陆地上岩浆横流。跳跃到未来的飞船都没有回来，这倒使现在的人们很乐观地期待一个美好的未来。

但地球政府最关心的还是向过去的跳跃，而且有严格的法令，规定误入蛀洞的飞船必须返回。如果因蛀洞飘移而回不来的（这种情况发生的概率很小），必须航行到距地球足够远的太空中自毁，以避免改变地球历史。

“天啊，我们都干了些什么？！”爱玛惊叫道。我的心也一下子沉到了底，转眼间，我们由救世主变成了魔鬼。

“不要怕亲爱的，并不是每一个微扰动都能触发蝴蝶效应。”我安慰她。

“微扰动？我们干的事还叫微扰动吗？”她突然想起了什么，问计算机，“这是白垩纪晚期？”

计算机给了肯定的回答，我们都明白，刚才我们推开的，就是毁灭恐龙的那颗小行星。

沉默了好一阵，爱玛低声说：“我们回去吧。”于是我们调转航向，使飞船精确地沿原航线驶去。

“回去干什么？接受审判吗？”我叹口气说。

“那是最好的结果，如果真的还有审判者，还有人类，我们死也安心了。”

我笑着摇摇头：“你的担心是多余的，爱玛。你想过没有，为什么人类文明领先于地球上的其他物种那么远？为什么像蚂蚁或海豚之类的动物，虽然也有一定的社会结构或智能，但其文明程度连我们的零头都达不到？要知道，物种进化的机会是均等的。”

“为什么呢？”

“因为人类是万物之灵，宇宙选择了我们。我们的文明发展到现在，这个自信是应该有的！我们将要返回的世界也许与来时有所不同，但人类肯定会有，文明也会有！”

爱玛也笑了一下。“我忘了，你是人择原理的信奉者，”她在胸前画了一个十字，“但愿如此吧。”

再次穿过时间蛀洞时我们感觉到了，宇宙消失又出现，这过程极其短暂，像是太空眨了一下眼，难怪上次穿过时我们没有觉察到。在穿过蛀洞的一瞬间，一直寂静无声的地球方向立刻传来了嘈杂的无线电信号，但我们的兴奋马上转为失望。那些信号听上去是一阵阵低沉的鸣叫声，我们和计算机都完全无法理解。我们向地球呼叫，仍然没有回答。再看监视屏上的地球图像，大陆又恢复成我们熟悉的形状，这使我多少松了一口气：如果真有蝴蝶效应，也不会是天翻地覆的。

我们的小飞船用仅有的一台发动机向地球飞去，两天后进入近地轨道。飞船上剩下的燃料刚够我们完成降落。我们降落在靠近澳洲的太平洋上，飞船很快沉了下去。我们靠一个小救生筏浮在海面上。这时正是凌晨，太阳还没有升起来，我四下看看，海是熟悉的海，天是熟悉的天，这世界似乎没什么变化。

我们在海上漂了半个小时后，远远看到了一艘大船，我们打信号弹呼救，那船便向这个方向驶来。

“啊，真的还有人类！”爱玛喊道，眼中涌出激动的泪花。

“我说过人类是万物之灵，总会登上地球文明之巅的。”我说。

“但现在的世界肯定不是我们出发时的世界了。看那船的样子，人类可能还没有进入技术时代呢。”爱玛有些恐惧地说。

那艘船的外形很古老，绝不是我们生活过的现代世界的船只，但这并不意味着这个世界在技术上落后。我注意到那船没有帆，不知它用的是什么动力。

大船驶到我们近前，停了下来，从船舷抛下一个绳梯，我和爱玛沿梯爬上了船。我们看到船员都皮肤黝黑，看不出是什么人种，他们都穿着粗糙的很有沧桑感的衣服。我向他们说话，他们不回答，其中一位示意我们跟他走。

我们沿着长长的台阶登上了船中央的一个塔形建筑，这里是全船的制高点。那名船员把我们领到一位体格强壮、有着银色胡须的老人面前，并向我们说了一句话。我们听不懂他的语言，但我戴在胸前的计算机听懂了。它说："这是一种类似于古拉丁语的语言，虽有些差别，但可以理解，意思是，这是我们的船长。"船长也向我们说了一句话，计算机翻译道："你们怎么敢独自在海里漂？不怕被吃掉吗？"

"吃掉？被什么？"我不解地问，计算机把我的话翻译过去。

船长指指前面的海面，这时太阳已升了起来，海面上薄薄的晨雾散射出一片黄色的阳光。这时我看到，刚才还十分平静的海面上涌现出一个个大浪包，浪包很快破裂，一头体形巨大的怪兽跃出海面，接着又钻出一头。随着"哗哗"的水声，海面上很快出现了一大群怪兽。现在，我和爱玛都明白了我们在六千五百万年前干的那件事的后果。

恐龙一直活到现在。

一只恐龙向我们的船游来，在船边停住了，它那巨大的身躯如同一座恐怖的山峰，我们都处于这山峰的阴影中。在那灰色的滑腻皮肤下，我看到了纵横交错的黑色血脉，像缠绕在那灰色山峰上的藤蔓。恐龙粗大的脖颈向前探出，它那巨大的头颅就悬在我们上方。海水像暴雨般从上面泻到甲板上，那一双巨大的怪眼直勾勾地盯着我们，在那阴冷的目光下我们的血液几乎凝固了。爱玛浑身颤抖着紧紧贴住我。

"不要怕，它不会伤人的，这里是动物园。"船长说。

果然，这条恐龙盯着我们看了一会儿，转身游走了，它激起的涌浪"轰轰"地拍打着船帮，使船摇晃起来。这时我们看到远方的海面上也有一条这样的大船，有两只恐龙正向那条大船游去。

"你们驯化了恐龙？真了不起！"爱玛兴奋地说。

我也十分激动："是啊，我们原以为，恐龙生存下来会对人类的进化造成威胁，现在看来这反而使人类文明更加强大！"

爱玛点点头："是啊！恐龙为人类工作显然比牛和马强多了，它们可以不费劲儿地搬走一座小山。亲爱的，你说得对，人真是万物之灵，从此以后，我也是人择原理的信奉者了！"

计算机把我们的话都翻译了，船长呆呆地看着我们，似乎有些迷惑。"这儿是动物园，它们不伤人的。"他又喃喃地说。

这时我又有了一个惊人的发现：在天海连线处，有一片高大的柱状物，那些巨柱的高度是惊人的，白色的云层在它们的半腰处飘浮。我们从这里看去，像是蚂蚁看着一片大森林，我问船长那是什么。

"楼群，岸上的高楼群。"船长淡淡地说。

"天啊，那楼有多高？"爱玛惊叫道。

"有一万个你这么高吧。"船长说。

"一万多米的高楼？那楼有几千层吧？"我问。

船长摇摇头："不，只有百层左右。"

"那每层就有上百米高？那是多么宏伟的宫殿！"爱玛由衷地赞叹着。

"伟大的文明，伟大的人类文明！"我欢呼起来。

"那些高楼是游客建的。"船长说。

"游客？是啊，您说这里是动物园，可是游客在哪儿呢？你们显然不是游客。"我问。

"可能是时间还早，动物园还没有开门吧。"爱玛说。

船长用惊诧的目光看看我们，又转头看看远处海面上那些恐龙。他这个动作使我们有了一种不祥的感觉，面前这些人类木讷的表情也使我们迷惑。这时，从那群恐龙那边发出了一阵吼叫声，这声音我们感觉很熟悉，这是我们在太空中从地球发出的无线电波里听到的声音；再看看那上万米高的巨楼，我的脑海中炸响了一声惊雷。爱玛在旁边惊叫一声瘫倒在地，她一定也同我一样明白了这一切。

宇宙并没有选择人类，在我们的时间里人类文明在地球上达到巅峰，不过是一次偶然的机遇，而我们以人类的自负把偶然当成了必然。现在，大自然掷出的进化硬币翻到了另一面。

我们确实处于地球文明的动物园里，但恐龙是游客。

我两腿一软，与爱玛一起跌坐在甲板上，眼前的世界一片漆黑，只听到计算机在翻译船长的话：“你们的长相很精致，与我们在一起吧，你们会被批准成为观赏人的。”

“观赏人？”我木然地问，眼前的世界渐渐清晰起来，又看到了海天连线处的巨城。我听到爱玛喃喃着：“不，我想上岸……”

“你疯了？上岸后你们会成为菜人的！”

“菜人？”

“就是作为食品的人，这座城市每天要供应几千名菜人呢！只有在动物园中做观赏人，才不会被吃掉，这是所有人追求的目标。”

这时，整个世界似乎变成了一座阴森的冰窖，我们彻底绝望了。我已失去了活下去的信心，开始打算怎样结束自己的生命。这时，爱玛却突然用手指向天空，高声说：“看！”

那是一颗明亮的星星，它刚才隐没于朝阳的光芒中，现在才可以看清。它的运行速度很快，在空中可以明显地看出它在动，仔细看看，它不只是一个光点，还显出一定的大小。

“那是魔星，”船长说，“游客中的一位科学家说，它们对它进行了仔细的研究，确定那颗星在很久很久以前是直冲地球而来的。救世主用一次强烈的爆炸推开了它，使游客们的先祖免遭灭绝。现在，在魔星的表面还留下一个爆炸产生的凹坑。看那儿……”船长指指远方的巨城，指向城中最高大的一幢尖顶巨楼，“那就是大教堂，游客们在里面朝拜救世主。”

“你们知道我们的来历吗？”

船长摇摇头，他不感兴趣。好奇心只属于巅峰物种，他们没有任何好奇心，就像在我们的世界里蚂蚁和蜜蜂没有好奇心一样。

我说，对爱玛又对自己，可能还对这些不可能理解我的人：“进化的命运是冷酷的，人类曾经生活在幸运中而不知幸运。但现在，比起蚂蚁和蜜蜂来，我们仍有更多的机会，我们应该抓住这些机会，不向命运屈服。”

爱玛说：“是的，我们既然已经无意中改变了地球历史，那就再改变一次吧。”

我看看远方那耸入云霄的大教堂，然后指着海面上的恐龙群问船长：

"他们……那些游客，很崇拜救世主，是吗？"

船长点点头："对它们来说，救世主是至高无上的。"

我和爱玛通过视网膜屏幕接通了胸前的计算机，检索飞船的航行记录，发现我们在六千五百万年前改变小行星轨道的过程，包括数据和图像，都被完整地记录下来。

"你会讲它们的语言吗？"爱玛问船长，后者点点头。

"那好，"我说，"告诉它们，我们就是推开魔星的救世主，我们可以向它们出示确切的证据。"

船长和船员们呆呆地看着我们。

"快一些！以后我再告诉你们人类的另一个故事。现在请快一些把我的话告诉它们！"

船长双手在嘴边围成喇叭状，向那些恐龙喊了起来。比起恐龙的吼叫，他的声音纤细而微弱，很难相信这是同一种语言。

但那群恐龙同时停止了戏耍，一起向我们转过头来，接着，都向我们的大船游过来。

人和吞食者

这时对行星的掠夺开始了，无数条上万公里长的缆索从筒壁伸到行星表面，使得行星如同一只被蛛网粘住的虫子，巨大的运载舱频繁地往来于行星表面与筒壁之间，运走行星的海水和空气，更有无数大机器深深地钻进行星的地层，狂采吞食者需要的矿藏。

/ 一 /

即使距离很近，上校也不可能看到那块透明晶体，它飘浮在漆黑的太空中，就如同一块沉在深潭中的玻璃。他凭借着晶体扭曲的星光确定其位置，但很快在一片星星稀疏的背景上把它丢失了。突然，远方的太阳变形扭曲了，那永恒的光芒也变得闪烁不定，使他吃了一惊，但以“冷静的东方人”著称的他并没有像飘浮在旁边的十几名同事那样惊叫。他很快明白，那块晶体就在他们和太阳之间，距他们有十几米，距太阳有一亿公里。以后的三个多世纪里，这诡异的景象时常出现在他的脑海中，他真怀疑这是不是后来人类命运的一个先兆。

作为联合国地球防护部队在太空中的最高指挥官，他率领的这支小小的太空军队装备着人类有史以来当量最大的热核武器，敌人却是太空中没有生命的大石块，在预警系统发现有威胁地球安全的陨石和小行星时，他的部队负责使其改变轨道或摧毁它们。这支部队在太空中巡逻了二十多年，从来没有一次使用核弹，那些足够大的太空石块似乎都躲着地球走，故意不给他们辉煌的机会。但现在晶体在两个天文单位外被探测到，它沿一条陡峭的绝非自然形成的轨道精确地飞向地球。

上校和同事们谨慎地向晶体靠近，他们太空服上推进器的尾迹像条条蛛丝把晶体缠在正中。就在上校与它的距离缩小到不到十米时，晶体的内部突然出现了迷雾般的白光，使它的规则的长梭状轮廓清晰地显示出来。它大约有三米长，再近一些，还可以看到内部像是推进系统的错综复杂的透明管道。当上校把戴着太空手套的右手伸向晶体表面，以进行人类与外星文明的首次接触时，晶体再次变得透明，内部浮现出一个色彩亮丽的影像，那是一个卡通小女孩儿，眼睛像台球那么大，长发直到脚跟，同漂亮的长裙一起像在水中那样缓缓漂动着。

“警报！呀！警报！吞食者来了！”她惊慌失措地大叫着，大眼睛盯着上校，一只细而柔软的手臂指向与太阳相反的方向，像在指一条追着她的大狼狗。

“你是从哪里来的呢？”上校问。

“波江座-ε星，你们好像是这么叫的。按你们的时间，我已经飞行了六万年……吞食者来了！吞食者来了！”

“你有生命吗？”

“当然没有，我只是一封信……吞食者来了！吞食者来了！”

“你怎么会讲英语？”

“路上学的……吞食者来了！吞食者来了！”

“那你这个样子是……”

“路上看到的……吞食者来了！吞食者来了！呀，你们真不怕吞食者吗？”

“吞食者是什么？”

“样子像个大轮胎，这是按你们的比喻。”

“你对我们世界的东西真熟悉。”

“路上熟悉的……吞食者来了！”

波江女孩儿喊叫着，闪向晶体的一端，在她空出的空间里出现了那个“轮胎”的图像。它确实像轮胎，表面发着磷光。

“它有多大？”另一名军官问。

“总的直径为五万公里，‘轮胎’宽为一万公里，内圆直径为三万公里。”

“你说的公里是我们的长度单位吗？”

“当然是！它大着呢，可以把一颗行星套进去，就像你们的轮胎套一个足球一样。套住那颗行星后，它就掠夺行星的资源，把它吸干榨尽后吐出去，就像你们吃水果吐核儿一样。”

“我们还是不明白吞食者到底是什么。”

“一艘世代飞船，我们不知道它从哪里来，要到哪里去。事实上，驾驶吞食者的那些大蜥蜴肯定也不知道，这个世界已在银河系中漂行了几千万年，它的拥有者一定早已忘记了它的本源和目的。但可以肯定，它被创造出来时远没有那么大，它是靠吃行星长大的，我们的行星就被它吃了！”

这时，晶体中显示的吞食者在变大，渐渐占满了整个画面，显然正在向摄像者的世界缓缓降下来。现在，在这个世界居民的眼中，大地仿佛处于一口宇宙巨井的井底，太空就是一圈缓缓转动的井壁，可以看清井壁表面的复杂结构，让上校开始想到了在显微镜下看到的微处理器的电路，后来他发现那是连绵不断的城市。再向上，井壁的顶端是一圈蓝色光焰，在天空中形成一个围绕着群星的巨大火圈。波江女孩儿告诉他们，那是吞食者尾部的环形推进发动机。在晶体的一端，女孩儿手舞足蹈，她那飘飘的长发也像许多只挥动的手臂，极力表达着她的惊恐。

“这就是波江座- ε 星的第三颗行星被吞食时的情形。这时你要是在我们的世界，第一个感觉是身体在变轻，这是由于吞食者巨大质量产生的引力抵消行星引力所致。这引力的扰动产生了毁灭性的灾难：海洋先是涌向行星朝向吞食者的那一极，当行星被套入‘轮胎’后又涌向赤道，产生的巨浪能够吞没云层；接着，异常引力将大陆像薄纸一样撕成碎片，火山在海底和陆地密密麻麻地出现。当‘轮胎’套到行星的赤道时，吞食者便停止了推进，以后，其相对于恒星的轨道运动始终与行星保持同步，一直到把这颗行星含在口里为止。

“这时对行星的掠夺开始了，无数条上万公里长的缆索从筒壁伸到行星表面，使得行星如同一只被蛛网粘住的虫子，巨大的运载舱频繁地往来于行星表面与筒壁之间，运走行星的海水和空气，更有无数大机器深深地钻进行星的地层，狂采吞食者需要的矿藏。由于吞食者的引力与行星引力的相互抵消，行星与‘轮胎’之间的一圈空间是低重力区，这使得行星的资源向吞食者运输变得很容易，大掠夺因此有很高的效率。

“按地球时间，吞食者对被吞入的每颗行星大约要‘咀嚼’一个世纪左右，在这段时间里，行星包括水和空气在内的资源被掠夺一空。同时，由于‘轮胎’长时间的引力作用，行星向赤道方向渐渐变扁，最后变成……还是用你们的比喻吧：铁饼状。当吞食者最后移走，从而‘吐出’这颗已被榨干的行星时，行星的形状会恢复成圆形，这又引发了最后一场全球范围的地质灾难。这时，行星的表面呈现其几十亿年前刚刚形成时的熔岩状态，早已是一个没有任何生命的地狱了。”

“吞食者距太阳系还有多远？”上校问。

"它紧跟在我后面，按你们的时间，再有一个世纪就到了。警报！吞食者来了！吞食者来了！！"

/ 二 /

正当人们为波江晶体带来的信息是否可信而争论不休时，吞食者的一艘先遣小型飞船进入了太阳系，最后到达地球。

首先与之接触的仍是上校率领的太空巡逻队，但这次接触的感觉与上次完全不同。玲珑剔透的波江晶体代表了一种纤细精致的技术文明，而吞食者飞船则相反，外形极其粗陋笨重，如同在旷野中遗弃了一个世纪的大锅炉，令人想起凡尔纳描述的粗放的大机器时代。吞食帝国的使者也同样粗陋笨重，他那蜥蜴状的粗壮身躯披着大块的石板般的鳞甲，直立起来有近十米高。他自我介绍的名字发音为达雅，按他的外形特点和后来的行为方式，人们管他叫大牙。

当大牙的小型飞船在联合国大厦前着陆时，发动机把地面冲出了一个大坑，飞溅起来的石块把大厦打得千疮百孔。由于外星使者太高大，无法进入会议大厅，各国首脑就在大厦前的广场上与他见面，他们中的几个人用手帕捂着刚才被玻璃和碎石划破的头。大牙每走一步地面就颤抖一下，说话时声音像十台老式火车头同时鸣笛，让人头皮发麻。然后由挂在他胸前的一个外形粗笨的翻译器把话译成地球英语（也是路上学的），由一个粗犷的男音读出来，声音虽比大牙低了许多，但仍然让听者心惊肉跳。

"呵呵，白嫩的小虫虫，有趣的小虫虫。"大牙乐呵呵地说，人们捂住耳朵等他轰鸣着说完，然后放开耳朵听翻译器里的声音，"我们有一个世纪的时间相处，相信我们会互相喜欢对方的。"

"尊敬的使者，您知道，我们现在最关心的，是您那伟大的母舰到太阳系的目的。"联合国秘书长仰望着大牙说。尽管他大声喊着，声音听起来仍像蚊子叫。

大牙做了一个类似于人类立正的姿势，地面为之一颤："伟大的吞食帝国将吃掉地球，以便继续它壮丽的航程，这是不可改变的！"

“那么人类的命运呢？”

“这正是我今天要决定的事。”

元首们纷纷相互交换目光，秘书长点点头：“这确实需要我们之间充分的交流。”

大牙摇摇头：“这是一件十分简单的事情，我只需要品尝一下——”说着，他伸出强壮的大爪，从人群中抓起一个欧洲国家的首脑，从三四米远处优雅地将他扔进嘴里，细细地嚼了起来。不知是出于尊严还是过度的恐惧，那个牺牲品一直没有叫出声，只听到他的骨骼在大牙嘴里裂碎时清脆的“咔嚓”声。半分钟后，大牙“噗”的一声吐出了那人的衣服和鞋子，衣服虽然浸透了血，但几乎完好无损。这时，不止一个旁观者联想到了人类嗑瓜子的情形。

整个地球世界一时间陷入一片死寂，这寂静似乎无限期地持续着，直到被一个人类的声音打破。

“您怎么拿起来就吃啊？”站在人群后面的上校问。

大牙向他走去，人群散开一条道，这个庞然大物“咚咚”地走到上校面前，用一双篮球大小的黑眼睛盯着他：“不行吗？”

“您怎么这么肯定他能吃呢？一个相距如此遥远的世界上的生物能被食用，从生物化学上讲几乎是不可能的。”

大牙点点头，大嘴一咧做出类似于笑的表情：“我一开始就注意到你了，你一直冷眼看着我，若有所思，你在想什么？”

上校也笑笑：“您呼吸我们的空气，通过声波说话。有两只眼睛一个鼻子一张嘴，还有四个对称的肢体……”

“这不可理解吗？”大牙把巨头凑近上校，喷出一股让人作呕的血腥气。

“是的，因为太好理解了所以不可理解，我们不应该这么相似。”

“我也有不理解之处，那就是你的冷静。你是军人？”

“我是一名保卫地球的战士。”

“哼，你不过是推开一些小石头而已，那能让你成为真正的战士？”

“我准备着接受更大的考验。”上校庄严地昂起头。

“有趣的小虫虫。”大牙笑着点点头，直起身来，“我们还是回到正题吧：人类的命运。你们的味道不错，有一种滑爽的清淡，很像我在波江座行星上吃过的一种蓝色的浆果。所以祝贺你们，你们的种族将延续下去，你们将作为一种小家禽在吞食帝国饲养，到六十岁左右上市。”

“您不觉得那时我们的肉太老了吗？”上校冷笑着说。

大牙大笑起来，声音如火山爆发：“哈哈哈哈，吞食人喜欢有嚼头儿的小吃。”

/ 三 /

联合国又同大牙进行了几次接触，虽然再没有人被吃掉，但关于人类命运的谈判结果都一样。

人们把下一次会面精心安排在非洲的一处考古挖掘现场。

大牙的飞行器准时在距挖掘现场几十米处降落，同以往的每次的降落一样，看上去像一场大爆炸，震耳欲聋、飞沙走石。据波江女孩介绍，飞行器是由一台小型核聚变发动机驱动的。对于有关吞食者的信息，她一解释，人类的科学家就立刻明白了，但关于波江人的技术却令地球人迷惑，比如那块晶体，着陆后便在空气中溶化，最后把与星际航行有关的推进部分全化掉了，只剩下薄薄的一片，能在空气中轻盈地飘行。

大牙来到挖掘现场时，有两个联合国工作人员抬着一本一米见方的大画册递给他，画册是按他的个头儿精心制作的，有上百页精美的彩图，内容是人类文明的各个方面，很像一本儿童启蒙教材。在挖掘现场的大坑旁，一名考古学家绘声绘色地描述了地球文明的辉煌历程。他竭力想让外星人明白这个蓝色行星上有多少值得珍惜的东西，说到动情处声泪俱下，好不凄惨。最后，他指着挖掘现场的大坑说：“尊敬的使者，您看，这是我们刚刚发现的一处城市遗址，是迄今发现的最早的人类城市，距今已有近五万年。你们真的忍心毁灭一个历经五万年的岁月一点一滴发展到今天的灿烂文明吗？”

大牙在这个过程中一直在翻看那本画册，好像觉得那是一件很好玩的东西，考古学家的最后一句话让他抬起头来，看了看大坑：“呵，考古虫虫，我对这个坑和坑里的旧城市不感兴趣，倒是很想看看从坑里挖出的土。”他指了指大坑旁边的一个几米高的土堆。

听完翻译器中的话，考古学家很迷惑：“土？那堆土里什么也没有啊。”

“那是你的看法。”大牙说着走到土堆旁，蹲下高大的身躯伸出两只大爪在土里挖起来。人们围成一圈看着，很惊叹他那看似粗笨的大爪的灵活性。他拨动着松软的土，不时拾起什么极小的东西放到画册上。就这样专心致志地干了十多分钟，他端着画册直起身来，走到人们面前，让大家看画册上的东西。

上百只蚂蚁，有的活着，有的已经死了，蜷成一团，仔细辨认才能看出是什么。

“我想讲一个故事，”大牙说，“是关于一个王国的故事。这个王国的前身是一个更大的帝国，它们先祖的先祖可以追溯到地球白垩纪末期，在恐龙那高耸入云的骨架下，那些先祖建起帝国宏伟的城市……但那些历史太久太久了，帝国最后一世女王能记起的，就是冬天的降临。在这漫长的冬天中，大地被冰川覆盖，失去已延续了上千万年的生机，生活变得万分艰难。

“在最后一次冬眠醒来时，女王只唤醒了帝国不到百分之一的成员，其他的都已在寒冷中长眠，有的已变成透明的空壳。女王摸摸城市的墙壁，冷得像冰块，硬得像金属，她知道这是冻土，在这严寒时代中，它夏天都不化。女王决定离开这片先祖留下的疆域，去找一块不冻的土地建立新的王国。

“于是女王率领所有的幸存者来到地面，在高大的冰川间开始艰难的跋涉。大部分成员都在漫漫的路途中死于严寒，但女王与不多的幸存者终于找到了一块不冻土，这是一块被溢出的地热温暖的土地。女王当然不明白，为什么在这严寒世界中有这么一小片潮湿柔软的土地，但她对能到达这里并不感到意外：一个延续了六千万年的种族是不会灭绝的！

“面对冰川纵横的大地和昏暗的太阳，女王宣布要在这里建立一个新的伟大的王国，它将延续万代！她站在一座高大的白色山峰下，就把这个新王国命名为白山王国，那座白色山峰是一头猛犸象的头骨。这是第四纪冰川末期的一个正午，这时的人类虫虫还是零星地龟缩在岩洞中发抖的愚钝的动物，九万年之后，你们文明的第一点烛光才在另一个大陆的美索不达米亚平原上出现。

“以附近冰冻的猛犸遗体为生，白山王国度过了一万年的艰难岁月。之后，地球冰期结束，大地回春，各大陆又重新披上了生命的绿色。在这新一轮的生命大爆炸中，白山王国很快达到了鼎盛，拥有数不清的成员和广大的疆域。在其后的几万年中，王国经历了数不清的朝代，创造了数不清的史诗。”

大牙指指眼前的大坑：“这就是那个王国最后的位置，在考古虫虫专心挖掘下面那已死去五万年的城市时，并没有想到在它上面的土层中还有一个活着的城市。它的规模绝不比纽约小，后者只是一个二维的平面城市，而它是一座宏大的立体城市，有很多层。每一层密布着迷宫般的街道，有宽阔的广场和宏伟的宫殿，整座城市供排水系统和消防系统的设计也比纽约高明得多。城市有着复杂的社会结构、严格的行业分工，整个社会以一种机器般的精密和协调高效地运转着，不存在吸毒和犯罪问题，也没有沉沦和迷茫。但它们并非没有感情，当有成员死亡时，它们表现出长时间的悲伤。它们甚至还有墓地，它位于城市附近的地面上，掩埋深度为三厘米。最值得说明的是：在城市的底层有一个庞大的图书馆，其中有数量巨大的卵形小容器，这就是一本本书，每个容器中都装有成分极其复杂的化学味剂，这些味剂用极其复杂的成分记录着信息。这里有对白山王国漫长历史的史诗般的记载：你能看到在一次森林大火中，王国的所有成员抱成无数个团，顺一条溪流漂下逃出火海的壮举；还能看到王国与白蚁帝国长达百年的战争史，还有王国的远征队第一次看到大海的记载……

“但所有这一切在三个小时之内被毁灭了。当时，在惊天动地的轰鸣声中，挖掘机遮盖了整个天空的钢铁巨掌凌空劈下，把包含着城市的土壤一把把抓起，城市和其中的一切在巨掌中被碾得粉碎，包括城市最下层的所有孩子和将成为孩子的几万只雪白的卵。”

地球世界再一次陷入死寂之中，这次寂静比大牙吃人的那一次延续得更长。面对外星使者，人类第一次无话可说。

大牙最后说："我们以后有很长的时间相处，有很多的事要谈，但不要再从道德的角度谈了，在宇宙中，那东西没意义。"

/ 四 /

大牙走后，考古现场的人们仍沉浸在迷茫和绝望之中，还是上校首先打破寂静，他对周围的各国政要说："我知道自己是个小人物，只是因为两次首先接触外星文明而有幸亲临这些场合，我只想说两句话：一，大牙是对的；二，人类的唯一出路是战斗。"

"战斗？唉，上校，战斗……"秘书长苦笑着摇头。

"对，战斗！战斗！战斗！！"波江女孩大喊。此时她所在的晶体片正飘飞在人们头上几米高处，在阳光下的晶体中，那长发女孩兴奋得手舞足蹈。

有人说："你们波江人也战斗了，结果怎么样？人类得为自己种族的生存着想，我们并没有义务满足你那变态的复仇欲望。"

"不，先生，"上校对所有人说，"波江人是在对敌人完全陌生的情况下进行自卫战争的，加上他们本来就是一个历史上完全没有战争的社会，所以失败是不奇怪的。但在这场长达一个世纪的惨烈战争中，他们对吞食者有了细致深刻的了解，现在这大量的资料通过这艘飞船送到了我们手中，这就是我们的优势。

"冷静地初步研究这些资料，我们发现吞食者并没有最初想象的那么可怕。首先，除了其不可思议的庞大外，吞食者并没有太多超出人类已有知识之外的东西。就生命形式而言，吞食者人（据说在'轮胎'上居住着上百亿个）与地球人一样是碳基生物，且生命在分子层次的构造十分相似，人类与敌人处于相同的生物学基础上，使我们有可能真正深刻地理解它们的各个方面，这比我们面对一群由力场和中子星物质构成的入侵者要幸运多了。

“更让我们宽慰的是，吞食者并没有太多的‘超技术’。吞食者的技术比人类要先进许多，但这主要表现在技术的规模上而不是理论基础上。吞食者的推进系统的能量来源主要是核聚变，它所掠夺的行星水资源除了用于吞食者的生活外，主要是被作为聚变燃料。吞食者身上发动机的推进方式也是基于动量守恒的反冲方式，并没有时空跃迁之类玄妙的玩意儿……这些信息可能使科学家们深感失落，因为吞食者毕竟是一个延续了几千万年的文明，它们的技术层次也就表明了科学力量的极限；同时也使我们知道，敌人不是不可战胜的神。”

秘书长说：“仅凭这些，就能使人类建立起必胜的信心吗？”

“当然还有许多具体的信息，使我们能够制定出一个成功率较高的战略，比如……”

“加速度！加速度！”波江女孩在人们头顶大叫。

上校对周围迷惑的人们解释说：“从波江人送来的资料来看，吞食者航行时的加速度有一个极限，在长达两个世纪的观察中，他们从未发现它突破过这个极限。为证实这一点，我们根据波江座飞船送来的其他资料，如吞食者的结构和构成它的材料的强度等，建立了一个数学模型，模型的演算证实了波江人对吞食者加速度极限的观察。这个极限是由它的结构强度所决定的，一旦超出，这个庞然大物就会被撕裂。”

“这又怎么样？”一位大国元首问道。

“我们应该冷静下来，用自己的脑子好好想想。”上校微笑着说。

/ 五 /

人类与外星使者的谈判终于有了一点点进展，大牙对人类关于月球避难所的要求做出了让步。

“人是恋家的动物。”在一次谈判中，秘书长眼泪汪汪地说。

“吞食者也是，虽然我们没有家。”大牙同情地点点头。

“那么，能否让我们留下一些人，等伟大的吞食帝国吃完后吐出地球，待它的地质变化稳定下来，再回来重建我们的文明？”

大牙摇摇头："吞食帝国吃东西吃得很干净，那时的地球将比现在的火星还荒凉。凭你们虫虫的技术能力，不可能重建文明。"

"总得试试吧，这样我们的灵魂也会安定。特别是在吞食帝国上被饲养的那些小家禽，如果记得在遥远的太阳系还有一个家，会多长些肉，虽然这个家不一定真的存在。"

大牙点点头："可是当地球被吞下时，这些人去哪儿呢？除了地球，我们还要吃掉金星，木星和海王星太大了，我们吃不下，但要吃它们的卫星，吞食帝国需要上面的碳氢化合物和水；连贫瘠的火星和水星我们也想嚼一嚼，我们想要上面的二氧化碳和金属，这些星球的表面将是一片火海。"

"我们可以去月球避难。据我们所知，吞食帝国在吃地球之前要把月球推开。"

大牙又点点头："是的，由吞食帝国和地球组成的联合星体引力很大，有可能使月球坠落在大环表面，这种撞击足以毁灭帝国。"

"那就对了，让我们住上去一些人吧，这对你们也没有太大损失。"

"你们打算留多少人？"

"从维持一个文明的最低限度着想，十万吧。"

"可以，但你们得干活儿。"

"干活儿？什么活儿？"

"把月球从地球轨道推开，这对我们来说也是一件很麻烦的事。"

"可是……"秘书长绝望地抓着头发，"您这等于拒绝人类这点小小的可怜的要求，您知道我们没有这种技术力量的！"

"呵，虫虫，那我不管，再说，不是还有一个世纪吗？"

/ 六 /

在泛着白光的月球平原上，一群穿着太空服的人站在一个高高的钻塔旁边，吞食帝国高大的使者站在更远一些的地方，仿佛是另一个钻塔。他们注视着一个钢铁圆柱体从钻塔顶端缓缓吊下，沉入钻塔下的深井中，吊索飞快地向井中放下去，三十八万公里外的整个地球世界都在注视着这一幕。当放置物到达井底的信号传来时，包括大牙在内的所有观察者都鼓起掌来，庆祝这一历史性时刻的到来。

推进月球的最后一颗核弹已经就位，这时，距波江晶体和吞食帝国使者到达地球已有一个世纪。

这是一个绝望的世纪，人类在进行着痛苦的奋斗。

上半个世纪，全世界竭尽全力建造月球推进发动机，但这种超级机器始终没能建成，那几台试验用的样机只是给月球表面增加了几座废铁高山，还有几台在试运行时被核聚变的高温熔化成了一片钢水的湖泊。人类曾向吞食帝国使者请求技术支援，推进月球需要的发动机还不及吞食者上那无数超级发动机的十分之一大，但大牙不答应，还讥讽道：

“别以为知道了核聚变就能造出行星发动机，造出爆竹离造出火箭还差得远呢。其实你们完全没有必要费这么大劲儿，在银河系，一个文明成为更强大文明的家禽是很正常的，你们会发现被饲养是一种多么美妙的生活，衣食无忧，快乐终身，有些文明还求之不得呢。你们感到不舒服，完全是陈腐的人类中心论在作怪。”

于是人类把希望寄托在波江晶体上，但这希望同样落空。波江文明是沿着一条与地球和吞食者完全不同的技术路线发展的，他们的所有技术力量都来自于本星的生物体。比如这块晶体，就是波江行星海洋中一种浮游生物的共生体。对这个世界中生命的这些奇特能力，波江人只是组合和利用，也不知其深层的秘密，而一旦离开本星的生物，波江人的技术就寸步难行了。

浪费了宝贵的五十多年后，绝望的人类突然想出了一个极其疯狂的月球推进方案。这个方案首先由上校提出，当时他是月球推进计划的主要领导人之一，军衔已升为元帅。这个方案尽管疯狂，在技术上要求却不高，人类现有的技术完全可以胜任，以至于人们惊奇为什么没有及早想到它。

新的推进方案很简单，就是在月球的一面大量埋设核弹，这些核弹的埋设深度一般为三千米左右，其埋设的密度以不被周围核弹的爆炸所摧毁为准，这样，将在月球的推进面埋设五百万枚核弹。与这些热核炸弹的当量相比，人类在冷战时期所制造的威力最大的核弹也算常规武器。因此，当这些埋在月球地下的超级核弹爆炸时，与在以前的地下核试验中被窒息在深洞中的核爆炸完全不同，会将上面的地层完全掀起、炸飞，在月球的低重力下，被炸飞的地层岩石会达到逃逸速度，脱离月球冲进太空，进而对月球本身产生巨大的推进力。如果每一时刻都有一定数量的核弹爆炸，这种脉冲式的推进力就会变得连续不断，等于给月球装上了强劲的发动机，而使不同位置的核弹爆炸，可以操纵月球的飞行方向。进一步的设计计划是在月面下埋设两层核弹，另一层在第一层之下，约六千米深度，这样当上层核弹耗尽，月球推进面被剥去三千米厚的一层时，第二层接着被不断引爆，使“发动机”的运行时间延长一倍。

当晶体中的波江女孩听到这个计划时，认为人类真的疯了：“现在我知道，如果你们有吞食者那样的技术力量，会比他们还野蛮！”

但这个计划使大牙赞叹不已：“呵呵，虫虫们竟能有这样美妙的想法，我喜欢，喜欢它的粗野，粗野是最美的！”

“荒唐，粗野怎么会美？”波江女孩反驳说。

“粗野当然美，宇宙就是最粗野的！漆黑寒冷的深渊中燃烧着狂躁的恒星，不粗野吗？宇宙是雄性的，明白吗？像你们那种女人气的文明，那种弱不禁风的精致和纤细，只是宇宙小角落中一种微不足道的病态而已。”

一百年过去了，大牙仍然生机勃勃，晶体中的波江女孩仍然鲜艳动人，但元帅感到了岁月的力量，他已经一百三十五岁，是老年人了。

这时，吞食者已越过冥王星轨道，它从由波江座-ε星开始的六万年漫长的航程中苏醒了。太空中那个巨大的轮胎变得灯火辉煌，庞大的社会运转起来，准备好了对太阳系的掠夺。吞食者掠过外围行星，沿着陡峭的轨道向地球扑来。

/ 七 /

月球脱离地球的加速开始了。

推进面的核弹开始爆炸时，月球正处于地球白昼的一面，每次爆炸的闪光，都把月球在蓝天上短暂地映现一下，这使得天空中仿佛出现了一只不断眨巴的银色的眼睛。入夜，月球一侧的闪光传过近四十万公里仍能在地面上映出人影，这时还能在月球的后面看到一条淡淡的银色尾迹，它是由从月面炸入太空的岩石构成的。从安装在推进面的摄像机中可以看到，月面被核爆掀起的地层如滔天洪水般涌向太空，向前很快变细，在远方成为一条极细的蛛丝，弯向地球的另一面，描绘出月球加速的轨道。

但人们的注意力都集中在天空中出现的那个恐怖的大环上：吞食者此时已驶近地球，它的引力产生的巨大潮汐已摧毁了所有的沿海城市。吞食者尾部的发动机闪着一圈蓝色的光芒，它正在进行最后的轨道调整，以使其绕太阳运行的轨道与地球保持同步，同时使自己与地球的自转轴线对准在同一直线上，然后它将缓缓向地球移动，将其套入大环中。

月球的加速持续了两个月，这期间在它的推进面平均两三秒钟就爆炸一枚核弹，到目前为止已引爆了二百五十多万枚，加速后的月球环绕地球第二圈的轨道形状已变得很扁。当月球运行到这椭圆轨道的顶端时，应元帅的邀请，大牙同他一起来到了月球面向前进方向的一面，他们站在环形山环绕的平原上，感受着从月球另一面传来的震动，仿佛这颗地球卫星的中心有一颗强劲的心脏。在漆黑的太空背景下，吞食者的巨环光彩夺目，占据了半个天空。

“太棒了，元帅虫虫，真的太棒了！”大牙对元帅由衷地赞叹着，“不过你们要抓紧，只有一圈的加速时间了，吞食帝国可没有等待别人的习惯。我还有个疑问：我们下面十年前就已建成的地下城还空着，那些移民什么时候来？你们的月地飞船能在一个月时间里从地球迁移十万人？”

“不会迁移任何人了，我们将是月球上最后的人类。”

听到这话，大牙吃惊地转过身去，看到了元帅所说的“我们”：这是地球太空部队的五千名将士，在环形山平原上站成严整的方阵，方阵前面，一名士兵展开一面蓝色的旗帜。

“看，这是我们行星的旗帜，地球对吞食帝国宣战了！”

大牙呆呆地站着，迷惑多于惊讶，紧接着，他四脚朝天摔倒了，这是由于月面突然增加的重力所致。大牙一动不动地趴在地上，他那庞大身体激起的月尘在周围缓缓降落，但很快月尘又扬起来，这是从月球另一面传来的剧烈震波所致，这震动使平原蒙上了一层白色的尘被。大牙知道，在月球的另一面，核弹的爆炸密度突然增加了几倍，从重力的急增他也能推测出月球的加速度也增加了几倍。他翻了个滚，从太空服胸前的口袋里掏出硕大的袖珍电脑，调出了月球目前的轨道。他看到，如果这剧增的加速度持续下去，轨道将不再闭合，月球将脱离地球引力冲向太空，一条闪着红光的虚线标示出预测的方向。

月球径直撞向吞食者！

大牙缓缓地站了起来，任手中的电脑掉下去。他抬头看去，在突然增加的重力和波浪般的尘雾中，地球军团的方阵仍如磐石般稳立着。

“持续了一个世纪的阴谋。”大牙喃喃着。

元帅点点头：“你明白得晚了。”

大牙长叹着说，“我应该想到，地球人与波江人是完全不同的两个物种，波江世界是一个以共生为进化基础的生态圈，没有自然选择和生存竞争，更不知战争为何物。我们却用这种习惯思维来套地球人，而你们，自从从树上下来后就厮杀不断，怎么可能轻易被征服呢？我……失职啊！”

元帅说：“波江人为我们提供了大量重要的信息，其中关于吞食者的加速度极限值就是人类这个作战方案的基础。如果引爆月球上的转向核弹，月球的轨道机动加速度将是吞食者速度极限值的三倍，这就是说它比吞食者灵活三倍，你们不可能躲开这次撞击的。”

大牙说：“其实我们也不是完全没有戒备，当地球开始生产大量核弹时，我们时刻监视着这些核弹的去向，确定它们被放置在月球地层中，可没有想到……”

元帅在面罩后面微微一笑：“我们不会傻到用核弹直接攻击吞食者，地球人那些简陋的导弹在半途中就会被身经百战的吞食帝国全部拦截。但你们无法拦截巨大的月球，也许凭借吞食者的力量最终能击碎它或使其转向，但现在距离已经很近，时间来不及了。”

“狡诈的虫虫，阴险的虫虫，恶毒的虫虫……吞食帝国是心肠实在的文明者，把什么都说在明处，可是最终被阴险狡诈的地球虫虫骗了。”大牙咬牙切齿地说，狂怒中想用大爪子抓元帅，但在士兵们指向他的冲锋枪前停住了。他没有忘记自己也是血肉之躯，一梭子弹足以让他丧命。

元帅对大牙说：“我们要走了，劝你也离开月球吧，不然会死在吞食帝国的核弹之下的。”

元帅说得很对，大牙和人类太空部队刚刚飞离月球，吞食者的截击导弹就击中了月面。这时月球的两面都闪烁着强光，朝向前进方向的一面也有大量的岩石被炸飞到太空中。与推进面不同的是，这些岩石朝着各个方向漫无目标地飞散开，从地球上看去，撞向吞食者的月球如一个披着怒发的斗士，任何力量都无法阻挡它！在能看到月球的大陆上，人山人海爆发出狂热的欢呼。

吞食者的拦截行动只持续了不长的时间就停止了，因为他们发现这毫无意义，在月球走完短暂的距离之前，既不可能使它转向，更不可能击碎它。

月球上的推进核弹也停止了爆炸，速度已经足够，地球保卫者要留下足够的核弹进行最后的轨道机动。

一切都沉静下来，在冷寂的太空中，吞食者和地球的卫星静静地相向飘行着，它们之间的距离在急剧缩短。当两者的距离缩短至五十万公里时，从地球统帅部所在的指挥舰上看去，月球已与“轮胎”重叠，像是轴承圈上的一粒钢珠。

直到这时，吞食者的航向也没有任何变化，这是容易理解的：过早的轨道变动会使月球也做出相应的反应，真正有意义的躲避动作要在月球最后撞击前进行，这就像两名用长矛决斗的中世纪骑士，他们骑马越过长长的距离逼近对方，但真正决定胜负是在即将相互接触的一小段距离内。

银河系的两大文明都屏住了呼吸，等待着那最后的时刻。

当距离缩短至三十五万公里时，双方的机动航行开始了。吞食者的发动机首先喷出了上万公里的蓝色烈焰，开始躲避；月球上的核弹则以空前的密度和频率疯狂地引爆，进行着相应的攻击方向修正，它那弯曲的尾迹清楚地描绘出航线的变化。吞食者喷出的上万公里长的蓝色光河的头部镶嵌着月球核弹银色的闪光，构成了太阳系有史以来最壮观的景象。

双方的机动航行进行了三个小时，它们的距离已缩短至五万公里，计算机显示的结果令指挥舰上的人们不敢相信自己的眼睛。吞食者的变轨加速度四倍于波江晶体提供的极限值！以前深信不疑的吞食者的加速度极限，一直是地球人取胜的基础，现在，月球上剩余的核弹已没有能力对攻击方向做出足够的调整。计算表明，即使尽全力变轨，半小时后，月球也将以四百公里的距离与吞食者擦肩而过。

在一阵令人目眩的剧烈闪光后，月球耗尽了最后的核弹，几乎与此同时，吞食者的发动机也关闭了。在死一般的寂静中，惯性定律完成了这篇宏伟史诗的最后章节。月球紧擦着吞食者的边缘飞过，由于其速度很高，吞食者的引力没能将其捕获，但扭弯了它的飞行轨迹，月球掠过吞食者后，无声地向远离太阳的方向飞去。

指挥舰上，统帅部的人们在死一般的沉默中度过了几分钟。

“波江人骗了我们。”一位将军低声说。

“也许，那块晶体只是吞食帝国的一个圈套！”一位参谋喊道。

统帅部瞬间陷入一片混乱，每个人都声嘶力竭地叫喊着，以掩盖或发泄自己的绝望。几名文职人员或哭泣或抓着自己的头发，精神已到了崩溃的边缘。只有元帅仍静静地站在大显示屏前，他慢慢转过身来，用一句话稳住了局面：“我想请各位注意一个现象：吞食者的发动机为什么要关闭？”

这话引起了所有人的思考。是的，在月球耗尽核弹后，敌人的发动机没有理由关闭，因为他们不可能知道月球上是否还剩有核弹，同时考虑吞食者的引力捕获月球的危险，也应该继续进行躲避加速，继续拉开与月球攻击线的距离，而不可能仅仅满足于这四百公里的微小间距。

“给我吞食者外表面的近距离图像。”元帅说。

大屏幕上出现了一幅全息画面，这是一个飞掠吞食者的地球小型高速侦察器在其表面五百公里上空传回的。吞食者灯光灿烂的大陆历历在目，人们敬畏地看着那线条粗放的钢铁山脉和峡谷缓缓移过。一条黑色的长缝引起了元帅的注意，在过去的一个世纪中，他已记熟了吞食者外表面的每一个细节，绝对肯定这条长缝以前是不存在的，很快别人也注意到了：

“这是什么？一条……裂缝？”

“是的，裂缝，一条长达五千公里的裂缝。”元帅点点头说，“波江人没有骗我们，晶体带来的资料是真实的，那个加速度极限确实存在。但当月球逼近时，绝望的吞食者不顾一切地用超限四倍的加速度来躲避，这就是超限加速的后果：它被撕裂了。”

接下来，人们又发现了另外几条裂缝。

“看啊，那又是什么？！”又有人惊叫。这时吞食者的自转正使它表面的另一部分进入视野，金属大陆的边缘上出现了一个刺目的光球，如同它那辽阔地平线上的日出一般。

“自转发动机！”一名军官说。

“是的，是吞食者赤道上很少启动的自转发动机，它此时正在以最大功率刹住自转！”

“元帅，这证实了您的看法！”

“尽快用各种观测手段取得详细资料，进行模拟！”元帅说，但在这之前一切已在进行中了。

经过一个世纪建立起来的精确描述吞食者物理结构的数学模型，在从前方取得必需的数据后高速运转，模拟结果很快出来了：需近四十小时的时间，自转发动机才能把吞食者的自转速度减至毁灭值之下；而如果高于这个转速，离心力将使已被撕裂的吞食者在十八个小时内完全解体。

人们欢呼起来。

大屏幕上接着映出了吞食者解体时的全息模拟图像：解体的过程很慢，如同梦幻，在漆黑太空的背景上，这个巨大的世界如同一团浮在咖啡上的奶沫一样散开来，边缘的碎块渐渐隐没于黑暗之中，仿佛被太空溶解了，只有不时出现的爆炸的闪光才使它们重新现形。

元帅并没有同人们一起观赏这令人心旷神怡的画面，他远离人群，站在另一块大屏幕前注视着现实中的吞食者，脸上没有一点儿胜利的喜悦。冷静下来的人们注意到了他，也纷纷站到这个屏幕下，他们发现，吞食者尾部的蓝色光环又出现了，它再次启动了推进发动机。在环体已经被严重损伤的情况下，这似乎是一个不可理解的错误，这时任何微小的加速度都可能导致大环解体。而吞食者的运行方向更让人迷惑：它正在缓缓回到躲避月球攻击前所在的位置，谨慎地建立与地球同步的太阳轨道，并使自己和地球的自转轴对准在一条直线上。

“怎么？这时它还想吃地球？”有人吃惊地说。他的话引起了稀疏的笑声，但笑声戛然而止，人们看到了元帅的表情：他已不再看屏幕，双眼紧闭，苍白的脸上毫无表情。一个世纪以来，作为抗击吞食者的精神支柱之一，太空将士们已经熟悉了他的音容，他们从来没有见到他这样。人们冷静下来，再看屏幕，终于明白了一个严峻的现实：

吞食者还有一条活路。

吞食地球的航行开始了，已与地球运行同步自转同轴的吞食者向着这颗行星的南极移动。如果它慢了，会在自转的离心力下解体；如果太快，推进的加速度可能使其提前解体。吞食者正走在一条生存的钢丝绳上，它必须绝对正确地把握住时间和速度的平衡。

在地球的南极被套入大环前的一段时间，太空中的人们看到，南极大陆的海岸线形状在急剧变化，这个大陆像一块热煎锅上的牛油一样缩小着面积，地球的海水在吞食者引力的拉动下涌向南极，地球顶端那块雪白的大陆正在被滔天巨浪所吞没。

这时吞食者大环上的裂缝越来越多，且都在延长扩宽，最初出现的那几条裂缝已不再是黑色的，里面透出了暗红色的火光，像几千公里长的地狱之门。有几条蛛丝般的白色细线从大环表面升起，接下来这样的细线越来越多，出现在大环的每一部分，仿佛吞食者长出了稀疏的头发。这是从大环上发射的飞船的尾迹，吞食者开始从他们将要毁灭的世界逃命了。

但当地球被大环吞入一半时，情况发生了逆转：地球的引力像无数根无形的辐条拉住了正在解体的大环，吞食者表面不再有新的裂缝出现，已有的裂缝也停止了扩展。十四小时过去后，地球被完全套入大环，它那引力的辐条变得更加强劲有力，吞食者表面的裂缝开始缩小，又过了五个小时，这些裂缝完全合拢了。

在指挥舰上，统帅部的大屏幕都黑了，甚至连灯都灭了，只有太阳从舷窗中投进惨白的光芒。为了产生人工重力，飞船中部仍在缓缓旋转，使得太阳从不同位置的舷窗中升升降降，光影流转，仿佛在追述着人类那已永远成为过去的日日夜夜。

“谢谢各位在过去一个世纪中尽职尽责的工作，谢谢。”元帅说，并向统帅部的全体人员敬礼。在将士们的注视下，他平静地整理了一下自己的军装，其他的人也这样做了。

人类失败了，但地球保卫者们已经尽到了自己的责任。对于尽责的战士来说，这一时刻仍是辉煌的，他们接受了平静的良心授予自己的无形的勋章，他们有权享受这一时光。

/ 八 /

“真的有水啊！”一名年轻上尉惊喜地叫出来。面前确实是一片广阔的水面，在昏黄的天空下泛着粼粼波光。

元帅摘下太空服的手套，捧起一点水，推开面罩尝了尝，又赶紧将面罩合上：“嗯，还不是太咸。”看到上尉也想打开面罩，他制止说，“会得减压病的，大气成分倒没问题，硫磺之类的有毒成分已经很淡了，但气压太低，相当于战前的一万米高空。”

又一名将军在脚下的沙子中挖着什么。“也许会有些草种子的。”他抬头对元帅笑笑说。

元帅摇摇头：“这里战前是海底。”

“我们可以到离这里不远的11号新陆去看看，那里说不定会有。”那名上尉说。

“有也早烤焦了。”有人叹息道。

大家举目四望，地平线处有连绵的山脉，它们是最近一次造山运动的产物，青色的山体由赤裸的岩石构成，从山顶流下的岩浆河发着暗红的光，使山脉像一个巨人淌血的躯体，但大地上的岩浆河已经消失了。

这是战后二百三十年的地球。

战争结束后，统帅部幸存的一百多人在指挥舰上进入冬眠器，等待着地球被吞食者吐出后重返家园。指挥舰则成为一颗卫星，在一个宽大的轨道上围绕着由吞食者和地球组成的联合星体运行。在以后的时间里，吞食帝国并没有打扰他们。

战后第一百二十五年，指挥舰上的传感系统发现吞食者正在吐出地球，就唤醒了一部分冬眠者。当这些人醒来后，吞食者已飞离地球，向金星方向航行，而这时的地球已变成一颗人们完全陌生的行星，像一块刚从炉子里取出的火炭，海洋早已消失，大地覆盖着蛛网般的岩浆河流。他们只好继续冬眠，重新设定传感器，等待着地球冷却，这一等又是一个世纪。

冬眠者们再次醒来时，发现地球已冷却成一个荒凉的黄色行星，剧烈的地质运动已经平息下来。虽然生命早已消失，但有稀薄的大气，甚至还发现了残存的海洋，于是他们就在一个大小如战前内陆湖泊的残海边着陆了。

一阵轰鸣声，就是在这稀薄的空气中也震耳欲聋。那艘熟悉的外形粗笨的吞食帝国的飞船在人类的飞船不远处着陆，高大的舱门打开后，大牙拄着一根电线杆长度的拐杖颤巍巍地走了下来。

“啊，您还活着？有五百岁了吧？”元帅同他打招呼。

“我哪能活那么久啊，战后三十年我也冬眠了，就是为了能再见你们一面。”

“吞食者现在在哪儿？”

大牙指向天空的一个方向：“晚上才能看见，只是一个暗淡的小行星，它已航出木星轨道。”

“它在离开太阳系吗？”

大牙点点头：“我今天就要启程去追它了。”

“我们都老了。”

“老了……”大牙黯然地点点头，哆嗦着把拐杖换了手，“这个世界，现在……”他指指天空和大地。

“有少量的水和大气留了下来，这算是吞食帝国的仁慈吗？”

大牙摇摇头：“与仁慈无关，这是你们的功绩。”

地球战士们不解地看着大牙。

“哦，在那场战争中，吞食帝国遭受了前所未有的创伤，在大环撕裂中死了上亿人，生态系统也被严重损坏，战后用了五十个地球年的时间才初步修复。这以后才有能力开始对地球咀嚼。但你知道，我们在太阳系的时间有限，如果不能及时离开，有一片星际尘埃会飘到我们前面的航线上。如果绕道，我们到达下一个恒星系的时间就会晚一万七千年，那颗恒星将会发生变化，烧毁我们要吞食的那几颗行星，所以对太阳的几颗行星的咀嚼就很匆忙，吃得不太干净。”

“这给了我们些许安慰和荣誉感。”元帅看看周围的人们说。

“你们当之无愧，那真是一场伟大的星际战争，在吞食帝国漫长的征战史中，你们是最出色的战士之一！直到现在，帝国的行吟诗人还在到处传唱着地球战士史诗般的战绩。”

“我们更想让人类记住这场战争，对了，现在人类怎样了？”

“战后大约有二十亿人类移居到吞食帝国，占人类总数的一半。” 大牙说着，打开了他的手提电脑宽大的屏幕，上面映出人类在吞食者上生活的画面：蓝天下一片美丽的草原，一群快乐的人在歌唱舞蹈，一时难以分辨出这些人的性别，因为他们的皮肤都是那么细腻白嫩，都身着轻纱般的长服，头上装饰着美丽的花环。远处有一座漂亮的城堡，其形状显然来自地球童话，色彩之鲜艳如同用奶油和巧克力建造的。镜头拉近，元帅细看这些漂亮人儿的表情，确信他们真的是处于快乐之中，这是一种真正无忧无虑的快乐，如水晶般单纯，战前的人类只在童年能够短暂地享受。

“必须保证他们的绝对快乐，这是饲养中起码的技术要求，否则肉质得不到保证。地球人是高档食品，只有吞食帝国的上层社会才有钱享用，这种美味像我是吃不起的。哦，元帅，我们找到了您的曾孙，录下了他对您说的话，想看吗？”

元帅吃惊地看了大牙一眼，点点头。屏幕上出现了一个皮肤细嫩的漂亮男孩，从面容上看他可能只有十岁，但身材却有成年人那么高。他一双女人般的小手上拿着一个花环，显然是刚刚被从舞会上叫过来。他眨着一双水灵灵的大眼睛说：“听说曾祖父您还活着？我只求您一件事，千万不要来见我，我会恶心死的！想到战前人类的生活我们都会恶心死的，那是狼的生活、蟑螂的生活！你和你的那些地球战士还想维持这种生活，差一点儿真的阻止人类进入这个美丽的天堂了！您知道您让我多么羞耻，您知道您让我多么恶心吗？呸！不要来找我！呸！快死吧你！！”说完他又蹦跳着加入到草原上的舞会中去了。

大牙首先打破了尴尬的沉默：“他将活过六十岁，能活多久就活多久，不会被宰杀。”

“如果是因为我的缘故，十分感谢。”元帅凄凉地笑了一下说。

“不是，在得知自己的身世后，他很沮丧，也对您充满了仇恨，这类情绪会使他的肉质不合格的。”

大牙感慨地看着面前这最后一批真正的人，他们身上的太空服已破旧不堪，脸上都刻着岁月的沧桑，在昏黄的阳光中如同地球的大地上一群锈迹斑斑的铁像。

大牙合上电脑，充满歉意地说：“本来不想让大家看这些的，但你们都是真正的战士，能够勇敢地面对现实，要承认……”他犹豫了一下才说，“人类文明完了。”

“是你们毁灭了地球文明，”元帅凝视着远方说，“你们犯下了滔天罪行！”

“我们终于又开始谈道德了。”大牙咧嘴一笑说。

“在入侵我们的家园并极其野蛮地吞食一切后，我不认为你们还有这个资格。”元帅冷冷地说。其他人不再关注他们的谈话，吞食者文明冷酷残暴的程度已超出人类的理解力，人们现在真的没有兴趣再同其进行道德方面的交流了。

“不，我们有资格，我现在还真想同人类谈谈道德……您怎么拿起来就吃啊！”

大牙最后这句话让所有人浑身一震，这话不是从翻译器中传出，而是大牙亲口说的。虽然嗓门震耳，但他对三个世纪前元帅的声调模仿得惟妙惟肖。

大牙通过翻译器接着说：“元帅，您在三百年前的那次感觉是对的，星际间的不同文明，其相似要比差异更令人震惊，我们确实不应该这么像。”

人们都把目光聚焦在大牙身上，他们都预感到，一个惊天的大秘密将被揭开。

大牙动动拐杖使自己站直，看着远方说：“朋友们，我们都是太阳的孩子，地球是我们共同的家园，但我们比你们更有权利拥有她！因为在你们之前的一亿四千万年，我们的先祖就在这个美丽的行星上生活，并创造了灿烂的文明。”

地球战士们呆呆地看着大牙，身边的残海跳跃着昏黄的阳光，远方的新山脉流淌着血红的岩浆。越过六千万年的沧桑时光，曾经覆盖地球的两大物种在这劫后的母亲星球上凄凉地相会了。

“恐——龙——”有人低声惊叫。

大牙点点头：“恐龙文明崛起于一亿地球年之前，就是你们地质纪年的中生代白垩纪中期，在白垩纪晚期达到鼎盛。我们是一个体形巨大的物种，对生态的消耗量极大。随着恐龙人口的急剧增加，地球生态圈已难以维持恐龙社会的生存，我们接着又吃光了刚刚拥有初级生态的火星。地球上恐龙文明的历史长达两千万年，但恐龙社会真正的急剧膨胀也就是几千年的事，其在生态上造成的影响从地质纪年的长度看很像一场突然爆发的大灾难，这就是你们所猜测的白垩纪灾难。”

“终于有那么一天，所有的恐龙都登上了十艘巨大的世代飞船，航向茫茫星海。这十艘飞船最后合为一体，每到达一个有行星的恒星就扩建一次，经过六千万年，就成了现在的吞食帝国。”

“为什么要吃掉自己的家园呢？恐龙没有一点怀旧感吗？”有人问。

大牙陷入了回忆：“说来话长，星际空间确实茫茫无际，但与你们的想象不同，真正适合我们高等碳基生物生存的空间并不多。从我们所在的位置向银河系的中心方向，走不出两千光年就会遇到大片的星际尘埃，在其中既无法航行也无法生存，再向前则会遇到强辐射和大群游荡的黑洞……如果向相反的方向走呢，我们已在旋臂的末端，不远处就是无边无际的荒凉虚空。在适合生存的这片空间中，消耗量巨大的吞食帝国已吃光了所有的行星。现在，我们唯一的活路是航行到银河系的另一旋臂去，我们也不知道那里有什么，但在这片空间待下去肯定是死路一条。这次航行要持续一千五百万年，途中一片荒凉，我们必须在启程前储备好所有的消耗品。这时的吞食帝国就像一个正在干涸的小水洼中的一条鱼，它必须在水洼完全干掉之前猛跳一下，虽然多半是落到旱地上在烈日下死去，但也有可能落到相邻的另一个水洼中活下去……至于怀旧感，在经历了几千万年的太空跋涉和数不清的星际战争后，恐龙种族早已是铁石心肠了，为了前面千万年的航程，吞食帝国要尽可能多吃一些东西……文明是什么？文明就是吞食，不停地吃啊吃，不停地扩张和膨胀，其他的一切都是次要的。”

元帅深思着说：“难道生存竞争是宇宙间生命和文明进化的唯一法则吗？难道不能建立起一个自给自足的、内省的、多种生命共生的文明吗？像波江文明那样。”

大牙长出一口气说：“我不是哲学家，也许可能吧，关键是谁先走出第一步呢？自己的生存是以征服和消灭别人为基础的，这是这个宇宙中生命和文明生存的铁的法则，谁要首先不遵从它而自省起来，就必死无疑。”

大牙转身走上飞船，再出来时端着一个扁平的方盒子。那个盒子有三四米见方，起码要四个人才能抬起来。大牙把盒子平放到地上，掀起顶盖，人们看到盒子里装满了土，土上长着一片青草，在这已无生命的世界中，这绿色令所有人心动。

“这是一块战前地球的土地，战后我使这片土地上的所有植物和昆虫都进入冬眠，现在过了两个多世纪，又使它们同我一起苏醒。本想把这块土地带走做个纪念的，唉，现在想想还是算了吧，还是把它放回它该在的地方吧，我们从母亲星球拿走的够多了。”

看着这一小片生机盎然的地球土地，人们的眼睛湿润了，他们现在知道，恐龙并非铁石心肠，在那比钢铁和岩石更冷酷的鳞甲后面，也有一颗渴望回家的心。

大牙一挥爪子，似乎想把自己从某种情绪中解脱出来：“好了朋友们，我们一起走吧，到吞食帝国去。”看到人们的表情，他举起一只爪子，“你们到那里当然不会被作为家禽饲养，你们是伟大的战士，都将成为帝国的普通公民。你们还会得到一份工作——建立一个人类文明博物馆。”

地球战士们都把目光集中在元帅身上，他想了想，缓缓地点点头。

地球战士们一个接一个地上了大牙的飞船，那为恐龙准备的梯子他们必须一节一节引体向上爬上去。元帅是最后一个上飞船的人，他双手抓住飞船舷梯最下面的一节踏板的边缘，在把自己的身体拉离地面的时候，他最后看了一眼脚下地球的土地，此后他就停在那里看着地面，很长时间一动不动，他看到了——

蚂蚁。

这蚂蚁是从那块盒子中的土地里爬出来的，元帅放开抓着踏板的双手，蹲下身，让它爬到手上，举起那只手，再细细地看着它。它那黑宝石般的小身躯在阳光下闪闪发亮。元帅走到盒子旁，把这只蚂蚁放回到那片小小的草丛中，这时他又在草丛间发现了其他几只蚂蚁。

他站起身来，对刚来到身边的大牙说：“我们走后，这些草和蚂蚁是地球上仅有的生命了。”

大牙默默无语。

元帅说：“地球上的文明生物有越来越小的趋势，恐龙、人，然后可能是蚂蚁。”他又蹲下来深情地看着那些在草丛间穿行的小生命，“该轮到它们了。”

这时，地球战士们又纷纷从飞船上下来，返回到那块有生命的地球土地前，围成一圈深情地看着它。

大牙摇摇头说：“草能活下去，这海边也许会下雨的，但蚂蚁不行。”

“因为空气稀薄吗？看样子它们好像没受影响。”

“不，空气没问题。与人不同，在这样的空气中它们能存活，关键是没有食物。”

“不能吃青草吗？”

“那就谁也活不下去了：在稀薄的空气中青草长得很慢，蚂蚁会吃光青草然后饿死，这倒很像吞食文明可能的最后结局。”

“您能从飞船上给它们留下些吃的吗？”

大牙又摇头：“我的飞船上除了生命冬眠系统和饮用水外什么都没有，我们在追上帝国前需要冬眠，你们的飞船上还有食物吗？”

元帅也摇摇头：“只剩几支维持生命的注射营养液，没用的。”

大牙指指飞船：“我们还是抓紧时间吧，帝国加速很快，晚了我们会追不上它的。”

沉默。

“元帅，我们留下来。”一名年轻中尉说。

元帅坚定地点点头。

“留下来？干什么？” 大牙看看他们，惊讶地问，“你们飞船上的冬眠装置已接近报废，又没有食品，留下来等死吗？”

“留下来走出第一步。”元帅平静说。

“什么第一步？”

“您刚才提过的新文明的第一步。”

“你们……要作为蚂蚁的食物？！”

地球战士们都点点头。

大牙无言地注视了他们很长时间，然后转身拄着拐杖慢慢走向飞船。

“再见，朋友。”元帅在大牙身后高声说。

老恐龙长长地叹息了一声：“在我和我的子孙前面，是无尽的暗夜、不休的征战。茫茫宇宙，哪里是家哟？”人们看到他的脚下湿了一片，不知道是不是一滴眼泪。

恐龙的飞船在轰鸣中起飞，很快消失在西方的天空，在那个方向，太阳正在落下。

最后的地球战士们围着那块有生命的土地默默地坐了一会儿，然后，从元帅开始，大家纷纷掀起面罩，在沙地上躺了下来。

时间在流逝，太阳落下，晚霞使劫后的大地映在一片美丽的红光中。然后，有稀疏的星星在天空中出现。元帅发现，一直昏黄的天空这时居然现出了深蓝色。在稀薄的空气夺去他的知觉前，让他欣慰的是，他的太阳穴上有轻微的骚动感，蚂蚁正在爬上他的额头，这感觉让他回到了遥远的童年：在海边两棵棕榈树上拴着的一个小吊床上，他仰望着灿烂的星海，妈妈的手抚过他的额头。

夜晚降临了，残海平静如镜，毫不走样地映着横天而过的银河，这是这个行星有史以来最宁静的一个夜晚。

在这宁静中，地球重生了。

太原诅咒

这时，城市中的大部分汽车已被诅咒控制，成为进行诅咒操作的最有力的工具。一时间，全城的上百万辆汽车像做布朗运动的分子那样横冲直撞，但这种撞击并非杂乱无章，而是遵循着经过严密优化计算的规律和顺序——每辆车首先尽可能多地清除车外行走的目标。

诅咒1.0诞生于2009年12月8日。

这是金融危机的第二年，人们本来以为危机快要结束了，没想到却只是开始，所以社会处于一种焦躁的情绪中，每个人都需要发泄，并积极创造发泄的方式。诅咒的诞生也许与这种氛围有关。诅咒的作者是一个女孩儿，十八岁至二十八岁之间，关于她，后来的IT考古学家们能知道的就这么多。诅咒的对象是一个男孩儿，二十岁，他的情况却都记载得很清楚，他叫撒碧，在太原工业大学上大四。他和那女孩儿之间发生的事儿没什么特别的，也就是少男少女之间每天都在发生的那些事儿。后来有上千个版本流传，这里面可能有一个版本是真实的，但人们不知道是哪一个。反正他们之间的事情都结束后，那女孩儿恨透了那男孩儿，于是编写了诅咒1.0。

女孩儿是个编程高手，真的不知道她是怎么学来的这个本事。在这个IT从业者人数急剧膨胀的年代，真正精通系统底层编程的人却并未增加，因为能用的工具太多了，也太方便了，没必要像苦力似的一行行编代码，大部分都可以用工具直接生成。即使像女孩儿要做的编写病毒这样的活计也是一样，有众多功能强大的黑客工具，所谓编写病毒不过是把几个现成的模块组装起来就行，或者更简单，对单个模块修改一下即可。在诅咒之前，大规模流行的最后一个病毒——熊猫烧香就是这么弄出来的。但这个女孩儿却是从头做起，没有借助任何工具，自己一行一行地写代码，像勤劳的农家女用原始的织布机把棉线一根一根织成布。想象她伏在电脑前咬牙切齿敲键盘的样子，我们不由得想起海涅的《西里西亚织工》中的两句诗：老德意志，我们在织你的尸布，我们织！我们织！！

诅咒1.0是历史上在传播方面最成功的计算机病毒，它成功的主要原因在两个方面。首先，诅咒不对感染者进行任何破坏（其实其他的病毒大部分也没有破坏企图，所造成的破坏是由于其低劣的传播或表现技术所致，诅咒在避免传播中的副作用方面做得很完善）；它的表现也很克制，在大部分被感染的电脑上都没有任何表现，只有当系统条件组合符合某一条件时（大约占总感染数的十分之一），才进行表现，且每台机子只表现一次。具体的表现方式为：在被感染的电脑上弹出一个显示：

撒碧去死吧！！！！！！！！！！

如果点击这个显示，就会出现关于撒碧更进一步的信息，告诉你这个被诅咒者在中国山西省太原市太原工业大学XX系XX专业XX班XX宿舍楼XX寝室。如果不点击，这个显示将在三秒钟内消失，且永不在这台电脑上重新出现，因为被记忆的只有硬件信息，所以即使重装系统后也一样。

诅咒1.0成功传播的第二个原因在于系统拟态技术，这倒不是女孩儿的发明，但这项技术被她熟练地用到了极致。系统拟态就是把病毒代码的很多部分做得与系统代码相同，且采用与系统进程类似的行为方式。杀毒软件在杀灭该病毒时，极有可能把系统也破坏掉，最后不得不投鼠忌器。其实，瑞星、NORTON等都曾盯上过诅咒1.0，但发现惹上越来越多的麻烦，甚至发生过比NORTON在2007年误删WINDOWS XP系统文件更恶劣的后果，加上诅咒1.0在传播中没出现任何破坏行为，且所占系统资源也微不足道，就先后把它从病毒特征库中删掉了。

诅咒诞生之日，正是写科幻的刘慈欣第二百六十四次因公来太原之时。尽管这是他最讨厌的一座城市，但每次来时他还都要逛街，到柳巷的一个小店去为他那老掉牙的ZIPPO打火机买一瓶专用汽油，这是目前极少数不能从淘宝或Ebay邮购的东西。前两天刚下过雪，像每次下雪一样，这时的雪地被压成了黑乎乎的冰。他摔了一跤，屁股的疼让他忘了在进火车站时把那一小瓶汽油从旅行包中拿出来装到衣袋里，结果过安检时被查了出来，没收后又被罚款二百元。

他更讨厌这座城市了。

诅咒1.0流传下去，五年、十年，它仍然在日益扩展的网络世界静悄悄地繁衍生息。

这期间，金融危机过去了，繁荣再次到来。随着石油资源的渐渐枯竭，煤炭在世界能源中的比重迅速增加，地下的黑金为山西带来滚滚财源，使其成为亚洲的阿拉伯，省会太原自然也就成了新的迪拜。这是一个具有煤老板性格的城市，过去穷怕了，即使在本世纪初仍处于贫寒的日子里，太原人也是下面穿露屁股的破裤子，上身着名牌西装；在下岗工人成天堵大街的情况下城市中建起了国内最豪华的歌厅和洗浴中心。现在太原成了真正的“暴发户”，更是在歇斯底里的狂笑中穷奢极欲，迎泽大街两旁的超高建筑群令上海浦东相信见绌，而这条除长安街外全国最宽直的大街则成了终日难见阳光的深谷。有钱和没钱的人怀着梦想和欲望拥入这座城市，立刻忘记了自己是谁和想要什么，只是跌入繁华喧闹的漩涡旋转着，一年转三百六十五圈。

这天，第三百九十七次来太原的刘慈欣又到柳巷去买汽油，忽见街上有一位头发飘逸的帅哥，他的长发中那缕雪白格外引人注目，他就是先写科幻后写奇幻再后来科幻、奇幻都写的潘大角。因为被太原的繁荣所吸引，大角抛弃上海移居太原。大刘和大角当初分别处于科幻的硬软两头儿，此时相见不亦乐乎。在一家头脑店（头脑是本地的一种传统美食）酒酣耳热之时，刘慈欣眉飞色舞地说出了自己的下一步宏伟创作计划：写一部十卷三百万字的科幻史诗，描写两百个文明的两千次毁灭和多次因真空衰变而发生的宇宙格式化，最后以整个已知宇宙漏入一个抽水马桶般的超级黑洞结束。大角很受感染，认为两人有合作的可能：同一个史诗构思，刘慈欣写硬得不能再硬的科幻版，面向男读者；大角写软得不能再软的奇幻版，面向美眉们。大刘、大角一拍即合，立刻抛弃一切俗务投身创作。

在诅咒1.0十岁生日时，它的末日也快到了。VISTA以后，微软实在难以找到对操作系统频繁升级的理由，这多少延长了诅咒1.0的寿命，但操作系统就像暴发户的老婆，升级总是不可避免的，诅咒1.0代码的兼容性越来越差，很快就将沉入网络海洋的底部，成为死亡的沙子销声匿迹。但正在这时，诞生了一门新的学科：IT考古学。按说网络世界的历史还不到半个世纪，没什么古可考，但仍然有很多怀旧的人热衷此道。IT考古主要是发掘那些仍活在网络世界某些犄角旮旯的东西，比如十年来都没有点击过但仍能点开的网页，二十年没有人光顾但仍能注册发帖的BBS等等。这些虚拟古董中，来自“远古”的病毒是IT考古学家们最热衷寻找的，如果能找到一个十多年前诞生的、仍在网上活着的病毒，就有在天池中发现恐龙一般的感觉。

诅咒1.0被发现了，发现者把病毒的全部代码升级到新的操作系统下，这样就能保证它再存活十年。这人并没有张扬，也许这是为了使他（她）所珍爱的这件古董更顺利地存活下去。这就是诅咒2.0。人们把十年前诅咒1.0的创造者叫诅咒始祖，把这个IT考古学家叫诅咒升级者。

诅咒2.0在网上出现的那一刻，在太原火车站附近的一个垃圾桶旁，大刘和大角正里争抢刚从桶中翻找到的半袋方便面。他们卧薪尝胆五六年，各自写出两部三百万字的十卷本科幻和奇幻史诗，书名分别为《三千体》和《九万洲》。两人对这两部巨作充满信心，但找不到出版者，于是一起变卖了包括房子在内的全部家产并预支了所有退休金自费出版。最后，《三千体》和《九万洲》的销量分别是十五本和二十七本，总数四十二，科幻迷都知道这是个吉利的数字。在太原举行的同样是自费的隆重签售仪式后，两人就开始了流浪生涯。

太原是一个最适合流浪的城市，在这座大都市里，垃圾桶里的食品是取之不尽的，最次也能找到几粒被丢弃的工作丸（见后文）。住的地方也问题不大，太原模仿迪拜，在每一个公交候车亭里都装上了冷暖空调。如果暂时厌倦街头，还可以去救助站待几天，那里不仅有吃有住，太原久已繁荣的性服务业还响应政府的号召，把每周日定为对弱势群体的性援助日，救助站就是那些来自红灯区的志愿者们开展活动的地方之一。在城市各阶层幸福指数调查中，盲流乞丐位列榜首，所以大刘和大角都后悔没有早些投入这种生活。

两人最惬意的时候是科幻大王编辑部每周一次的请客，一般都是去唐都这样的高级地方。太原的《科幻大王》杂志深得科幻的精髓，知道这种文学体裁的灵魂就是神奇感和疏离感，而现在高技术幻想已经没有这种感觉了，技术奇迹是最平淡不过的事儿，每天都在发生；倒是低技术具有神奇和疏离感，于是他们创立了幻想未来低技术时代的反浪潮科幻，取得巨大成功，迎来了世界科幻的第二个黄金时代。为了彰显反浪潮科幻的理念，科幻大王编辑部拒绝一切电脑和网络，只接收手写稿件，用铅字排版印刷，还用每匹相当于一辆宝马车的价格买回几十匹蒙古马，并在编辑部旁建设豪华的马厩，杂志社人员出行一律骑着绝对没有上网的骏马。城市某处如果听到清脆的马蹄声，那就是科幻大王的人来了。他们常请刘慈欣和潘大角吃饭，除了他们以前写过科幻外，还因为虽然他们现在写的科幻已经很不科幻了，但他们本人按照反浪潮科幻的理念来衡量却是十分科幻的，因为他们上不起网，也很低技术。

科幻大王、大刘和大角都不知道，他们这个共同的特点将救他们的命。

诅咒2.0又流传了七年，这时，一个后来被称为诅咒武装者的女人发现了它。她仔细研究了诅咒2.0的代码，即使经过升级，她仍能感受到十七年前诅咒始祖的仇恨和怨念。她与始祖有着相同的经历，也处于每天像牙痛般诅咒某个男人的阶段。但她觉得那个十七年前的女孩儿既可怜又可笑：这么做有何意义？真能动那个臭男人撒碧一根汗毛吗？这就像百年前的怨女们在写了名字的小布人上扎针一样愚蠢，解决不了任何问题，结果只会使自己更郁闷。还是让姐姐来帮帮你吧（正常情况下诅咒始祖应该活着，但诅咒武装者肯定要叫她阿姨了）。

十七年后的今天已经完全是一个新时代了，这时，世界上的一切都落网了。这么说是因为，在十七年前网络上的东西只有电脑，但今天的网络就像一棵超级圣诞树，这世界上的几乎所有东西都挂在上面闪闪发光。以家庭为例，家里所有通电的东西都联上了网并受其控制，甚至连指甲刀和开瓶器也不例外。前者可通过剪下来的指甲判断你是否缺钙并通过短信或E-Mail告知，后者可判断酒是否为真品并发中奖通知。而对于过度酗酒者，则间隔很长时间才能开一次瓶。在这种情况下，通过诅咒病毒直接操纵硬件世界成为可能。

诅咒武装者给诅咒2.0增加了一个功能：如果撒碧坐出租车，就撞死他！

其实对于这个时代的一个AI编程高手来说，这点并不难做到。现在的汽车已经全部无人驾驶，网络就是驾驶员，乘客上出租车时要刷卡，这时新的诅咒就可通过信用卡识别他的身份。只要上了车并被识别，杀他的方法数不胜数，最简单的就是径直撞向路边的建筑物，或从桥上开下去。但诅咒武装者想了想，并不愿简单地撞死撒碧，而是为他选择了一个更为浪漫的死法，完全配得上他对十七年前的那个妹妹做的事（其实诅咒武装者和别人一样，根本不知道撒碧对始祖做了什么，也可能错根本不在男孩这儿）。经她升级的诅咒在得知目标上车后，就不理会他设定的目的地，疯狂猛开，从太原一直开到张家口，现在，那里再向前已经是一片沙漠了。车就停在沙漠深处，并切断了与外界的一切通讯联系（这时诅咒已经驻留在车内电脑，不需要网络了）。这辆出租车被发现的可能性很小，如果偶尔有人或车靠近，它就立刻躲到沙漠的另一处。无论过去多长时间，车门从内部是绝对打不开的。这样，如果在冬天，撒碧将被冻死；如果在夏天，撒碧将被热死；如果在春秋，撒碧将被渴死、饿死。

就这样，诅咒3.0诞生了，这是真正的诅咒。

诅咒武装者是一名AI艺术家，也是新新人类一族，他们通过操纵网络做出一些没有实际意义但具有美感（当然这个时代的美感与十几年前的不是一回事了）的行为艺术，比如让全城的汽车同时鸣笛并奏出某种旋律，让大酒店的亮灯窗口组成某个图形等等。诅咒3.0就是一件这样的作品，不管其是否真能实现其功能，它本身就构成了一件卓越的艺术品，因而在第2026年上海现代艺术双年展上得到好评。虽然因其人身伤害内容被警方宣布为非法，但仍在网上进一步流传开来。众多的AI艺术家加入了对这一作品的集体创作，诅咒3.0飞快进化，越来越多的功能被添加进来：如果撒碧在家，煤气熏死他！这也比较容易，因为每家的厨房都由网络控制，这样户主们就可以在外面遥控厨房做饭，这当然包括打开煤气的功能，而诅咒3.0当然可以使房间里的有害气体报警器失效。

如果撒碧在家，放火烧死他！很容易，包括煤气在内，家里有很多可以点火的东西，如发胶什么的，都联在网上（可通过网络由专业发型师做头发），火焰报警器和灭火器当然也可以失效。

如果撒碧洗澡，放开水烫死他！如上，很容易。

如果撒碧去医院看病，开药毒死他！这个稍有些复杂，给目标开特定的药是很容易的，因为现在医院的药房全部是自动取药，且药库系统都联网，关键是药品的包装问题，撒碧不是傻子，要让他拿到药后愿意吃才行。要做到这点，诅咒3.0需要追溯到制药厂的生产包装和销售环节，要有一盒表里不一的药只卖给目标，真的有些复杂，但能做到，而且对于AI艺术来说，越复杂，作品的观赏价值就越高。

如果撒碧坐飞机，摔死他！这不容易，比出租车难操作多了，因为被诅咒的只有撒碧一人，诅咒3.0不能杀死其他人，而撒碧大概没有专机，所以摔死他是不可能的。但可以这样：目标所乘的飞机舱内突然在高空失压（用开舱门或别的什么办法），这时，所有乘客都戴上了氧气面罩，只有撒碧的面罩中没有氧气。

如果撒碧吃饭，噎死他！这个看似荒唐，其实十分简单。现代社会的超快节奏催生了超快餐食品，就是一粒小小的药丸，名叫工作丸。工作丸密度很大，拿在手中沉甸甸的像一颗子弹头，服下去后会在胃中膨化，类似于以前的压缩饼干。关键在生产过程中，工作丸的膨化速度是可以控制的，诅咒3.0可以用与开药类似的方式在生产过程中做手脚，生产出一粒超快速膨化的工作丸，再控制销售过程专卖给撒碧。他在进工作餐时，喝水把工作丸送下去，结果小丸在嗓子眼就膨化了。

但诅咒3.0从来没有找到目标，也没有杀死过任何人。早在诅咒1.0诞生时，撒碧受到了不小的骚扰，还有媒体记者因此采访过他，使他不得不改了名，甚至连姓也改了。姓撒的人本来就很少，加上这个名字不雅的谐音，在这个城市里面没有重名。同时，病毒中记录的撒碧的工作单位和住址仍是他十几年前上的大学，使得定位他更不可能。诅咒曾经拥有了进入公安厅电脑追溯目标改名记录的功能，但没有成功。所以在以后的四年中，诅咒3.0仍然只是一件AI艺术品。

但诅咒通配者出现了，他们是大刘和大角。

通配符是一个古老的概念，源自导师时代（这是对操作系统的上古时代——DOS操作系统时代的称呼），最常见的通配符有“＊”和“？”两种，用于泛指字符串中的一切字符。其中“？”指代单一字串，“＊”指代的字符数量不限，也最常用。比如：刘＊，指姓刘的所有人；山西＊，指以山西打头的所有字串；而如果只有一个＊，则指代一切了。所以在导师时代，del＊.＊是一个邪恶的命令（del是删除命令，而DOS系统下的文件全名分为文件名和扩展名两部分，用.隔开）。在以后的操作系统演进中，通配符功能一直存在，只是系统进入图形界面后人们很少使用命令进行操作，一般人就渐渐把它淡忘了，但在包括诅咒3.0在内的各种软件中，它是可用的。

这天是中秋节，但明月在太原城的璀璨灯火中像个脏兮兮的烧饼。大刘和大角在五一广场的一个长椅子上坐下来，摆开他们下午从垃圾桶中翻出的五瓶半酒、两袋半平遥牛肉、几乎一整袋晋祠驴肉和三粒工作丸，准备庆祝一番。天刚黑的时候，大刘还从一个垃圾桶中翻出一台破笔记本电脑，他声称自己能把它修好，否则这一辈子计算机工作就算是白干了。他蹲在长椅旁紧张地鼓捣起来，同时和大角意犹未尽地回味着下午救助站的性援助。大刘热情地请大角把三粒工作丸都吃了，这样可为自己省下不少酒肉，但大角并不上当，一粒也没吃，只是喝酒吃肉。

电脑很快能用了，屏幕发出幽幽的蓝光，大角发现无线上网功能竟然也恢复了，就立刻抢过电脑，先上QQ，他的号已经不能用了；再上九洲网站天空之城豆瓣水木清华大江东去……那些链接都早已消失，他最后扔下电脑长叹一声："唉——昔人已乘黄鹤去。"

大刘拿过半瓶酒喝起来，看了看屏幕："此地连黄鹤楼也没留下。"

然后大刘便细细查看电脑中的东西，发现里面安装了大量的黑客工具和病毒样本，这可能是一个黑客的本本，也许是在逃避AI警察的追捕时匆忙扔到垃圾桶中的。他顺手打开了一个桌面上的文件，是一个已经反编译出来的C程序，他认出了，这正是诅咒3.0。他随意翻阅着代码，回忆着自己编写电子诗人的时光，酒劲上来时翻到了目标识别参数那部分。

大角在一边喋喋不休地回忆着当年峥嵘的科幻岁月，大刘很快也受了感染，推开本本一同回忆起来。想当年，自己那上帝视角的充满阳刚之气的毁灭史诗曾引起多少男人的共鸣啊，曾让他们中的多少人心中充满了军国主义和恐怖分子的万丈激情。可现在，十五本，他的作品仅仅卖出十五本！他又灌下去一大口酒，那还是一瓶老白汾酒，这酒的味道在这个年代已经面目全非，有点儿像威士忌了，但酒精度一点儿没减。他开始恨男读者，进而恨所有的男人，他两眼直勾勾地看着屏幕上诅咒3.0的目标参数，说："显拽的圆润木妖怪……胡东奇（方言，意思是现在的男人没一个好东西）。"顺手把姓名由"撒碧"换成"＊"，工作单位和住址也由"太原工业大学，XX系，XX专业，XX宿舍楼，XX寝室"换成了"＊，＊，＊，

＊，＊”，只有性别参数仍为“男”。

大角也处于一把鼻涕一把泪的感慨中。想当初，自己那色彩绚丽、意境悠远的美文如诗如梦，曾经迷倒多少少女，连自己也成为她们的偶像。可现在，看看旁边经过的那些妙龄少女，居然没一个人朝自己这边看一眼，这太让人失落了！他扔出一个已空的酒瓶，喃喃道：“圆润木素胡东奇，雨润豆素（方言，意思是男人不是好东西，女人就是）？”说着，把目标参数中的性别由“男”改成“女”。

大刘不干了，觉得这没女人什么事，自己那些粗陋的小说从来也不指望获得女读者的青睐，就又把性别参数改回“男”，大角再改成“女”。两人为惩罚自己忘恩负义的读者群争执起来，太原也在成为寡妇城市和光棍城市的可能性之间摇摆不定。大刘和大角最后抡起酒瓶打了起来，直到一个巡警制止了他们。两人摸着脑袋上的鼓包，达成了一个妥协，把目标的性别参数改成了“＊”，完成了诅咒3.0的通配。也许是因为打架的干扰，或由于已经烂醉，他们谁也没动“太原市、山西省、中国”这三个参数。就这样，诅咒4.0诞生了。

太原被诅咒了。

新版诅咒诞生之际，立刻意识到了自己肩负的宏伟使命，由于这个操作太宏大了，诅咒4.0没有立刻行动，而是留下足够的时间让自己充分繁殖，以达到操作所需的足够的数量，同时互相联系，慢慢生成一个统一行动的总体规划，计划的总原则是：对诅咒目标的清除首先从软性操作开始，然后过渡到硬操作并逐步升级。

十小时后晨曦初露时，操作开始。

软操作主要针对敏感的、神经脆弱的和冲动型的目标，特别是那些患有抑郁症和狂躁症的男人、女人。在这个心理病和心理咨询泛滥的时代，诅咒4.0很容易找到这类人。在第一批操作中，有三万名刚从医院完成检查的人被告知患有肝癌胃癌肺癌脑癌肠癌淋巴癌白血病，最多的是食道癌（本地区高发癌症），另有二万名刚化验过血的人被告知HIV阳性。这些结果并非来自简单的伪造诊断结果，而是由诅咒4.0直接操纵B超、CT、核磁共振仪、血液化验仪等医疗检查设备得出的“真实”结果，即使去不同医院复查，结果也一样。这五万人中，大部分都选择了治疗，但有四百多人本来就活腻歪了，得知诊断结果后立刻一了百了，以后还陆续有做此选择的。随后，五万名敏感的抑郁的或狂躁的男女都接到了配偶或情人的电话，男人们听到他们的女人说：你看你那个熊样屁本事没有你还像个男人吗？我已经和某某好了我们很和谐很幸福你去死吧；男人们对他们的女人说：你已人老珠黄其实你当初就是恐龙我瞎了眼怎么看上你的现在我和小三在一起我们很和谐很幸福你去死吧；这个诅咒4.0编造的情敌大都是目标本来就最讨厌的人。这五万人中，大部分都通过直接找对方质问而消除了误会，但也有约百分之一的人选择了他杀和自杀，其中一部分两者同时做了。还有另外一些软操作，比如在已经势不两立、剑拔弩张的几大黑帮之间挑起大规模械斗，或把被判无期或有期徒刑的罪犯的判决书改成死刑并立即执行等等。但总的来说，软操作效率很低，总共清除的目标也就几千人。不过诅咒4.0有着正确的心态，知道大事情是从一点一滴做起的，不以恶小而不为，所有的手段一定要都试到。

在软操作中，诅咒4.0清除了自己最初的创造者。在创造诅咒以后的岁月中，诅咒始祖一直对男人倍加提防，二十年来一直用最现代化的手段监视老公，几乎成为谍报专家。但她有一天突然接到一直安分守己的老公的一个电话，致使心脏病突发，送到医院后又被输入进一步加剧心肌梗死的药物，死于自己的诅咒下。

五天后，硬操作开始了。之前的软操作在城市中激发的超常的自杀和他杀率已经引起了高度恐慌，但诅咒4.0仍需避免政府的分析走上正确的轨道，所以硬操作的第一阶段仍进行得很隐蔽。首先，吃错药的病人数量急剧增加，这些药的包装都正常，但吃下去大部分一剂致命。同时，吃饭噎死的人也大量出现，都是工作丸在嗓子眼膨化所致；还有少部分是撑死的，因为工作丸的压缩密度大大超标，那些食客掂着沉甸甸的小丸，还以为物超所值呢。

第一次大规模清除操作是对自来水系统的操作。即使在一切受控于网络人工智能的城市，把氰化物或芥子气加入自来水也是不可能的。诅咒4.0选择了两种无害的转基因细菌，它们混合后则产生毒性。这两种细菌并不是同时加入到自来水系统中的，而是先加一种，待其基本排净后再加第二种，两种物质的混合其实是在人体内进行的，后一种细菌与前一种在胃和血液中的残留物发生作用生成毒性——如果这时仍不致命，那目标去医院取到的药物再与体内已有的两种细菌发生反应，做完最后的事。

这时，省公安厅和国家AI安全部已经定位了灾难的来源，针对诅咒4.0的专杀工具正在紧急开发中。于是，诅咒操作急剧加速和升级，由隐藏的暗流变为惊天动地的噩梦。

这天早晨的交通高峰时段，从城市的地下传来一连串沉闷的爆炸声，这是地铁相撞的声音。太原市的地铁建成较晚，设计时正值城市成为暴发户的时候，所以十分先进，磁悬浮并在真空隧道中运行，以高速闻名，被称为准时空门，意思是从起点进去后很快就能从终点走出。因此它们的相撞也格外惨烈，地面因爆炸隆起一座座冒出浓烟的小山包，像城市突然长出的恶疮。

这时，城市中的大部分汽车已被诅咒控制（这个时代，所有的汽车都能在网络AI的控制下自动行驶），成为进行诅咒操作的最有力的工具。一时间，全城的上百万辆汽车像做布朗运动的分子那样横冲直撞，但这种撞击并非杂乱无章，而是遵循着经过严密优化计算的规律和顺序，每辆车首先尽可能多地清除车外行走的目标。所以在混乱的开始，发生撞击的车辆并不多，每辆车都在追逐并冲撞行人，车与车之间密切配合，对行人围追堵截，并在空地和广场上形成包围圈。最大的包围圈在五一广场，几千辆汽车围成一圈向中心撞击，一下子就清除了上万个目标。当外面的行人几乎都被清除或躲入建筑物时，汽车开始撞向附近的建筑物，以清除车内的目标。这种撞击同样是经过精密组织的，对于人口密集的大型建筑物，车辆会集中撞击，后面冲来的车会蹿到前面已撞毁的车上面，就这样一层层堆起来，在市里最高建筑三百层的煤交会大厦下面，撞来的车辆堆到十多层楼高，疯狂燃烧着，像是堆在大厦周围的一圈火化的柴堆。在大撞击的前夜，市里出现出租车集体排长队加油的奇观，在撞击时它们的油箱都是满的。与此同时，从城市两个机场强行起飞的上百架民航飞机也纷纷在市区着陆，像一堆巨型燃烧弹，加剧了火势。

政府发出紧急通告，宣布城市处于危急状态，呼吁人们待在家中。这个决定起初看来是正确的，因为与大型建筑相比，居民楼遭到的袭击并不严重，这是因为居民区的道路显然不像城市主要街道那么宽敞，大撞击开始不久后就堵塞了。但很快，诅咒4.0把每一户人家都变成死亡的陷阱，煤气和液化气全部开放，达到爆燃浓度后即点火引爆，一座座居民楼在爆炸中被火焰吞没，有的整座建筑都被炸飞了。

政府的下一步措施是全城断电，但这时城市中已经没电了，诅咒4.0失去了作用，但它们已经成功了。

整座城市陷入一片火海，火势迅速增大，其猛烈程度产生了二战时期德累斯顿大轰炸的效应：城内的氧气被火焰耗尽，人即使逃离火区也难逃一死。

由于很少接触上网的东西，同其他盲流哥们儿一样，大刘和大角逃过了诅咒最初的操作。在后期操作开始后，他们凭着在城市中长期步行练就的技巧，以与其高龄不相称的灵活躲过了多次汽车的冲撞，又凭着对市区道路的熟悉，在大火的初期幸存下来。但情况很快变得恶劣了，整座城市变成火海时，他们正在还算宽阔的大营盘十字路口中心，令人窒息的热浪开始笼罩一切，周围高层建筑中的火焰像巨型蜥蜴的长舌般舔过来。描写过无数次宇宙毁灭的大刘此时惊慌失措，而作品充满人文主义温情的大角却镇定自若。

大角拂须环视着周围的火海，用悠长的语调说：“早知毁灭如此壮观，当初何不写之？”

大刘两腿一软坐到地上：“早知毁灭这么恐怖，当初写它真是吃饱了撑的！唉，俺这个乌鸦嘴，这下可好。”

最后他们达成了一致：只有牵涉到自个儿的毁灭才是最刺激的毁灭。

这时，他们听到一个银铃般的声音，像这火海中的一块晶冰：“刘和角，快走！”循声望去，只见两匹快马如精灵般穿出火海，马背上的是科幻大王编辑部最漂亮的两位长发美女，她们把大刘大角拉上马背，骏马在火海的间隙中闪电般穿行，飞越过一排排燃烧的汽车残骸。不一会儿，眼前豁然开阔，马已奔上了汾河大桥。大刘和大角深吸清凉的空气，抱着美女的纤腰，脸上感受着长发的轻拂，觉得这逃生之路还是太短了。

过了桥就基本进入安全地带，很快和科幻大王编辑部的其他人会合，他们都骑着高头大马，这威武的马队向晋祠方向奔去，吸引着路边步行的逃生者们惊羡的目光。大刘、大角和编辑们都看到，幸存者的队伍中还有一名骑自行车的人，之所以注意到他，是因为这年代自行车也都由网络控制，诅咒早就把所有的自行车完全锁死了。骑车的是一个上了年纪的男人，他是撒碧。

由于早年被诅咒病毒骚扰，撒碧对网络产生了本能的恐惧和厌恶，在生活中尽可能减少与网络的接触。比如他骑的自行车就是一辆二十年前的老古董。他住的地方在汾河岸边，靠近城市边缘，在大撞击开始时，他就骑着这辆绝对没有上网的自行车逃了出来。其实，撒碧是这个时代少有的知足的人，对自己艳遇不断的一生很满足，这时就是死了也无怨无悔。

马队和撒碧最后上了天龙山，大家站在山顶呆呆地看着下面燃烧的城市，这里狂风呼啸，风掠过周围的群山，从四面八方向心地刮向太原盆地，补充那里因热力而上升的空气。

距他们不远，省政府和市政府的主要成员正走下载他们逃离火海的直升机。市长的口袋里还装着一份发言稿，那是即将到来的城庆日的发言。确定太原城的诞生日期颇费了番周折，专家们称：公元前497年前古晋阳城问世，历经春秋、战国，至唐、五代等数十个朝代，太原一直是中国北方的一个军事重镇。从公元979年赵宋毁太原，新兴的太原又先后在宋、金、元、明、清等数朝中崛起，不仅是军事重镇，而且发展成为著名的文化古城和商业都会。于是提出了城庆口号：热烈庆祝太原建市二千五百年！现在，历经了二十五个世纪的城市正在火海中化为灰烬。

这时，同行的军用电台终于与中央取得了联系，得知救援大军正在从全国四面八方赶来，但通信很快又中断了，只听到一片干扰声。一小时后接到报告，各救援队伍停止前进，空中的救援机群也转向或返回。

省AI安全局的一名负责人打开笔记本电脑，上面显示着最新编译的诅咒5.0的代码。在目标参数中，其中的“太原市”“山西省”“中国”也换成了“*”“*”“*”。

天使时代

您将会看到，想象中的魔鬼并不存在，天使时代即将到来。在那个美好的时代里，人类在城市和原野上空飞翔，蓝天和白云是他们散步的花园。人类还将像鱼一样潜游在海底，并且以上千岁的寿命来享受这一切。

对桑比亚国的攻击即将开始。

执行“第一伦理”行动的三个航空母舰战斗群到达非洲沿海已十多天了，这支舰队在海上以“林肯”号航母战斗群为核心展开，如同大西洋上一盘威严的棋局。

此时天已经黑了下来，舰队的探照灯集中照亮了林肯号的飞行甲板，那里整齐地站着上千名陆战队员和海军航空兵飞行员。站在队列最前面的是“第一伦理”行动的最高指挥官菲利克斯将军和“林肯”号的舰长布莱尔将军：前者身材颀长，一派学者风度；后者粗壮强悍，是一名典型的老水兵。在蒸汽弹射器的起点，面对队列站着一位身着黑色教袍的随军牧师，他手捧《圣经》，诵起了为这次远征而作的祷词：

“全能的主，我们来自文明的世界，一路上，我们看到了您是如何主宰大地、天空和海洋，以及这世界上的万种生灵，组成我们的每一个细胞都渗透着您的威严。现在，有魔鬼在这遥远的大陆上出现，企图取代您神圣而至高无上的权威，用它那肮脏的手拨动生命之弦。请赐予我们正义的利剑，扫除恶魔，以维护您的尊严与荣耀，阿门——”

他的声音在带有非洲大陆土腥味的海风中回荡，令所有的人沉浸在一种比脚下的大海更为深广的庄严与神圣感之中。在上空纷纷飞过的巡航导弹火流星般的光芒中，他们都躬下身来，用发自灵魂的虔诚诵道：“阿门——”

/ 一 /

自人类基因组测序完成以后，人们就知道飞速发展的分子生物学带来的危机迟早会出现，联合国生物安全理事会就是为了预防这种危机而成立的。生物安理会是与已有的安理会具有同等权威的机构，它审查全世界生物学的所有重大研究课题，以确定这项研究是否合法，并进而投票决定是否中止它。

今天将召开生物安理会第一百一十九次例会，接受桑比亚国的申请，审查该国提交的一项基因工程的成果。按照惯例，申请国在申请时并不提及成果的内容，只在会议开始后才公布。这就带来了一个问题：许多由小国提交的成果在会议一开始就发现根本达不到审查的等级。但各成员国的代表们却不敢轻视这个非洲最贫穷的国度提交的东西，因为这项研究是由诺贝尔奖获得者、基因软件工程学的创始人伊塔博士做出的。

伊塔博士走了进来，这位年过五十的黑人穿着桑比亚的民族服装，那实际上就是一大块厚实的披布，他骨瘦如柴的身躯似乎连这块布的重量都经不起，像一根老树枝似的被压弯了。他更深地躬着腰，缓缓向圆桌的各个方向鞠躬。他的眼睛始终看着地面，动作慢得令人难以忍受，使这个过程持续了很长时间。印度代表低声问旁边的美国代表："您觉得他像谁？"美国代表说："一个老佣人。"印度代表摇摇头，美国代表看了看他，又看了看伊塔，"你是说……像甘地？哦，是的，真像。"

本届生物安理会轮值国主席站起来宣布会议开始，他请伊塔在身旁就座后说："伊塔博士是我们大家都熟悉的人，虽然近年来深居简出，但科学界仍然没有忘记他。不过按惯例，我们还是对他进行一个简单的介绍。博士是桑比亚人，在三十二年前于麻省理工学院获计算机科学博士学位，而后回到祖国从事软件研究，但在十年后，突然转向分子生物学领域，并取得了众所周知的成就。"他转向伊塔问，"博士，我有个问题，纯粹是出于好奇，您离开软件科学转向分子生物学，除了预见到软件工程学与基因工程的奇妙结合外，是否还有另一层原因——对计算机技术能够给您的祖国带来的利益感到失望？"

"计算机是穷人的假上帝。"伊塔缓缓地说，这是他进来后第一次开口。

"可以理解，虽然当时桑比亚政府在首都这样的大城市极力推行信息化，但这个国家的大部分地区还没有用上电。"

当分子生物学对生物大分子的操纵和解析技术达到一定高度时，这门学科就面对着它的终极目标：通过对基因的重新组合改变生物的性状，直到创造新的生物。这时，这门学科将发生深刻变化，将由操纵巨量的分子变为操纵巨量的信息，这对于与数学仍有一定距离的传统分子生物学来说是极其困难的。直接操纵四种碱基来对基因进行编码，使其产生预期的生物体，就如同用0和1直接编程产生WINDOWS XP一样不可想象。伊塔最早敏锐地意识到了这一点，他深刻地揭示出了基因工程和软件工程共同的本质，把基础已经相当雄厚的软件工程学应用到分子生物学中。他首先发明了用于基因编程的宏汇编语言，接着创造了面向过程的基因高级编程语言，被称为“生命BASIC”；当面向对象的基因高级语言“伊甸园++”出现时，人类真的拥有了一双上帝之手。

这时，人们惊奇地发现，创造生命实际上就是编程序，上帝原来是个程序员。与此同时，程序员也成了上帝。这些原来混迹于硅谷或什么什么技术园区的人纷纷混进生命科学行业来，他们都是些头发蓬乱、衣冠不整的毛头小子，过着睡两天醒三天的日子，其中有许多人连有机物和无机物都分不清，但都是性能良好的编程机器。有一天，项目经理把一个光盘递给一位临时招来的这样的上帝，告诉他光盘中存有两个未编译的基因程序模块，让他给这两个模块编一个接口程序。谈好价钱后上帝拿着光盘回到他那间闷热的小阁楼中，在电脑前开始他那为期一周的创世工作。他干起活来与上帝没有任何共同之处，倒很像一个奴隶。一周后，他摇晃着从电脑前站起来，从驱动器中取出另一块拷好的光盘，趟着淹没小腿的烟蒂和速溶咖啡袋走出门，到那家生命科学公司把那个光盘交给项目经理。项目经理把光盘放入基因编译器中，在一个球形透明容器的中央，肉眼看不见的分子探针精巧地拨弄着几个植物细胞的染色体。然后，这些细胞被放入一个试管的营养液中培养，直至其长成一束小小的植株。后来这个植株被放入无木栽培车间，长成树苗后再被种进一个热带种植园，最后长成了一棵香蕉树。当第一串沉重的果实从树上砍下后，你掰下一个香蕉剥开来，发现里面是一个硕大的橘瓣。

当然，以上只是一个生动的比喻，实际的基因软件开发都是庞大的工程，绝非个人的力量所能及。例如仅编制一个视网膜感光细胞的基因软件，其代码量与一个最新的视窗操作系统相当。所以完全凭借基因编程创造新的生命还只能是病毒级别。科学家们倾向于从生物的自然基因中分离出各种功能模块和函数，通过引用和组合这些模块和函数来得到具有新的特性的生物。对此，面向对象的基因编程语言“伊甸园++”是一个强有力的工具。

“伊塔博士，在宣布会议正式开始之前，我想提醒您，您看上去很虚弱。”会议主席关切地对伊塔说。

一位桑比亚官员起身说：“各位，伊塔博士每天吃得很少。你们一定知道，桑比亚国内目前正面临着严重的旱灾，博士自愿同他的人民一同挨饿。”

法国代表说：“上个月，作为发展计划署考察团的一员，我到过桑比亚和相邻的其他两个受灾的国家，那里的旱情确实可怕，如果大量的救济物资不能及时到位，下半年会饿死很多人。”

“不过，伊塔博士，”美国代表说，“作为一位从事基础研究的科学家，过分的责任心会影响您的研究，结果反而不能够尽到自己的责任。”

伊塔点点头，并半起身冲他微微鞠躬：“您说得很对。唉，小时候留下来的毛病，很难改了。各位想不想听听我小时候的事情？”

这显然离题了，但出于尊敬，大家都没有出声。伊塔用低缓的声音讲述起来，仿佛在回忆中自语。

“那也是一个大旱之年，大地像一个满是裂缝的火炉子，地上被渴死的蛇又被烈日烤干，脚一踏就碎成了末。当时桑比亚正在连年的内战中，就是那场由东方政治集团操纵的推翻布萨诺政权的战争。我们的村子被遗弃了，什么吃的都没有了，雅拉就去吃干草和树叶。哦，雅拉是我的小妹妹，刚懂事，大大的眼睛……她去吃干草和树叶。”伊塔的声音平缓而单调，像是早期的语音软件在读一个文本文件，“她吃得浑身浮肿，肠道也堵塞了。那天晚上，她嘴里含了什么东西，碰着牙“咔咔”响。我问她含着什么，她说在吃糖。她以前只吃过一块糖，是一年前一个来村里招募游击队员的苏联顾问给的。我看到一道血从她嘴里流出来，就掰开她的嘴看，雅拉含的不是糖块，是一个箭头，一个涂着响尾蛇的毒液、用来射杀豺狗的箭头。她最后对我说：雅拉难受，雅拉不想再活了，雅拉死后哥哥把雅拉吃了吧，然后哥哥就有劲儿走到城里去，听说那里有吃的……我还记得那天晚上的月亮，从干旱的大地尽头升起来，昏红昏红的。我没吃小妹妹，但那年在村子里，确实发生了人吃人的事，有些老人立下遗嘱，饿死了后让孩子们吃。”

会场陷入长久的静默。

主席说：“博士，我们现在理解了你在过去十多年所做的用基因软件技术改良农作物的努力。”

“一事无成，一事无成啊！”伊塔摇头叹息，“想当初桑比亚独立之时，我们曾想在祖先的土地上建起天堂。但后来知道，在这样一块苦难深重的土地上，对生活的期望是不能太高的。我们理想的底线在不断后退，我们不要工业化了，我们不要民主了，我们甚至可能连国家和个人的尊严都不要了，但桑比亚人对生活的要求不可能再后退，我们不能不吃饭。这个国家仍然有三分之二的人在挨饿，我们必须想出办法。”

伊塔的话在会场里引起了很大的反响，代表们纷纷低声议论起来。

美国代表说：“非洲确实是一个被文明进程抛下的大陆，但是博士，这是一个涉及到社会政治、历史、地理条件等诸多复杂因素的问题，不是科学家们仅凭手中的科学就能够解决的。”

伊塔摇摇头说：“不，科学也许真能解决饥饿问题，关键在于我们要换一个思考方向。”

代表们茫然地互相对视着，主席首先想到了什么，说：“如果我没理解错，伊塔博士已经开始了我们这次会议的议程了。”

伊塔郑重地说：“是的，主席先生，如果您允许，在介绍我们的研究成果前，我想先让各位认识一个孩子，一个能吃饱饭的桑比亚孩子。”

他挥挥手，一个黑人男孩儿走进会议大厅，他赤裸着上身，肌肉饱满，皮肤光亮，浓密卷发下的一双大眼睛炯炯有神。他用强健而轻快的脚步，把一股旺盛的生命力带进了会议大厅。

“哇，好一个小奥赛罗！”有人赞叹道。

伊塔介绍说：“这是卡多，十二岁，一个土生土长的桑比亚孩子。当然，在平均寿命只有四十多岁的桑比亚，他这样的年纪通常已经不算是孩子了，但卡多确实是孩子，而且是个小孩子，因为他的寿命肯定要超过我们在座的各位。”

“这不奇怪，看得出来这孩子的营养状况很好。”代表中的一位医学家说。

伊塔扶着卡多的双肩环视着会场说：“他肯定与各位印象中的桑比亚儿童有很大差别，那些饥饿中的孩子都是细细的脖颈撑着大大的脑袋，四肢像干树枝般枯瘦，肚子因积水而鼓起，脸上落着苍蝇，身上生着疮……所以大家都看到了，只要吃饱了饭，任何民族的孩子都能变得像天神般高贵。”

卡多向大家点头致意，大声说了一句谁都听不懂的话。

“他在向各位问好，”伊塔说，“卡多只会讲桑比亚语。”

“您刚才说，这孩子是在桑比亚土生土长的？”主席问。

“是的，而且是在桑比亚最贫瘠的地区长大，从未离开过那里。在这场旱灾中，他的家乡饿死了不少人。”

所有人都目不转睛地盯着这个健壮的黑孩子，一时谁也说不出话来。

伊塔第一次露出了淡淡的微笑：“大家的下一个问题自然是：他在那里吃什么？那么下面，我就请大家看卡多吃一顿午餐。”

他说完又向门的方向挥了一下手，有三个人走进会议大厅：其中两位是参加会议的桑比亚官员；第三个人令大家吃惊，他竟是一名纽约警察，腰上累赘地别着手枪、警棍、对讲机等等，手里提着一个大塑料袋，进门后他犹豫地站住了。

“是我们请这位警官进入会场的。”伊塔对主席说。主席示意让那名警察走上前来。

警察走到圆桌旁，两位代表给他让开了位置，他把大塑料袋中的东西都倾倒到桌面上，首先倒出的是一大捆青草，然后是一堆梧桐树叶，最后是一堆深绿色的松针。警察指指这堆青草和树叶，又指指同他一起进来的那两名桑比亚官员说：“这两位先生在庭院里的草坪上拔草，还从树上扯树叶，我去制止他们，他们就把我带到这里来了。”

伊塔起身向警察鞠躬：“尊敬的警官先生，我对我们的粗鲁行为表示歉意，并愿意交纳相应的罚款。我们只是想请您来做个证明，证明这些青草和树叶是真实的。”

警察瞪大双眼说：“当然是真实的！是我把它们收集到袋子里一直提到这里的。”

伊塔点点头：“好吧，卡多该用他的午餐了。”

这个桑比亚孩子抓起一大把青草，卷成粗绳状的一根，像吃香肠那样咬下一大截，津津有味地嚼了起来，草茎被嚼碎时发出的“吱吱”声清晰可闻。他吃得很快，转眼把那粗粗的一把草吃光了，又开始大口吃树叶。

旁观者们的反应分为两类：一部分人极力忍住呕吐的欲望；另一部分人则抑制不住开始咽口水，这是在看到别人享用他感觉中的美味时的一种自然的条件反射，不管那美味是什么。

卡多又卷了一把草吃，然后开始吃松针，他咀嚼的声音立刻发生了变化，一道墨绿色的汁液顺着他的嘴角流下来。他含着满嘴的松针和青草，高兴地对伊塔说了句什么。

“卡多说这里的草和树叶比桑比亚的味道好。”伊塔解释说，“由于盲目地引进高污染的工业，桑比亚已经成了西方的垃圾倾倒场，那里的环境污染比这里要严重得多。”

在众目睽睽之下，卡多吃光了桌子上所有的青草、梧桐叶和松针，他满意地抹去嘴角的绿色汁液，笑着对伊塔点点头，显然是在感谢这顿美味的午餐。

用后来一位记者的描述，会议大厅陷入了“地狱般的寂静”。不知过了多长时间，这寂静才被主席颤抖的声音打破。

“这么说，伊塔博士，这就是您代表桑比亚国提交生物安理会审查的研究成果了？”

伊塔镇静地点点头：“是的，这就是我刚才说过的换一个思考方向：我们既然可以用基因工程来改造农作物，为什么不能用它来改造人自身呢？比如说这个桑比亚孩子，他的消化系统经过了重新编程，使他的食物范围大大扩展。对于这样的新人类，农作物完全可以改种一些速生或抗旱的植物，那些以前让我们头疼的疯长的野草对他们来说就是万亩良田。即使是种植传统作物，他们从土地中收获的粮食也要比我们多十倍。比如对于小麦来说，麦秸秆甚至根系都能食用，粮食对于他们，将真的如空气和阳光一样随手可得了。”

各国代表都如石雕般站在大圆桌旁，把阴沉的目光聚焦到伊塔身上，伊塔坦然地承受着这些目光，平静地说：“尊敬的各位先生，我向联合国转达鲁维加总统的话：桑比亚已准备好为此承受一切。”

主席首先从呆立的状态中恢复过来，撑着桌沿小心地坐下，好像他已虚弱得站立不稳似的，他两眼平视前方说：“您刚才好像说过，这孩子十二岁？”

伊塔点点头。

“这么说，你们在十二年前就对人类基因重新编程了？”

“确切地说应该是十五年前，第一批编程是使用基因汇编语言进行的，半年后，编程工具改用面向过程的高级语言‘生命BASIC’。至于卡多，是用面向对象的‘伊甸园++’编程的，这是三年以后的事了。我们从食草动物中提取了大量消化系统的函数和子模块，去掉了反刍部分，经过优选和组合后植入人类的受精卵基因编码中，但其中有许多程序，比如胃液的成分、胃壁的强度和肠道蠕动方式等，没有借用任何自然代码，纯粹是我们自行编制开发的。”

“伊塔博士，我们最后想知道，在桑比亚，经过重新编程的人类有多少？”

“卡多这一批比较少，只有不到一百人，因为我们对面向对象的编程方式还没有十分把握。重新编程的桑比亚人主要是十五年前的那两批，使用宏汇编语言和‘生命BASIC’编程的受精卵共有两万一千零四十三个，其中两万零八百一十六个成活并正常分娩。”

“哗啦”一声，上届诺贝尔生物学奖获得者、法国生物学家弗朗西丝女士晕倒了。她旁边的另一位诺贝尔奖获得者、德国生理学家、本届生物安理会轮值副主席施道芬格博士脸色发紫、呼吸急促，正闭着眼从胸前的衣袋中摸索硝化甘油片。只有美国代表很镇静，他指着伊塔，转身对那个仍然目瞪口呆的警察说：

“逮捕他。”

他说得很平静，像是朝人借个火儿。看到那个警察茫然不知所措，他蒙着的平静的“薄纱”立刻被摧毁了，如火山爆发般咆哮起来：“听到了吗？逮捕他！别管什么豁免权，那是对人的，不是对魔鬼！”

主席站起身，试图使美国代表平静下来，然后转向伊塔，眼里含着悲愤的泪水说：“博士，您和您的国家可以违反《联合国生物安全条约》的最高禁令，对人类基因进行重新编程，但你们不该如此猖狂，竟到这个神圣的地方来向全人类的脸上泼粪！你们违反了第一伦理，你们抽掉了人类文明的基石！”

“人类文明的基石是有饭吃，桑比亚人只是想吃饱饭。”伊塔向主席鞠了一躬，以他特有的缓慢语调说。

“好了，我们还是散会吧。”美国代表对主席一挥手说，这时他真的平静下来了，“其实大家早就预料到这事迟早会发生，早些比晚些好。我想各位都知道我们该去做什么了，至少美国知道，我们要赶快去做了！”说完他匆匆而去。

会议大厅中人们相继走散，最后只剩下伊塔和卡多，还有那个警察。伊塔搂着卡多的双肩向门口走去，警察阴沉地盯着孩子的背影，一手摸着屁股上的短管左轮低声说：“真该崩了这个小怪物。”

消息传出，举世震惊。

第二天，世界各大媒体上都出现了伊塔和卡多的照片。伊塔用枯枝般的双臂把卡多紧紧搂在他那枯枝般的身躯上，眼睛总是看着地面。而那个黑孩子则强壮彪悍，两眼放光，与伊塔形成鲜明对比，两人融为一体，形成了一个不规则的黑色构图，真是活脱脱的一对魔鬼。

在之后桑比亚代表团逗留美国的两天里，世界各国要求就地逮捕他们的呼声日益高涨，联合国大厦前每天都有人山人海的抗议游行队伍。社会上对桑比亚代表团，特别是伊塔和卡多两人的人身威胁层出不穷。但美国政府表现得十分克制，只宣布将代表团驱逐出境。

这两天，伊塔不分昼夜地紧紧搂着小卡多，在公共场合他的眼睛总是看着地面，但正如有记者描述的，他有着“魔鬼般的灵敏”。周围一有风吹草动，他立刻把孩子护到身后，并抬头凝视着异常出现的方向。他的眼窝很深，整个眼睛都隐没于黑暗中。活脱脱的像一个魔鬼！

桑比亚政府提出用专机接代表团回国，但美国政府不准桑比亚的飞机入境，别国又不肯租给他们飞机，他们只好乘欧洲的一架客机。为了安全，桑比亚政府买下了一等舱的全部机票。当桑比亚代表团登上飞机，伊塔搂着卡多首先走进空荡荡的一等舱时，他长长地松了一口气，紧搂着卡多的手放松了些。在他们登机时，空中小姐们表现出了遇到魔鬼时理所当然的反应：满脸恐惧地避得远远的，只有一位欧洲空姐勇敢地领着他们进入一等舱。这位金发碧眼的姑娘美丽动人，脸上露着真诚的微笑，温暖了桑比亚人那已经凉透了的心。在走出机舱前，她双手合十，用不知从哪里学来的东方礼仪对孩子默默地祝福，一时让旁边的桑比亚人的眼睛都湿润了。

然后，她掏出手枪，紧贴孩子的头部开了两枪。

与后来传说的不同，黛丽丝绝对不是美国政府或其他什么国家派来的杀手，她的谋杀完全是个人行为。事实上，在桑比亚代表团留美期间，美国政府对他们采取了严密的保护措施，文明世界要对付的是整个桑比亚国，在这之前不想节外生枝，但这最后一击实在是防不胜防。客机上的空姐们都配有反劫机手枪，能发射不会破坏机舱的橡木弹头，一般来说人被击中后不会致命，但黛丽丝是贴着孩子的两眼开枪的。

“我没有杀人，哈哈，我没有杀人！哈哈哈！”黛丽丝在开枪后挥着沾满鲜血的双手歇斯底里地欢呼着。

伊塔抱着卡多的尸体，眼睛仍看着地面，一直等到黛丽丝安静下来。她把血淋淋的手指咬在嘴里，用疯狂的目光盯着伊塔。一时间机舱里死一般寂静，甚至能听到从孩子头部流出鲜血的汩汩声。

“姑娘，他是人，他是我的孙子，一个能吃饱饭的孩子。”

黛丽丝在法庭上被判无罪，并很快被媒体炒为捍卫人类尊严的英雄。

桑比亚代表团回国后的第二天，联合国向桑比亚政府发出最后通牒：交出境内的所有生物学家和相应的技术人员，交出所有经过重新编程的个体，销毁所有基因工程设施，该国元首到特别法庭同其他主犯和从犯一起接受审判。

现在，全世界都小心地把那些基因被重新编程的桑比亚人称为“个体”。

桑比亚国拒绝了最后通牒，于是，为了维护人类神圣的第一伦理，文明世界向非洲开始了21世纪的十字军东征。

/ 二 /

“您能不能停一会儿？我看着很累，您这么来回走了有一个多小时了。” 布莱尔舰长说。

菲利克斯将军仍然来回以军人标准的步伐踱着：“在西点，这是教官惩罚学生的办法之一，让他在操场的一角来回走几个小时。久而久之， 我喜欢上了这种惩罚，只有在这时我才能很好地思考。”

“这么说，您在西点是个不讨人喜欢的人，但我在安纳波利斯海校却很讨人喜欢。那里也有这种惩罚，我一次也没受过，倒是在高年级时，我常用它来治那些刚进校的毛毛头。”

“世界任何一所军校都不喜欢爱思考的人，安纳波利斯不喜欢，西点不喜欢，圣西尔和伏龙芝都不喜欢。”

“是的，思考，特别是像您那样思考，对我是件很累的事。不过，我不认为这场战争有很多可思考的东西。”

对桑比亚的“外科手术”已持续了二十多天，每天有上千架飞机狂轰滥炸，从舰载机上的激光智能炸弹攻击到从阿森松岛飞来的大型轰炸机的地毯式轰炸，还有巡洋舰和驱逐舰上大口径舰炮日夜不停的轰击，这个非洲穷国实在剩不下什么了。他们那只有二十几架老式米格机的空军和只有几艘俄制巡逻艇的海军，在二十天前就被首批发射的巡航导弹在半小时内毁灭，而桑比亚陆军的二百多辆老式坦克和装甲车也在随后的两三天内被来自空中的打击消灭干净。随后，攻击转向了桑比亚境内所有的车辆、道路和桥梁，而摧毁这些也用不了多长时间。现在，桑比亚国已被打回到石器时代。

参加攻击的三个航母战斗群已撤走了两个，只留下“林肯”号战斗群完成“第一伦理”行动最后的使命。除“林肯”号航母外，战斗群还包括一艘贝尔纳普级巡洋舰、两艘斯普鲁恩斯级驱逐舰、一艘孔兹级驱逐舰、两艘诺克斯级护卫舰、两艘佩里级护卫舰、一艘威奇塔级补给舰，还有三艘看不见的“肛鱼”级攻击潜艇。

菲利克斯将军突然从踱步中站住，看着布莱尔舰长，舰长很不舒服地想，这人确实像个学者，而且是神经衰弱的那种。

“我还是认为舰队离海岸太近了。”菲利克斯说。

“这样我们可以向桑比亚人更有力地显示自己的存在。我不明白您担心什么。”舰长挥着雪茄说。

舰队，特别是林肯号确实能显示其存在。它是尼米兹级航母的第五艘，于1989年服役，排水量近十万吨，全长三百多米，有二十层楼高，是一座带来死亡的海上钢铁城市。

菲利克斯又接着踱起步来：“舰长，您清楚我的观点，我对现代战争中航空母舰在海上的生存能力一直存有疑虑。在我的感觉中，航母总像是一只漂浮在海上的薄壳大鸡蛋，脆弱得很。”

“您也知道，在参联会和军备听证会上，我是一贯支持您的看法的。但现在，桑比亚军队拥有射程最远的武器可能就是五十五毫米的迫击炮了，如果有，它也只能藏在地窖里，拉出来十分钟内就会被摧毁。事实上，我也觉得这是一场无聊的战争，军队在精神上正在衰落，主要原因是缺少自己的英雄偶像。20世纪后期的几场战争，如海湾和科索沃战争，都没有造就出像巴顿、麦克阿瑟、艾森豪威尔这样的英雄，因为敌手太弱了，这次也一样。”

这时，一名参谋递给菲利克斯一份电报，他看后喜上眉梢，这几乎是攻击开始后他第一次真正露出笑容。

“看来这一切都快结束了。桑比亚政府已接受了所有条件，他们将很快交出桑比亚境内的所有生物学家和基因工程师，以及所有基因被重新编程的个体，在这一切都完成后，元首本人将投案自首。”菲利克斯把电报递给布莱尔。

布莱尔看都没看就把电报扔到海图桌上："我说过这是一场乏味的战争。"

两位将军透过他们所在的航母塔岛上的舰长室宽大的玻璃窗看到，一架海军陆战队的直升机从海岸方向飞来，降落到"林肯"号的甲板上，伊塔一行几人从直升机上走下来，并在周围陆战队员的枪口下低头向塔岛走来。伊塔走在最前面，他仍穿着那身民族服装，像一根披着一块大布的老树枝。

过了一会儿，这一行人走进塔岛，进入舰长室。除了伊塔仍两眼朝下外，其他人都不由得四下打量起来。如果只看四周，这里仿佛就是一间欧洲庄园的豪华客厅，有着猩红色的地毯，华丽的镶木四壁上刻着浮雕，挂着反映舰长趣味的大幅现代派油画。但抬头一看，就会发现天花板是由错综复杂的管道组成的，这同周围形成了奇特的对比。高大的落地窗外，舰载飞机在不间断地呼啸着起降。

伊塔博士没有抬头，向菲利克斯所在的方向微微弯了一下腰，用虚弱的声音缓缓地说："尊敬的将军，我带来了桑比亚国真诚的敬意。您率领的舰队那天神般的力量令我们胆寒，我们屈服认罪。"

菲利克斯将军说："博士，我希望您真的明白你们都做了些什么。"

"我们明白，在文明世界的上帝面前我们跪下，我们认罪，但将军，人要是饿得厉害，就顾不得什么廉耻了。"伊塔深深地鞠躬说。

周围一群年轻的参谋都用鄙夷的目光看着面前这根老干柴。"博士？"一直没说话的布莱尔舰长喊了一声。伊塔微微抬头，被舰长"呸"的一口吐了满脸唾沫，他仍石雕般一动不动地站立着，任白色的唾液顺着他那深纹密布的脸流到纷乱的胡子上。

菲利克斯惋惜地摇摇头："您本来可以不挨饿的，留在文明世界，您有可能再获一次诺贝尔奖，却去为连人类最起码的伦理都不顾的极权政府工作。"

"我为桑比亚人民工作。"伊塔又鞠一躬。

“你给桑比亚人民带来了灾难。”菲利克斯说。

“不管这灾难是谁带来的，将军，鲁维加总统都殷切地希望它快些结束。为表达这个和平的心愿，国王还给将军带来了一件小小的礼物。”

伊塔说完，从后面的一个人手中拿过了一个鸟笼大小的木笼子。伊塔把笼子放到地毯上，轻轻打开笼门，一个雪白的小动物跑了出来，舰长室中的所有军人发出了一阵惊叹声。那是一匹小马！它只有小猫大小，但在地毯上奔跑起来矫健灵活，雪白的鬃毛在飘荡，明亮有神的眼睛惊奇地看着这个世界，然后发出了一声清脆悠扬的嘶鸣。更神奇的是，小马居然长着一对雪白的翅膀，他们仿佛看到了从童话中跑出来的精灵！

“啊，太美了！我想这是您的基因软件杰作吧？”菲利克斯惊喜地问。

伊塔又微微一躬身回答：“这是马和鸽子的基因组合体。”

“它能飞吗？”

“不能，它的翅膀没那么大力量。”

菲利克斯说：“博士，我代表贝纳感谢您，哦，贝纳是我十二岁的小孙女，她一定会为这礼物高兴得发狂的！”

“祝她幸福美丽，也祝未来的桑比亚孩子有她十分之一的幸运，十分之一就足够了，将军。”

此后三天，大批的运输直升机频繁往返于桑比亚的内陆和沿海之间，从内地运来大批桑比亚政府交出的经过基因重新编程的“个体”。他们都是十五岁的黑人，绝大部分是男性。这些人被装上等候在沿海的运输船和登陆艇，每艘船装满后立刻向远海驶去。

由于收到了中央情报局的一份紧急情报，菲利克斯将军决定再次召见伊塔。伊塔走进舰长室后，立刻目不转睛地看着窗外。在不远的海面上，几架体形庞大的支奴干运输直升机正悬停在一艘运输船上方，黝黑的“个体”不停地从机舱中爬出，顺着软梯下到戒备森严的甲板上，然后在持枪士兵的推搡下进入舱里。

菲利克斯来到伊塔身边，同他一起看着海上的情景：“这是最后几船了，三天运走了两万个个体。”

“他们要被送到哪里？”伊塔问。

“博士，这不是你我应该关心的事情。”菲利克斯冷冷地说。

“我们所在的这艘大船叫“林肯”号吗？”伊塔突然问。菲利克斯茫然地点点头。“怎么会叫这个名字呢？在上上个世纪，非洲的黑奴就是这么被运走的，他们的基因并没有经过重新编程。”

菲利克斯笑着摇摇头：“这是两回事，博士。我可以许诺，当这些个体还在我的管辖范围内时，他们会尽可能地得到人道待遇，就是野生动物也应该受到保护，但仅此而已。他们以后的命运与我无关，与您也没有关系了。”

看到伊塔沉默无语，菲利克斯接着说：“那么，我们谈正事吧。博士，我知道那些个体比正常人要健康得多，但他们有时也会得一些正常人不会得的病。比如前不久，在个体中传染一种皮肤病，虽不会致命，但患者十分痛苦。为了制止这种病的传染，你们研制了一种接种疫苗，委托欧洲的一家制药公司生产。据我所知，已交货的疫苗总量够四万个个体用。”

菲利克斯注意到伊塔掩着披布的一只手难以觉察地抖动了一下，但说话的声调仍是那么沉缓：“只有两万余名个体，将军。”

菲利克斯点点头：“我愿意相信，博士。只是有一个小小的要求：能把那剩下的两万份疫苗让我们看一下吗？只是看一下，我们不带走，它们对正常人没用。”

伊塔不说话。

“您是想说，它们在轰炸中毁了吗？”

伊塔缓缓地摇摇头：“不，那些疫苗都用完了。将军，我清楚您已经什么都知道了。”

“是的，博士，您撒了谎。十五年前重新编程的受精卵不是两万个而是四万个，现在桑比亚境内还有两万个个体，立刻把它们交出来！”

伊塔把枯瘦的身体转向菲利克斯，眼睛仍然看着下方，这使人觉得他像一个盲人，他说：“将军，在我的感觉中，您是一个明白人。”

菲利克斯双眉一挑问：“哦，在哪些方面？”

“很多方面。比如，您真是以一个十字军骑士的激情来领导这场战争吗？”

菲利克斯摇摇头：“不，我是以很理性的态度来对待自己的使命的。对于国际社会在这件事情上的大惊小怪，我觉得多少是一种矫情。”

伊塔无动于衷，倒是旁边的布莱尔舰长把目光从伊塔移到菲利克斯身上，吃惊地盯着他：“将军……”

“随着本世纪前二十年基因工程突飞猛进的发展，人类社会的宗教情绪也与日俱增，表面看来这是对生命伦理的崇敬和维护，其实是人类在使其茫然的技术社会中试图找到一种精神依托的表现。”

布莱尔大叫起来：“你怎么能这样说呢，将军？您应该知道，对人类基因的重新编程等于把人类置于与他自己可以随意制造的机器一样的地位，这将摧毁现代文明的整个法制和伦理体系的基础！”

“您把电视上的话背得很熟，”菲利克斯不以为然地笑笑说，“但您所说的信仰和伦理体系是以西方基督教文化为基础的，而别的文化并不一定认同这种体系。在伊塔博士的非洲文化中，创世主的概念是很模糊的，比如马萨伊曾说：‘当神着手准备开创世界时，他发现那里有了一支多洛勃（狩猎的部落），一头象和一条蛇。’就是说人类和其他生命是先存在的，是一种自发的创造物。所以在他们的文化中，对人为干预生命的进化，并没有西方基督教文化这么多的忌讳。就以西方文化本身来说，它的法制和伦理也不会因为对人类基因的重新编程而崩溃。事实上，为了更小的理由，我们早就在违反第一伦理，比如本世纪出现的克隆人，上世纪的试管婴儿。更早一些的时候，我们那些高贵的女士们为了少一些麻烦和责任，并没有太多的犹豫就去堕胎了。在这些事面前，我们的法制和伦理体系好像也很现实地适应了，并没有丝毫崩溃的迹象。至于西方世界对在非洲发生的这件事这么大惊小怪，不过是因为我们不需要以野草和树叶充饥罢了。”

布莱尔目瞪口呆了好一阵儿，迷惑地摇摇头。

菲利克斯对伊塔笑笑说：“别在意，博士，布莱尔舰长显然平时很少思考这类问题。”

“我的任务不是思考。”舰长气鼓鼓地说。

“菲利克斯将军是个明白人。”伊塔真诚地说。

“我已经足够坦率，那么请问博士，您是如何一眼把我看透的呢？”

“不是一眼，我们十多年前见过面，那是在麻省理工的一次鸡尾酒会上。您当时还是一名准将，在南卡罗来纳州的新兵训练营负责新兵训练工作。您说在现在的美国青年中，可以招到像科学家的士兵，像工程师的士兵，像艺术家的士兵，但像士兵的士兵却越来越难找了。接着你就说，基因工程有可能为美国创造出合格的士兵，这是军方人士第一次在这样的生物学家聚会上说这种话，因此我记住了您。”

“这真是一个好主意。”布莱尔舰长赞许地点点头。

“所以，舰长，只要有需要，伦理终究是第二位的。”菲利克斯对布莱尔说，极力掩盖着自己的轻蔑。

“那么，将军，您一定理解我的请求，求你们放过那两万个桑比亚人吧。”伊塔对“第一伦理”行动的指挥官连连鞠躬，看上去真像一个老乞丐。

菲利克斯坚定地摇摇头：“博士，我是军人，在执行使命，这与我对基因工程的看法没有关系。我再说一遍，把那两万个个体交出来，即使您认为他们是桑比亚的未来。”

“将军，他们是全人类的未来。”

“这没有意义，我们不但确切地知道那两万个个体的存在，甚至能猜到他们的隐藏之处。如果你们拒绝交出，我们只能轰炸那些丛林。”菲利克斯把手向下一劈说。

“知道怎样轰炸吗？”布莱尔把脸凑近伊塔说，“不是用林肯号上的飞机，它们太小了，是从阿松森基地飞来的巨型轰炸机。它们装满了燃烧弹，在那些丛林地带沿 X 形的对角线投弹，这样不管风向如何，都能形成一片完美的火场，其中火焰的温度可以烧化钢铁，连细菌都活不下去。”

菲利克斯接着说：“怎么样，博士？即使为了那些个体着想，也应该把他们交出来。”

伊塔用当地的土语哀叹了一句什么，整个身体像失去支撑似的摇摇欲坠："给我电话，我向政府转达你们的意思。"

"很好，还要说明，不能用上次的移交方式。从内陆用直升机运送两万人太困难，在降落点和途中还不时遭到游击队的袭击，我们要求你们把那两万个个体运到海岸来，就在这片沿海平地上，在舰队的火力控制范围内。以上的事完全由你们来做，然后我们用登陆艇一次性接收。"

"我转达。"伊塔无力地点点头。

当伊塔随着押解的陆战队员走到舰长室门口时，他突然转过身来。美国人惊奇地发现，他的腰不驼了，现在站得挺直，这才可以看到他原来是那么高大的一个人；他那双隐没于眼窝黑影中的眼睛，自那仿佛深不见底的黑潭中射出两道冷光，令在场所有人打了个寒战。

"离开非洲。"伊塔说。

"您说什么？"布莱尔舰长问。

伊塔没有理会，转身迈着大步走出去，那步伐之强健有力也与以前判若两人。

"他说什么？" 布莱尔又转身问其他人。

"他让我们离开非洲。"菲利克斯说，双眼沉思地盯着伊塔离去的方向。

"他……哈……他真幽默！"布莱尔大笑起来。

入夜，在舰长室里，菲利克斯将军入神地看着桑比亚人送他的那匹小马。它正站在宽大的海图桌上，津津有味地吃着勤务兵刚送来的卷心菜。然后，他起身来到外面的舰桥上，凝视着远方非洲的海岸，一股热风吹到脸上，风中夹着烟味，远方的陆地笼罩在一片红光之中，那是桑比亚的城市在燃烧；火光映红了半边夜空，并在海水中反射，构成了一个虚假的黎明。

"将军，看得出您很忧虑。"布莱尔舰长也悄声来到舰桥上，站在菲利克斯后面问。

"我们面对的，是一个被逼到墙角的民族。"菲利克斯看着燃烧的大陆说。

“那又怎么样？在这个世界上，鸡蛋就是鸡蛋，石头就是石头，我相信一切都会很顺利的。”

“但愿如此吧。四十多年前的那一天我记得很清楚，我和几名陆战队员一起守在西贡大使馆的楼顶，直升机正在运走最后一批人。文进勇将军指挥的北越军队离那儿只有几百米了，而美国在越南的势力范围，只剩大使馆楼顶这几十平方米了。一颗炮弹飞来，一名陆战队员被齐肩炸成两半，我还记得他的名字，他是最后一个死于越南的美国军人……那一时刻铭心刻骨，从此我明白了战争是一个很深奥的东西，谁都难以真正看透它。”

当菲利克斯被一名中校参谋叫醒时，天刚蒙蒙亮。参谋告诉他，指定的海岸地段已经集结了两万多桑比亚人，好像就是桑比亚政府交出的那两万个个体。

“不可能这么快的！”菲利克斯盯着参谋喊道，“他们靠什么集结？桑比亚大部分的公路和铁路都难以通行，就是有畅通的道路和足够的车辆也不可能这么快集结两万人！”

菲利克斯起身抓起一个望远镜，冲到舰桥上。清晨的海风让他打了一个寒战，舰桥上已站满了举着望远镜观察海岸的海军军官，布莱尔舰长也在其中。

向岸上望去，望远镜中出现的是从海岸延伸出去的广阔的平原，燃烧的城市升起的烟雾如同平原后面一张巨大的黑灰色幕布。菲利克斯看到平原的地平线上有几个黑点，这些黑点渐渐变成了一条条黑线。很快，这些黑线连接起来，给地平线镶上了一道黑边，菲利克斯立刻看出了这不是那两万个等待接收的“个体”，而是一支准备发起攻击的陆军部队。他们的队形整齐地推进着，菲利克斯放下望远镜，用肉眼也能看到桑比亚军队像黑色的地毯一样渐渐覆盖了平原。他再次举起望远镜，看到阵线在加快速度，很快整个方阵都飞奔起来。黑人士兵们高举着冲锋枪怒吼着，像潮水一样扑向大海。

“桑比亚人要投海自杀？”舰队中所有目睹这一壮观景象的人都迷惑

不解。在“林肯”号上，菲利克斯首先发现了什么，脸一下变得煞白，他扔下望远镜，声嘶力竭地大叫起来。

“战斗警报！舰炮射击！ 所有攻击机起飞！快！！”

战斗警报尖利地响起。已冲到海边的桑比亚步兵阵线中突然出现了一大片白色的东西。那一片白色急剧抖动着，激起了高高的尘埃，舰队的人们一时无法相信自己的眼睛。

所有的桑比亚士兵都长着一对白色的翅膀，这是两万多名会飞的人！

在一片尘埃之上，飞人群升到空中，飞行的阵线黑压压一片，遮住了初升的太阳。这支空中军队越海向舰队扑来。

这时，舰队的“宙斯盾”系统已对来袭的飞人群做出了反应，首批舰对空导弹从“林肯”号周围的巡洋舰射向飞人，约五十条白色的烟迹扎入了飞人群。这首批导弹都击中了目标，清脆的爆炸声从空中传来。飞人群中在一阵闪光后出现了一团团黑烟，被击中的飞人血肉横飞，翅膀的白色羽毛如一片片细微的雪花在天空飘散。航母上观战的人们发出一阵欢呼声，但凭理智仔细观察攻击效果的菲利克斯将军和布莱尔舰长心凉了半截，一道简单但严酷的算术题摆在他们面前。

从现在的情况看，每枚舰空导弹在击中目标时，弹头爆炸的杀伤力可击落周围二到三个飞人。舰队的舰空导弹的弹头是为击毁空中战机这样的点状目标而设计的，爆炸时只产生很少的高速弹片，因而面积杀伤力不大，而飞人群受到导弹攻击后正以很快的速度散开，所以，一枚舰空导弹很快只能击落一个飞人了。具有较强面积杀伤能力的舰对舰导弹和巡航导弹，对这样方向和距离的目标毫无用处。

这里还有一个致命的弱点：舰队的舰空导弹中只有不到一半采用传统的红外、雷达和激光制导方式，这大多是上世纪就已装备的“海标枪”、“海麻雀”和“标准”型舰空导弹。近年来，这支强大舰队真正引以为傲的是采用像素制导的舰空导弹，像素制导是上世纪的导弹设计师们追求已久的梦想，在这种制导方式下，导弹感受到的目标不再是传统制导方式下的点状，而是一个三维图像，通过高超的模式匹配技术对目标进行识别，正如给导弹装上了一双智慧的眼睛，这就使得导弹可以打击目标最致命的部位，因而像素制导导弹的战斗力较传统导弹大为减小。但现在在这双智慧之眼中，那些飞人怎么看也不像是需要打击的空中目标，更像是大些的飞鸟，所以这些聪明的导弹都做出了理智的选择：绕开他们。人工智能再一次变成了人工愚蠢，更换每个导弹的模式数据库是无论如何也来不及了。

整个舰队携带的舰对空导弹约为三千枚，这比正常情况已超载一倍了。这样数量的导弹在“宙斯盾”系统的引导下，足以对付一个大国的全部空军力量对舰队发动的攻击，进行这种攻击的敌机可能有两千架左右。而现在，舰队面对着十倍数量的飞人，每个飞人对舰只的攻击能力当然无法同战机相比，但要击落它，也要耗费一枚导弹。用航母上的战斗机对付飞人，道理也一样，况且战斗机可能来不及起飞。于是，两位将军，他们统率着这个星球上最强大的舰队，现在却不得不承认这样的现实。

对于飞人，舰母战斗群的主要武器不再具有优势，质量代替不了数量。

“林肯”号的周围，舰空导弹一批接着一批地发射，导弹的尾迹在空中组成一团巨大的乱麻。舰队没有人欢呼了，现在即使普通水兵也解开了那道算术题，以往他们最引以为豪的东西现在靠不上了。

当所有的舰空导弹全部用光后，只击中了不到两千个飞人，而现在，从海岸方向向舰队冲来的飞人阵线的前锋，已掠过了战斗群外围的巡洋舰和驱逐舰，直向“林肯”号航母扑来。

现在，舰队只能依靠舰炮和机枪火力了，几乎所有的舰炮都全力射击。打击飞人最为有效的武器是密集阵火炮系统，它原是用于击落一千五百米范围内突破舰队防御系统的漏网反舰导弹的，由六管二十毫米的火炮组成，具有每分钟三千发的高射速。密集阵火炮的每一次扫射，都在空中划出一条死亡的曲线，都有一排飞人被它那密集的弹流击落。但密集阵火炮无法长时间连续射击，它的高射速和快初速使炮管很快发热老化，必须频繁地更换，加上数量有限，它们最终也无法对来袭的大批飞人形成有力的阻击。其他的大口径舰炮射速太慢，同时，飞人的飞行轨迹是一条不断波动的正弦线，用普通舰炮对它们射击就像用步枪打蝴蝶 样，命中率很低。所以现在唯一能依靠的武器就是机枪了。

这时，菲利克斯的脑海中浮现出古代中国关于冷兵器战争的一句话——“临敌不过三发”，意思是说在敌人的骑兵冲到阵地前这段时间里，弓箭手只能射出三支箭，这绝妙地反映了目前“林肯”号的处境。

现在，飞人开始对“林肯”号冲击了，飞人从各个高度接近航母，最高的飞人飞到上千米，最低的紧贴海面掠过，近两万名飞人使林肯号笼罩在一团死亡的阴云中。航母上的人听到从各个方向传来的飞人的呼喊声，这些声音使他们头皮发炸。抬头看着那密密麻麻的遮住阳光的飞人群在头顶盘旋，他们仿佛身处噩梦之中，同时也意识到一个严酷的现实：在高技术的温床中沉浸了几十年后，他们终于获得了一个成为真正战士的机会——要同敌人面对面肉搏了。

意识到这点，菲利克斯反而冷静了许多。他拿起扩音器，沉着地发出命令：“立刻向舰上人员分发所有轻武器，重点防守塔岛、升降机口、弹药库、航空油库和核反应堆。这是最高指挥官在说话，全舰人员，准备接敌近战！”

布莱尔舰长茫然地看着菲利克斯将军，好半天才理解了他的话的含义。他默默地走到海图桌前，从一个抽屉里拿出自己的手枪。他看着枪，无言地沉思着。突然，他听到了一声悠扬的嘶鸣声，是那匹小飞马发出的。舰长抬枪对着小马射出三发子弹，那个美丽的小精灵倒在血泊中。

又一个让他们措手不及的尴尬场面出现了：在早期航母中，轻武器是由各战位分散保管的，但由于自二战以来舰上人员从未有使用轻武器的机会，所以不知从什么时候起，现代航母上的轻武器都在一个专用仓库中集中保管。“林肯”号上有近六千人，除了岗位不能离开的人外，有近四千人涌向位于航母中层的军火库中去领枪，一时把狭窄的通道堵塞了。军火库门口更是乱作一团，负责分发武器的军官只能把步枪向人群中扔，领到枪的人也挤不出去，只能把枪向后传，看上去很像近代某个城市暴动的场面。这时，“林肯”号广阔的飞行甲板只能由舰上数量不多的海军陆战队守卫了。

第一个飞人在“林肯”号的飞行甲板上着陆了，他那雪白的双翅轻盈地抖动，双脚接触甲板时没发出一点声音。这时谁也不会认为他是魔鬼，这是希腊神话中才有的人物，是神灵的化身，它来自远古的梦幻，如同一个美丽的幻影降落到人类这粗陋的钢铁世界中。甲板上的陆战队员被他那惊人的美震慑了，很多人呆呆地看着，忘了开枪。但这个飞人战士还是很快被来自各个方向的弹雨击倒了。他倒在甲板上，双翅上雪白的羽毛被自己的鲜血染红了。紧接着又有三个飞人着舰，其中一名幸存下来，躲到飞行甲板左舷的一个光学引导装置后面同陆战队员们对射起来。

又有几个飞人降落后被击毙，飞人战士们意识到这时着舰代价太大，就开始从空中向航母投掷手榴弹。航母上的人们也尝到了被轰炸的滋味，当一大群飞人呼啸着从飞行甲板上空掠过后，手榴弹如冰雹般“噼里啪啦”地落下，然后在一片爆炸声中，那些仍停在甲板上的昂贵的“雄猫”和“大黄蜂”一架架被炸成碎片。

来自空中的手榴弹成功地遏制了航母上的轻武器火力，飞人的第二次强行降落取得了成功，很快有上百名飞人战士登上了“林肯”号，他们依托着左右舷的下陷结构和甲板上飞机的残骸同舰上的陆战队和水兵枪战，掩护更多的飞人着舰。

现在，令“林肯”号的守卫者们最尴尬的局面出现了：首先，他们在人员素质上处于劣势。经过基因优化，又在非洲丛林中成长的飞人是天生的战士，在这传统的近战中，他们骁勇敏捷，所向无敌。而“林肯”号上的人，除了为数不多的海军陆战队员外，其他人与其说是军人还不如说是工程师和技师，受过的陆战训练不多，在这残酷的近战中根本不是飞人战士的对手。最可怜的要数那些飞行员了，这些曾令敌人闻风丧胆的空中杀手、航母战斗群的刀锋，现在什么都不是了。布莱尔悲哀地从舰长室的窗中看到一名中校飞行员，缩在F14的座舱中，伸出手枪乱打一气，弹夹打光了还在不停扣扳机，直到一名脸上涂着红黑相间条纹的飞人爬上飞机，用一把猎刀砍下他的脑袋为止……

更令“第一伦理”行动的执行者们无法忍受的是，他们现在在武器上也处于劣势！在这样的近战中，他们的M16步枪并不比桑比亚飞人手中古老的AK47好多少。而且，“林肯”号上轻武器库中的步枪只有不到两千支，这样，舰上大部分人只能用手枪作战了。“林肯”号上的六千名官兵不过是被堵在钢铁中的一堆肉而已。

在三个足球场大小的飞行甲板上，飞人仍在以很快的速度降落，现在，他们在舰上的人数已过千人。“林肯”号虽然在人数上仍占优势，但大部分人都被刚才飞人从空中投下的手榴弹轰炸堵在舰内，飞行甲板渐渐被飞人战士控制。现在，他们重点攻击的目标有两个：一个是飞机升降机口，这是进入舰体内最宽敞的通道；另一个是塔岛，这是航母的神经中枢。

一群飞人从舰长室外掠过，可以听到手榴弹砸在舱壁上的声音，有一枚破窗而入，落到海图桌上。看着那个冒着青烟旋转的东西，菲利克斯将军仿佛走进了时间隧道，又闪回他的青年时代。那是在热带暴雨中的南越丛林中，十八岁的他也看到一枚手榴弹在眼前冒着青烟旋转，甚至外形也同眼前这颗一样，是前华约国的制式武器，弹体和弹柄都是绿色的……对历史和现实的感触都凝聚在这生死的一瞬间。将军出神地盯着那个东西，多亏一名参谋把他扑倒在地。

又过了十几分钟，着舰的飞人已超过两千，他们完全控制了飞行甲板，也成功地阻击了周围的巡洋舰和驱逐舰上的增援。现在从外面看，“林肯”号上已全是飞人战士的身影，AK冲锋枪嘶哑粗放的射击声盖住了一切，M16步枪纤细的“啪啪”声只能零星听到。

突然，布莱尔舰长听到了一声爆炸，从升降机方向传来。同到处响起的手榴弹爆炸声相比，它很沉闷，只是隐隐约约能听到。他的心顿时沉到了底。作为一名经验丰富的军人他不会听错的，这是飞人战士在用塑性炸药炸开舰体内部的水密门，他们已进入了“林肯”号。菲利克斯也意识到了这点，他知道，现代巨型航空母舰的内部结构是极其复杂的，即使是舰上人员，在没有地图的情况下也会迷路。但对于飞人战士，这可能不是个太大的障碍，因为他们要找的地方都是体积庞大、方位明确的。“林肯”号有三个致命处：弹药库、航空油库(存放着供舰上作战飞机使用的八千吨航空燃油)和为全舰提供动力的两座压水核反应堆。飞人战士找到这三样东西中的任何一样，“林肯”号就死定了。同时，核动力航母是一个极其复杂的系统，在内部随意地破坏也可能带来致命的后果。

那不祥的爆炸声又响了起来，一声比一声沉闷，如同一只巨兽的脚步，一步步向“林肯”号的深处走去。

现在，结局只是时间问题。

着舰的飞人已过五千，甲板上的战斗基本停止了，而指挥塔岛同全舰和外界的联系几乎中断。虽然塔岛还未完全失守，“林肯”号已失去了大脑。

在以后的一个多小时内，“林肯”号几乎沉寂下来，只有舰体内的爆炸声能隐约听到，而且向不同的方向扩散。飞人战士像进入“林肯”号这只巨兽体内的无数只蚂蚁，正在吞食着它的内脏。同时，飞人加强了对塔岛的攻击，在从下面攻打的同时，他们从空中直接跳到塔岛的上层建筑上。

突然，“林肯”号微微震动了一下，布莱尔冲到窗边，看到大团的白色蒸汽从舰体两侧升起，并听到一阵隆隆声，那是舰体下面海水沸腾的声音。舰长知道，飞人战士找到了“林肯”号三个致命处的一个：核反应堆。虽然反应堆在舰体的最下部，但它们的方位是最明确的。飞人战士显然已炸毁了反应堆的冷却系统。布莱尔可以想象，堆中的反应物质如火山岩浆般流了出来，但它比岩浆灼热许多倍，它流到航母的舰底，就如同把烧红的火炭放到硬纸板上一样，很快把舰底烧穿了。

又一阵冰雹般的手榴弹扔到舰长室周围，震耳欲聋的爆炸声后，AK冲锋枪密集地在外面响了起来，好像一阵突然爆发的狂笑。保卫舰长室的陆战队员们在舱门和窗口相继倒毙，一群飞人战士撞开门冲了进来，他们的翅膀合在身后，像是披着白色的斗篷。布莱尔舰长伸手去拿放在海图上的手枪，立刻同几名年轻参谋一起被眼疾手快的飞人战士乱枪打死。菲利克斯将军手里握着枪，但没举起来。飞人战士盯着他肩上的四颗星，没有再开枪，他们就这样对峙着。

飞人们突然向两边分开，伊塔博士走了进来。他仍披着那块披布，同周围戎装的飞人战士形成鲜明对比。一个飞人用生疏的英语让菲利克斯放下武器。

菲利克斯仍紧握着手枪，用另一只手整理了一下军服：“开枪吧，黑鬼。”

伊塔博士抬起头来，菲利克斯又一次看到了他那深邃的双眼。

“将军，我们的血也是红的。”

“你们可以击沉‘林肯’号，但最后你们一个也跑不掉！”

伊塔笑了一下，这是菲利克斯第一次看到他笑：“他们当然能跑掉，他们可以任意飞越国境，雷达系统不能把他们同飞鸟区别开来。他们到处都能得到食物，即使是在现代社会，要消灭这样一批人也是不容易的。更重要的是，他们很快就会成为合法的人，将享有作为一个人的一切权利。”

“这我不明白。”

“您是个聪明人，正如您所说，即使在所谓的文明世界，只要有需要，伦理是第二位的。那里的人们当然不需要吃野草和树叶，但他们肯定需要飞翔，这是人类最古老的梦想，没人能抵挡它的诱惑。您将会看到，想象中的魔鬼并不存在，天使时代即将到来。在那个美好的时代里，人类在城市和原野上空飞翔，蓝天和白云是他们散步的花园。人类还将像鱼一样潜游在海底，并且以上千岁的寿命来享受这一切。将军，您已经看到了这个时代的曙光。”

伊塔博士说完，转身走了出去，同时用桑比亚语说了句什么，接着所有的飞人战士都转身走了，没有一个人再看菲利克斯一眼。

“林肯”号航空母舰直到黄昏时才完全沉没。当舰上的塔岛最后没入水中时，被压出的空气发出巨大的嘶鸣，像非洲海岸凄厉的号角。菲利克斯将军站在一艘巡洋舰的舰桥上，用困惑的目光望着远方非洲古老的土地。

在那块百万年前诞生人类的土地上，飞人群在夕阳中凯旋。

西 洋

在征服欧洲后不久，明朝舰队就向西，向大西洋的深处驶去。他们走啊走，走啊走，在两个月艰难的航程中，一双双眼睛望着大西洋天水相连的远方，盼望着家乡的海岸在那里浮现……终于，陆地出现了，但那不是梦中的乡土，而是一个长着龙舌兰和仙人掌、出没着红种人部落的陌生世界。

公元1420年，非洲，索马里，摩加迪沙沿海

这是明朝舰队打算到达的最远的地方，永乐皇帝也只让走到这里。现在，二百多只船和两万多人，静静地等待着返航的命令。

郑和沉默地站在“清和”号的舰首，他面前的印度洋笼罩在热带的暴雨中。四周一片雨雾，只有闪电刺破这一片朦胧时，舰队才在青色的电光中显现，“清远”号、“惠康”号、“长宁”号、“安济”号……如同围在旗舰四周纹丝不动的巨大礁石。众多的非洲酋长在船上欢宴三天后已上岸，激越的非洲鼓声从雨中隐约传来，岸上棕榈林中打鼓的黑人狂舞的身影如暴雨中时隐时现的幽灵。

“该返航了，大人。”副将王景弘低声说。在郑和身后，站着远航统帅部的全体成员，包括七名四品宦官及众多的将军和文官。

“不，继续向前走。”郑和说。

在统帅部其他人的感觉中，这一刻空气和雨滴都凝固了。“向前？到哪里？”

“向前走，看看前面有什么。”

“那有什么用呢？我们已证实建文帝不在海外，他肯定死了，我们也给圣上搞到了足够的珍宝，该返航了。”

“不，如果天圆地方，大海就应有边缘，大明的船队应该航行到那里。”郑和的双眼渴望地看着雨雾深处，看着他想象中的海天连线。

“这么做违抗了圣命，大人！”

“我意已决，不从者可以自己回去，但最多只能带十艘船。”

郑和听到身后有剑出鞘的声音，那是卫士王景弘的剑；接着有更多的出鞘声，那是郑和卫士的剑。然后一切都沉默着，郑和没有回头。

像来时一样突然，暴雨停了。太阳的光柱刺破云层，天水相连处金光灿烂，显示出无法抗拒的神秘诱惑。

“起航！”郑和大声发令。

公元1420年6月10日，明朝舰队浩浩荡荡，撞开印度洋的滚滚波涛，向好望角驶去。

公元1997年7月1日，欧洲，北爱尔兰，贝尔法斯特

中国国旗降下后，英国国旗在《上帝保佑女王》的乐声中升起。在旗的上缘接触杆顶时，时钟刚刚走过零点，这时，我们在这块土地上已是外国人了。

虽有幸参加交接仪式，我也只能站最后排，所以是最早走出议会大厅的。

十五岁的儿子在外面等着我，静静地，我们最后看看北爱尔兰。这是典型的英伦夏夜，潮湿多雾，雾在街灯的黄光中像轻纱般飘过，拂在脸上像毛毛雨。在幽暗的灯光和迷蒙的雾中，贝尔法斯特像一个宁静的欧洲乡村。这是我度过前半生的地方，一小时后我们会带着所有的东西离开。但我带不走自己的童年、青春和梦想，它们将永远留在这块宁静而多雾的土地上。

本来，中英联络组要工作到下世纪初，但我还是说服领导，把我早早调到新大陆去。表面上我给自己的理由是：对自己的前途来说，早走比晚走好；但内心深处真正的理由是想尽快远远地离开一起生活了十六年的刚刚离婚的前妻，她虽是中国人，但作为领事馆的高级官员，还要长期留在北爱尔兰。我已没希望留住她，就像中国没有希望留住北爱尔兰一样。好在儿子跟我走。

“是你们丢失了北爱！”儿子愤怒地对我说。在儿子眼里我是国家元首，更准确地说是个不称职的国家元首。他认为我应该把俄罗斯再分成更小的几个国家；他认为我给贫穷的西欧太多的贷款，却对他们提了太少的要求；他认为许多年前我就不应该让中东的那些恐怖主义国家和亚洲的某些极权主义国家存在下去；特别是北爱问题，他认为我应该以主权换治权，而不是拱手相让……一句话，他认为中国在世界的领导地位正从我手里丢掉，尽管我是个只有副司级的普通外交官。儿子好像浑身都长满了咄咄逼人的精神长矛，这点真像他妈妈，而我的忍让和儒家风度他一点都没继承，反而成了他对我感到失望的原因。他跟我回国不是因为我，而是因为他无论如何也不能忍受作为一个外国人生活在北爱尔兰。

一小时后，运送中国最后一批撤离人员的专机把北爱尔兰留在下面的

浓雾中，我们在夜色中飞向自己的新生活。

公元1997年7月1日，欧洲，巴黎

飞往新大陆之前，我们在欧洲大陆短暂停留。在伦敦时，还能感受到英国人庆祝爱尔兰回归的喜庆气氛，但欧洲大陆对此似乎没什么反应。一出北爱尔兰，西欧的其他城市那混乱和贫穷的气息便扑面而来。交通被自行车的洪流所堵塞，空气浑浊。一出巴黎海关，我们便被一大群渴望换到人民币的法国青年围住，好不容易才摆脱他们。同行的其他人还处于“北爱综合和征”之中，没精打采地躺在机场饭店中不出来。但儿子硬拉着我去看古战场。

初升的太阳驱散了晨雾，古战场显出一片醉人的绿色。这地方我们不知来过多少次了，特别是在去年，几乎每个星期天我们都要乘英吉利海底隧道列车来一次，每次在这里儿子都要对我进行一番例行的折磨，现在又开始了。像每次一样，他站在纪念碑的底座上，慷慨激昂地背诵起小学的历史课本：

“1421年8月，明舰队到达西欧沿海，欧洲惊恐万状……”

“好了，爸爸累了，这次就算了吧。”我不耐烦地打断他。

“不行，春秋时代的夫差身边有一个人时刻提醒他报杀父之仇，你们这些政治家和外交官也需要这么一个人。”

“我们在欧洲和北爱没有杀父之仇，一百年的协议到期了，我们就把北爱还给英国。这是顺理成章的事，谈不上是什么失误或失败。”

儿子不听我这一套，继续他的演讲：“欧洲惊恐万状。郑和本想像在南洋诸国一样，同欧洲人友善相处，但他派往欧洲大陆的五位使者全部被杀，东西方只有一战！罗马教皇马丁五世呼吁四分五裂的封建诸侯联合对敌，还颁布了赦罪法令，凡此时应征入伍的罪犯都可获得赦免。为了给战争筹款，教会出卖神职，甚至把教皇的金冠卖给了佛罗伦萨的商人。英法匆匆结束百年战争，结成军事同盟。慑于明舰队的强大，西欧海军不敢出战，欧洲人把胜利的希望寄托在陆战上。1421年12月，明朝军队在加来登陆，十天后兵临巴黎城下。双方在巴黎近郊进行决战。当时欧洲人集结了十万大军，其中有英王亨利五世率领的三万英军，法国勃艮第公爵率领的四万法军和来自德意志神圣罗马帝国的三万条顿骑士团。明军只有二万五千兵力。12月20日清晨，巴黎战役开始。西欧联军统帅部拟以法军和条顿骑士团的重铠步兵攻击明军正面，以英格兰轻骑兵做右翼迂回。日出时分，西欧联军首先发起进攻。欧洲步兵战阵严整，呈无数个整齐的方队向前推进。重装步兵的盔甲在朝阳下闪着金银两色的光芒，从明军阵地看去，仿佛是金属的大地在移动，无数的长矛如同大地上的麦田。战鼓声、苏格兰风笛声、士兵们用剑柄有节奏地击打胸甲发出的撞击声渐渐清晰可闻……”

“你再这样下去我们要误飞机了。”

“郑和看准了欧军队进攻队形密集死板的特点，把炮兵集中部署在正面。明军迟迟不出击，而是进行了炮兵齐射。在前三次猛烈的齐射中，欧军伤亡惨重，但进攻队形纹丝不乱，方队踏着尸体继续推进。在敌人严整的进攻方队已近在眼前时，郑和沉着地命令进行第四次更为猛烈的炮击。明军的几百门大炮发出雷鸣般的轰响，把暴雨般的霰弹倾泻到欧洲人密集的方队中，霰弹打在盔甲上，发出一阵“哗哗”的潮水般的声音。欧军的队形乱了，开始是前一排方队，然后如同推倒了多米诺骨牌，整个阵线大乱起来。郑和这时才命令明军出击，他的数量不多的骑兵以楔形队形攻击欧军正面，向敌阵深处猛插，很快把欧洲步兵阵线切成两半，并集中攻击右翼。这时，迂回的英国骑兵正从右翼方向攻击，却遇上了溃散下来的联军步兵，人马相践，死伤无数……”

“真的该走了，孩子！”

“……战斗一直持续到黄昏，在如血的残阳中，明军才吹响了他们凄厉的号角……巴黎战役，西欧联军大败，十万军队半数被歼，英王亨利五世殒命沙场，上百个公爵伯爵和王室将军阵亡或被俘。巴黎战役之后，西欧难以在短时间内集结起足以对付明军的力量，加上明舰队对西欧沿海特别是英吉利海峡的封锁，以及关于明朝后续舰队正在驰援的传闻，西欧脆弱的抗明联盟瓦解了，以后……”

“以后我都知道，以前的也都知道，你要再没完没了，我自己先走了，你一个人留在这里与郑和做伴好了。”

我们终于离开了古战场，如果再回来，也可能是很长时间以后了。

公元1997年7月2日，中国新大陆，纽约

“欢迎到中国新大陆！”海关小姐对我们甜甜地一笑，我感到了一种回家的温暖，但儿子对回国似乎并没什么感觉。

“明朝船队首航美洲已有五百多年了，他们还把这儿叫新大陆。”他说。

“一种习惯，就像欧洲人仍把中国人叫洋人一样。”

“我们早就该再有一个真正的新大陆了！”

“哪儿？南极洲吗？”

“为什么不行？”

我暗自摇摇头。对儿子性格中这咄咄逼人的进攻性，我已经习惯了，但又时时对此感到一种压力，似乎他妈妈的性格越过大洋通过儿子作用于我，想到这儿，我心中一阵酸楚。

我们驱车赶往联合国总部，很快沿着高速公路一头扎进了纽约的高楼森林。同来自欧洲的每一个人一样，我觉得来到了巨人国，一切都那么大。半小时后我们的车停在了联合国大厦前。

“这就是我下半生工作的地方了。”我指着大厦对儿子说。

“但愿已经十分臃肿的联合国机构不是又增加了一个多余的人，爸爸。”

“哈，我该怎样干和干什么才能不多余呢？”

“至少，由于多了您一个中国人，中国在联合国相应地多了一份权威。”

“那又该怎么干呢？”我心不在焉地问。想着是先进去报到呢，还是先去公寓看看新房子。

儿子像往常一样，又向我提了一个只适合向国家元首提的建议：“联合国离开我们每年一百个亿的会费就运行不下去，想到这点，增加权威就很容易了。”

“住嘴！我警告你，以后我们生活在联合国的环境里，你这种话是很让人讨厌的！”

在联合国大厦前的广场上，有几个人在做政治演讲，他们都穿着分离主义者的蓝色衬衫。每个演讲者前面都有一堆各种肤色的人在听，一个离我们较近的演讲者的话传到我们耳中。

“自五百年前明朝覆灭后，新大陆就开始了新文化运动，这以后的几个世纪，我们一直领导着中华文化的走向，而旧大陆只是战战兢兢地跟在我们后面，现在几乎被我们甩开了，他们的悟性比我们要慢半个世纪！而直到现在，他们还以文化宗主自居。事实上，新大陆的文化现已发展成为一种全新的文化，它的渊源在旧大陆，但它是一种全新的文化！第三点，在经济上，新大陆和旧大陆……”

演讲者是一个大学生模样的瘦弱年轻人。儿子冲上前去，把他从高台上一把揪了下来：“闭上你的狗嘴，你个臭分离分子！”他在儿子的手中挣扎着，眼镜掉到地上摔碎了，“看到北爱的事，你们这些杂种又狂起来了是不是？！记住，北爱是租借地，但新大陆却是我们的国土！”

“新大陆是印第安人的国土，旧大陆先生。”那个年轻人挣脱了儿子的手，冷笑着说。

“你是不是中国人？！”儿子怒视着他说。

“这得由全民公决来决定。”演讲者整整领带，仍不动声色。

“呸！做梦去吧！你们几个兄弟通过公决不认爹娘，这样做行吗？！”儿子挥着拳头说。我赶紧冲进围观者中把他拉出来。

“爸爸，他们在这儿这么猖狂，你不管吗？”儿子甩开我的手说。

“我只是个普通外交官，你看看吧，我们管得了吗？”我指指四周那些穿蓝衬衫的人。在这儿他们还算文雅，但在费城和华盛顿，这些家伙剃了光头，胳膊上裹着带钢刺的护腕，儿子要是在那里也这个样子可真要遭殃了。

“先生，给您画张像好吗？”一个轻柔的、怯生生的声音从我身后传来。这是一个白人姑娘，像所有欧洲移民一样，她衣着很朴素，手里拿着画板和画笔。第一眼看到这姑娘瘦弱的身材，我脑海中突然浮现出一幅欧洲古典油画，画面是一个瘫痪的姑娘在草地上的背影，她渴望地看着远处的一所小房子，那房子对于她是那么遥远，那么可望而不可即。更奇怪的，我还想起了前妻，不是由于她们的相像，而是由于她们的差异。这个姑娘在生活中所渴望得到的一切，就像油画中的那所小房子一样，遥远而可望不可即，但像画中的姑娘一样，她仍胆怯地同时顽强地在这个冷酷的世界上一点点挪动着自己……那画上的姑娘背对着观众，但你能感觉到她渴望而动人的目光，那就是现在这位移民姑娘看着我的目光。我心中突然出现一种多年没出现过的、异样的感觉。

“对不起，我们还有事情。”我说。

“很快的，先生，真的很快。”姑娘说。

“我们真的要走了，对不起，小姐。”

姑娘还想说什么，儿子把几张钞票朝她扔过去：“你不就是要钱吗？别烦我们，走开！”

姑娘蹲下来，默默地把散落在地上的钱拾起来，然后站起来慢慢走到儿子身边，把钱递到他面前。

“如果打扰了你们，真对不起。但我想问问年轻的先生，如果……”她停了好一会儿，很艰难地把话说下去，“如果我的皮肤是黄色的，您还会这样对待我吗？”

“你是说我搞种族歧视？”儿子挑衅地看着她。

“向这位小姐道歉！”我厉声说。

“凭什么？这些年他们像蝗虫一样涌进来，抢走了我们的工作。”

“可是，先生，欧洲移民在新大陆只干你们最不愿干的工作，拿最低的工资。”

“但像你这样的，还在红灯区败坏我们的社会风气！”

姑娘吃惊地盯着儿子，羞辱和愤怒使她说不出话来，手里的画具和钱都掉到了地上。我打了儿子一巴掌，这是我第一次打他。

儿子只愣了一秒钟，突然兴奋地抱住我：“哈哈！爸爸，你早就该有这种气魄！这才是你在联合国应该显示的气魄！这是你的一个好开端！”

他这出人意料的反应更令我怒不可遏。“滚，滚得远远的！”我冲他吼道。

“好，我滚。”儿子很高兴地走开了，以为他看到了一个脱胎换骨的新父亲，走远了还回头对我大喊，“一个好开端，爸爸！”

我呆呆地站在那儿，对自己的失态有些茫然。我之所以会这样除了因为对儿子失礼的愤怒外，应该还同这位姑娘在我心中产生的异样感情有关。我向她深表歉意，并同她一起蹲下来收拾地上的东西。她叫赫尔曼·艾米，英国人，只身来中国新大陆留学，在纽约州立大学学美术。她昨天刚到这里。

“我儿子是在旧大陆长大的，今年才到北爱来。在旧大陆的年轻人中，极端民族主义情绪在膨胀，像这里的分离主义一样，简直成了一种公害。”

我把散落在地上的几张画递给她，并注意到了她画夹中的一幅画：画面上有一个戴着头灯安全帽、饱经风霜的、脸上满是煤灰的男人，他身后是纽约的高楼群。

“我父亲，他是伯明翰的一个矿工。”艾米指着那张画说。

“在画中你让他到了新大陆。”

“是的，这是他永远无法实现的一个愿望。我选择了画画，就是因为画和梦一样，在其中能走进现实中永远无法走进的世界，实现永远无法实现的愿望。”

“你的油画画得很好。”

“但我必须学中国画，这样回到欧洲后才能靠画笔生活。东方的艺术充斥欧洲，那里很少有人对本土艺术感兴趣了。”

“中国画应该到旧大陆去学。”

“那里的签证很难办到，费用也太高。学中国画是为了生活，我最后还是要画油画的，我们的艺术总得有人继承。请您相信，先生，同大多数的英国人不一样，我不是到中国来淘金的。”

“我相信。哦，你去过故宫博物馆吗？那里有很多中国画的经典作品。”

“没有，我刚到纽约。”

“那么我带你去——不，我坚持，作为对刚才那件事的道歉。”

同旧大陆一样，新大陆的故宫博物馆也在紫禁城中。新大陆的紫禁城皇宫建于明朝中期，位于纽约东南部，它的面积是旧大陆紫禁城的两倍，是一片金碧辉煌的东方宫殿。明朝有两个皇帝巡视过新大陆，并在这座皇宫中住过。艾米很快发现了这里与旧大陆紫禁城的不同。

“这里只有一道城墙，却有这么多城门，远不像北京的皇宫那么森严。”

“是的，新大陆是一个开放的大陆，几百年来接受着不同的文化。正因为如此，我们的封建王朝首先在新大陆覆灭。”

“您是说，如果没有新大陆，你们现在还是一个王国？”

“哈哈，这不一定，但至少，明朝不会是最后一个王朝。”

“郑和为振兴大明朝而远航，却把它推向坟墓？”

“历史就这么不可思议。”

我和艾米漫步在古代的皇宫中，人不多，我们的脚步声在一个又一个空旷的大厅中回荡，一根根巨大的立柱在朦胧中从我们两侧缓缓移过，好像是在黑暗中俯视着我们的一个个巨人，静静的空气中仿佛游动着神秘的幻影。

我们来到了一个陈列柜前，里面陈列着许多黄得发黑的欧洲中世纪的拉丁文旧书，有《荷马史诗》，有欧几里得的《几何原理》、亚里士多德的《物理学》，还有柏拉图的《理想国》和但丁的《神曲》……其中很多是15世纪欧洲宗教裁判所的禁书。这些都是郑和到达西欧后让翻译给他读过的。

我对艾米说：“看，他读着你们的书，从你们那儿得到了很多他没有的东西。他有指南针，却没有远航必需的欧洲精确钟表；他有比你们当时最大的船还大三倍的船，却没有欧洲绘制精确海图的技术……特别是基础科学，那时的明朝落后于欧洲。比如在地理学上，中国人仍相信天圆地方的世界。没有你们的科学，或者说没有东西方文化的融合，郑和不会接着向西航行，我们也不会得到美洲。”

“就是说，我们不像自己想象的那么贫乏。我那些自卑的年轻同胞们应该有您这样的老师！”

我们更多谈的还是艺术。看着博物馆中那些中国画的珍品，我们谈中国画最古老的源头，谈印象派和空白派在中国的出现和流行，谈欧洲画派复兴的可能……我惊奇地发现我们有那么多的话可谈。

“像您这样正眼看欧洲文化的人不多了，我永远为您祝福，真想让您以后成为看我的画的第一个中国人。”

艾米说这话可能没有别的意思，但我还是感觉心“咚咚”跳了起来。

不知过了多久，我们发现刚走进的大厅有些不同，这里灯光很亮，人也很多。古老的大厅正面，放着一个高大的航天器，那是“孔子”号登月飞船着陆舱的复制品。从大厅高高的顶端射下几道多彩的光柱，聚焦到一个衬着天鹅绒的玻璃柜上，天鹅绒上放着许多大小不一的石块，每块都标着昂贵的价格。这是中国1965年首次登月时，孔子十一号上的宇航员从月球静海带回的岩石标本。

“真美！”艾米感叹。

“可它们只是一些普通的石块。”我说。

“不是的，想想它们来自那么遥远的世界，包含着多少故事。就像我父亲给我的一块晶亮的煤块，它在地层深处睡了上亿年，这是多么长的时间，这时间中能有多少个人生？这些东西就像凝固了的梦一样。”

“像你这样能看到内在美的姑娘现在真是不多了！”我激动地说。我买了一块很小的岩石标本，上面系着一条银色的链子。岩石的一个切面上还可以看到登月宇航员的签字。我把它送给艾米。她不愿收这样贵重的礼物，可我坚持说这仍表示我对今天不愉快事情的深深歉意，她最后默默地收下了。在她的目光里，我又一次感到了回家的温暖——真奇怪，在一个移民姑娘的目光里。

出故宫后，我们开着车漫无目的地在纽约乱转，只是想延长分别的时间。最后，我们来到了纽约港，隔着一片海水，对面是世界闻名的上百米高的郑和像。他的一只巨手指着前方的新大陆。现在，天已黑了，我们身后的曼哈顿灯火辉煌，如同一个巨大的宝石切面。无数道光柱集中到郑和像上，使他成为屹立于海天之间的、发着蓝色光芒的巨人。

这时，我们身后有人“嗨”了一声，是我儿子。“我知道你们最后会来这儿。”他走到艾米面前，向她伸出手，“我向你道歉，小姐。那时我心情不好，想想我们是刚从北爱尔兰撤出来的中国人，您就会理解了。”

“孩子，”我说，“你太锋芒毕露了，这是不成熟的表现，你该成熟起来了。”我指指面前的郑和巨像，“他是你最崇拜的人，你认为他是最高大、最完美的人，你想像他那样去开拓一切，这也是你形成现在性格的重要原因。但现在，应该让你看到一个完整而真实的郑和了。”

“我了解郑和，我读过关于他的所有的书。”

“你读到的都是现代作家们写的书，他们只写理想的东西。”

“有什么不对吗？”

“比如说，明舰队航行到西欧已是奇迹，为什么郑和又能在那么短的时间内从西欧再次远航，跨越大西洋，发现美洲新大陆呢？”

“郑和是一个伟大的开拓者，他的每一个细胞都渴望着探索未知世界，神秘的大西洋强烈地吸引着他，就是这样，爸爸。现在中国的领航者要是有他一半的气魄就好了！”

“现在的年轻人都这么认为。”

“有什么不对吗？”

“郑和的某些方面你可能不知道，首先，作为一个男人他是残缺的，他是一个太监。”

儿子和艾米惊愕地瞪大了双眼。“你胡说！”儿子说。但很快，他似乎想起了他看过的某本书中的某些暗示，转身看着巨像沉默下来。

“巴黎战役后的第二天，郑和率领八千骑兵进入巴黎，同欧洲各君主和罗马教皇签订了那个划时代的协定。骑马走在巴黎的大街上，郑和和他的同行者第一次看到了那些古希腊风格的雕塑，他们看到了波塞冬、阿波罗、雅典娜、阿佛洛狄忒……这些在明朝的土地上不可能看到的男人女人健壮美丽的裸体被塑造得那么完美，这是西洋文化对他们产生的第一次强烈震撼。对郑和来说，这震撼更是深入灵魂，他从来没有这样刻骨铭心地意识到自己的缺憾、自己的不完美。之后，他陷入了深深的迷茫和忧郁之中，这迷茫和忧郁使他感到这个世界越来越陌生，最后，一个强烈的愿望在他和所有随行者的心中出现了……”

“什么？”

“回家。”

“回家？”

“回家。这愿望如此强烈，以至于他们想走一条更近的路。从欧洲的地理学中他们知道了地球的形状，知道了如果一直向西，就和向东返回一样能回家。于是，在征服欧洲后不久，明朝舰队就向西，向大西洋的深处驶去。他们走啊走，走啊走，在两个月艰难的航程中，一双双眼睛望着大西洋天水相连的远方，盼望着家乡的海岸在那里浮现……终于，陆地出现了，但那不是梦中的乡土，而是一个长着龙舌兰和仙人掌、出没着红种人部落的陌生世界。当他们踏上新大陆时，并不像那些浅薄的历史作家们描写的那样欢呼雀跃，而是抱头痛哭……郑和因此一病不起，在新大陆结束了一生。舰队中很多的船仍然沿着海岸航行，直到五年后，这些船才在白令海峡找到了通向太平洋的路。又过了五年，他们才回到魂牵梦绕的祖国，大明朝日不落帝国的世界才连为一体。”

儿子面对着巨像长久地沉思着，这可能是他有生以来最长时间的一次沉思，我感到从未有过的欣慰。

“孩子，历史和生活不是你一直认为的那种简单的征战和开拓，其中有很多说不清道不明的东西，很多需要成熟后才明白的东西。”

“是的，”艾米说，“想想，假如郑和当年按照最初的计划，最远只航行到索马里海岸就返回，后来会是什么样子？也许是一个欧洲人的船队，后来首先绕过了好望角，更说不定，另一支欧洲人的船队还发现了美洲呢！”

“唉，历史啊，同一个人的命运很相像。”我感叹道。

“那么，爸爸，”儿子从沉思中醒来，指指艾米，“她是您的新大陆吗？”

我和艾米相视一笑，我们谁都没有否认这一点。

我们身后，曼哈顿的灯火更加辉煌，纽约港的水面成了一片跳跃的光海，这又是新大陆多梦的一夜。

纤 维

一个量子系统每做出一个选择，宇宙就分裂为两个或几个，包含了这个选择的所有可能，由此产生了众多的平行宇宙，这是量子多态叠加放大到宏观宇宙的结果。

“喂，你走错纤维了！”

这是我到达这个世界后听到的第一句话。当时我正驾驶着这架F-18返回“罗斯福”号，这是在大西洋上空的一次正常的巡逻飞行，突然就闯进了这里。尽管我把马力开到最大，我的歼击机却悬在这巨大的透明穹顶下一动不动，好像被什么看不见的力场固定住了。还有外面那颗巨大的黄色星球，围绕着星球的那纸一样薄的巨环，在它的表面投下阴影。我不像那些傻瓜，我并不认为自己在做梦，我知道这是现实。理智和冷静是我的长项，正因为如此我才通过了百分之九十的淘汰率开上了F-18。

“请到意外闯入者登记处！当然，你得先下飞机。”那声音又在我的耳机中出现。

我看看下面，飞机现在悬停的高度足有五十米。

“跳下来，这里重力不大！”

果然如此，我打开舱盖，双腿使劲想站起来，却跳了起来，整个人像乘了弹射座椅似的飞出了座舱，轻轻地飘落在地。我看到光洁的玻璃地面上有几个人在闲逛，他们让我感到最不寻常的地方就是太寻常了，这些人的穿着和长相，就是走在纽约大街上都不会引起注意的，但在这种地方，这种寻常反而让人感觉怪异。然后我就看到了那个登记处，那里除了那个登记员外已经有三个人了，可能都是与我一样的意外闯入者。我走了过去。

“姓名？”那个登记员问。他又黑又瘦，一副地球上低级公务员的样子。“如果你听不懂这里的语言，就用翻译器。”他指了指旁边桌子上那一堆形状奇怪的设备，“不过我想用不着，我们的纤维都是相邻的。”

“戴维·斯科特，”我回答，接着问，“这是哪儿？”

“这儿是纤维中转站。您不必沮丧，走错纤维是常有的事。您的职业？”

我指着外面那个有环的黄色星球：“那，那是哪儿？”

登记员抬头看了我一眼，我发现他面带倦容，无精打采，显然每天都在处理这类事，见这类人，已厌烦了。“当然是地球了。”他说。

“那怎么会是地球？！”我惊叫起来，但很快想到了一种可能，“现在是什么时间？”

“您是问今天的日期吗？2001年1月20日。您的职业？”

“您肯定吗？！”

“什么？日期？当然肯定，今天是美国新总统就职的日子。”

听到这里我松了一口气，多少有了些归宿感，他们肯定是地球人。

“戈尔那个白痴，怎么能当选总统？”旁边那三位中一位披着棕色大衣的人说。

“您搞错了，当选总统的是布什。”我对他说。

他坚持说是戈尔，我们吵了起来。

“我听不明白你们在说些什么。”后面的一个男人说，他穿着一件很古典的外套。

“他们两个的纤维距离较近。”登记员解释说，又问我，“您的职业，先生？”

“先别扯什么职业，我想知道这是哪儿？外面这个星球绝不是地球，地球怎么会是黄色的？！”

“说得对！地球怎么会是这种颜色？你拿我们当白痴吗？”披棕色大衣的人对登记员说。

登记员无奈地摇摇头：“您最后这句话是蛀洞产生以来我听到的最多的一句话。”

我立刻对披棕色大衣的人产生了亲切感，问他：“您也是走错纤维的吗？”尽管我自己也不理解这话的意思。

他点点头：“这两位也都是。”

“您是乘飞机进来的？”

他摇摇头：“早上跑步跑进来的。他们两位的情况有些不同，但都类似，走着走着，突然一切都变了，就到了这儿。”

我理解地点点头：“所以你们一定明白我的话，外面那个星球绝不是地球！”

他们三个都频频点头，我得意地看了登记员一眼。

“地球怎么会是这种颜色？拿我们当白痴？”披棕色大衣的人重复道。

我也连连点头。

“连白痴都知道，地球从太空中看是深紫色的！”

在我发呆的当儿，穿古典外套的人说：“您可能是色盲吧？”

我又点头：“或者真是个白痴。”

穿古典外套的人接着说：“谁都知道地球的色彩是由其大气的散射特性和海洋的反射特性决定的，这就决定了它的色彩应该是……”

我不停地点头，穿古典外套的人说着也对我点头。

“……是深灰色。”

“你们都是白痴吗？”那个姑娘第一次说话了，她身材窈窕，面容姣好，如果我这时不是心烦意乱，会被她吸引住的。“谁都知道地球是粉红色的，它的天空是粉红色的，海洋也是，你们没听过这首歌吗——‘我是一个迷人的女孩儿，蓝色的云彩像我的双眸，粉红的晴空像我的脸蛋儿……’”

“您的职业？”登记员又问我。

我冲他大喊起来：“别急着问什么职业，告诉我这是哪儿？！这儿不是地球！就算你们的地球是黄色的，那个环是怎么回事？”

这下我们四个走错纤维的人达成了一致，他们三个都同意说地球没有环，只有土星、天王星和海王星才有环。

姑娘说：“地球只不过是有三颗卫星而已。”

“地球只有一颗卫星！”我冲她大叫。

“那你们谈情说爱时是多么乏味，你们怎么能体会到两人手拉手在海边，一月、二月和三月给你们在沙滩上投下六个影子的浪漫？”

穿古典外套的人说：“我觉得那情形除了恐怖外没什么浪漫的，谁都知道地球没有卫星。”

姑娘说：“那你们谈情说爱就更乏味了。”

“您怎么能这么说？两人在海滩上看着木星升起会感到乏味吗？”

我不解地看着他：“木星？木星怎么了？你们谈恋爱时还能看到木星？”

“您是个瞎子吗？”

“我是个飞行员，我的眼睛比你们谁的都好！”

“那您怎么会看不到一颗准恒星呢？您怎么这么看着我？您难道不知道木星的质量已经很大，其引力在八千万年前引发了内部的核反应，变成了一颗准恒星吗？您难道不知道恐龙因此而灭绝吗？您没有上过学吗？就算如此，您总看到过木星单独升起时那银色的黎明吧？您总看到过木星与太阳一同落下时那诗一般的黄昏吧？唉，您这个人啊！”

我感觉像来到了疯人院，便转向登记员：“你刚才问我的职业，好吧，我是美国空军少校飞行员。”

“哇！”姑娘大叫起来，“您是美国人？”

我点点头。

“那您一定是角斗士吧！我早看到您不一般，我叫哇哇妮，印度人，我们会成为朋友的！”

“角斗士？那和美国有什么关系？”我一头雾水。

“我知道美国国会是打算取消角斗士和角斗场的，但现在这个法案不是还没通过吗？再说布什与他老子一样，是个嗜血者，他上台后法案就更没希望通过了。您觉得我没有见识是吗？最近一次的亚特兰大奥角会我可是去了的。唉，买不起票，只在最次的座位上看了一场最次的角斗，那也配叫什么角斗？两个人扭成一团，刀都掉了，一点儿血都没见。”

“您说的是古罗马的事吧？”

“古罗马？呸，那个绵软的时代，那个没有男人的时代，那时最重的刑罚就是让罪犯看看杀鸡，他百分之百会晕过去。”她温情地向我靠过来，“您就是角斗士。”

我不知该说什么了，甚至不知该有什么表情，于是又转向了登记员：“您还想问什么？”

登记员冲我点点头：“这就对了，我们十个人应该互相配合，事情就能快点完。”

我、哇哇妮、披棕色大衣的人和穿古典外套的人都四下看看：“我们只有五个人啊？”

“‘五’是什么？”登记员一脸茫然，“你们四个加上我不就是十个人吗？”

“你真是白痴吗？”穿古典外套的人说，“如果不识数我就教你，达达加一才是十！”

这次轮到我不识数了：“什么是达达？”

“你的手指和脚趾加起来是多少？十个；如果砍去一个，随便手指或脚趾，就剩达达个了。”

我点点头：“达达是十九，那你们是二十进制，他们，”我指指登记员，“是五进制。”

“你就是角斗士……”哇哇妮亲昵地用手指触摸着我的脸说，感觉很舒服。

穿古典外套的人轻蔑地看了一眼登记员：“多么愚蠢的数制，你有两只手和两只脚，计数时却只利用了四分之一。”

登记员大声反驳：“你才愚蠢呢！如果你用一只手上的指头就能计数，干吗还要把你的另一个爪子和两个蹄子都伸出来？”

我问大家：“那你们的计算机的数制呢？你们都有电脑吧？”

我们再次达成了一致，他们都说是二进制。

披棕色大衣的人说：“这是很自然的，要不计算机就很难发明出来。因为只有两种状态：豆子掉进竹片的洞中或没掉进去。”

我又迷惑了：“……竹片？豆子？”

“看来你真的没上过学，不过周文王发明计算机的事应该属于常识。”

“周文王？那个东方的巫师？”

“你说话要有分寸，怎么能这样形容控制论的创始人？”

“那计算机……您指的是中国的算盘吧？”

“什么算盘，那是计算机！占地面积有一个足球场那么大，用竹片和松木制造，以黄豆作为运算介质，要一百多头牛才能启动呢！可它的CPU做得很精致，只有一座小楼那么大，其中竹制的累加器是工艺上的绝活。”

“怎么编程序呢？”

“在竹片上打眼呀，那个出土的青铜钻头现在还存在北京的故宫博物馆里呢！周文王开发的易经3.2，有上百万行代码，钻出的竹条有上千公里长呢……”

“你就是角斗士……”哇哇妮依偎着我说。

登记员不耐烦地说：“我们先登记好吗？之后我再试着向你们解释这一切。”

我看着外面那黄色的、有环的地球沉思了一会儿，说：“我好像明白一些了，我不是没上过学，我知道一些量子力学。”

“我也明白一些了。”穿古典外套的人说，“看来，量子力学的多宇宙解释是正确的。”

披棕色大衣的人是这几个人中看上去最有学问的，他点点头说：“一个量子系统每做出一个选择，宇宙就分裂为两个或几个，包含了这个选择的所有可能，由此产生了众多的平行宇宙，这是量子多态叠加放大到宏观宇宙的结果。”

登记员说：“我们把这些平行宇宙叫纤维，整个宇宙就是这样一个纤维丛。你们都来自临近的纤维，所以你们的世界比较相似。”

我说：“至少我们都能听懂彼此的语言。”刚说完，哇哇妮就部分否定了我的话。

“妙名其莫！你们都在说些什么？”她最没学问，但最可爱，而且我相信，那个词在她的纤维中就是那个顺序。她又冲我温柔地一笑，“你就是角斗士。”

“你们打通了纤维？”我问登记员。

他点点头：“只是超光速航行的附带效应，那些蛀洞很小，会很快消失的，但同时也有新的出现。特别是当你们的纤维都进入超光速宇航时代时，蛀洞就更多了，那时会有更多的人走错门的。”

“那我们怎么办呢？”

“你们不能驻留在我们的纤维，登记后只能把你们送回原纤维。”

哇哇妮对登记员说：“我想让角斗士和我一起回到我的纤维。”

“他要愿意当然行，只要不留在这个纤维就行。”他指了一下黄地球。

我说：“我要回自己的纤维。”

“你的地球是什么颜色的？”哇哇妮问我。

“蓝色，还点缀着雪白的云。”

“真难看！跟我回粉色的地球吧！”哇哇妮摇着我，娇滴滴地说。

“我觉得好看，我要回自己的纤维。”我冷冷地说。

我们很快登记完了，哇哇妮对登记员说：“能给件纪念品吗？”

“拿个纤维镜走吧，你们每人都可以拿一个。”登记员指着远处玻璃地板上散放着的几个球体说，“分别之前把球上的导线互相连接一下，回到你们的纤维后，就可以看到相关纤维的图像。”

哇哇妮惊喜地说：“如果我和角斗士的球连一下，那我回去后可以看到角斗士的纤维了？！”

“不仅如此，我说过是相关纤维，不止一个。”

我对登记员的话不太明白，但还是拿了一个球，把上面的导线与哇哇妮的球连了一下，听到一声表示完成的蜂鸣后，就回到了我的F-18上，座舱里勉强能放下那个球。几分钟后，纤维中转站和黄色地球都在瞬间消失，我又回到了大西洋上空，看到了熟悉的蓝天和大海。当我在“罗斯福”号上降落时，塔台的人说我没有耽误时间，还说无线电联系也没有中断过。

但那个球证明我到过另一个纤维，我设法偷偷从机舱中拿回了球。当天晚上，航母在波士顿靠岸了，我把那个球带到军官宿舍。当我从大袋子中把它拿出来时，球上果然显示出了清晰的图像，我看到了粉色的天空和蓝色的云，哇哇妮正在一座晶莹的水晶山的山脚下闲逛。我转动球体，看到另一个半球显示着另一幅图像，仍是粉色的天空和蓝色的云，但画面上除了哇哇妮外还有一个人，那人穿着美国空军的飞行夹克，那人是我。

其实事情很简单：当我做出了不随哇哇妮走的决定时，宇宙分裂为二，我看到的是另一种可能的纤维宇宙。

纤维镜伴随了我的一生，我看着我和哇哇妮在粉红色的地球上相亲相爱，隐居水晶山，白头到老，生了一大群粉红色的娃娃。

就在哇哇妮孤身回到的那个纤维，她也没有忘记我。在我们走错纤维三十周年那天，我在球体相应的一面上看到她挽着一个老头的手，亲密地在海边散步，一月、二月和三月把他们的六个影子投在沙滩上。这时哇哇妮在球体中向我回过头来，她的眸子已不像蓝色的云，脸蛋也不再像粉红色的天空，但笑容还是那么迷人，我分明听见她说：

“你就是角斗士！”

圆圆的肥皂泡

想象这样一幅画面：在遥远的海洋上空，形成了无数个大肥皂泡，它们在平流层强风的吹送下，飞越了漫长的路程，来到大西北上空，全部破裂了，把它们在海洋上空包裹起来的潮湿的空气，都播撒在我们这片干旱的天空中。

/ 一 /

很多人生来就会莫名其妙地迷上一样东西，仿佛他（她）的出生就是要和这东西约会似的，圆圆正是这样，迷上了肥皂泡。

圆圆出生后一直是一副无精打采的样子，连哭啼都像是在应付差事，显然这个世界让她很失望。

直到她第一次看到肥皂泡。

圆圆第一次看到肥皂泡时才五个月大。看到肥皂泡，圆圆立刻在妈妈怀中手舞足蹈起来，小眼睛中爆发出足以使太阳都黯然失色的光芒，仿佛这才是她第一次真正地看到这个世界。

这是一个西北的正午，已经数月无雨，窗外，烈日下的城市弥漫着沙尘。在这异常干燥的世界中，那飘浮在空中的绚丽的水精灵确实是绝美的东西。看到小女儿能认识到这种美，为她吹出肥皂泡的爸爸很高兴，抱着她的妈妈也很高兴。于是，圆圆的妈妈放弃了还有一个月的产假，第二天就回实验室上班了。

/ 二 /

时光飞逝，圆圆进幼儿园大班了，她仍然热爱肥皂泡。

这个星期天和爸爸出去玩儿，她的小衣袋中就装着吹泡泡的小瓶儿，爸爸许诺要让妈妈带她坐飞机吹泡泡。这并不是吹牛，他们真的去了近郊的一个简易机场，妈妈做飞播造林研究用的飞机就停在那里。那飞机让圆圆很失望，那是一架破旧的双翼农用飞机，估计是那个已消失的社会主义联盟制造的，圆圆觉得它是旧木板做的，像童话中的猎人在森林中住的破木屋，真不相信这玩意儿能飞起来。但就这破飞机，妈妈也不让圆圆坐。

“今天是孩子生日，你还加班不回家，让圆圆坐坐飞机，总能给她个惊喜嘛！”爸爸说。

“惊喜什么呀，她这么大分量，我要少带多少树种？”妈妈说着，又把一个沉重的大塑料包吃力地搬进舱门。

圆圆觉得自己没有多少分量，咧嘴大哭起来。于是妈妈赶紧来哄女儿，她从扔放在地上的一堆大塑料袋中的一个里拿出一件奇怪的东西，样子和大小与胡萝卜差不多，头儿尖尖的呈流线型，屁股上还有一对用硬纸板做的尾翼，看上去像个小炸弹，但却是透明的，很好玩儿的样子。圆圆伸手去抓，但小手立刻又松开了——这玩意儿是冰做的。妈妈指着小炸弹中心的一个小黑粒，告诉圆圆那就是树种："飞机从好高的地方把这些冰炸弹扔下去，它们落到地上时会扎进沙土中。春天来了冰弹就会在沙土里悄悄地化开，化出的水会让种子发芽出苗。把好多好多这样的冰炸弹投下来，沙漠就会变绿，沙子就不会吹到我们圆圆的小脸儿上了……这是妈妈的研究项目，它能使西北干旱地区飞播造林的成活率提高一倍。"

"孩子懂什么成活率，真是！圆圆，咱们走！"爸爸抱起圆圆，气鼓鼓地走了。妈妈没有挽留他们，只是赶紧用双手又捧了一下女儿的脸蛋儿。

圆圆感到妈妈的手比爸爸的粗糙多了。

圆圆伏在爸爸的肩膀上看到"猎人木屋"轰鸣着起飞，她对着飞机吹出一串肥皂泡，看着它们消失在沙尘弥漫的空中。

爸爸抱着圆圆走出了机场，在公路边的车站等着回市里的汽车，圆圆感到爸爸的身体突然颤抖了一下。

"爸爸，你冷吗？"

"不……圆圆，你没听到什么吗？"

"没有呀。"

但他听到了，那是一声沉闷的爆炸，从飞机飞向的远方传来，隐隐约约，他几乎是用第六感听到的。他猛地回头看着那个方向，在他和女儿面前，大西北干旱的大地冷酷地凝视着苍穹。

/ 三 /

时光继续飞逝，圆圆上了小学，她仍然热爱肥皂泡。

清明节，当她和爸爸来到妈妈墓前时，仍拿着吹泡泡的小瓶。当爸爸把鲜花放到那朴素的墓碑前时，圆圆吹出了一串泡泡。爸爸正要发作，女儿的一句话使他平静下来，双眼湿润了。

“妈妈会看到的！”圆圆指着飘过墓碑的肥皂泡说。

“孩子啊，你要做一个像妈妈那样的人，像她那样有责任感和使命感，像她那样有一个远大的人生目标！”爸爸搂着圆圆说。

“我有远大的目标呀！”圆圆喊道。

“说给爸爸听听？”

“吹——”圆圆指着已飞远的肥皂泡，“大——大——的——泡——泡！”

爸爸苦笑着摇摇头，拉着女儿走了。这里距几年前飞机坠毁的地点不远，当年自天而降的冰弹播下的种子确实都成活了，长成了小树苗，但最后的胜利者仍是无边的沙漠。飞播林在干旱少雨的第二年都死光了，沙漠化仍在继续着它不可阻挡的步伐。爸爸回头看，夕阳将墓碑的影子拉得好长好长，圆圆吹出的肥皂泡已经一个都不见了，像墓中人的理想，像西部大开发美丽的梦幻。

/ 四 /

时光继续飞逝，圆圆上了中学，仍然喜欢肥皂泡。

这天，圆圆年轻的女班主任老师来家访，递给爸爸一把新奇漂亮的玩具手枪，说是圆圆在课堂上玩，让物理老师没收的。那把枪有个大肚子，枪管顶部固定着一个天线似的圆圈，爸爸翻来覆去地看着，很迷惑它怎么玩。“这是泡泡枪。”班主任说着，拿过来一扣扳机，随着一阵“嗡嗡”的轻响，从枪口的小圆圈上飞出一长串肥皂泡。

班主任告诉爸爸，圆圆的学习成绩一直在同年级中领先，她最大的长处是有很强的创造性思维。班主任说自己还是第一次看到思维这么活跃的学生，告诉爸爸要珍惜这个苗头。

“你不觉得这孩子……怎么说呢，有些轻飘飘的吗？”爸爸手拿着泡泡枪问。

“现在的孩子嘛，都这样儿……其实在这个新时代，轻松洒脱一些的思想和性格也不一定就是缺点。”

爸爸叹口气，挥挥泡泡枪结束了谈话。他觉得和这个班主任没什么可谈的，她自己几乎还是个孩子呢。

送走了班主任，爸爸想和圆圆谈谈泡泡枪的问题，但立刻发生了另一件让他不快的事。

“又换了一个？今年你已经换过一个了！”他指着圆圆挂在胸前的手机问。

“没有呀爸爸，人家只是换了个壳儿嘛！看，这能给我新鲜的感觉。”圆圆说着，拿出了一个扁盒子。爸爸打开来，看到一排鲜艳的色块，最初以为是绘画颜料一类的东西，仔细一看才发现那是十二个手机外壳，十二种色彩。

爸爸摇摇头，把盒子放在一边：“我正想和你谈谈你的这种……嗯，思想倾向。”

圆圆看到了爸爸手中的泡泡枪，一把抢了过来：“爸爸，我保证以后不再带它去学校了！”说完，她对着爸爸射出一串泡泡。

“我要说的不是这个，我要说的问题比这深刻得多。圆圆，你看你这么大了还喜欢吹肥皂泡……”

“不行吗？”

“哦不，这本来不算什么大问题。我是说，你的这种喜好反映出了你的一种……嗯，刚才说过的，思想倾向。”

圆圆不解地看着父亲。

“这说明你倾向于追求美丽、新奇而虚幻的东西，容易对远离现实的幻影着迷，你的双脚将离开大地，会将你的人生引向一个错误的方向。”

圆圆看看满屋飘浮着的肥皂泡，显得更迷惑了。那些肥皂泡像一群透明金鱼，在空气中幽幽地游着。

“爸爸，咱们还是谈一些更有趣的事吧！”圆圆靠到爸爸的肩膀上，语气变得神秘起来，“爸，我们的班主任漂亮吗？”

“没注意……圆圆，我刚才的意思是……”

“她显然很漂亮！”

“也许吧……我刚才要说的是……”

“爸爸，您真没注意到她和您说话时的眼神？她好像被您吸引了耶！”

“我说你这个孩子，就不能少想些无聊的事！”爸爸生气地把女儿的手从肩上拨开。

圆圆长叹一声：“唉，爸爸呀爸爸，您已经变成了一个对什么都提不起兴趣的人了，您这没有新鲜没有新奇没有激动的日子，过得有什么劲呢？还好意思当别人的人生导师。”

一个肥皂泡飘到爸爸脸前爆裂了，他隐约感到了一小股弱得不能再弱的湿润水汽，这一场转瞬即逝的微型毛毛雨令他感到片刻的陶醉，不可思议，这竟让他想起了自己遥远的南方故乡。他悄悄地叹息了一下。

“我年轻的时候也追逐过缥缈的梦想，和你妈妈从上海来到这里，天真地把大西北看作实现自己人生价值的地方。我们那批建设者用了那么短的时间，就让荒漠上出现了这座崭新的城市，我们曾把它当作一生的骄傲。想到当离开人世之前，这城市能作为自己没有虚度一生的证明。谁能想到，它不过是我们这一代人用青春甚至生命吹出的一个肥皂泡。”

圆圆很吃惊：“丝路市怎么是肥皂泡呢？它可是实实在在的，总不会‘啪’的一下消失吧？”

“它将消失，中央已经认可了省里的报告，停止为丝路市引水的一切规划和努力。”

“那要把我们渴死吗？现在已经是两天来一次水，每次只来一个半小时！”

“现在正在制定一个为期十年的拆迁计划，整座城市将全部分散迁移，丝路将成为现代世界第一座因缺水而消失的城市，一个现代的楼兰……其实，曾让年轻的我们热血沸腾的整个西部大开发，现在已经变成了噩梦般的西部大开矿，谁知道，这是不是一个更大的肥皂泡呢？”

“哇，太棒了！”圆圆欢呼起来，“早就该离开这地方了！一个平淡乏味的地方，我真的不喜欢这里。迁移，迁移到一个全新的地方，开始全新的生活，这是多美妙的事啊，爸爸！”

爸爸默默地看了女儿一会儿，站起身来走到窗前，呆呆地看着外面黄沙中的城市。他双肩下垂的背影，看上去一下子苍老了许多。

“爸——”圆圆轻轻叫了一声，父亲没有回答。

两天后，圆圆的爸爸成为这即将消失的城市的最后一任市长。

/ 五 /

高考结束了，圆圆取得了全省理科第二名的成绩。爸爸难得地高兴了一次，慷慨地问女儿有什么要求，过分些也行，圆圆冲他张开一个手掌。

“五……五个什么？”

“五块雕牌透明皂。”说完她又张开另一个手掌，“十袋汰渍洗衣粉，”两手翻了一下，“二十瓶白猫洗洁精，”最后拿出一张纸，“最重要的是这些化学药剂，照清单上的分量买。”

那些化学药剂让父亲费了些事，他让一个在北京出差的办公室副主任跑了一天才买齐。

拿到这些东西后，圆圆一头扎进了卫生间，在那里面忙活了三天，配制了整整一浴池的溶液，怪味弥漫在家里的每个房间。第四天，两个男生送来了她定做的一个直径一米多的圆环，那圆环是用一根钻了许多小眼的长金属管弯成的。

第五天，家里早早就有一群人来访，他们中包括两个电视台的摄像师。市长还认出了其中的一位漂亮女士，是省电视台一个娱乐节目的主持人。还有两个穿得花里胡哨的家伙，自称是吉尼斯中国分部的人，昨天刚从上海飞来，其中一位沙哑着嗓子说：“市长先生，您的女儿……咳咳……这地方空气真干燥……您的女儿要创造吉尼斯纪录了！”

市长随着一行人爬到开阔的楼顶上，他发现女儿和她的几个同学已经上来了。圆圆扛着那个大圆环，他们面前放着的大澡盆中盛满了她配的那种溶液。两个吉尼斯的人开始架设两根有长度刻度的标杆，后来才知道那是用于测量肥皂泡直径的。

一切准备就绪后，圆圆把那个圆环伸进澡盆，再提出来时环面已附着了一层液膜。她小心地把带液膜的圆环固定在一根长杆顶端，走到楼顶边缘，挥动长杆使圆环在空中划了一个大圈，吹出了一个巨大的肥皂泡。那个大泡在空中颤颤地变着形状，像是在跳舞。后来知道，这个大泡的直径竟达四点六米，打破了由比利时人凯利斯保持的三点九米的吉尼斯纪录。

“液体的配方是很重要的，但窍门还在这个大环上。”圆圆在回答主持人提问时说，“那个比利时人用的只是一个普通的液膜环圈，而我这个，是由钻了一排洞的铅管弯成的，管里面充满了发泡液体。在大泡的形成过程中，这些液体不断地从管上的小孔中泄出，以使尽可能多的液体参与成泡，这样自然就可以形成更大的泡泡了。”

“那么，你还有可能制造出更大的泡泡来吗？”主持人问。

“当然会的！这就要研究肥皂泡形成的几个要素，它包括液体黏度、延展性、蒸发率和表面张力，但对于形成超大的泡泡来说，最需要改进的是后两项。蒸发率必须降低，因为蒸发是泡壁破裂的主要原因之一；表面张力嘛……你知道为什么纯水不能吹出泡泡吗？”

“当然是它的表面张力太小了。”

“恰恰相反，是因为水的表面张力太大了，形不成气泡。再问一句，你知道肥皂泡形成以后，它表面的张力与直径大小有什么关系？”

“那……照你说的，张力越小泡泡就越大呗。”

“NO！当泡泡形成后，随着直径的增大，它反而需要增大自己的表面张力，以维持泡壁的强度。这就出现一个问题：液体的表面张力是恒定的，那么要想吹出超大的泡泡，我们该解决什么样的问题呢？”

主持人茫然地摇摇头，她属于外形漂亮、口齿伶俐却头脑简单的那一类。圆圆看出了这点：“算了，我们还是给观众们再吹几个大泡吧！”

于是，又有几个直径四五米的大肥皂泡顺风飘行在城市上空。在这沙尘弥漫的干旱世界中，它们显得那么不真实，仿佛是来自另一个世界的幻影。

一星期后，圆圆离开了这座她出生长大的西北城市，到中国那所最好的理工科大学学习纳米专业了。

/ 六 /

时光继续飞逝，但圆圆不再吹肥皂泡了。

圆圆读完了学士、硕士和博士，然后以令她父亲头晕目眩的速度开始创业。她以做博士课题时创造的一项技术为基础，开发了一种新的太阳能电池，成本仅为传统的单晶硅电池的几十分之一，可以作为马赛克贴到整个建筑表面上。仅三四年时间，她的公司就发展到几亿元资产的规模，成为纳米技术催生的一大批急剧膨胀的奇迹企业之一。

圆圆的父亲由此陷入了一个尴尬的境地。以事业的成功程度而言，女儿现在已经有资格教导父亲了。看来圆圆当年的那个漂亮班主任说得有道理，洒脱的思想和性格不一定就是缺点。这是一个令父亲这一代人恼火的时代，现在的成功需要的是逼人的思想灵气，经验、毅力和使命感之类的不起决定作用，凝重和沉重更是显得傻乎乎的。

“很久没有过这种感觉了，这是我听过的最好的歌唱，他们确实比上一代那三个强。”在国家大剧院广阔的出口平台上，市长对女儿说。圆圆知道父亲喜欢听古典美声，这是他不多的爱好之一，就趁他到北京开会之际，请他听新一代世界三大男高音为即将到来的奥运会举办的演唱会。

“早知道我该买最好座位的票，怕您嫌我浪费，就买了两张中等的。”

“这样的票多少钱一张？”父亲随口问。

“便宜多了，好像每张两万八吧。”

“嗯……啊，什么？！”

看着父亲目瞪口呆的样子，圆圆笑了起来：“如果您能找回很久没有过的感觉，就是二十八万也值的。看这座大剧院，投资几十个亿，还不是为了人们从艺术中得到或找回某种感觉？”

“也许你有道理，我还是希望你的钱能花到更有意义的地方。圆圆，我想与你谈谈有关丝路市的事，你能不能进行一项市政投资？”

“是什么？”

"一个大型的水处理工程，建成后能够大大提高城市用水的循环利用率，还能够用太阳能淡化一部分盐湖的水。如果这个系统能够实现，丝路市就能在缩小规模后继续存在下去，避免完全消失的命运。"

"投资是多少？"

"初步规划，大约十六个亿吧。大部分资金已有来源，但到位时间很长，怕来不及了，所以现在需要你投入一笔启动资金，约一个亿吧。"

"爸爸，不行，我目前能周转的资金也就这么多了，我想用它搞一个研究项目……"

父亲举起一只手打断女儿的话说："那就算了。圆圆，我没有想影响你的事业。其实，我本来没打算向你提这个要求的，虽然你的投资能保证收回，但利润回报却微乎其微。"

"那倒无所谓，爸爸，我这个项目更惨，别说盈利，投资都肯定会打水漂！"

"你想搞基础研究吗？"

"不，但也不是应用研究，是好玩儿的研究。"

"……"

"我将研制一种超级表面活性剂，已为它想好了名字，叫飞液。它的溶液黏性和延展性比现有的任何液体都大几个数量级，蒸发速度仅是甘油的千分之一。这种表面活性剂溶液还具有一个魔鬼般的特性——它的表面张力能够随着液层的厚度和液面的曲率自动调节，调节范围从水的张力的百分之一到一万多倍。"

"它是干什么用的？"父亲惊恐地问。他已知道答案，但还是不敢相信。

年轻的亿万富翁搂住父亲的肩膀大声说："吹——大——大——的——泡——泡！"

"你不是开玩笑吧？"

圆圆看着长安街上的灯火，沉默了好久："谁知道呢？也许我的整个生活就是一个大玩笑。但是爸爸，我觉得这也没有什么不好，一个人用一生开一个玩笑也是一种使命吧。"

“用一亿元吹泡泡？有什么用吗？”父亲的语气好像觉得自己在做梦。

“没什么用，好玩呗。不过，比起你们当年用几百个亿建起一座很快就拆掉的城市，我的奢侈微不足道。”

“可你现在能救这座城市，它也是你的城市，你在那里出生、长大。可你却用这笔钱吹肥皂泡！你……太自私了！”

“我在过自己的生活，无私奉献并不一定能推动历史，您的那座城市就是证明！”

直到圆圆把车开上长安街，父女俩都没有再说话。

“对不起，爸爸。”圆圆轻声说。

“这些天我总是想起拉着你的小手儿的那些日子，那是多好的时光啊！”灯光中，父亲的双眼一闪一闪的，似乎有些湿润。

“我知道让您失望了，您一直想让我成为妈妈那样的人。如果我能有两次人生的话，其中的一次会照您说的做，把自己奉献给责任和使命，可是，爸爸，我只能活一次。”

父亲没有说话。当这沉默的路程快结束时，圆圆拿出一个大纸袋递给父亲。

“这是什么？”父亲不解地问。

“房产证和钥匙。爸，我给您买了一幢别墅，在太湖边上，您退休后可以回南方了。”

父亲把纸袋轻轻地推了回来：“不，孩子，我会在丝路的废墟上度过余生。我和你妈妈的青春和理想都埋在那儿，离不开了。”

北京在夏夜里尽情地闪烁着。看着这绚丽的光海，圆圆和父亲竟同时联想到肥皂泡，这无边的灿烂似乎在极力向他们展示着什么，是生命之重还是生命之轻？

/ 七 /

两年后的一天，市长在办公室里接到了女儿的电话。

“爸爸，生日快乐！”

“圆圆吗？你在哪儿？”

“离您那儿不远，我给您送生日礼物来了！”

“嗨，我好多年没想起生日这回事儿了，那中午回家吧，我也有一个多月没回家了，就保姆在那儿照看着。”

“不，礼物现在就送给您！”

“我在工作，马上要开市政周例会了。”

“没关系，您打开窗向天上看！”

今天的天空万里无云，蓝得清澈，这种天气在这一地区是很少见的。空中传来引擎的轰鸣声，市长看到有一架飞机在城市上空缓缓地盘旋，在蓝天的背景上很醒目。

“爸爸，我在飞机上呢！”圆圆在电话中喊道。

这是一架老式双翼螺旋桨飞机，在空中像一只懒洋洋的大鸟。时光瞬间闪回，一种熟悉的感觉闪电般出现，市长浑身颤抖了一下，二十多年前他也这样过，那时女儿问他是不是冷了。

“圆圆，你……干什么？”

“要送礼物啦爸爸，注意飞机下面！”

市长刚才就发现，飞机机腹下面吊着一个大环，那环的直径比飞机还长，显然是升空以后才展开的。整体看去，飞机和大环组成了一个在空中飞行的戒指。后来他才知道，那个大环的结构同圆圆破吉尼斯纪录时用的环一样，由轻型金属管制成，管内充满了那种叫飞液的魔鬼液体。环面上罩着一层飞液的液膜，环上有无数的小洞，使飞液能够不断地从围成大圆环的细管中流出。

令人震惊的景象出现了，在那个大环后面，吹出了一个大肥皂泡！它反射着阳光，形状时隐时现。肥皂泡在急剧膨胀，很快，飞机与它相比只是透明西瓜上的一粒小芝麻。

下面的城市广场上所有人都在驻足仰望，市政府办公大楼里也开始有人跑出来看。

飞机拖着巨泡在城市上空缓缓盘旋，肥皂泡的膨胀速度大大减慢，但仍在继续着。最后，它脱离了飞机下的大环，独自在空中飘浮着。虽然巨泡的进气口已经消失，它的膨胀却没有停止，这是由于阳光的热量在泡内聚集使其中的空气膨胀的缘故。渐渐地，巨泡占据了半个天空！

“这就是礼物啦，爸爸！”圆圆在电话中兴奋地喊着。

蓝天上晃动着大片的闪光，仿佛整个天空就是一张平滑的玻璃纸，正被一双无形的大手在阳光下抖动着。细看，那些闪光勾勒出了一个巨大的球体形状，那个透明球体此时占据了大部分天空，下面的人们得将头转动近一百八十度才能看全它。它仿佛是地球在天空的镜面上投下的一个晶莹的幻影。

城市骚动起来，大街上开始出现交通堵塞。

巨泡缓缓从空中降下来，当它降到足够低时，地面上的人们竟然在泡壁上看到了城市的高楼群的镜像——由于泡壁在风中的波动，高楼群扭曲变形，像是海中的植物林。这广阔的泡壁从上方气势磅礴地压下来，人们不由得捂住了脑袋。当巨泡接触地面时，地面上的人们在身体穿过泡壁时感到脸上痒了一下。

巨泡没有破碎，而是呈一个直径近十公里的半球形立在大地上。这座城市，连同边缘的一座火力发电厂和一个化工厂，全被巨泡扣在其中！

“我们不是故意的，真的不是故意的！”圆圆对着摄像机说，“本来，按一般的情况，大泡会顺风飘走，没想到今天这里的风力竟这么弱——这儿的风一贯很大的，所以它才掉了下来，把城市扣住了！”

市长看着市电视台中断了正常节目插进的紧急现场报道，他看到女儿身穿航空皮夹克，拉链敞开着，露出里面的蓝色工作服。她的身后，是那架老式双翼飞机……时光再次闪回，太像了，太像了……市长的心融化了，泪水夺眶而出。

两小时后，市长同刚刚成立的紧急小组一起，驱车来到了城市边缘巨泡泡壁的位置，圆圆和她的几个工程师早已等在那里。

“爸爸，我的肥皂泡很棒吧？！”圆圆没有了刚才的恐慌，不合时宜得一脸兴奋。

市长没理女儿，抬头打量着泡壁，这是一张在阳光下发着多彩霓光的大膜，它表面那结构极其精细的衍射条纹，令人迷惑地变幻着，构成一个疯狂展示宇宙间所有色彩的妖艳的海洋。大膜是全透明的，这使得透过它看到的外部世界也蒙上了一层霓彩。向上到一定的高度，霓彩消失了，从空中看不出膜的存在。

市长伸出一只手，小心地触摸泡壁，他的手背感到一阵极其轻微的瘙痒，手已在膜的另一面了，这膜可能只有几个分子的厚度。他抽回手来，膜瞬间恢复原状，那一处的霓彩光纹仍是完整的形状，仿佛根本没有中断过。

现在，他一贯认为是虚幻象征的肥皂泡已是这样一个实实在在的巨大现实，而透过它看到的现实世界反倒变得虚幻了。

其他人也开始触摸大膜，后来挥手试图撕裂膜面，最后发展成对大膜拳打脚踢。市长的司机从车里拿出一根铁棍，抡得“呜呜”作响击打膜面。但这一切对大膜没有丝毫影响，所有的打击物都毫无阻碍地穿膜而过，之后膜面完好无损。市长挥手制止了大家的徒劳，接着指指远处的高速公路。人们看到，公路上的车流正在不间断地高速穿过大膜。

“这同肥皂泡膜的性质一样，固体可以穿过，但不透气。”圆圆说。

“正是因为它不透气，现在城市里的空气质量在急剧恶化。”市长瞪了一眼女儿说。

众人抬头看去，发现城市上空出现了一个巨大的半球状白色顶盖。这是由于城市和工厂产生的烟雾被大膜限制在泡内，使大泡的形状显现出来。这时如果从远处看城市，恐怕只能看到一个顶天立地的乳白色半球了。

“可能需要关闭发电厂和化工厂，以减缓空气污染的速度。”紧急小组组长说，“但最严重的问题是泡内气温的上升。现在城市实际上处于一个密闭极好的温室内，与外界没有空气流通，阳光的热量在很快聚集。现在正值盛夏，据测算，泡内气温最终将达到六十摄氏度！”

“到现在为止，都进行了哪些方面的尝试来打破它？”市长问。

一名驻军指挥官回答：“一小时前，我们曾调用陆军航空兵的直升机在泡顶反复穿过，试图用螺旋桨撕裂它，没有用；后来又用炸药在泡壁与地面的交接处进行爆破，爆炸只是使大膜波动了一会儿，不能造成任何破坏。更邪乎的是，这张膜居然瞬间延伸到爆炸产生的大坑中，天衣无缝地横穿过坑的底部！”

市长问圆圆：“大泡要多长时间才能自然破裂？”

“大泡的破裂主要是由于泡壁液体的蒸发，这种物质的蒸发速度是极慢的，即使日照良好，大泡也得五六天才能破。”圆圆回答道。令父亲气恼的是，女儿的语气显得很得意。

“那只有全城紧急疏散了。”紧急小组组长叹了口气说。

市长摇摇头：“不到万不得已，不能走这一步。”

“还有一个办法，”一名环境专家说，“赶造许多长筒，口径越大越好。把这些筒的一头伸出泡外，在筒的底部装上大功率换气扇，以实现与外界的空气交换。”

“哈哈哈哈……”圆圆大笑起来，把大家吓了一跳，她在众人气愤的目光中笑得直不起腰来，“这想法真……真够滑稽的！哈哈……”

“这都是你干的好事！”市长厉声喝道，“你要为此负责的，你必须赔偿对本市造成的一切损失！”

圆圆两眼看天止住笑说：“那是，我们会赔的。不过我刚想出一个使大泡破裂的简单方法——烧。在泡壁与地面交接线的内侧，挖一条一百至二百米长的壕沟，沟中灌满燃油并点燃，火焰会大大加速泡壁的蒸发，可以在三个小时左右使大泡破裂。”

市长命令抢险队照圆圆的方案做了。城市的边缘出现了一道一百多米长的火墙，在那一排冲天烈焰的上方，被火舌舔着的泡壁变幻着各种怪异的色彩和图案，从图案的纹路可以看出，大膜上其他部分的飞液正在涌过来补充已被火焰蒸发掉的部分，这使得大膜上被烧灼的位置像一个大漩涡，绚丽妖艳的色彩洪水般从四面八方涌来，消失在火焰中。火焰的黑烟顺着泡壁上升，在天空中形成了一个黑色巨掌，令大泡中的百万市民惊恐不已。

三小时后，大泡破裂了，城市里的人们听到天地间发出一声轻微的破碎声，清脆、悠扬、深远，仿佛宇宙的琴弦被轻轻拨动了一下。

“爸爸，我很奇怪，您并没有像我想象的那样暴跳如雷。”圆圆对父亲说。这时，他们正站在市政府大楼的楼顶看着大泡破裂。

“我一直在思考一件事……圆圆，你认真回答我几个问题。”

“关于大肥皂泡的？”

“是的。我问你，既然泡壁是不透气的，那大泡也能保持住内部的湿润空气？”

“当然。其实，在飞液的研制即将完成时，我不经意想到了它的一项可能的用途：用大泡作为超大型温室，可以在冬季制造小型气候区，为大片的土地提供适合作物生长的湿度和温度。当然，这还要使大泡更持久些。”

“第二个问题：你能让大泡随风飘很远吗？比如说几千公里？”

“这没问题，阳光的热量在泡内聚集，使其内部空气膨胀，会产生类似于热气球的浮力。至于今天这个大泡的坠落，只是因为它生成的位置太低，风也太小了。”

“第三个问题：你能让大泡在确定的时间破裂吗？”

“这也不难，只需调节飞液内的一种成分，改变其溶液的蒸发速度就行了。”

“最后一个问题：如果有足够的资金，你能够吹出几千万甚至上亿个大泡吗？”

圆圆吃惊地瞪大双眼：“上亿个？干什么！？”

“想象这样一幅画面：在遥远的海洋上空，形成了无数个大肥皂泡，它们在平流层强风的吹送下，飞越了漫长的路程，来到大西北上空，全部破裂了，把它们在海洋上空包裹起来的潮湿的空气，都播撒在我们这片干旱的天空中。是的，肥皂泡能为大西北从海洋上运来潮湿空气，也就是运来雨水！”

震惊和激动使圆圆一时间说不出话来，只是呆呆地看着父亲。

“圆圆，你送给我一件伟大的生日礼物。说不定，这一天也是大西北的生日！”

这时，外界清凉的风吹过城市，上空那个由烟雾构成的巨大白色半球失去了大膜的限制，在风中缓慢地改变着形状。东方的天空中有一道色彩奇异的彩虹，这是大泡破裂后，构成它的飞液散布到空中形成的。

/ 八 /

向中国西部空中调水的宏大工程进行了十年。

这十年，在中国南海和孟加拉湾，建成了许多巨大的天网。这些天网是由表面布满小孔的细管构成，每个网眼有几百米甚至上千米的直径，相当于那个十多年前曾吹出超级肥皂泡的大圆环。每张天网有几千个网眼。天网分陆基和空中两种，陆基天网沿海岸线布设，空中天网则由巨型系留气球悬挂在几千米的高空。在南海和孟加拉湾，天网在海岸线和海洋上空连绵两千多公里，被称作“泡泡长城”。

空中调水系统首次启动的那天，构成天网的细管中充满了飞液，并在每个网眼上形成一层液膜。潮湿而强劲的海风在天网上吹出了无数巨型气泡，它们的直径都有几公里，这些气泡相继脱离天网，一群群升上更高的天空，升向平流层，随风而去。同时，更多的气泡从天网上源源不断地被吹出来。大群大群的巨型气泡浩浩荡荡地飘向大陆深处，包裹着海洋的湿气，飘过了喜马拉雅山，飘过了大西南，飘到大西北上空，在南海、孟加拉湾和大西北之间的天空中，形成了两条长达数千公里的气泡长河！

/ 九 /

在空中调水系统正式启动的两天后，圆圆从孟加拉湾飞到大西北的一座省会城市。当她走下飞机时，看到一轮圆月静静地悬在夜空中，从海上启程的气泡还没有到达。在城市里，月光下挤满了人，圆圆也在中心广场停下车，挤在人群中，同他们一起热切地等待着。一直到午夜，夜空依旧，人群开始同前两天一样散去，但圆圆没走，她知道气泡在今夜一定会到达这里。她坐在一把长椅上，正在睡意蒙眬之际，突然听到有人喊：

“天啊，怎么这么多的月亮！”

圆圆睁开眼，真的在夜空中看到了一条月亮河！那无数个月亮是由无数个巨型气泡映出的。与真月亮不同，它们都是弯月，有上弦的也有下弦的，每个都是那么晶莹剔透。真正的月亮倒显得平淡无奇了，只有根据其静止状态才能从浩浩荡荡流过长空的月亮河中将它分辨出来。

从此，大西北的天空成了梦的天空。

白天，空中的气泡看不太清楚，只是蓝天上到处出现泡壁的反光，整个天空像阳光下泛起涟漪的湖面，大地上缓缓运行着气泡巨大而清晰的影子。最壮丽的时刻是在清晨和黄昏，当地平线上的朝阳或夕阳将天空中的气泡大河镀上灿烂的金色时。

但这些美景并不会存在很久，空中的气泡相继破裂。虽然有更多的气泡滚滚而来，天空中的云却多了起来，使气泡看不清了。

接着，在这个往年最干旱的时节，天空飘下了绵绵细雨。

圆圆在雨中来到了自己出生的那座城市。经过十年的搬迁，丝路市已成了一座寂静的空城。一座座空荡荡的高楼在小雨中静静地立着。圆圆注意到，这些建筑并没有真正被抛弃，它们都被保护得很好，窗上的玻璃还都完整，整座城市仿佛在沉睡中，等待着肯定要到来的复活之日。

小雨掩盖了尘埃，空气清新怡人，雨洒在脸上凉丝丝的，很舒服。圆圆慢慢地行走在她熟悉的街道上，那些街道，爸爸曾拉着她的小手儿无数次走过，曾洒落过她吹出的无数个肥皂泡，圆圆的心里响起了一支童年的歌。

突然她发现，这歌真的在响着。这时天已黑了，在整座浸没于夜色中的空城里，只有一扇窗户亮着灯，那是一幢普通住宅楼的二楼，是她的家，歌声就是从那里传出的。

圆圆来到楼前，看到周围收拾得很干净，还有一小片菜地，里面的菜长得很好。地边有一辆小工具车，车上装有大铁桶，显然是用来从远处运水浇地的。即使在朦胧的夜色中，这里也能感觉到一股生活的气息，它在这一片死寂的空城里，像沙漠中的绿洲一样令圆圆向往。

圆圆走上了扫得很干净的楼梯，轻轻地推开家门，看到灯下头发花白的父亲。父亲仰面躺在躺椅上，陶醉地哼着那首童年老歌，他手里拿着那个圆圆在孩提时代装肥皂液的小瓶儿，还有那个小小的塑料吹环，正吹出一串五光十色的肥皂泡。

信使

年轻人开始脱下衣服，他也不想带走这个时代的东西。他的紧身内衣在夜色中发着荧光，那显然是他的时代的衣服。他没有像老人想象的那样化作一道白光离去，而是沿着一条斜线匀速向上升去几秒钟后，就消失在群星灿烂的夜空之中。

老人是昨天才发现楼下那个听众的。这些天他的心绪很不好，除了拉琴，很少向窗外看。他想用窗帘和音乐把自己同外部世界隔开，但做不到。早年，在大西洋的那一边，当他在狭窄的阁楼上摇着婴儿车、在专利局喧闹的办公室中翻着那些枯燥的专利申请书时，他的思想却沉浸在另一个美妙的世界，在那个世界中，他以光速奔跑……现在，普林斯顿是一座幽静的小城，早年的超脱却离他而去，外部世界在时时困扰着他。有两件事使他不安：其中一件是量子理论，这个由普朗克开始，现在有许多年轻的物理学家热衷的东西，让他觉得很不舒服，他不喜欢那个理论中的不确定性。“上帝不掷骰子。”他最近常常自言自语。而他后半生所致力的统一场论却没有什么进展，他所构筑的理论只有数学内容而缺少物理内容。另一件事是原子弹，广岛和长崎的事已过去很长时间了，甚至战争也过去很长时间了，但他的痛苦在这之前只是麻木的伤口，现在才痛起来。那只是一个很小的、很简单的公式，只是说明了质量和能量的关系，事实上，在费米的反应堆建成之前，他自己也认为人类在原子级别把质量转化为能量是异想天开……海伦·杜卡斯最近常这么安慰他。但她不知道，老人并不是在想自己的功过荣辱，他的忧虑要深远得多。最近的睡梦中，他常常听到一种可怕的声音，像洪水，像火山，终于有一夜他被这声音从梦中惊醒，发现那不过是门廊中一只小狗的鼾声。以后，那声音再没在他梦中出现，他梦见了一片荒原，上面有被残阳映照着的残雪。他试图跑出这荒原，但它太大了，无边无际。后来他看到了海，残阳中呈血色的海，才明白整个世界都是盖着残雪的荒原……他再次从梦中惊醒，这时，一个问题，像退潮时黑色的礁石一样突然出现在他的脑海中：人类还有未来吗？这问题像烈火一样炙烤着他，他几乎已无法忍受了。

楼下的那人是个年轻人，穿着现在很流行的尼龙夹克。老人一眼就看出他是在听他的音乐。后来的三天，每当老人在傍晚开始拉琴时，那人总是准时到来，静静地站在普林斯顿渐渐消失的晚霞中，一直到夜里九点左右老人放下琴要休息时，他才慢慢地离去。这人可能是普林斯顿大学的一个学生，也许听过老人的讲课或某次演讲。老人早已厌倦了从国王到家庭主妇的数不清的崇拜者，但楼下这个陌生的知音却给了他一种安慰。

第四天傍晚，老人的琴声刚刚响起，外面便下起雨来。从窗口看下去，年轻人站到了这里唯一能避雨的一棵梧桐树下。后来雨大了，那棵在秋天已很稀疏的树挡不住雨了。老人停下了琴，想让他早些走，但年轻人似乎知道这不是音乐结束的时间，仍一动不动地站在那儿，浸透了雨水的夹克在路灯下发亮。老人放下提琴，迈着不灵便的步子走下楼，穿过雨雾走到年轻人面前。

“你如果喜欢听，就到楼上去听吧。”

没等年轻人回答，老人就转身走了回去。年轻人呆呆地站在那儿，双眼望着无限远处，仿佛刚才发生的是一场梦。后来，音乐又在楼上响了起来。他慢慢转过身，恍惚地走进门，走上楼去，好像被那乐声牵着魂一样。楼上老人房间的门半开着，他走了进去。老人面对着窗外的雨夜拉琴，没有回头，但感觉到了年轻人的到来。对于如此迷恋于自己琴声的这个人，老人心中有一丝歉意。他拉得不好，特别是今天这首他最喜欢的莫扎特的《回旋曲》，拉得常常走调。有时，他忘记了一个段落，就用自己的想象来补上。还有那把价格低廉的小提琴，很旧了，音也不准。但年轻人在静静地听着，他们俩很快就沉浸在这不完美但充满想象力的琴声中。

这是20世纪中叶一个普通的夜晚，这时，东西方的铁幕已经落下，在刚刚出现的核阴影下，人类的未来就像这秋天的夜雨一样阴暗而迷蒙。就在这夜、这雨中，莫扎特的《回旋曲》从普林斯顿这座小楼的窗口飘出……

时间过得似乎比往常快，又到九点了。老人停下了琴，想起了那个年轻人，抬头见他正向自己鞠躬，然后转身向门口走去。

“你明天还来听吧。”老人说。

年轻人站住，但没有转身：“不了，教授，您明天有客人。”他拉开门，又像想起了什么，“哦对，客人八点十分就会走的，那时您还拉琴吗？”

老人点点头，并没有仔细领会这话的含义。

“好，那我还会来的，谢谢。”

第二天雨没停，但晚上真有客人来，是以色列大使。老人一直在祝福那个遥远的、新生的、自己民族的国家，并用出卖手稿的钱支援过它。但这次大使带来的请求让他哭笑不得，他们想让他担任以色列总统！他坚决拒绝了。他送大使到外面的雨中，大使上车前掏出怀表看，路灯下老人看到表上的时间是八点十分。他突然想起了什么。

“您，您来的事情还有人知道吗？”他问大使。

“请放心教授，这是严格保密的，没有任何人知道。”

也许那个年轻人知道，但他还知道……老人又问了一个很奇怪的问题：“那么，您来之前就打算八点十分离开吗？”

“嗯……不，我想同您谈很长时间的，但既然您拒绝了，我就不想再打扰了。我们都会理解的，教授。”

老人困惑地回到楼上，但当他拿起小提琴时，就把这困惑忘记了。琴声刚刚响起，年轻人就出现了。

十点钟，两个人的音乐会结束了。老人又对将要离去的年轻人说了昨天的话：“你明天还来听吧。”他想了想又说，“我觉得这很好。”

“不，明天我还在下面听。”

“明天好像还会下雨，这是连阴天。”

“是的，明天会下雨，但在您拉琴的时候不下；后来还会下一天，您拉琴时也下，我会上来听；雨一直要下到大后天上午十一点才会停。”

老人笑了，觉得年轻人很幽默，但看着他离去的背影，他突然预感到这未必是幽默。

老人的预感是对的。以后的天气精确地证实着年轻人的预言：第二天晚上没雨，他在楼下听琴；第三天外面下雨，他上来听；普林斯顿的雨准确地在第四天的上午十一点停了。

雨后初晴的这天晚上，年轻人却没有在楼下听琴，他来到老人的房间里，拿着一把小提琴。他没说什么，用双手把琴递给老人。

“不，不，我用不着别的琴了。”老人摆摆手说。有很多人送给他提琴，其中有很名贵的意大利著名制琴师的制品，他都谢绝了，认为自己的技巧配不上这么好的琴。

“这是借给您的，过一段时间您再还给我。对不起教授，我只能借给您。”

老人接过琴来，这是一把看上去很普通的小提琴，没有弦！再仔细一看，弦是有的，但是极细，如蛛丝一般。老人不敢把手指按到弦上，那蛛丝似乎一口气就可吹断。他抬头看了看年轻人，后者微笑着向他点点头，于是他轻轻地把手指按到弦上，弦没断，他的手指却感到了那极细的蛛丝所不可能具有的强劲的张力。他把弓放上去，就是放弓时这不经意的一点滑动，那弦便发出了它的声音。这时，老人知道了什么叫天籁之音！

那是太阳的声音，那是声音的太阳！

老人拉起了《回旋曲》，立刻把自己融入无边的宇宙。他看到光波在太空中行进，慢得像晨风吹动的薄雾；无限宽广的时空薄膜在引力的巨浪中轻柔地波动着，浮在膜上的无数恒星如晶莹的露珠；能量之风浩荡吹过，在时空之膜上激起梦幻般的霓光……

当老人从这神奇的音乐中醒来时，年轻人不知什么时候已经走了。

以后，老人被那把小提琴迷住了，每天都拉琴到深夜。杜卡斯和医生都劝他注意身体，但他们也知道，每当琴声响起时，老人就感到一种从未有过的生命活力在血管中涌动。

年轻人却再也没来。

这样过了十多天，老人的琴突然拉得少了起来，而且有时又拉起了他原来那把旧提琴。这是因为他突然产生了一种忧虑，怕过多的演奏会磨断那蛛丝般的弦。但那把琴所发出的声音的魔力让他无法抗拒，特别是想到年轻人在某一天还会来要回那把琴，他又像开始时那样整夜地拉那把琴了。每天深夜，当他依依不舍地停止演奏时，总要细细地查看琴弦。他让杜卡斯找了一个放大镜，而放大镜下的琴弦丝毫没有磨损的痕迹，它的表面像宝石一样光滑晶莹，在黑暗中，它还会发出蓝色的荧光。

这样又过了十多天。

这天深夜，入睡前，老人像往常那样最后看了看那把琴，突然发现琴弦有些异样。他拿起放大镜仔细察看，肯定了自己的判断。其实这迹象在几天前就出现了，只是到了现在，它才明显到能轻易察觉的程度。

琴弦越磨越粗。

第二天晚上，当老人刚把弓放到琴弦上时，年轻人突然出现了。

“你来要琴吗？”老人不安地问。

年轻人点点头。

“哦……如果能把它送给我的话……”

“绝对不行，真对不起教授，绝对不行。我不能在现在留下任何东西。”

老人沉思起来，他有些明白了。双手托起那把琴，他问：“那么这个，不是现在的东西了？”

年轻人点点头。他现在站在窗前，窗外，银河横贯长空，群星灿烂，在这壮丽的背景前他呈现出一个黑色的剪影。

老人现在明白了更多的事，他想起了年轻人神奇的预测能力，其实很简单，他不是在预测，是在回忆。

“我是信使，我们的时代不想看到您太忧虑，所以派我来。”

“那么你给我带来什么呢？这把琴吗？”老人并没有表现出任何惊奇。在他的一生中，整个宇宙对他就是一个大惊奇，正因为如此，他才超越别人，首先窥见了它最深的奥秘。

“不是的，这把琴只是一个证明，证明我来自未来。”

“怎么证明呢？”

“在您的时代，人们能够把质量转化为能量：原子弹，还有很快将出现的核聚变炸弹。在我们的时代，已可以把能量转化成质量。您看，”他指着那把提琴的琴弦，“它变粗了，所增加的质量是由您拉琴时产生的声波能量转化的。”

老人仍然困惑地摇摇头。

“我知道，这两件事不符合您的理论：一、我不可能逆时间而行；

二、按照您的公式，要增加琴弦上已增加的那么多的质量，需要大得多的能量。”

老人沉默了一会儿，宽容地笑了。“哦，理论是灰色的，”他微微叹息，“我的生命之树也是灰色的了。好吧，孩子，你给我带来了什么信息？”

“两个信息。”

“那么第一？”

“人类有未来。”

老人宽慰地仰躺到扶手椅上，像每一个了却了人生最后夙愿的老者一样，一种舒适感涌遍了全身，他可以真正休息了。“孩子，见到你我就应该知道这一点的。”

“投在日本的两颗原子弹是人类最后两颗用于实战的核弹。20世纪90年代末，大部分国家签署了禁止核试验和防止核扩散国际公约，又过了五十年，人类的最后一颗核弹被销毁。我是在那二百年后出生的。”

年轻人拿起了那把他要收回的小提琴：“我该走了，为了听您的音乐，我已耽误了很多行程。我还要去三个时代，见五个人，其中有统一场论的创立者，那是距您百年以后的事了。”

他没说的还有：他在每个时代拜见伟人都选在其不久于人世的时候，这样可以把对未来的影响减到最小。

“还有你带来的第二条信息呢？”

年轻人已拉开房门，他转过身来微笑着，似乎带着歉意。

“教授，上帝确实掷骰子。”

老人从窗口看着年轻人来到楼下，已是深夜，街上没什么人。年轻人开始脱下衣服，他也不想带走这个时代的东西。他的紧身内衣在夜色中发着荧光，那显然是他的时代的衣服。他没有像老人想象的那样化作一道白光离去，而是沿着一条斜线匀速向上升去几秒钟后，就消失在群星灿烂的夜空之中。他上升的速度很恒定，没有加速过程。很明显，不是他在上升，而是地球在转动，他是绝对静止的，至少在这个时空中是绝对静止的。老人猜测，他可能使自己处于一个绝对时空坐标的原点。他站在时间长河的河岸上，看着时间急流滚滚而过，愿意的话，他可以走到上下游的任何一处。

爱因斯坦默默站了一会儿，慢慢地转身，又拿起了他那把旧小提琴。

后记

培植中国科幻文学的新生创作力量
擢拔先锋和新锐作家
鼓励题材和手法创新

赵国珍

如果说传统文学是对历史的现实的观照的话，那么，科幻文学则更是一种对未知的未来的观照。

从上个世纪初梁启超翻译凡尔纳的《十五小豪杰》始，到今天刘慈欣的《三体》三部曲被翻译成多种文字走向世界，一百年来，科幻文学在中国经历了从引进到输出的轮回。这一轮回，既是科幻文学这一文类形成与发展的必要过程，也预示着中国的科幻文学开始独立和走向成熟。应该说，中国人的世界和生活中，不能没有科幻文学；而世界科幻大家族中，也不能缺失中国的身影。那么，现在的问题是，目前的中国科幻文学到底是一个什么状态，它有什么样的作家群体，创作了什么样的作品，发展到了什么程度，恐怕仍然不为许多人知晓。现在，大家手头的“沸点”科幻丛书，就是想解决这个问题，就是想回答正在进行时的中国科幻文学“是什么”和“怎么样”的问题，就是想为了解和研究中国科幻文学创作现状的人们提供一个“典型性”文本。

记得在2010年我担任《科幻大王》主编时，曾经向刘慈欣约稿，他向我表达的观点是他们这一代人在中国科幻文学的发展过程中，相较于前辈作家来说，只能算是个新生代，而正在出现并将逐步引领风骚的更生代作家已经崭露头角，他如数家珍，热情地为我推荐了一长串名单，并且说这些人才是中国科幻文学的未来。这其中固然有大刘惯常的谦逊和低调，但如果冷静分析，他之所述，的确也是一种客观现实。因为放眼全国科幻界，国内第一个职业科幻作家兼科幻产业开发者郑军、具有阿西莫夫之风的上海女作家陈茜、文风刚柔并济的北京女作家凌晨、台湾科幻、科普两栖作家李伍薰、具有鲜明创作个性和独立风格的陈楸帆、飞氘、江波、夏笳——纷至沓来，源源不绝的创作人才，正是长江后浪推前浪、科幻代有人才出的现实写照啊！

当然，成熟的文学类别是以稳定的作家队伍、稳定的作品形态、稳定的读者人群和稳定的社会反应为标准、为标志的，以此来客观而冷静地观照当今的中国科幻文学，其作家队伍、作品形态、社会认可等固有元素，应该说距离成熟和独立的文学类别还是有一定差距的。但我们也应该看到，传统文学已经拥有三千年以上的历史，而科幻文学如果以公认的玛丽·雪莱的《弗兰肯斯坦》为诞生标志，至今还不到二百年的历史。以二百年的发展过程，能达到今天这样的发展程度，在西方许多国家甚至发展成为主流文类和主流产业，科幻文学旺盛的生命力、强劲的感染力和充沛的发展力，的确令人振奋。虽然说，中国科幻文学的发展与繁荣之路还很长，但我们对未来的发展充满信心，也将倾尽全力做出我们的贡献。

山西出版传媒集团希望出版社的“点点”科幻百部原创出版工程，同时推出“奇点”“沸点”“极点”“起点”四套科幻系列丛书，就是希望通过努力，培植中国科幻文学的新生创作力量，擢拔先锋和新锐作家，鼓励题材和手法创新，保护科幻文学创作者的灿烂思维和先锋尝试，保证科幻文学创作的持续健康发展，以更好满足读者的梦幻体验和阅读快感。这其中既有振兴中国科幻文学的责任感，也有繁荣祖国文化事业的使命感。

2013年9月28日

图书在版编目（CIP）数据

宇宙观察者·刘慈欣精选集 / 刘慈欣著. —太原：希望出版社，2016.8（2017.12 重印）
（沸点科幻丛书）
ISBN 978-7-5379-7409-7

Ⅰ. ①宇… Ⅱ. ①刘… Ⅲ. ①科学幻想小说 – 小说集 – 中国 – 当代 Ⅳ. ①I247.7

中国版本图书馆 CIP 数据核字（2016）第 172216 号

沸点科幻丛书
宇宙观察者·刘慈欣精选集
刘慈欣 著

出 版 人	梁 萍
选题策划	杨建云 赵国珍
责任编辑	赵晓旭 赵国珍
复 审	翟丽莎
终 审	杨建云
装帧设计	陈东升 罗紫涵
美 编	王 蕾
责任印制	刘一新 尹时春

出 版：	山西出版传媒集团·希望出版社		
地 址：	山西省太原市建设南路 21 号		
开 本：	787mm×1092mm 1/16	**印 刷：**	山西人民印刷有限责任公司
印 张：	20.5	**版 次：**	2016 年 8 月第 1 版
印 数：	11001—16000 册	**印 次：**	2017 年 12 月第 4 次印刷
标准书号：	ISBN 978-7-5379-7409-7	**定 价：**	38.00 元

编辑热线 0351-4922124
发行热线 0351-4123120 4156603